I0641784

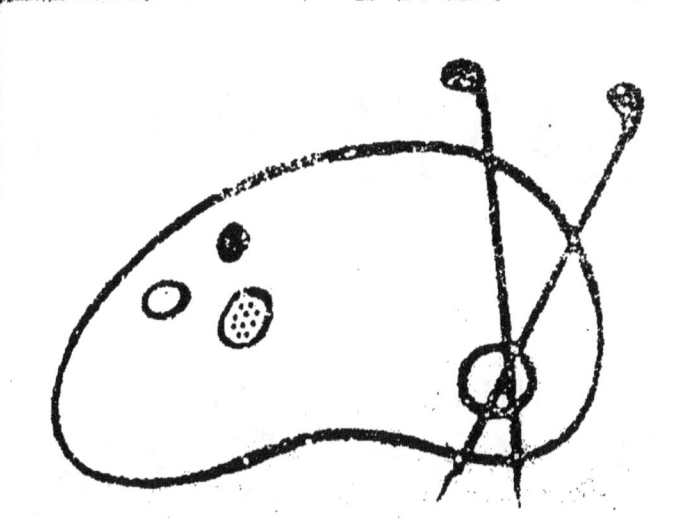

Début d'une série de documents
en couleur

DEUXIÈME ÉDITION

FORTUNÉ DU BOISGOBEY

LA

BANDE ROUGE

DEUXIÈME PARTIE

AVENTURES D'UNE JEUNE FILLE

SOUS LA COMMUNE

PARIS

E. DENTU, ÉDITEUR

LIBRAIRE DE LA SOCIÉTÉ DES GENS DE LETTRES

PALAIS-ROYAL, 15-17-19, GALERIE D'ORLÉANS

1886

Droits de traduction et de reproduction réservés.

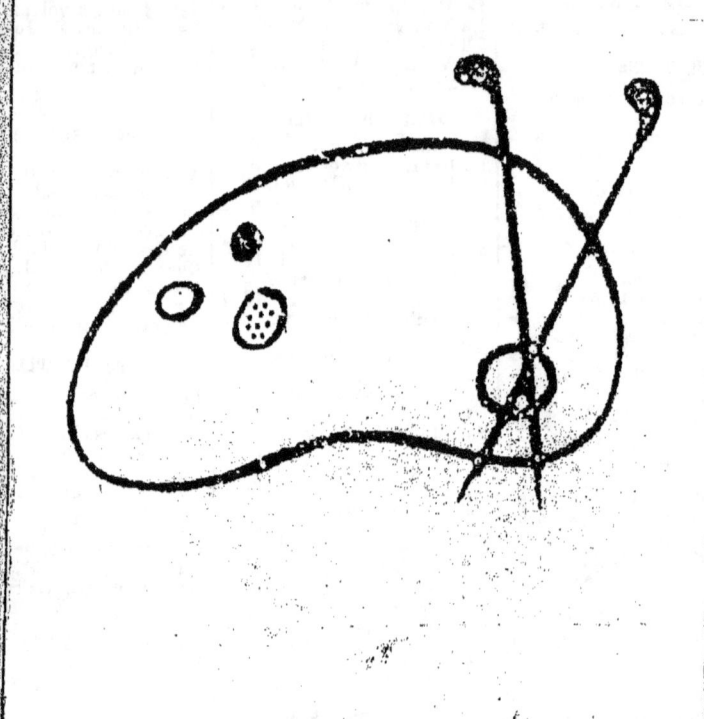

Fin d'une série de documents
en couleur

LA BANDE ROUGE

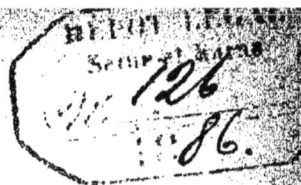

LA
BANDE ROUGE

PAR

FORTUNÉ DU BOISGOBEY

DEUXIÈME PARTIE

AVENTURES D'UNE JEUNE FILLE

SOUS LA COMMUNE

PARIS
E. DENTU, ÉDITEUR

LIBRAIRE DE LA SOCIÉTÉ DES GENS DE LETTRES

PALAIS-ROYAL, 15-17-19, GALERIE D'ORLÉANS

1886

LA BANDE ROUGE

DEUXIÈME PARTIE

I

Par une froide et sombre nuit de décembre — la même que celle où les dames de Saint-Senier avaient quitté le chalet — un homme et une femme hâtaient le pas dans une étroite allée de la forêt de Saint-Germain.

L'homme était vêtu à la façon des colporteurs ambulants qui parcourent les campagnes, un ballot sur le dos et un bâton à la main. La femme le secondait évidemment dans ce métier nomade, car elle portait sa part de marchandises dans un long sac pendu à son côté.

A qui eût bien regardé cependant le visage et la tournure des deux voyageurs nocturnes, il serait peut-être venu des doutes sur leur véritable condition.

En dépit de son fardeau, de sa blouse bleue, de son pantalon de velours à côtes et de ses gros souliers ferrés, l'homme avait une manière de marcher qui n'était pas celle des porteballes.

Il avait le pas ferme et régulier d'un soldat et non cette allure traînante du piéton qui n'a pas besoin de se presser pour arriver avant l'ouverture de la foire du lendemain.

Sa taille mince et droite se redressait, comme celle d'un troupier sous le sac, et ses épaules bien effacées n'avaient pas encore subi cette voussure profonde que l'habitude inflige à tous ceux dont la profession consiste à suppléer les bêtes de somme.

Quant à sa figure, elle s'accordait encore moins avec le costume et les attributs du métier.

Il y avait dans ses traits hâlés et amaigris un mélange de finesse et de fermeté qui aurait pu le faire prendre pour tout autre chose qu'un colporteur.

Sauf l'absence complète de barbe et de moustaches, c'était bien le visage d'un militaire, et même d'un officier.

La femme, quoique vêtue d'une pauvre jupe de droguet et chaussée de sabots, n'avait pas non plus l'air d'une paysanne.

Elle dissimulait sa tournure élégante sous une sorte de manteau de laine rayée, assez semblable aux limousines à l'usage des rouliers, et son abondante chevelure noire sous un foulard rouge, noué à la façon des créoles.

Mais les lignes harmonieuses de son corps svelte se révélaient en marchant et ses yeux étaient trop brillants, son teint trop blanc, la coupe de son profil trop pure pour ne pas frapper un observateur.

Les deux voyageurs avançaient rapidement et sans échanger une parole.

Chose bizarre, la femme semblait servir de guide à son compagnon de route.

Elle marchait la première et de temps en temps s'arrêtait comme pour s'orienter ; puis, elle continuait son chemin, tantôt en suivant l'allée, tantôt en prenant des sentiers qui s'enfonçaient sous bois.

A chacun des carrefours qui se présentent fréquemment dans la forêt de Saint-Germain, une des mieux percées de France, le couple faisait une station de quelques secondes, et après un rapide examen, la femme s'engageait sans hésiter dans une des nombreuses routes qui formaient ce qu'on appelle en termes forestiers une *étoile*.

L'homme suivait silencieusement, et les courtes délibérations étaient muettes.

Un geste de la main, un signe de tête échangé avec sa compagne avant de se remettre en chemin, et c'était tout.

A en juger par les précautions qu'ils prenaient, et par leur persistance à se taire, les deux voyageurs devaient avoir un grand intérêt à dissimuler leur marche.

Et de fait la forêt était alors assez peu fréquentée, surtout pendant la nuit, pour que leur seule présence à pareille heure et en pareil lieu dût les rendre suspects.

Les Prussiens qui occupaient Saint-Germain depuis plus de trois mois sont connus pour se garder à merveille, et n'avaient pas manqué de prendre de ce côté-là leurs précautions habituelles.

Dès le début de leur occupation, les arbres magnifiques qui bordaient les grandes avenues étaient tombés sous la hache impitoyable pour construire des abatis et barrer les routes.

Pendant les premiers temps de l'investissement, nos prudents ennemis ne s'étaient pas bornés à ces préparatifs de défense.

De fréquentes patrouilles sillonnaient alors la forêt dans tous les sens, sans parler des postes avancés qu'ils y avaient placés avec cette intelligence de la topographie dont ils avaient déjà donné tant de preuves depuis le commencement de la guerre.

Les allures honnêtes et modérées de la défense de Paris les avaient assez promptement rassurés, et, vers la fin du siège, leur surveillance, toujours aussi active sur les premières lignes du blocus, s'était quelque peu relâchée sur les derrières.

Trois mois plus tôt, les deux voyageurs auraient eu bien des chances de tomber dans une embuscade avant d'avoir fait cent pas dans la forêt, et leur voyage eût été si vite interrompu qu'ils ne se seraient probablement pas risqués à l'entreprendre.

Mais dans cette seconde période, moins agitée, il s'agissait tout simplemement pour eux d'avancer prudemment et de bien connaître leur direction.

Ils paraissaient remplir parfaitement ces deux conditions, car la femme avait l'air de suivre un itinéraire à elle connu, et l'homme observait les abords du sentier avec un soin minutieux.

On aurait dit qu'il avait l'habitude de s'éclairer militairement.

Le temps était du reste assez favorable à une expédition secrète, car le sol était couvert d'une neige durcie qui amortissait le bruit des pas et le vent soufflait du nord avec une force croissante.

Les grand'gardes prussiennes, s'il y en avait encore dans ces parages, devaient s'être mises à l'abri et quant aux sentinelles, il était peu probable quelles se tinssent immobiles à leur poste de faction.

Le piétinement auquel le froid les contraignait pour se réchauffer aurait pu s'entendre de loin et c'était là un indice qu'un observateur expérimenté pouvait mettre à profit.

Après avoir marché longtemps sans qu'aucun incident vînt troubler leur expédition, le colporteur et sa compagne arrivèrent à une partie de la forêt où le terrain changeait de nature.

De plat qu'il était du côté de Saint-Germain, le sol devenait de plus en plus accidenté.

Ce n'étaient ni les gorges, ni les rochers qu'on rencontre si fréquemment à Fontainebleau, mais les sentiers s'élevaient par des pentes assez raides pour redescendre brusquement en talus coupés presque à pic.

Parfois même, il fallait cheminer dans des ravins encaissés entre des berges escarpées.

Là, force était de ralentir la marche.

Les hautes branches des arbres séculaires formaient au-dessus du sentier comme un dôme et interceptaient le peu de clarté qui tombait du ciel nuageux.

D'énormes souches dont les racines tortueuses débordaient sur l'étroite allée prenaient dans ce clair-obscur des formes fantastiques.

Loin de se laisser rebuter par ces difficultés, le guide féminin semblait avancer d'un pas, sinon aussi rapide, du moins plus assuré.

Il était probable, à en juger par ses nouvelles allures, que ces parages lui étaient familiers, car elle s'arrêtait parfois pour examiner avec attention un tronc déjeté ou une pierre en saillie, comme si elle eût cherché à retrouver dans ces accidents du chemin des points de repère.

L'homme se contentait de suivre en réglant son pas sur le sien. Après chaque temps d'arrêt, la femme se retournait à demi, et par un geste à peine esquissé, indiquait à son compagnon qu'elle reconnaissait la route.

Celui-ci se conformait à l'invitation tacite qui lui était adressée et suivait sans jamais articuler une parole.

Peut-être craignait-il que le plus léger bruit n'allât réveiller dans l'ombre, non pas comme le dit Victor Hugo dans sa ballade des deux Archers :

Un démon ivre encore du banquet des sabbats.

mais tout simplement un Prussien engourdi par le froid ou par le schnapps.

Quoi qu'il en fût du véritable motif de son mutisme, jamais enfants perdus ne se glissèrent plus silencieusement au milieu d'un bivouac ennemi, jamais tribu de Peaux-Rouges ne suivit avec plus de précautions le sentier de la guerre.

A mesure qu'ils avançaient, les voyageurs semblaient redoubler de prudence et d'attention.

Il y eut même un moment où la femme suspendit brusquement sa marche pour rester immobile au milieu du chemin.

En cet endroit commençait une montée pierreuse que bordaient à droite et à gauche des fossés profonds.

Le lieu avait une physionomie particulière qu'on ne devait pas oublier quand on était déjà passé par là.

Le guide en jupon reconnut sans doute cet escarpement où une voiture aurait eût bien de la peine à passer sans verser, et peut-être voulut-elle faire allusion à quelque accident de ce genre, car elle se mit à gesticuler avec une certaine animation en montrant une des ornières latérales et en se penchant de côté comme pour imiter un véhicule qui tombe.

L'homme hochait la tête pour montrer qu'il comprenait, mais continuait à ne pas desserrer les dents.

Après cette station, la femme n'hésita plus.

Elle se lança en avant d'un pas assuré et accéléré.

Il devenait évident qu'elle croyait toucher au but de son voyage et qu'elle se hâtait d'y arriver.

Aux allures incertaines et aux tâtonnements inquiets avaient succédé une décision de marche et une précision de mouvements qui ne laissaient aucun doute à cet égard.

Après dix minutes de course, le couple déboucha dans un rond-point au milieu duquel s'élevait un poteau indicateur dont l'obscurité ne permettait pas de lire l'inscription.

La femme le fit cependant remarquer à son compagnon, qui cette fois murmura très distinctement :

— Voilà sans doute l'étoile du *Chêne-Capitaine*

Soit qu'elle n'eût pas entendu, soit qu'il ne lui convînt pas de répondre, la voyageuse, toujours muette, l'entraîna plus loin.

A cent pas de là, sur le bord d'une large route, s'étendait un espace vide dont un arbre colossal marquait le centre.

La femme s'arrêta et étendit le bras.

— C'est donc ici! dit l'homme d'une voix étouffée.

La clairière devant laquelle venaient de s'arrêter les deux voyageurs était bien celle où le commandant de Saint-Senier avait succombé trois mois auparavant, dans un duel déloyal. Seulement l'aspect de ce coin de la forêt n'était plus le même.

D'abord, les piles de bois qui avaient abrité naguère les témoins fortuits de cette funeste rencontre n'existaient plus du tout.

Les Prussiens chargés de garder la forêt s'en étaient servis pour chauffer leur bivouacs et, là comme ailleurs ces guerriers utilitaires avaient fait place nette. Le taillis se trouvait même sensiblement éclairci et les cognées allemandes y avaient pratiqué d'assez larges trouées.

Mais le théâtre du combat n'en était pas moins reconnaissable à cause de l'arbre isolé qui marquait le centre de la clairière. C'était un chêne plusieurs fois séculaire dont le tronc noueux soutenait comme une colonne trapue un chapiteau colossal formé de vingt étages de branches superposées. Le vent de l'hiver l'avait dépouillé de son dôme de feuillage, mais la silhouette de ses rameaux décharnés se profilait vigoureusement sur le ciel sombre.

Il était impossible de passer là sans remarquer ce géant de la forêt, et les Prussiens ne l'avaient probablement respecté que faute de moyens suffisants pour l'abattre.

En effet, il leur aurait, à lui seul, fourni plus de combustible que toutes les bûches entassées aux environs, et cependant il était resté debout.

La femme qui tendait la main pour le montrer à son compagnon de route était certainement déjà venue là et n'y revenait pas sans motifs.

Ce qu'elle cherchait au milieu de la nuit, par les sentiers difficiles et les détours compliqués de la forêt, c'était cette clairière du *Chêne-Capitaine*, et elle en avait reconnu

les abords avec une sagacité qui faisait honneur à sa mémoire.

L'homme, au contraire, devait se trouver pour la première fois dans ces parages et l'exclamation qu'il venait
de pousser indiquait que la vue de ce lieu désert éveillait
en lui bien des souvenirs.

C'est que les deux voyageurs n'avaient de la profession
qu'ils semblaient exercer que le costume.

Le colporteur se nommait Roger de Saint-Senier.

Sa compagne n'était autre que Régine, et cette nuit
était la première d'une évasion effectuée à travers mille
dangers.

L'accomplissement d'un devoir avait seul pu les attirer
dans cette partie de la forêt, car la direction qu'ils suivaient ne les éloignait pas des lignes prussiennes et, au
jour, ils étaient menacés de se trouver dans le plus grand
embarras.

La seule route qui pût les conduire en pays ami était
celle de l'Ouest et ils lui tournaient le dos en marchant
vers le cours de la Seine où les Allemands avaient multi-
plié les postes, au lieu de mettre à profit cette longue nuit
de décembre pour gagner à travers champs le pays boisé
qui s'étend vers les départements de la basse Normandie.

De ce côté, les armées ennemies n'avaient encore fait
que des pointes isolées, et il n'était pas très malaisé de
passer au milieu de leurs coureurs, tandis qu'en s'enfon-
cant plus avant dans la forêt, on ne pouvait aboutir qu'à
Poissy où à Maisons, c'est-à-dire à des points parfaitement gardés.

Mais les fugitifs semblaient pour le moment préoccupés
de tout autre chose que de se dérober aux recherches.

Tous les deux étaient restés immobiles au bord de la
clairière et frappés du même sentiment.

On aurait dit qu'ils craignaient de fouler ce sol glacé
où le sang avait coulé et qu'une crainte superstitieuse les
clouait à la place où ils s'étaient arrêtés d'abord.

C'était précisément l'endroit où l'hercule Pilevert et le

paillasse Alcindor s'étaient mis en observation le matin du duel.

On le reconnaissait facilement à l'empreinte que le tas de bois disparu avait laissée sur le terrain.

A quelques pas, sur la gauche, commençait le taillis d'où Régine était sortie, quand elle avait fait son apparition, après la chute du commandant, atteint en pleine poitrine par la balle de Valnoir.

Ces détails topographiques semblaient la préoccuper beaucoup, car elle regardait avec attention, comme si elle eût essayé de s'orienter.

Roger, lui, ne bougeait pas, mais son attitude affaissée trahissait une profonde émotion.

Après un instant de réflexion et d'examen, la jeune fille parut avoir trouvé ce qu'elle cherchait sans doute, car elle toucha le bras de son compagnon et lui fit signe de la suivre.

Puis, elle se dirigea vers le gros chêne, en ayant soin d'obliquer un peu à droite, et elle s'arrêta à cinq ou six pas du tronc. Là, elle promena encore ses yeux autour d'elle, en tâchant de retrouver un point de repère qu'elle avait dû fixer dans son esprit avant de traverser la clairière.

Alors, frappant du pied et montrant de la main une place sur le sol, elle exprima clairement par cette pantomime une indication que son compagnon comprit sur-le-champ.

Il se débarrassa du ballot qu'il portait, le posa contre l'arbre et se mit en devoir de l'ouvrir.

La jeune fille se défit aussi de son sac, et se mit à genoux pour examiner la terre de plus près.

Au premier aspect et, quoique l'obscurité fût moins profonde depuis qu'on était sorti de l'épaisseur du bois, il était fort difficile d'apercevoir une différence quelconque dans le niveau du terrain.

Une couche de neige durcie avait recouvert uniformément le gazon brûlé par la gelée et s'étendait au loin comme un tapis blanc.

Cependant, en regardant avec une attention minutieuse et surtout en tâtant avec les mains, on pouvait reconnaître certaines inégalités qui semblaient suivre une ligne symétrique, comme si les plaques supérieures du sol n'avaient pas pu se rejoindre entièrement, après avoir été déplacées.

Il n'y avait plus à en douter. C'était bien l'endroit où la terre avait été fouillée par Valnoir et son complice Taupier, pendant la nuit qui avait précédé le duel.

C'était donc là qu'il fallait creuser, si on voulait découvrir le secret enfoui au pied de l'arbre, et il était évident que les deux fugitifs n'étaient pas venus pour autre chose.

Ainsi s'expliquaient le détour dangereux qu'ils venaient de faire dans la forêt et les efforts de Régine pour retrouver l'*Étoile du Chêne Capitaine*.

Roger avait tiré de sa balle une petite houe destinée à de menus travaux de jardinage.

Sa dimension et son poids lui avaient permis de la porter facilement, mais son maniement ne pouvait être ni commode ni rapide.

Cependant Roger vint s'agenouiller à côté de Régine et commença à travailler avec ardeur.

Les premiers coups firent voler la croûte de neige, et en mettant à nu l'herbe qu'elle recouvrait, confirmèrent la justesse du diagnostic de Régine.

Le gazon avait évidemment été coupé là avec une bêche et remis en place de main d'homme.

Cette certitude redoubla le courage de Roger, qui continua à creuser vigoureusement.

Il était très robuste, malgré sa taille élancée, et ses bras nerveux maniaient le pic avec tant de force que l'ouvrage avançait assez vite, malgré la résistance du sol, durci par un mois de froid rigoureux.

Mais, si l'ouvrier improvisé avait pour lui la vigueur et la volonté, il manquait absolument de méthode.

Le métier de terrassier n'est pas très difficile, et n'exige pas une haute dose d'intelligence, mais encore demande-t-il un apprentissage.

Faute de s'être préparé à cet exercice, Roger se donnait beaucoup plus de peine que le premier paysan venu et faisait moins de besogne.

Ses mains, se couvraient d'ampoules, et, à mesure que la profondeur du trou augmentait, le travail devenait plus pénible.

Régine y concourait de son mieux.

Elle enlevait la terre avec ses doigts délicats et saisissait, sans crainte de se meurtrir, des pierres anguleuses qu'elle jetait hors de la fosse avec une adresse surprenante.

Mais, en dépit de leurs efforts réunis, après une longue demi-heure, Roger n'avait pas creusé plus d'un pied, et paraissait très fatigué.

La jeune fille, qui ne le perdait pas de vue, lui fit signe de se reposer un instant, et tous deux s'assirent sur le bord du trou à peine entamé.

Roger regardait devant lui avec cet œil vague de l'homme accablé de graves soucis.

Parfois, le bruit des feuilles sèches secouées par le vent ou le craquement d'une branche le faisait tressaillir, et il se retournait vivement pour voir si rien ne se mouvait à la lisière du taillis.

Mais, dès qu'il avait reconnu que c'était une fausse alerte, il reprenait son immobilité pensive.

Après dix minutes de repos, il se remit au travail et cette fois avec une ardeur véritablement fébrile.

La terre volait sous sa courte pioche, et le trou s'agrandissait à vue d'œil.

Il arrivait à peu près à la profondeur où le dépôt, quel qu'il fût, avait dû être enterré, et cependant le fer ne rencontrait pas encore d'obstacle.

Régine avait cessé d'aider de ses mains.

On eût dit qu'elle craignait le contact de l'objet que recélait la fosse.

Mais bientôt Roger laissa échapper une exclamation involontaire.

L'instrument venait de se rebrousser contre un corps dur et un son sourd et mat avait répondu au coup de pioche.

Le jeune homme s'apprêtait à redoubler, quand Régine lui posa vivement la main sur l'épaule.

Il releva la tête et regarda devant lui.

Une lumière brillait à travers les arbres dans l'épaisseur du bois.

La pioche tomba des mains de Roger.

Il était difficile d'imaginer un contretemps plus fâcheux, puisqu'il se présentait juste au moment où on touchait au but.

L'objet que recelait la fosse était là, recouvert à peine d'une légère couche de terre.

Encore quelques coups de pioche et il apparaissait à découvert, mais ces coups, il eût été souverainement imprudent de les donner.

En effet, la lumière aperçue et signalée par Régine devenait de plus en plus distincte.

Elle disparaissait par instants pour se remontrer presque aussitôt, ce qui prouvait jusqu'à l'évidence qu'elle était portée par des hommes en marche à travers le bois.

A son peu d'élévation au-dessus du sol, on pouvait même conjecturer, sans crainte de se tromper, qu'elle provenait d'une lanterne promenée à bout de bras.

Roger fit toutes ces remarques en un clin d'œil et conclut sans hésiter à la présence d'une ronde de nuit.

Les gardes forestiers ayant depuis longtemps quitté ces parages, la ronde ne pouvait être que prussienne et cette rencontre compliquait singulièrement la situation.

Abandonner la place, sans mener à sa fin une entreprise pour laquelle le lieutenant évadé avait risqué sa liberté et peut-être sa vie, c'était bien dur.

Mais d'un autre côté, rester sur le bord de ce trou inachevé c'était s'exposer, non seulement à se faire prendre, mais encore à livrer le secret de la fosse à de grossiers soldats allemands.

Roger, très perplexe, comprenait d'ailleurs l'impérieuse nécessité de se décider vite.

On entendait craquer les branches froissées par la marche lourde et méthodique de la patrouille ennemie qui manœuvrait évidemment de façon à déboucher du taillis dans la clairière.

Si on se décidait à partir, il fallait le faire avant que le détachement fût en vue.

L'officier se retourna pour interroger du regard sa compagne de route et de périls.

Un coup d'œil lui suffit pour voir qu'elle avait déjà pris son parti.

Elle nivelait avec ses petits pieds la terre fraîchement remuée et cette action en disait assez.

— Au fait, murmura Roger, elle a raison ; il faut cacher la fouille pour que les Prussiens ne voient rien s'ils viennent par ici, et nous embusquer dans le fourré jusqu'à ce qu'ils soient passés.

C'était bien là le plan arrêté par Régine, car elle se releva prestement pour ramasser son sac et Roger l'imita en chargeant sa balle sur le dos.

La jeune fille, reprenant ses fonctions de guide, fit le tour du gros chêne et s'achemina en se courbant vers un massif de noisetiers qui se dessinait au bord de la clairière, du côté opposé à celui par lequel arrivaient les Allemands.

L'officier suivit, portant son fardeau et serrant dans sa main droite la houe qui pouvait encore, à la dernière extrémité, servir d'arme défensive.

Le bruit confus d'une conversation tenue à demi-voix arrivait par intervalles à ses oreilles, et quand il se retourna, au moment où il atteignait l'abri protecteur des broussailles, il aperçut distinctement un groupe débouchant du bois, à l'autre extrémité de l'esplanade dont le

Chêne-Capitaine occupait le centre. L'abri que Régine avait choisi était probablement celui qui lui avait déjà servi d'observatoire le jour du duel, et il était fort bien approprié à cette destination, car au pied des noisetiers sauvages que le hasard de la végétation forestière avait multipliés en cet endroit, les ronces formaient un inextricable fouillis.

Leurs jets capricieux s'accrochaient aux basses branches et rampaient sur le sol, mais ils se recourbaient aussi en voûte et, au plus profond de ce hallier, leurs enlacements avaient laissé une place libre.

On y arrivait sans trop de difficultés par une coulée à l'usage des chevreuils, et Régine traversa bravement, la première, cet épineux sentier.

Une fois réfugié dans cette logette végétale, le couple pouvait se croire en sûreté et jouissait de l'avantage-fort appréciable dans la circonstance — de voir sans être vu.

Roger commença par arranger un siège improvisé avec le sac et le ballot pour y faire asseoir sa compagne qui devait avoir grand besoin de repos et se mit à regarder de tous ses yeux.

Il n'était pas encore très inquiet, car il se persuadait que les Prussiens allaient rejoindre la route en traversant la clairière et qu'il en serait quitte pour leur laisser le temps de s'éloigner.

La ronde s'avançait maintenant à découvert.

Autant qu'on en pouvait juger, la nuit et à cette distance, le détachement se composait de cinq ou six hommes.

Le porteur de lanterne, qui était probablement le caporal, marchait seul en avant de sa petite troupe et, aux reflets de son fallot, brillaient par moments les pointes de casques et les canons de fusil.

Selon la méthode germanique, ces soldats se mouvaient lentement et ne faisaient guère plus de dix pas sans s'arrêter pour reconnaître le terrain.

Roger pouvait voir distinctement le caporal placer derrière son dos sa lanterne dont le rayonnement aurait pu le gêner, lever le nez en l'air comme un chien de chasse qui prend le vent et regarder de tous les côtés.

Le lieutenant connaissait assez les Allemands pour n'être pas surpris de ces précautions, mais le fanal l'étonnait.

— Ils ne porteraient pas une lumière avec eux pour traverser la forêt, pensait-il ; ils doivent avoir un poste dans les environs.

Cette supposition avait cela d'inquiétant, qu'elle ne permettait pas d'espérer le prompt éloignement des Prussiens.

L'événement ne la justifia que trop.

Après une dernière station à mi-chemin du taillis, le vigilant caporal adressa un ordre bref et rauque à ses hommes et la patrouille se dirigea tout droit vers le grand chêne.

Une même émotion étreignit le cœur des deux fugitifs.

L'habileté des soldats allemands était devenue proverbiale pour découvrir les objets précieux qu'on avait l'imprudence de confier à la terre.

Ils savaient deviner les trésors enfouis beaucoup mieux que les sorcières de campagnes ne devinent les sources, et on aurait dit qu'ils flairaient les tonneaux de vin cachés sous l'herbe comme certains animaux flairent les truffes.

Comment espérer que les fouilles commencées échapperaient à leurs yeux avides ?

Et s'ils creusaient à cette place, le secret qu'elle recouvrait allait leur être livré.

Ce secret, ni Roger ni Régine ne le connaissaient encore, car si la jeune fille avait vu, le matin du duel, Valnoir et Taupier combler une fosse, elle ne savait pas ce qu'ils y avaient enterré.

Mais elle devait avoir de puissants motifs pour chercher à pénétrer ce mystère, puisqu'elle amenait là Roger de Saint-Senier à peine échappé aux dangers d'une captivité de deux mois.

Cependant, les Prussiens s'étaient massés autour de l'arbre, et, à cette courte distance, les fugitifs ne perdaient pas un seul de leurs mouvements.

Au commandement du caporal, les armes furent déposées en faisceau et les soldats se mirent avec une évidente satisfaction à battre la semelle et à se brasser la poitrine pour se réchauffer. Leur chef avait posé son fusil et son falot, et s'occupait à allumer une grosse pipe à fourneau de porcelaine.

S'agissait-il d'une simple halte ou de l'installation d'un bivouac ?

Roger, qui se posait cette question avec anxiété, fut bientôt tiré d'incertitude.

Un Allemand se mit en devoir d'amasser des feuilles sèches et de petites branches contre le tronc du vieux chêne, un autre battit le briquet, et le reste de l'escouade se dispersa pour aller couper du bois dans le taillis, pendant que le caporal plaçait un factionnaire à côté des faisceaux.

Il n'y avait plus le moindre doute à conserver. Le détachement allait s'installer là pour le reste de la nuit.

Les Prussiens semblaient du reste avoir choisi cette place, sans y entendre malice, et tout simplement parce que cet arbre énorme fournissait à la fois un abri contre le vent et une bûche de fond pour leur foyer.

Les fouilles inachevées et imparfaitement comblées dans la précipitation du départ ne paraissaient pas avoir tout d'abord attiré leur attention. Mais cette heureuse indifférence se prolongerait-elle ?

C'était bien peu probable, et Roger n'y comptait guère.

Dans cette situation tendue, le seul parti que pussent prendre l'officier et la jeune fille c'était de rester tapis dans leur cachette, jusqu'au moment où l'ennemi se déciderait à s'éloigner.

Le pis qui pouvait leur arriver, c'était d'y passer la

nuit, car les rondes rejoignent généralement au point du jour le poste qui les a détachés.

D'ailleurs, il eut été fort imprudent de chercher à fuir.

Le hallier n'avait qu'une issue, celle qui s'ouvrait sur la clairière, et on ne pouvait pas penser à sortir par là.

Se dérober du côté opposé, en rampant à travers les ronces, c'était une entreprise à peu près impraticable, surtout pour une femme et avec des fardeaux.

D'ailleurs, les Allemands ont l'oreille fine, et le plus petit bruit les aurait attirés infailliblement sur la piste des fugitifs.

Enfin, si le bonheur voulait que le dépôt échappât à l'attention des soldats, on avait encore la chance d'achever, après leur départ, le travail interrompu par leur apparition.

Roger avait donc toutes sortes de raisons pour se tenir coi, seulement il n'envisageait pas sans une vive inquiétude la journée du lendemain.

Son évasion devait déjà être signalée à Saint-Germain, et il eût été bien important de profiter de la nuit pour gagner du pays.

Il fut bientôt distrait de ses réflexions par le voisinage inquiétant d'un Prussien qui abattait des branches à grands coups de cognée.

Non seulement il l'entendait, mais il le sentait, car une âcre odeur de tabac de Hambourg lui arrivait, chassée par la bise à travers les broussailles.

C'était un nouveau danger; déjà Régine avait étouffé un accès de toux, et, d'ailleurs, il pouvait prendre fantaisie au coupeur de bois de s'avancer jusqu'au hallier mais il avait sans doute complété son fagot, car il s'éloigna en chantonnant.

Roger le vit bientôt se diriger vers le chêne central où ses camarades avaient déjà entassé les matériaux d'un bûcher respectable.

Ils s'évertuaient à souffler sur les feuilles qui commençaient à s'allumer au pied du tronc et l'attention du caporal lui-même était absorbée par cette intéressante opération.

Tout à coup une lueur très vive éclata dans le bois à vingt pas de la cachette.

— Le feu ! murmura Roger, consterné.

C'était en effet le feu qui venait de prendre dans les broussailles à quelques pas de la cachette où les fugitifs s'étaient blottis.

Le Prussien, en allumant sa pipe, avait dû laisser tomber une flammèche sur la litière de feuilles sèches qui recouvrait le sol, et, il n'en avait pas fallu davantage pour embraser les branches minces du taillis.

Après la gelée, qui durait sans interruption depuis le commencement de novembre, toute humidité avait disparu du bois, qui brûlait comme en plein été.

La flamme montait en longs jets par-dessus les branches, et le vent du nord chassait la fumée vers le hallier voisin.

Dans la situation déjà si critique de Roger et de sa compagne, cette complication était des plus fâcheuses.

Ils se regardèrent avec inquiétude et, s'ils avaient pu échanger leurs pensées, il est probable qu'ils se seraient demandé s'il ne valait pas mieux fuir.

Mais l'infirmité de Régine la condamnait au silence.

Le danger d'ailleurs n'était pas encore pressant, seulement il se présentait sous deux formes également redoutables.

D'abord, l'incendie pouvait gagner de proche en proche, et de plus, la clarté devait attirer l'attention des Prussiens.

Déjà, on les entendait rire bruyamment et échanger de grossières exclamations de joie.

Voir brûler une forêt française était pour eux un divertissement de choix et il y avait peu de chances qu'ils prissent la peine de se déranger pour éteindre le feu allumé par leur imprudence.

Mais il était à craindre que la fantaisie ne leur vînt de contempler de plus près cet agréable spectacle.

Dans ce cas, les fugitifs auraient certainement été découverts.

Il est vrai qu'il y avait aussi une compensation possible, l'attention des Allemands devant être détournée de la fosse creusée au pied du chêne.

Le feu, malheureusement, avait pris, en peu d'instants, des proportions considérables.

Les herbes et les ronces formaient la base d'un foyer qui allait s'élargissant.

Il devenait évident que l'incendie ne s'arrêterait que faute d'aliment, et, comme le buisson qui servait de refuge aux voyageurs se reliait au taillis enflammé, il devait nécessairement être atteint dans un temps donné. Par contre, la clairière était trop large pour que le feu pût arriver jusqu'à l'arbre central, et les soldats n'avaient rien à craindre.

Roger s'aperçut bientôt que la place allait cesser d'être tenable.

Déjà on sentait la chaleur de cet énorme brasier et la fumée devenait insupportable.

Il fit signe à Régine de se tenir prête à tout événement et lui donna l'exemple en chargeant son ballot sur ses épaules.

La jeune fille se leva, sans donner aucun signe de frayeur, prit son sac et attendit avec calme le moment qui allait décider de son sort.

La lueur de l'incendie se projetait au loin et éclairait le groupe des Allemands.

Ils avaient cessé de s'occuper des préparatifs de leur bivouac, trouvant sans doute que leur foyer ferait maigre figure à côté de cet embrasement colossal.

On les voyait, adossés tranquillement au gros chêne, savourer la vue de cette destruction qui ne les touchait guère et se montrer les uns aux autres les progrès du feu.

Un épisode de ce désastre semblait absorber particulièrement leur attention.

Au milieu du taillis qui brûlait, s'élevait un bouleau isolé dont le tronc blanc et lisse venait de s'allumer comme un cierge.

Ils suivaient avec une curiosité méchante, les effets de la flamme léchant l'écorce qui pétillait et gagnait les hautes branches qu'on voyait se transformer en girandoles éclatantes.

On aurait dit une pièce de feu d'artifice, et à chaque rameau qui se détachait pour tomber dans le brasier, en soulevant une pluie d'étincelles, c'étaient des exclamations de joie.

Il est juste d'ajouter que le caporal ne semblait pas prendre tout à fait aussi gaîment ce spectacle inattendu.

Il se promenait en fumant sa pipe autour des faisceaux et s'arrêtait de temps en temps comme pour interroger l'horizon assez borné de la clairière.

Peut-être, en sa qualité de chef du détachement, se préoccupait-il de la responsabilité qui allait lui incomber pour avoir laissé brûler avec tant d'indifférence une forêt dont la stratégie prussienne pouvait avoir besoin plus tard.

Toujours est-il qu'il paraissait indécis sur la question de savoir s'il fallait rester à son poste de nuit ou se replier en bon ordre pour aller chercher du secours.

Roger observait de son côté les progrès du feu sur le bouleau avec autant de soin que les Prussiens, mais avec de tout autres pensées.

L'arbre miné par le pied ne devait pas tarder à s'abattre et le hallier protecteur n'était pas assez éloigné pour se trouver en dehors du rayon de la chute.

Il y avait là pour les réfugiés un nouveau et grave danger.

Si le bouleau s'abattait de leur côté, ils devaient presque infailliblement être écrasés sous le poids de cette masse incandescente.

Eussent-ils même par un miracle échappé à ce péril, le contact de l'arbre enflammé ne pouvait pas manquer de communiquer le feu aux broussailles.

C'était encore la mort en perspective, plus lente, il est vrai, mais aussi cent fois plus affreuse.

Et ce qui ajoutait à l'horreur de la situation, c'est que rien ne pouvait être tenté pour s'y soustraire, à moins de risquer une fuite sous les balles prussiennes.

La cachette était tellement étroite qu'elle ne laissait pas la faculté de s'écarter assez pour éviter d'être pris sous les ruines du bouleau que l'incendie minait par le pied.

Déjà il chancelait sur sa base, et on pouvait presque calculer les minutes qui restaient jusqu'à la catastrophe.

Ce n'était pas pour lui que Roger avait peur.

En venant défendre Paris avec son bataillon, il avait fait le sacrifice de sa vie, et, depuis le commencement du siège, il avait traversé d'assez sérieuses épreuves pour avoir appris à mépriser la mort.

Le jour même, quand il s'était décidé à s'échapper de l'hôpital de Saint-Germain à travers les sentinelles allemandes, il savait parfaitement à quoi il s'exposait en courant la chance d'être repris.

Mais il ne pouvait s'accoutumer à l'idée de voir périr avec lui la jeune fille qui s'était si généreusement dévouée pour le délivrer.

Si, en se rendant aux Prussiens, il avait pu assurer le salut de Régine, Roger n'aurait pas hésité.

Mais les événements avaient lié si étroitement leurs destinées qu'ils étaient condamnés à mourir ensemble, si Dieu ne les sauvait pas tous les deux.

L'héroïque jeune fille ne donnait du reste aucun signe de frayeur.

Elle regardait son compagnon d'un œil calme, et il y avait tant de fermeté dans son attitude que l'officier se reprochait presque de trembler pour elle.

En même temps, il se frappait le front avec désespoir

comme pour y faire naître une idée qui pût les préserver de l'horrible fin dont ils étaient menacés.

Au moment où il allait se décider peut-être à tenter une évasion impossible, il entendit trois coups de sifflet répétés à intervalles inégaux, et il crut en même temps distinguer un bruit sourd sur la nature duquel un soldat ne pouvait pas se tromper.

C'était le pas cadencé d'une troupe en marche.

Roger comprit à l'instant ce qui se passait.

La clarté que l'incendie projetait au loin avait été aperçue des grands gardes prussiennes disséminées dans la forêt et un détachement nombreux s'était porté en toute hâte sur le lieu du sinistre.

Les coups de sifflet avaient été lancés par le prudent caporal qui se croyait obligé de signaler sa présence dans la clairière.

Le dernier espoir des fugitifs s'envolait.

L'escouade de secours qui arrivait, guidée par cet appel, ne pouvait pas manquer de faire sa jonction avec les Allemands cantonnés au pied du gros chêne, et, une fois réunis, ces hommes allaient évidemment se mettre à attaquer le bois à coups de haches pour couper le feu.

La cachette allait donc se trouver cernée, à moins que les soldats ne jugeassent à propos d'y pénétrer pour l'abattre.

Dans les deux hypothèses, les malheureux qui s'y étaient réfugiés se voyaient perdus.

Roger serra le bras de la jeune fille et lui montra la clairière comme pour lui dire :

— Voulez-vous braver les balles et fuir de ce côté?

Un signe de tête de Régine fit comprendre à son compagnon qu'elle était prête.

Il n'y avait pas une seconde à perdre et Roger prit la main de la jeune fille pour s'élancer avec elle.

Un pétillement sec qui éclata tout à coup derrière lui, fit qu'il se retourna.

Le feu venait de prendre au hallier.

Un tison apporté par le vent l'avait communiqué aux herbes sèches qui flambaient déjà, mais le hasard avait fait que la place où ce brandon était tombé ne portait autre chose que des ronces assez clairsemées.

Roger étouffa un cri de joie et retint sa compagne.

Dieu venait de lui envoyer l'idée qu'il cherchait.

L'incendie allait se charger de leur aplanir la route en détruisant les broussailles qui les emprisonnaient et en leur ouvrant une issue hors de la vue des Prussiens.

Seulement il lui fallait le temps de faire son œuvre et le bouleau aux trois quarts consumé, pouvait s'abattre d'un instant à l'autre. La vie de deux créatures humaines dépendait de la résistance d'un arbre assez frêle qui brûlait depuis une heure.

Pendant que Roger suivait avec une anxiété indicible la marche du feu, le roulement du pas accéléré des soldats qui arrivaient l'avertit que les Prussiens allaient paraître.

S'ils débouchaient du bois par la route qui passait derrière le hallier, la retraite était coupée.

A ce moment suprême, tout effort devenait inutile.

Il fallait se borner à faire des vœux pour que les buissons protecteurs fussent dévorés avant le tronc du bouleau et pour que le nouveau détachement se montrât du côté de la clairière.

Vingt secondes s'écoulèrent ainsi.

Puis, on entendit un affreux craquement, précurseur de la chute, et l'arbre commença à s'incliner lentement.

Au même instant, la tête de la colonne prussienne se montra au bord de la clairière.

Il y avait une centaine d'hommes conduits par un officier, et ils signalèrent leur arrivée par un hurrah formidable.

C'était déjà une fort heureuse chance pour les malheureux réfugiés dans le hallier que de ne pas se trouver cernés par l'ennemi, mais la situation n'était cependant pas beaucoup plus rassurante.

Le bouleau qui menaçait de les écraser ne tenait plus debout que par une sorte de miracle d'équilibre.

Quant aux broussailles, à travers lesquelles il fallait passer pour fuir, elles brûlaient lentement, et la place n'était pas encore assez nettoyée pour que le chemin fût praticable.

Cependant, les secondes étaient des heures.

La lueur du brasier éclairait si vivement qu'on distinguait les objets beaucoup mieux qu'en plein jour.

Roger voyait l'officier qui venait d'amener le détachement gesticuler en donnant des ordres, et les soldats se masser par pelotons, le casque en tête et la hache à la main.

Ils n'attendaient évidemment qu'un ordre pour se lancer dans toutes les directions et commencer leur travail d'abattage afin d'isoler l'incendie.

Le tumulte des préparatifs avait occupé leur attention dans les premiers instants, mais ils ne pouvaient pas manquer d'apercevoir bientôt la silhouette des fugitifs qui se détachait nettement sur le fond lumineux des buissons enflammés.

— Êtes-vous prête? dit à demi-voix Roger, oubliant dans son trouble que Régine ne pouvait pas l'entendre.

Mais le geste commenta les paroles et la jeune fille comprit si bien qu'elle fit un pas en avant.

— *Forwaert!* cria l'officier prussien, et ses soldats se jetèrent en avant.

Ce fut le moment que saisit Roger.

Plaçant la jeune fille derrière lui, de façon à la couvrir de son corps, il se précipita tête baissée à travers le feu.

L'espace à franchir n'était pas large, mais le péril était grand. Il fallait courir sur des tisons ardents et écarter les branches enflammées qui barraient encore le passage.

A tout homme de sang-froid l'entreprise aurait paru impraticable, mais l'excès du danger surélève le courage, en même temps qu'il décuple les forces, et, dans les cas extrêmes, la témérité devient de la prudence.

Roger, naturellement adroit et vigoureux, accomplit avec un bonheur étrange ce double exploit de franchir le brasier et de préserver sa compagne.

Il parvint à gagner l'allée voisine sans autre accident qu'une brûlure à la main gauche et, quand il se retourna, il vit à côté de lui Régine saine et sauve.

A l'instant même où il posait le pied sur le sol que l'incendie n'avait pas encore atteint, le bouleau s'abattait avec un fracas épouvantable, et couvrait de ses rameaux enflammés la place que les fugitifs venaient de quitter.

La chute du géant végétal fut saluée par les acclamations des Allemands, qui attendaient sans doute ce moment pour entrer en action.

Les deux dangers, celui du fléau et celui de l'ennemi, avaient été évités en même temps.

Mais Roger comprenait bien qu'il n'en avait pas encore fini avec les Prussiens, s'il s'attardait dans ces parages, et qu'il fallait à tout prix s'éloigner rapidement.

S'accorder une minute pour respirer c'était s'exposer à perdre tout le fruit de son heureuse audace, car les hommes n'étaient pas moins à redouter que l'incendie.

Le lieutenant saisit la main de Régine et l'entraîna dans le taillis encore intact qui bordait l'allée.

Ils y avaient à peine fait dix pas que trois soldats se montrèrent sur la droite.

La jeune fille les aperçut la première, elle fit un bond de côté et se mit à courir de toutes ses forces dans la direction opposée.

Roger exécuta la même manœuvre avec beaucoup de présence d'esprit et d'agilité.

Mais il était déjà trop tard.

Si prompt qu'eût été le mouvement, les Prussiens étaient si près et le bois si bien éclairé par l'incendie que les fuyards furent aperçus.

— Halte! halte! crièrent les Allemands.

L'officier et sa compagne n'avaient garde de s'arrêter et cette injonction ne servit qu'à leur donner des jambes.

Alors commença une course effrénée où les soldats avaient tout l'avantage.

D'abord, ils étaient trois et pouvaient se diviser pour barrer les sentiers. De plus ils ne portaient que leurs haches, tandis que ceux qui cherchaient à leur échapper pliaient sous le poids de ballots assez lourds.

Enfin les persécuteurs arrivaient frais et reposés de leur bivouac, et le couple français marchait depuis plusieurs heures.

Il était difficile de supposer que les petits pieds d'une jeune fille en sabots auraient raison des jambes fortement bottées de trois robustes Teutons.

Cependant, ni elle ni Roger ne perdirent courage.

Ils s'étaient compris d'un coup d'œil et couraient côte à côte, en se retournant de temps en temps pour voir si la meute prussienne ne se recrutait pas d'autres soldats.

Toute la question était là en effet.

Si le reste de la bande hostile se mêlait de la poursuite, c'en était fait des fugitifs, mais, dans le cas contraire, il leur restait encore une faible chance de salut.

Après quelques minutes, Roger acquit la certitude que le gros du détachement s'occupait d'éteindre l'incendie et non pas de les poursuivre.

Quant aux trois camarades qu'un hasard malencontreux avait jetés sur leur chemin, ils ne portaient pas de fusils et ne pouvaient par conséquent leur envoyer des balles.

Cette certitude était rassurante et le lieutenant qui ne doutait de rien, pensait déjà qu'au cas où il faudrait en venir à une lutte corps à corps, sa pioche pourrait encore lui servir. Ce fer emmanché qu'il tenait à la main était une arme fort médiocre pour parer les coups de trois haches allemandes, mais énergiquement manié, il avait bien sa valeur.

Il s'agissait d'abord de gagner assez de terrain pour que le bruit d'un combat n'attirât pas du renfort à l'ennemi, et de trouver un endroit propice pour renouveler au besoin la célèbre manœuvre du jeune Horace qui fit mordre la poussière aux trois Curiaces en les attaquant l'un après l'autre.

Pour le moment, l'occasion d'utiliser ce stratagème historique ne semblait pas prochain, car les Prussiens couraient serrés les uns contre les autres, ni plus ni moins qu'à l'exercice.

Mais ils avaient beau accélérer leurs lourdes enjambées et s'exciter en vociférant, ils ne se rapprochaient pas et les Français conservaient leur avance.

Seulement, le taillis à travers lequel s'était engagé cet assaut de vitesse allait en s'éclaircissant, et c'était un désavantage pour les fugitifs.

Plus lestes et plus souples que leurs persécuteurs, ils utilisaient pour les dérouter tous les obstacles naturels, tandis que, sur un terrain découvert, il leur devenait beaucoup plus difficile de diviser l'ennemi.

Déjà, plusieurs fois, l'un ou l'autre des Prussiens avait bronché sur une pierre ou sur une souche, et ces achoppements faisaient toujours gagner quelques pas aux fugitifs.

Régine ne paraissait pas fatiguée, et Roger, qui l'observait, enviait presque son énergie, car il se sentait lui-même hors d'état de conserver longtemps cette allure.

On arriva tout à coup à un rideau de jeunes hêtres qui marquait le point où le bois finissait brusquement.

Au delà s'étendait une clairière beaucoup plus vaste que celle du Chêne-Capitaine, et, plus loin encore, une route assez large s'ouvrait dans la forêt.

Au centre de cette plaine resserrée entre le taillis et la futaie, s'étendait une sorte de tâche blanchâtre qui tranchait sur la couleur plus sombre de la bruyère.

La jeune fille, après une seconde d'hésitation, se lança tout droit dans cette direction, après avoir touché le bras de son compagnon pour l'avertir d'être attentif.

A ce moment, les Allemands n'étaient pas à plus de vingt pas en arrière et on les entendait s'exciter entre eux par des interjections rauques.

En arrivant à ce terrain dont la nuance claire l'avait frappé, Roger comprit.

La tache blanche était produite par une couche de glace qui recouvrait une mare, ou plutôt deux flaques d'eau séparées par une étroite bande de terre ferme.

Régine, sans ralentir sa course, se serra contre son compagnon pour s'engager avec lui sur cette chaussée encore invisible pour leurs persécuteurs.

L'obstacle fut franchi en un clin d'œil, et, moins d'une minute après, Roger eut l'indicible satisfaction d'entendre derrière lui un craquement significatif, suivi d'une bordée de jurons retentissants.

Les Prussiens, serrés comme un escadron qui charge, étaient arrivés en bloc au bord de la mare et les lourdes bottes germaniques avaient crevé la croûte fragile qui recouvrait l'eau fangeuse.

Les fugitifs en se retournant purent les voir, enfoncés dans la vase glacée jusqu'au mi-corps, s'épuiser en efforts grotesques pour reprendre pied.

Un seul, plus adroit ou plus heureux, s'était maintenu à moitié sur la chaussée et faisait mine de continuer la poursuite, mais ses camarades s'accrochaient à ses habits en poussant des cris de détresse.

Il était évident qu'il n'allait pas les abandonner dans cette situation critique, et que le sauvetage des embourbés allait la retarder longtemps.

Quoique ce spectacle lui fût très doux, Roger ne s'arrêta pas à le savourer et redoubla de vitesse pour franchir avec sa compagne le reste de la clairière.

Quand ils arrivèrent au bord de la forêt, leurs ennemis s'agitaient encore dans la fondrière où la ruse de la jeune fille les avait conduits.

La route qui se présentait devant les heureux fugitifs

s'enfonçait au plus profond d'une futaie magnifique et, à sa largeur, on pouvait conjecturer qu'elle conduisait à une ville ou tout au moins à un gros village.

C'était une excellente raison pour l'éviter. Régine, qui semblait connaître parfaitement le pays, s'engagea sans hésiter dans un sentier latéral.

Après quelques minutes de marche rapide, les voyageurs arrivèrent devant un gros rocher, derrière lequel Régine montra à son compagnon le toit rustique d'une cabane de feuillage.

Roger tombait de fatigue et il poussa d'autant plus volontiers la porte de cet abri providentiel qu'on n'entendait plus du tout les Prussiens.

— Qui va là ! cria une voix d'homme au moment où les fugitifs allaient franchir le seuil de la cabane.

Roger fit un bond en arrière et entraîna brusquement Régine, de façon à la couvrir de son corps.

La cabane était habitée, et cette découverte était assurément des plus fâcheuses.

Dans la situation où se trouvait l'officier, toute rencontre avait son danger, et tout inconnu était menaçant.

Sa première pensée fut donc de se mettre en défense.

D'un rapide coup d'épaule, il se débarrassa de son ballot qui pouvait le gêner et il eut même la présence d'esprit de le jeter à ses pieds pour en faire un obstacle contre une sortie possible de l'ennemi.

En même temps, il leva sa pioche et se tint prêt à frapper.

Régine semblait avoir compris le danger et, laissant à son compagnon toute sa liberté de mouvements, elle s'était tournée pour faire face au danger qui pourrait venir par derrière, si par hasard les Prussiens retrouvaient la piste.

La nuit était assez noire et l'obscurité était encore augmentée par le voisinage des grands arbres dont les rameaux formaient comme un dôme au-dessus de la cabane.

Aussi ne pouvait-on apercevoir la personne du premier occupant de cet abri rustique.

Il n'avait encore révélé sa présence que par l'espèce de qui-vive si inopinément jeté, et Roger se demandait, non sans inquiétude, à quel être il allait avoir affaire.

Etait-ce un bûcheron réfugié là pour se garantir du froid, un cantonnier en tournée, un espion en surveillance ?

Toutes ces conjectures étaient à peu près également plausibles.

Ce qu'il y avait de sûr, c'est que l'individu surpris avait crié en français et sans aucune espèce d'accent.

L'officier ne crut pas pouvoir se dispenser de répondre à tout hasard pour le mot traditionnel :

— Ami !

L'inconnu ne parut pas d'abord très sensible à cette formule encourageante, car il ne se pressa pas de renouveler ou de compléter son interrogation.

— Qui êtes-vous, vous-même ? ajouta assez rudement Roger.

— Ce n'est pas répondre ça, reprit la voix ; dites-moi ce que nous me voulez et je vous dirai mon nom après.

— Je veux entrer pour me reposer, voilà tout, dit le lieutenant qui ne tenait pas à engager une querelle.

— Je ne vous en empêche pas, grommela l'inconnu d'un ton peu engageant. Il y a de la place pour deux.

— Il en faut pour trois.

— Pour trois ! Vous n'êtes donc pas seul ?

— Non, dit laconiquement Roger.

— Alors, c'est différent. La cabane est trop petite, et si vous entrez, je serai obligé de sortir.

— Oh ! une femme ne compte pas et nous trouverons bien moyen de nous caser.

— C'est donc une femme qui est là derrière vous ?... demanda le personnage, qui devait avoir de bons yeux pour distinguer en pleine nuit la position que Régine occupait.

— Oui, c'est ma sœur et, comme elle est très fatiguée, je n'ai pas de temps à perdre à la porte, répondit l'officier impatienté.

— Bon! bon! ne vous fâchez pas! du moment qu'il s'agit d'une dame, nous allons nous arranger.

— Si vous veniez un peu ici pour me montrer le chemin, ce serait plus commode, fit observer Roger qui se souciait médiocrement de pénétrer à l'aveuglette sous ce toit très propice aux surprises.

— Je vais faire mieux que ça, dit l'inconnu, et nous allons avoir de la lumière.

Le lieutenant allait se récrier sur cette imprudence qui pouvait attirer les Prussiens, mais il réfléchit qu'en avouant ses craintes il allait trahir le secret de sa fuite et il se tut.

La lueur bleuâtre du souffre brilla dans l'obscurité et le craquement sec d'une allumette frottée contre la muraille prouva que l'hôte de la cabane tenait sa promesse.

Dix secondes après, la clarté tremblotante d'une bougie illuminait l'intérieur de ce réduit que Roger put embrasser tout entier d'un coup d'œil.

— Voilà! dit l'inconnu d'un ton presque gai, votre chambre est prête, et celle de madame aussi; car c'est la même.

Sans répondre à cet essai de plaisanterie, l'officier releva prestement son ballot, et, la pioche toujours en arrêt dans sa main droite, il s'avança jusque sur le seuil.

La jeune fille le suivait, sans donner le moindre signe d'inquiétude.

Quoique le sens de ce court dialogue eût dû lui échapper, elle s'était sans doute déjà rendu compte de la situation car, à voir son calme, on aurait été tenté de croire qu'elle s'attendait à cette rencontre.

Roger, avant de franchir la porte, qui était assez basse pour l'obliger à se courber, jeta un regard d'investigation rapide sur la hutte et sur celui qui l'occupait. Bâtie avec des troncs de sapin mal équarris et grossièrement jointés,

couverte en chaume et privée de fenêtres, cette habitation primitive avait dû servir autrefois à abriter des forestiers en tournée.

Le sol y était dépourvu de toute espèce de plancher et
le mobilier se composait de trois ou quatre bottes de paille
et d'un tronc d'arbre taillé en forme d'escabeau.

Quant à l'individu que ce toit rustique abritait momentanément, c'était un assez gros gaillard, porteur d'une
figure joviale et vêtu d'une blouse grise.

Il se tenait debout, élevant d'une main sa bougie qu'il
avait placée dans une petite lanterne et de l'autre main,
se faisant un abat-jour pour examiner les nouveaux arrivants.

Rien d'hostile dans son air, ni dans son attitude ; pas
de surprise possible dans l'espace étroit qu'enserraient les
quatre murs de bois de la cabane.

Tout cela était rassurant et Roger se décida à entrer.

Il prit la jeune fille par la main, la fit passer en même
temps que lui et referma soigneusement la porte.

Il lui tardait de savoir en quelle compagnie le hasard
l'avait jeté, et il se hâta d'employer, pour en venir à ses
fins ce procédé infaillible qui consiste à parler de soi
pour que les autres parlent d'eux.

Il jugeait d'ailleurs indispensable de devancer les questions et de jouer au naturel son rôle de colporteur.

— Excusez-nous, camarade, dit-il, nous avons dû vous
faire bien peur.

— Peur ! à moi ? mais non, je vous assure, balbutia
l'inconnu ; je... je n'ai rien à cacher... rien à craindre,
veux-je dire.

Cet empressement à protester contre la supposition et
cet embarras parurent singuliers au lieutenant.

— Oh ! je pense bien, reprit-il d'un air convaincu,
mais, dam ! vous savez, la nuit, par le temps qui court et
au milieu d'une forêt, on ne sait jamais à qui on a affaire.

— Ça c'est vrai, dit le personnage, et, quand on a comme
moi des marchandises, on se défie toujours un peu.

— Des marchandises ? répéta Roger.

— Mon Dieu, oui, et un gros paquet, encore, reprit l'inconnu en touchant du pied un ballot déposé dans un coin.

Tel que vous me voyez, je suis colporteur, et...

— Colporteur ! s'écria l'officier avant d'avoir eu le temps de retenir l'expression de sa surprise.

— Oui, et tout à votre service, camarade, murmura l'autre, en le regardant en dessous.

Il était difficile d'imaginer une coïncidence plus fâcheuse pour Roger, qui ne possédait encore de son prétendu métier que le costume et les attributs.

L'idée d'être obligé de raisonner sur les foires et sur les marchandises avec un confrère le jetait dans la plus grande perplexité.

Si la dissimulation eût été possible, il aurait renié de bon cœur la qualité sous laquelle il comptait voyager ; mais la balle qu'il portait suffisait pour le classer et déjà l'inconnu la regardait avec attention.

— Mais, vous-même, murmura ce camarade d'occasion, est-ce que vous seriez de la partie ?

— Parbleu ! ça se voit bien, répondit l'officier, comprenant qu'il n'était plus temps de reculer.

— C'est étonnant comme ça se trouve ! dit l'homme en blouse.

Chose bizarre ! il ne paraissait pas beaucoup plus satisfait de la rencontre que ne l'était Roger, et celui-ci s'en aperçut.

— Alors, comme ça, reprit l'inconnu avec une hésitation de plus en plus marquée, vous venez de...

— De Saint-Germain, interrompit le lieutenant, et je m'en vais à...

— A Poissy ? peut-être, se hâta de dire le camarade, devançant à son tour la réponse.

— Oui, de ce côté-là, à moins que je ne passe par Maisons.

— Alors, nous ne pourrons pas faire route ensemble ; je

m'en vas sur Achères; c'est dommage d'être obligé de nous quitter, observa l'inconnu d'un ton qui démentait le regret si obligeamment exprimé.

— C'est singulier ! pensait Roger ; il a autant d'envie de tirer de son côté que moi de me débarrasser de lui.

Et il ajouta tout haut :

— Il n'y a si bonne compagnie qu'on ne quitte...

— Disait le roi Dagobert à ses chiens, interrompit facétieusement le colporteur vrai ou faux.

— Et quand ma sœur se sera reposée une heure ou deux, nous nous remettrons en route, car nous avons encore du chemin à faire.

— C'est vrai qu'elle doit être fatiguée c'te jeunesse, dit l'inconnu en examinant Régine avec plus d'attention qu'il ne l'avait fait jusqu'alors.

— Oh! c'est une brave fille, et pas bavarde avec ça... elle est sourde et muette.

— Pas possible! Ah ! la pauvre petite! s'écria l'inconnu, qui cette fois semblait sincère.

— Mon Dieu, oui! mais ça ne l'empêche pas de savoir vendre, allez! Elle fait l'article mieux que moi, dit Roger qui commençait à entrer dans son rôle.

— Ma foi! camarade! dit l'autre, je n'ai pas grand'-chose à vous offrir; pourtant si vous avez envie de casser une croûte et de boire un verre de vin, j'ai là dans mon sac de quoi souper tous les trois sur le pouce.

Roger hésita un instant, mais il crut lire dans les yeux de Régine qu'elle lui conseillait d'accepter.

— Eh bien! mon brave, ce n'est pas de refus, répondit-il en préparant l'escabeau pour la jeune fille et une botte de paille pour lui :

— A la bonne heure! ça fait que nous pourrons causer un peu en mangeant, s'écria l'inconnu ; et je n'en serai pas fâché, car voilà trois jours que je suis tout seul et que j'avale ma langue.

Puis, comme s'il craignait d'en avoir trop dit, il se jeta

à genoux pour ouvrir son paquet et Roger crut remarquer qu'il avait rougi après avoir parlé de son isolement.

Pour un colporteur qui court les foires, c'était assez extraordinaire.

— Il faut que je sache à quoi m'en tenir sur cet homme, pensa l'officier.

II

Les événements s'étaient succédé avec tant de rapidité et d'imprévu, depuis son évasion de l'hôpital de Saint-Germain, que Roger n'avait pas eu le temps de réfléchir.

L'expédition du Chêne-Capitaine, l'arrivée des Prussiens, l'incendie du taillis, la fuite à travers la forêt, tous ces épisodes s'enchaînaient fatalement les uns aux autres, et l'officier les avait subis sans commentaires.

Il lui manquait même cette consolation des malheureux qui consiste à échanger ses idées avec un ami, puisque l'unique compagne de ses dangers ne pouvait ni parler ni entendre.

En arrivant à la cabane, Roger espérait bien reprendre là le seul entretien qui fût possible avec Régine, c'est-à-dire user de l'ardoise ou des jetons qu'elle portait toujours avec elle pour causer par écrit.

Il avait tant de choses à lui dire, tant de nouvelles à lui demander de tous ceux qui lui étaient chers, qu'il aspirait à cet instant de conversation.

Délivré à l'improviste et condamné à fuir en toute hâte, le prisonnier ne s'était pas encore trouvé dans les conditions indispensables pour causer avec sa libératrice, et cependant, avant d'aller plus loin, il fallait de toute nécessité arrêter de concert la suite du plan d'évasion.

On peut donc aisément se figurer à quel point le contrariait la rencontre du colporteur.

Ce premier occupant de la hutte où il comptait se reposer et se renseigner, était un témoin aussi incommode que forcé.

De plus, il y avait dans sa personne et dans certaines nuances de ses discours et de ses allures quelque chose de mystérieux qui était bien fait pour inquiéter le lieutenant.

Peut-être Régine partageait-elle ses défiances, mais elle ne les laissait pas voir, car son compagnon, qui était habitué à lire dans ses yeux, n'y démêla pas d'autre expression que celle d'une curiosité très attentive.

Pendant que toutes ces pensées se pressaient dans la tête de Roger, l'inconnu achevait avec un empressement obligeant les préparatifs d'un souper improvisé.

Il avait tiré de sa valise un pain très blanc que les assiégés de Paris auraient payé bien cher, un poulet froid, du fromage et des pommes.

Il étala le tout sur un beau foulard rouge emprunté à sa pacotille pour en faire une nappe, et compléta ces apprêts séduisants en détachant de sa ceinture une outre de cuir qu'il posa devant lui avec un certain respect.

— Vous voyez, camarade, que nous ne mourrons pas de faim, ce soir, dit-il gaiement.

— Parbleu? non, s'écria Roger, et je ne suis pas si riche que vous, car je n'ai pas pensé à me ravitailler à Saint-Germain; j'étais si pressé...

— Ça ne fait rien du tout. Quand il y en a pour un, il y en a pour trois, interrompit l'homme, sans relever la maladresse que l'officier venait de commettre en s'excusant.

Un colporteur, pressé au point d'oublier de manger, c'était un peu invraisemblable, et Roger, qui s'était aperçu trop tard de la faute, se hâta d'ajouter:

— Mais je crains de vous priver de vos provisions. Vous avez peut-être une longue route à faire.

— Moi! s'écria l'inconnu, mon voyage finira cette nuit, et demain, à pareille heure, d'une manière ou de l'autre, e n'aurai plus besoin de mes vivres.

Ce fut au tour de l'amphitryon de se mordre les lèvres, après avoir lâché cette phrase qui frappa vivement son interlocuteur.

— Alors, votre tournée est finie? demanda l'officier, en le regardant bien en face.

— Non... non, ce n'est pas ça que je veux dire... mais vous savez, par là-bas, du côté de Maisons, on trouve tout ce qu'on veut...

— Tiens! je croyais que vous alliez à Achères.

Cette fois, Roger vit très distinctement une vive rougeur monter aux joues du colporteur, qui, au lieu de répondre, se mit à découper le poulet avec acharnement.

Ce n'était guère le moment d'insister; mais il n'y avait plus à douter de l'existence d'un mystère, et tout en se proposant de l'éclaircir, le jeune homme se promit d'être lui-même de plus en plus circonspect.

Ce porteballe, dont le sac contenait des victuailles si abondantes, et qui ne savait pas au juste où il avait affaire, ne lui disait rien qui vaille.

Les espions devaient foisonner autour des lignes prussiennes et pouvaient prendre tous les costumes.

C'était le cas ou jamais de se défier.

— Allons! camarade, passez cet aile à la belle enfant qui me fait vis-à-vis, dit l'inconnu d'un air dégagé.

Roger se mit à servir Régine, qui ne fit aucune difficulté d'accepter, et on se mit à manger de bon appétit.

La jeune fille, très indifférente d'ordinaire aux détails matériels de la vie, paraissait ce soir-là prendre plaisir à cette réfection, qui arrivait d'ailleurs fort à propos, après une marche aussi longue et aussi pénible.

Le calme et la tranquillité qu'elle montrait rassuraient un peu l'officier qui avait la plus grande confiance dans la sagacité de sa compagne.

Néanmoins, tout en faisant honneur au souper, il ne négligeait pas d'examiner à la dérobée l'hospitalier camarade que le hasard lui avait donné.

Son physique disait fort peu de chose. C'était un

homme d'un certain âge, c'est-à-dire approchant de la
quarantaine, de taille moyenne, plutôt gras que maigre
et doué de traits aussi réguliers qu'insignifiants.

L'expression dominante de son visage était la gaieté,
une gaieté tempérée par une certaine réserve dont la
cause n'apparaissait pas encore clairement.

Il y avait un sourire en permanence sur ses grosses
lèvres et de l'inquiétude dans ses petits yeux gris, mais
pas la moindre ruse.

L'ensemble manquait de distinction et cependant le
teint n'était pas hâlé comme celui d'un homme que sa
profession oblige à vivre perpétuellement au grand air.

Les mains, quoique larges et épaisses, n'avaient évidemment pas travaillé.

En somme, l'extérieur du personnage était à peu près
celui d'un commis ou d'un petit bourgeois, mais pas tout
à fait celui d'un marchand ambulant et pas du tout celui
d'un ouvrier.

Le langage, du reste, ne démentait pas ces apparences
vulgaires et Roger crut démêler dans le mélange de cor-
dialité et de réticence qui caractérisait la conversation de
l'inconnu un indice favorable.

— Après tout, pensait-il, il peut avoir comme moi d'excellentes raisons pour se cacher et pas de mauvaises intentions.

Pendant qu'il concentrait sur ce problème toutes ses
facultés, le repas continuait silencieusement, et, l'outre
qui faisait office de bouteille passait à la ronde.

L'amphitryon surtout lui donnait de fréquentes acco-
lades, et à mesure qu'elle se vidait, il semblait se dérider
et se montrait plus causeur.

L'occasion était bonne pour le questionner adroitement, et c'est à quoi ne manqua pas l'officier.

— Dites donc, camarade, demanda-t-il sans avoir l'air
d'y attacher une grande importance, comment vont nos
gens, là-bas, à l'armée de la Loire?

L'inconnu fronça imperceptiblement le sourcil et répondit en haussant les épaules :

— Ma foi ! je n'en sais rien ; je viens de courir la Normandie et je ne m'occupe que de savoir si les droguets et les cotonnades se vendent bien.

— Moi aussi, parbleu ! mais ça n'empêche pas d'être Français, et tous ces Prussiens, ça me fait bouillir le sang de les entendre. Croiriez-vous qu'à Saint-Germain, ils disent tout haut dans les cafés que Paris ne tiendra pas huit jours...

— Des vantards, quoi ! dit philosophiquement le colporteur.

— Tout de même, je crois bien que les Parisiens n'en ont pas pour longtemps. J'ai vu hier un meunier qui a fait des fournitures avant le siège et qui connaît son affaire.

Il me disait que les farines n'iraient pas à la fin de l'année...

— Ce n'est pas vrai ! s'écria l'inconnu avec vivacité, Paris a du pain pour six semaines et du cheval pour quatre mois...

— Comment le savez-vous ? demanda Roger.

— Je... je l'ai entendu dire... vous savez, dans les foires, on cause... et... j'écoute, balbutia le camarade, visiblement embarrassé.

— Oh ! ce n'est pas un reproche que je vous fais ; car moi j'ai beau vendre aux Allemands et gagner de l'argent avec eux, je suis Français avant tout, et, quand je trouve de bons patriotes comme vous, ça me remet le cœur.

A votre santé, camarade !

— A la vôtre ! dit le colporteur en prenant des mains de son nouvel ami l'outre de cuir, sensiblement allégée.

— Ma foi ! puisque vous êtes si bon garçon, dit Roger, vous allez me donner un petit renseignement.

— A votre service, si j'en suis capable.

— Savez-vous si on demande les passeports du côté de Maisons?

— Mais oui, comme partout.

— C'est que j'ai peur que le mien ne soit pas en règle et je voudrais savoir...

— Je ne pourrais pas vous dire, interrompit l'inconnu; ça change suivant les endroits.

— Mais vous en avez bien un, vous?

— Certainement; et il est signé de deux commandants et d'un major...

— Prussiens?

— Naturellement. Il y a dessus mon nom, Pierre Bourdier, si vous voulez le savoir, et puis le reste... né à Rouen, venant d'Évreux et allant à Beauvais.

Cette phrase remplie d'indications fut débitée avec une vivacité qui dénotait à la fois l'impatience d'être interrogé et la crainte d'être obligé de montrer ses papiers.

La nuance ne pouvait pas échapper à Roger, qui demeura convaincu d'avoir affaire à un faux colporteur et résolut dès lors d'agir en conséquence.

Pour le moment, il lui fallait bien subir cette compagnie assez équivoque, mais il se mit à rêver au meilleur moyen d'y couper court.

Le souper tirait à sa fin. Régine semblait parfaitement remise de ses fatigues, et il était temps de mettre à profit le reste de la nuit pour s'éloigner, sauf à décider en route quel itinéraire on devait suivre.

Il ne s'agissait donc plus que de trouver un prétexte pour lever la séance et surtout pour se séparer définitivement de l'inconnu suspect.

— J'aimerais bien à attendre le jour ici, dit-il en achevant de croquer une pomme, mais nous avons du chemin à faire et je crois que d'ici à un petit quart d'heure, nous serons obligés de nous remettre en route...

— Faut pas vous gêner, camarade.

Cette réponse fut faite sur un ton qui laissait percer un désir d'en finir, au moins égal à celui de Roger.

Et Roger allait se lever pour faire comprendre ses intentions à Régine, quand on frappa doucement à la porte de la cabane; si doucement qu'il fallait une oreille attentive et exercée pour entendre.

Le camarade n'avait pas fait attention à ce léger bruit.

Quant à Régine, si elle avait tourné la tête du côté de la porte, ce ne pouvait être que par hasard ou par instinct, puisque son infirmité la mettait hors de cause.

Roger crut s'être trompé.

Le moyen en effet d'imaginer qu'à cette heure de nuit, un visiteur venait heurter à cette baraque perdue dans le bois.

Comment d'ailleurs ce visiteur aurait-il pu s'approcher sans trahir sa présence, en marchant par les sentiers couverts de feuilles et de branches sèches.

Au milieu du silence profond de ce coin sauvage de la forêt, le moindre craquement éveillait un écho.

A tout hasard cependant, l'officier se leva et dit à son hôte :

— Vous n'avez rien entendu ?

— Moi ? rien du tout, répondit le colporteur avec un air de surprise qui n'était évidemment pas joué.

— J'avais cru qu'il y avait quelqu'un...

— Où donc ?

— Là !... derrière la porte.

— Vraiment ?

— Mais oui, j'aurais juré qu'on frappait.

— C'est le vent, sans doute.

En donnant cette explication, l'inconnu ne paraissait pas très convaincu et son embarras fit venir un soupçon à Roger.

— Serait-il d'accord avec quelque rôdeur pour nous trahir et nous livrer aux Prussiens, pensa-t-il.

A l'instant où cette idée se faisait jour dans son imagination surexcitée, on frappa de nouveau.

Cette fois, il n'y avait plus moyen de douter.

Un être humain venait d'annoncer sa présence et demandait à entrer.

Celui qui s'était donné le nom de Pierre Bourdier fut sur pied en moins d'une seconde et porta vivement la main sous sa blouse, comme s'il y eût cherché une arme.

Roger serra le manche de sa pioche qu'il avait eu soin de ramasser en se levant.

Tous les deux, oubliant leur défiance mutuelle, firent face à la porte.

— Si c'est un Prussien... murmura l'officier.

— Nous lui ferons son affaire, acheva le colporteur, pâle et serrant les dents.

Sa figure débonnaire avait pris tout à coup une expression résolue qui frappa Roger.

Régine n'avait pas bougé, quoique l'attitude de ses compagnons dût l'avertir d'un danger.

Peut-être avait-elle déjà réfléchi que les Allemands, au cas où ils auraient découvert la cabane, feraient moins de façons pour y entrer.

— Etes-vous prêt, camarade? demanda le lieutenant.

— A en assommer deux ou trois, oui.

— Alors je vais ouvrir et vous pouvez compter que je vous aiderai.

Le visiteur, quel qu'il fût, devait ne rien perdre de ce dialogue, à travers les planches minces de la hutte, mais il n'en était sans doute pas effrayé, car il continuait à frapper avec la même régularité et la même douceur.

Si c'était un ennemi, il fallait bien avouer qu'il ne procédait pas par la violence, car cinq minutes venaient de s'écouler en hésitations et en préparatifs de défense, et il lui eût été difficile de se montrer plus patient.

Peut-être aussi était-ce une ruse pour attirer au dehors les hôtes de la cabane, et Roger, qui soupçonnait un piège, manœuvra en conséquence.

La porte s'ouvrait en dedans.

Il fit signe à Régine et à Bourdier de se ranger de façon à ne pas se trouver dans le rayon lumineux de la lanterne, qu'il n'avait pas voulu éteindre, de crainte de confusion.

Lui-même se plaça de telle sorte qu'en tirant le battant il se trouvait couvert et à portée de prendre en flanc l'ennemi.

Celui qui se présenta n'était pas bien redoutable.

A peine le passage fût-il libre qu'une forme grêle apparut sur le seuil, en même temps qu'une voix plaintive murmurait cette invocation :

— Mes bons messieurs, la charité s'il vous plaît.

Roger qui ne s'attendait pas à entendre la formule traditionnelle des mendiants, bondit de surprise et s'avança pour mieux voir ce singulier pauvre qui s'en allait quêter par les bois des aumônes nocturnes.

— Entrez ! cria-t-il brusquement.

Et, comme le nouveau venu ne se pressait pas de se montrer :

— Entrez donc, sacrebleu ! répéta-t-il en allongeant le bras et en saisissant le solliciteur au collet.

Le mouvement fut exécuté avec tant de promptitude et de précision que la porte se trouva refermée et le mendiant jeté au milieu de la hutte, avant d'avoir eu le temps de répondre.

L'être si rudement introduit ne justifiait guère par son apparence humble et chétive les précautions prises contre lui.

C'était un enfant de treize ou quatorze ans tout au plus, dont la figure hâve exprimait la souffrance et dont la taille rabougrie n'avait rien de redoutable.

Il était vêtu de haillons sordides qui tenaient à peine sur son corps.

Ses pieds rougis par le froid étaient dépourvus de toute espèce de chaussure, ce qui expliquait comment il avait pu arriver sans faire de bruit jusqu'à la porte de la cabane.

Quant à sa coiffure, elle consistait uniquement dans

une forêt de cheveux roux et emmêlés qui retombaient
sur un front bas et cachaient à moitié les yeux.

Cette misérable créature portait sur son épaule une
maigre besace dont les poches aplaties ne pouvaient contenir que des croûtes de pain desséchées, si elles contenaient quelque chose.

Il eût été difficile à l'homme le plus endurci de rester
sur la défensive en présence d'une pareille misère. Roger
ne put se défendre d'un remords en pensant qu'il avait
prolongé les souffrances de cet enfant en le laissant si
longtemps dehors.

Il était tout honteux aussi d'avoir fait tant de stratégie
en pure perte, et il se hâta de déposer son arme.

L'enfant ne paraissait nullement intimidé.

Il se tenait debout sur ses maigres jambes, les mains
arc-boutées sur sa ceinture et, autant qu'on pouvait juger
de la direction de son regard à travers les broussailles de
sa crinière, il examinait Régine avec une attention toute
particulière.

Si on avait voulu se lancer dans des conjectures hasar-
dées, on aurait pu croire qu'il s'attendait à trouver un ou
plusieurs hommes dans la hutte, mais que la présence
d'une femme le déconcertait.

Vêtue comme elle l'était, Régine n'avait rien cependant
qui pût exciter l'étonnement d'un enfant de la campagne.

— Qu'est-ce que tu veux, petit? demanda le colporteur
qui observait le mendiant avec un reste de défiance.

— La charité, mes bons messieurs, répéta le gamin, sur
le même ton monotone.

— Nous ne sommes pas millionnaires, reprit Pierre
Bourdier ; mais si tu veux un morceau de pain, on te le
donnera tout de même.

L'enfant ne répondit pas.

— Voyons, as-tu faim? demanda Roger.

— Oh! oui, mon bon monsieur !

— Et soif aussi, hein ?

— Oh! oui, mon bon monsieur !

Cette psalmodie semblait avoir été apprise par cœur, car le petit la récitait comme une leçon.

— Alors assieds-toi, et arrange-toi des restes, dit le colporteur en lui montrant une botte de paille et en poussant devant lui le pain, le fromage et l'outre aux trois quarts vide.

Le mendiant obéit sans mot dire, tira de sa poche un couteau à manche de corne et entama le souper.

Roger et le colporteur avaient repris leurs places et regardaient manger leur invité.

Ils ne tardèrent pas à échanger un coup d'œil.

La même pensée leur était venue.

Ce mendiant si affamé, au lieu de dévorer le régal inespéré qu'on lui offrait, jouait des mâchoires avec une lenteur singulière.

Les minces bouchées de pain qu'il se coupait semblaient avoir de la peine à passer dans son gosier et il fêtait médiocrement le fromage.

En somme, cette opération intéressante de se restaurer après un long jeûne, il l'accomplissait sans aucun enthousiasme.

— Et d'où viens-tu comme ça, petit ? demanda Pierre Bourdier.

L'enfant avala lentement une croûte avant de répondre.

On aurait dit qu'il cherchait ses mots.

— Mes bons messieurs, dit-il enfin, je me suis perdu dans la forêt.

— Ah! Et qu'est-ce que tu y faisais dans la forêt ?

Il y eut un nouveau silence, puis le gamin reprit en commençant par son invariable formule :

— Mon bon monsieur, je m'en revenais de Carrières oùs'que j'avais mené les vaches à mon oncle.

— Tu es donc du pays ?

— Ben sûr que j'en suis.

— Et pourrais-tu nous conduire à Maisons où à Achères ?

— Pour ça, oui, dit vivement le mendiant, qui cette fois

3

oubliait son refrain, je connais toute les routes et je vous mènerais les yeux fermés.

— Vraiment! s'écria le colporteur. Alors, comment as-tu fait pour t'égarer?

L'enfant, pris au piège tendu par Bourdier, se balança un instant sur ses genoux pliés et dit niaisement :

— Je ne sais pas.

— Il est idiot, murmura Roger.

Le colporteur eut un clignement d'yeux qui signifiait :

— Pas tant que vous croyez.

Puis il reprit tout haut :

— Si tu veux nous montrer le chemin de Maisons, je te donnerai une belle pièce de vingt sous.

— Je veux ben, mais faudra que j'aille avec vous, répondit l'enfant sans hésiter.

— Ça nous va. Nous partirons quand tu auras fini de souper.

— Oh! je mangerai bien mon pain en marchant, dit le gamin en sautant sur ses pieds.

— C'est singulier comme il est pressé de nous conduire, pensait Roger, quand il sentit que le colporteur lui glissait dans la main un objet qu'il venait de ramasser et qui avait dû tomber de la poche de l'enfant.

Il se leva et se tourna sans affectation pour examiner ce que Pierre Bourdier venait de lui remettre mystérieusement.

C'était un thaler prussien.

Cette découverte avait une signification à laquelle il était difficile de se méprendre.

Le thaler n'était pas venu tout seul dans la poche du mendiant, et ceux qui l'y avaient mis ne pouvaient être que des Prussiens.

Or, on est pas prodigue dans les armées allemandes, et si on y avait payé cet enfant, c'est qu'il avait rendu des services.

Toutes ces déductions on ne peut plus logiques se succédèrent rapidement dans l'esprit de Roger et il lui suffit de regarder le colporteur pour voir que les mêmes pensées lui étaient venues.

— Minute, petit, nous ne sommes pas si pressés que ça, dit Pierre Bourdier, qui voulait sans doute se donner le temps de réfléchir avant de prendre un parti.

La situation se tendait considérablement.

Ce n'était pas que ce chétif gamin fût un ennemi bien redoutable et rien assurément n'eût été plus facile à deux hommes vigoureux que de s'en débarrasser.

Le chasser, l'enfermer dans la cabane, ils avaient le choix de tous ces moyens, mais ces expédients pouvaient ne remédier à rien et le danger subsistait tout entier.

Qui prouvait que les Prussiens n'étaient pas cachés quelque part dans les environs et tout prêts à accourir au premier signal ou au premier cri de l'enfant ?

Cependant, à force d'y penser, Roger finit par se dire que l'hypothèse était peu probable.

L'empressement du mendiant à se mettre en route semblait indiquer d'autres projets.

L'intention de trahir semblait évidente. Tout annonçait que le misérable drôle méditait de conduire les hôtes de la cabane tout droit dans les lignes prussiennes, et qu'il s'offrait comme guide dans cette intention perfide.

Refuser sa proposition n'était pas malaisé, mais alors comment l'empêcher de suivre à distance les fugitifs pour les dénoncer au premier poste ennemi qui se trouverait sur la route ?

Toutes ces questions étaient fort embarrassantes à résoudre et le premier point était de se concerter.

L'action du colporteur ramassant le thaler avait dissipé tous les soupçons de Roger à son endroit, et cette pensée d'avoir rencontré un allié sûr consolait un peu l'officier de cette fâcheuse aventure.

Mais il cherchait un moyen de causer avec lui sans être entendu de l'enfant et sans exciter sa défiance.

L'affreux gamin s'était accroupi de nouveau et s'était

remis à peler une pomme, probablement pour se donner une contenance.

Sa physionomie qui s'était animée un instant, quand il avait été question de partir, avait repris son expression stupide.

Mais ses deux grandes oreilles pointaient sous ses cheveux roux comme pour rappeler aux voyageurs que leurs moindres paroles seraient recueillies.

Le colporteur avait ses coudes sur ses genoux et son menton dans sa main.

Il rêvait évidemment au moyen de sortir d'embarras et de se débarrasser sans violence de la malencontreuse compagnie du mendiant.

Quant à Roger, il cherchait instinctivement les yeux de Régine où il était habitué à lire dans les situations difficiles.

Mais quelle apparence que la jeune fille pût lui venir en aide, elle que son infirmité condamnait à rester étrangère à tous les événements extérieurs.

Le silence était profond et l'enfant lançait à la dérobée des regards interrogateurs sur ses hôtes.

Il avait l'air de se demander pourquoi ils ne parlaient pas.

La surprise de l'officier fût extrême quand il vit Régine prendre son sac, l'ouvrir et en tirer quelques pièces de menue monnaie et un jeu de cartes.

Il eut un instant la pensée qu'elle devenait folle, mais elle paraissait très calme et sa figure, tout à l'heure grave, était devenue souriante.

Elle posa le jeu devant elle avec un sang-froid parfait, et avança une pièce d'argent.

Le gamin l'observait avec stupéfaction et ne bougeait pas.

Seulement Roger remarqua l'éclair qui passa dans ses yeux au moment où la jeune fille étalait son petit trésor.

Elle toucha doucement le bras du mendiant et le questionna d'un signe de tête.

— Jouer ! vous voulez jouer ? demanda le drôle qui avait compris.

— Oui, dit le mouvement de Régine.

— Je veux bien ! je sais jouer à la bataille, cria joyeusement le gamin en saisissant les cartes.

— Tiens ! tiens ! c'est une idée, murmura le colporteur, en lançant à l'officier un coup d'œil oblique.

— Ça te va, hein, petit, de gagner dix sous avant de te mettre en route, dit Roger.

— Oh ! oui, mes bons messieurs, ça me va joliment, soupira l'enfant en reprenant son air lamentable.

— Et si tu perds, avec quoi payeras-tu ? demanda Pierre Bourdier d'un ton goguenard.

— Je ne perdrai pas, dit vivement le petit misérable.

A cette affirmation qui révélait l'intention de tricher, le lieutenant ne put s'empêcher de rire, mais son camarade qui ne perdait pas de vue les choses importantes se leva en disant :

— Je crois que nous avons le temps d'aller fumer une pipe dehors ; l'odeur du tabac incommoderait c'te jeunesse et elle pourra s'amuser un peu avec le *mioche* pendant que nous tirerons quelques bouffées.

— Ça y est ! s'écria Roger qui avait compris et qui ne savait laquelle admirer le plus de l'ingénieuse idée du colporteur ou de l'heureuse fantaisie de Régine.

Le gamin mêlait déjà les cartes avec une ardeur fiévreuse qui ne nuisait du reste en rien à sa dextérité.

Les as et les figures voltigeaient sous ses doigts crochus avec une rapidité incroyable et il faisait craquer le jeu avec l'aplomb d'un escamoteur de profession.

Les deux nouveaux amis avaient bien cru surprendre sur ses traits chafouins l'expression passagère d'un soupçon quand ils avaient parlé de sortir, mais la cupidité avait bien vite pris le dessus.

— Allons, petit, bonne chance, dit Pierre Bourdier en ouvrant la porte, et tiens-toi prêt à filer quand j'aurai fini ma *bouffarde*.

— Soyez tranquille, murmura le drôle sans se retourner.

La partie était déjà commencée, et Régine ramassait avec un sérieux parfait les rares levées que son adversaire lui laissait faire.

Pour compléter la mise en scène, le colporteur avait mis en évidence une pipe de terre et une blague bien garnie où Roger avait fait mine de puiser.

Dès qu'ils eurent franchi le seuil et soigneusement refermé le battant délabré qui défendait l'entrée de la hutte, les camarades échangèrent un serrement de main, et Pierre Bourdier murmura à l'oreille de Roger cette phrase concise :

— Là, derrière le rocher.

Dix secondes après ils se trouvaient face à face à quinze pas et en contre-bas de la cabane.

Un gros bloc de grès surplombait le creux choisi par le colporteur pour y entamer l'urgente conférence qui les réunissait.

Ce fut lui qui parla le premier.

— Monsieur, dit-il en changeant de ton et de langage, vous vous êtes défié de moi comme je me suis défié de vous, mais je pense qu'à présent vous êtes fixé.

— Certainement, dit Roger, qui conservait encore un reste d'inquiétude et qui ne voulait se livrer qu'à bon escient.

— Allons, reprit l'homme à la blouse grise, je vois bien qu'il faut que je me confesse le premier, car nous n'avons pas de temps à perdre.

D'abord, je ne suis pas plus colporteur que vous.

— Ah ! dit froidement l'officier qui se méprenait encore sur l'intention cachée dans la fin de la phrase.

— Ecoutez, monsieur, continua le colporteur sans se déconcerter, je ne sais pas faire de beaux discours, mais je suis franc comme l'osier et je crois que je me connais un peu en physionomies.

Il y a une heure que j'ai deviné votre déguisement.

Roger fit un haut-le-corps et recula d'un pas.

— Oh ! je ne vous demande pas votre secret, mais j'ai bien le droit de vous dire le mien.

Tel que vous me voyez, je suis chargé de dépêches importantes du général qui commande l'armée de la Loire, et je m'en vais à Paris, à travers les lignes allemandes.

Si je suis pris, je serai fusillé sans rémission.

Vous n'avez qu'à dire un mot ou à faire un signe à ce misérable môme qui est là, et l'affaire sera dans le sac.

Vous défiez-vous encore de moi ?

Ces derniers mots furent prononcés avec tant de simplicité qu'ils triomphèrent de toutes les hésitations de Roger.

— Vous êtes un brave homme, dit-il d'une voix émue en tendant à son nouvel ami une main que celui-ci serra cordialement.

— Ma foi ! je le crois, répondit en riant le prétendu colporteur.

— Et je ne veux pas être en reste avec vous, ajouta le lieutenant. Je suis officier, j'ai été blessé et fait prisonnier il y a deux mois ; je me suis évadé ce soir de l'hôpital de Saint-Germain, et si je tombe entre les mains des Prussiens, mon affaire ne sera pas beaucoup plus longue que la vôtre.

— Sacrebleu ! s'écria Pierre Bourdier, j'espère bien qu'ils ne nous prendront ni l'un ni l'autre. Quant à cette... cette dame...

— C'est à elle, c'est à son dévouement que je dois ma liberté, et...

— Vous me conterez ça plus tard ; pour le moment, ce qui presse, c'est de nous tirer de ce guêpier en nous débarrassant de ce petit gredin de mendiant.

— Oui, mais, si vous en trouvez le moyen, vous serez plus habile que moi :

— Le moyen ? je l'ai, reprit le colporteur.

— Voyons ce moyen, demanda Roger.

— Oh ! il est très simple, répondit le faux colporteur ;

seulement il se rattache à un plan qui pourrait bien ne pas vous convenir.

— Dites toujours.

— Avant tout, j'ai besoin de savoir ce que vous comptez faire.

— Comment cela?

— Oui, vous m'avez dit que vous étiez prisonnier à Saint-Germain, que vous aviez réussi à vous évader, grâce au concours de cette jeune fille, ce qui ne m'étonne pas, vu qu'elle me paraît très intelligente ; mais je ne sais pas où vous voulez aller.

— Le plus loin possible des Prussiens, répondit assez évasivement l'officier, qui n'était pas encore tout à fait délivré de ses soupçons.

— C'est entendu ; mais c'est plus facile à dire qu'à faire, car ses gueux-là sont partout et, de quelque côté que vous marchiez, il faudra toujours que vous traversiez leurs lignes.

— Qu'importe alors le chemin que je prendrai? dit Roger, avec l'insouciance d'un homme résigné à tous les malheurs.

— Il importe énormément, au contraire, et je vais vous dire pourquoi.

Moi je retourne à Paris, comme je vous l'ai avoué tout à l'heure, et je suis décidé à y arriver ou à périr en route.

Quand j'en suis sorti, il y a quinze jours, je n'ignorais pas à quoi je m'exposais et ce n'est pas après avoir eu le bonheur de remplir la moitié de ma mission que je vais renoncer à la compléter.

Vous, au contraire, vous avez parfaitement le choix.

— Quel choix? demanda le lieutenant, légèrement impatienté de ces préambules.

— Mais de rejoindre une de nos armées de province ou de rentrer au corps où vous serviez, quand vous avez été pris car, je ne vous fais pas l'injure de supposer que vous pensez à regagner tranquillement vos foyers quand la France agonise.

En prononçant ces derniers mots, Pierre Bourdier s'était transfiguré.

Il y a des situations qui ont le pouvoir d'élever les hommes et le langage vulgaire du colporteur s'épurait naturellement en parlant des malheurs de la patrie.

— Vous avez raison et vous êtes un brave garçon, dit Roger, vivement touché de ce changement.

— Oh ! j'en étais bien sûr et je savais bien à qui j'avais affaire ; on ne se risque pas à courir les champs au milieu de gaillards qui ne demandent qu'à vous mettre douze balles de plomb dans la cervelle, quand on n'est pas un peu physionomiste.

— Vous vous êtes pourtant défié de moi d'abord, dit l'officier en souriant.

— Pas longtemps, et je crois que sous ce rapport-là vous ne me devez rien, répondit finement Pierre Bourdier.

Ce fut au lieutenant à rougir quelque peu de ses préventions, mais le digne colporteur n'eut pas l'air de s'en apercevoir.

— Nous disons donc, reprit-il, que d'ici vous pouvez tout aussi bien manœuvrer pour arriver jusqu'à nos vieilles fortifications de Paris qui tiennent encore bon et qui tiendront longtemps, je l'espère...

— Que Dieu vous entende ! murmura Roger.

— Ou, au contraire, filer à petites journées sur la Normandie ou sur le Maine, et, comme tout chemin mène à Rome, rattraper l'armée du Nord ou l'armée de la Loire.

— C'est vrai, dit tout bas l'officier, très frappé de la netteté avec laquelle son nouvel ami exposait les deux alternatives.

— C'est une affaire de goût, reprit gaiement Pierre ; on peut être utile à son pays d'un côté comme de l'autre, et on peut se faire tuer pour lui, à droite aussi bien qu'à gauche.

Il y a maintenant de la gloire partout et du danger pour tout le monde.

— Et je n'en donnerai pas ma part, dit Roger en se redressant.

— Eh bien ! alors camarade, choisissez, demandez, faites vous servir, s'écria le colporteur dont le naturel facétieux reprenait facilement le dessus.

— Je... je ne sais pas, je ne suis pas encore décidé, murmura le lieutenant qui n'avait pas encore eu une seconde pour s'entendre avec Régine, et qui ne voulait rien faire sans la consulter.

— Je peux vous aider, si vous voulez, reprit Bourdier, car je connais tout ça comme ma poche, et si ce sont des renseignements qu'ils vous faut, j'en ai une poignée à votre service.

— Dites toujours, mon ami.

— D'abord, le chemin de la province est, sans comparaison, bien plus facile.

Vous comprenez que les Allemands ne couvrent pas tout le pays et que nos mobiles leur donnent assez de besogne pour qu'ils n'aient pas de temps à perdre à empoigner les gens isolés qui courent les campagnes.

— C'est probable, en effet.

— C'est sûr et, avec un peu d'adresse, vous leur glisserez entre les jambes.

Je vous donnerai, si vous vous décidez pour l'Ouest, un petit itinéraire qui vous mènera au camp de Conlie, aussi aisément que si vous allez de Paris à Saint-Cloud.

— Vous croyez ?

— Je le crois si bien que je peux vous indiquer toutes vos étapes, comme si un intendant les marquait sur votre feuille de route.

Tous les soirs, ou plutôt tous les matins, car il vaut mieux voyager la nuit et se reposer le jour, vous arriverez chez un bon paysan de ma connaissance, qui vous recevra à bras ouverts, quand vous lui aurez dit le mot de passe que je vais vous communiquer.

— Et Régine ne courrait pas de dangers, dit tout bas l'officier en se parlant à lui-même.

— Moins que dans cette satanée forêt, je vous en réponds.

Sans compter que je vous donnerai avant de vous quitter une petite leçon, sur la manière de porter la balle et de débiter la marchandise, car ça me connaît, et, entre nous, vous ne me paraissez pas fort dans les façons du métier.

Rien qu'à la manière dont vous avez posé votre ballot en entrant, j'avais vu que vous n'étiez pas de la partie.

— C'est vrai, dit Roger en soupirant, et je crois que je ne tromperais personne.

— Bah! on s'y fait; ce n'est pas si difficile après tout que de jouer la comédie de société, et je me charge de faire votre éducation en moins d'une heure.

— Ce parti est encore, je crois, le plus prudent, reprit l'officier.

— Ça ne fait pas de doute. Maintenant, voyons l'autre.

Marcher sur Paris, c'est un peu plus rude. Là, il n'y a plus moyen d'esquiver la difficulté. Deux lignes de postes prussiens à percer, la Seine à passer trois fois, et, pour le bouquet, la chance d'attraper une balle française en débarquant au milieu de nos francs-tireurs qui ont la manie de brûler de la poudre à tort et à travers, surtout la nuit.

— Encore, si j'étais seul, murmura le lieutenant, mais avec Régine...

— Seulement, reprit Pierre Bourdier sans avoir l'air d'entendre cette réflexion, au bout de tout cela, il y a Paris et les amis, les parents, les sœurs, les fiancées qu'on y a laissés...

Sa voix était devenue vibrante et ses yeux brillaient.

— Je parle pour moi, ajouta-t-il doucement.

— Mais, s'écria Roger, moi aussi, j'ai à Paris des amis, des frères d'armes, une ... une parente.

— Et puis, continua le faux colporteur, il y a ... il y a la France.

— La France? répéta l'officier que l'émotion gagnait visiblement.

— Oui, car tant que Paris tiendra, notre patrie ne sera pas morte, et si Paris succombe... eh bien! j'aurai du moins la consolation de finir avec la ville où je suis né.

Roger ne se possédait plus. Il saisit la main de l'héroïque compagnon que Dieu lui envoyait et il répondit :

— Nous partirons ensemble, quand vous voudrez.

— J'étais bien sûr que vous viendriez avec moi, dit Pierre Bourdier dont l'exaltation avait subitement fait place à un air de froide résolution; je me connais en hommes et je savais depuis une heure que je pouvais compter sur vous, comme vous pouvez compter sur moi.

— Nous arriverons ou nous mourrons tous les trois, dit simplement Roger.

— Ecoutez-moi, reprit le brave messager, c'est la quatrième fois que je tente l'aventure, et je connais le pays, comme vous connaissez votre compagnie. Je l'ai parcouru sept ans comme facteur rural et comme agent voyer; c'est vous dire que vous pouvez vous en rapporter à moi pour le chemin qu'il faut prendre.

— Je ne crains qu'une chose, c'est de vous gêner.

— Au contraire, mon officier, dit gaiement Pierre, l'union fait la force c'est gravé autour des pièces de cent sous et vous verrez que la devise est bonne.

— Oui, objecta Roger, mais avez-vous pensé qu'une femme n'a ni la force, ni l'énergie qu'il nous faudra... Je crains que ma compagne...

— La jeunesse qui est avec vous? mais je serais bien fâché qu'elle ne fût pas de l'expédition et c'est même sur elle que je compte le plus pour nous aider.

— Je ne doute pas de son courage, dit l'officier, mais...

— Mon cher camarade, dit le faux colporteur, celle qui

a eu l'esprit d'occuper ce petit monstre pour nous donner le temps de causer ici est en état d'en remontrer à tous les Prussiens de Bismark.

Croyez-moi, si nous avons des embarras pendant le voyage, c'est elle qui nous en tirera.

Roger pensait au fond comme son nouvel ami et il aurait eu mauvaise grâce à insister.

— Dieu nous protégera, reprit-il d'un ton ferme, et je suis prêt à vous suivre.

— Que faut-il faire ?

— D'abord nous débarrasser de ce scélérat de gamin, qui nous vendrait avant que le jour se lève, si je n'y mettais ordre. Je connais cette race de vipères et je sais le moyen de les détruire.

— Dites vite alors, car il y a longtemps que nous causons et je crains qu'il ne se doute de nos projets.

— Pas de danger, il est trop occupé à tricher votre demoiselle.

En effet, depuis que les deux amis étaient sortis, le silence n'avait pas été troublé à l'intérieur de la cabane.

— Vous allez voir comment je vais m'y prendre, dit Pierre Bourdier.

A ce moment, un bruit étrange perça les planches disjointes de la hutte.

Roger tressaillit et son compagnon se retourna vivement.

Le bruit qu'on entendait ressemblait à un trépignement, et il fallait qu'il fût bien fort pour arriver jusqu'aux deux amis.

— Ecoutez ! dit Roger.

— On dirait qu'on se bat dans la cabane.

— Ou qu'on marche à travers le bois.

— Non, les branches craqueraient. C'est bien le bruit d'une lutte.

— Mais c'est impossible... Régine est seule avec cet enfant.

— Le petit gueux est capable de chercher à l'étrangler pour lui prendre son argent, murmura Pierre Bourdier.

— Courons alors, s'écria l'officier, frappé de cette idée qui ne lui était pas venue d'abord.

— Ma foi ! je crois que vous avez raison ; nous reprendrons la conversation tout à l'heure, mais le plus pressé est d'aller voir ce qui se passe là-bas.

Et le brave colporteur s'élança, suivi de près par Roger.

Au moment même où ils dépassaient le gros bloc de grès qui surplombait le ravin, la porte de la hutte s'ouvrait brusquement, et une forme humaine apparaissait sur le seuil.

— Ah ! gredin ! s'écria Pierre Bourdier.

Il ne fit qu'un bond jusqu'à la cabane ; mais au moment où il allait saisir au collet le mendiant — car c'était bien lui qui venait de se montrer — le drôle se baissa si adroitement que le bras du colporteur ne rencontra que le vide.

Avant qu'il eût le temps de redoubler le coup, l'enfant s'était dérobé.

Jamais serpent ne glissa plus subitement entre les mains d'un homme prêt à l'écraser.

Pierre Bourdier se retourna, mais trop tard, car le petit monstre tournait déjà le coin de la cabane.

— Oh ! je te rattraperai bien, dit le messager de l'armée de la Loire en prenant sa course.

Le gamin s'était jeté dans un taillis. On ne le voyait plus, mais on l'entendait.

Bourdier jugea sans doute qu'il y avait un grand intérêt à ne pas le laisser échapper, car il sauta après lui dans le bois et se mit à le poursuivre.

La nuit était noire, et quelques secondes après, ils avaient disparu tous les deux.

Tout cela s'était passé en moins de temps qu'il n'en faut pour le raconter, et Roger était resté immobile de surprise et muet de terreur.

Le souvenir de Régine lui revint, plus vif et plus poignant.

Courir après le mendiant était inutile, puisque Pierre Bourdier était déjà à ses trousses.

Le lieutenant se précipita dans la cabane.

La porte était restée ouverte, mais une obscurité profonde régnait sous ce toit bas et dépourvu de fenêtre.

La lumière avait dû être éteinte dans la lutte.

— Régine ! où êtes-vous ? cria Roger, oubliant dans son trouble que la pauvre enfant ne pouvait pas l'entendre.

Bien entendu, personne ne lui répondit.

Roger s'avança à tâtons, les bras étendus en avant et marchant avec précaution, car il tremblait de mettre le pied sur le corps de la jeune fille.

Son cœur battait à rompre sa poitrine, et il tremblait si fort que par deux fois il fut obligé de s'appuyer au mur pour ne pas tomber.

Ses mains ne rencontrèrent que le vide et la pensée que Régine avait été emmenée hors de la cabane lui traversa l'esprit.

Il était, en effet, peu probable que l'enfant eût osé l'attaquer seul et il se pouvait que d'autres misérables fussent venus à son aide.

Dans cette anxiété, l'officier se baissa pour chercher la lanterne éteinte, et, au moment où il explorait le plancher, un bras se posa sur le sien.

— Vivante ! s'écria-t-il.

C'était vrai.

Régine lui serrait doucement le poignet, comme pour lui faire comprendre par cette pression qu'elle avait échappée à l'attaque du mendiant.

En même temps, un hasard heureux fit que les doigts de Roger rencontrèrent sur le sol la boîte d'allumettes dont Pierre Bourdier s'était servi.

Retrouver la lanterne renversée, ce fut l'affaire d'un

instant, quoique le trouble où il était nuisît beaucoup à la précision de ses mouvements.

Dès qu'il put embrasser d'un coup d'œil le théâtre de la scène, il poussa un cri de joie.

La jeune fille était assise sur l'escabeau où il l'avait laissée, et, quoique fort pâle, elle ne semblait ni blessée, ni même trop effrayée.

Elle passait sa main sur son front comme pour chasser un mauvais rêve.

Ses vêtements étaient en désordre, mais c'était la seule trace que la lutte eût laissée sur sa personne.

L'intérieur de la cabane en avait gardé davantage.

La paille avait été dispersée et foulée aux pieds : les cartes éparses de tous les côtés semblaient avoir été jetées à la volée, et quelques pièces d'argent brillaient çà et là sur le sol.

Le sac qui les contenait avait dû être arraché violemment et il s'était sans doute ouvert à moitié dans la vivacité de l'action.

Il suffisait de regarder tous ces débris pour comprendre la scène.

Le petit misérable, enivré par la vue de ce trésor qu'il croyait peut-être plus considérable, avait dû méditer de se l'approprier par la force.

Enhardi par l'absence prolongée des deux amis, il avait cru avoir facilement raison d'une femme seule et il s'était jeté sur Régine.

Cette attaque sauvage ne s'accordait guère avec les intentions d'espionnage qu'on pouvait lui supposer, mais la satisfaction immédiate de sa cupidité avait dû l'emporter sur l'espoir lointain de toucher la prime promise par les Prussiens aux traîtres qui les servaient.

Il avait pu compter, d'ailleurs, pour s'assurer l'impunité et le moyen de fuir, sur l'infirmité qui ne permettait pas à la jeune fille d'appeler au secours.

— Pierre Bourdier avait raison, murmura Roger, et c'est un miracle que ce drôle ne l'ait pas tuée.

Rassuré sur le sort de son amie, le lieutenant ne l'était pas du tout sur la suite de cette funeste aventure.

Il fallait absolument prendre un parti, et le prendre sur-le-champ, car les moments étaient précieux.

Tout en cherchant à lire dans les yeux de Régine qu'il aurait bien voulu consulter, Roger prêtait l'oreille.

Son compagnon s'était lancé à la poursuite du mendiant, et, soit qu'il l'eût atteint, soit qu'il eût perdu sa piste dans le taillis, il aurait dû reparaître.

Et cependant, la forêt restait silencieuse.

— Que faire ? murmurait tristement l'officier.

Jamais sa situation n'avait été plus embarrassante, depuis son évasion de l'hôpital de Saint-Germain.

Les dangers qu'il avait courus dans la clairière du *Chêne-Capitaine* étaient de ceux qu'un cœur ferme peut braver, mais l'incertitude abat souvent les plus solides courages et Roger ne savait à quoi se décider.

Toute résolution était périlleuse dans l'isolement où le laissait l'absence de Pierre Bourdier.

L'attendre, c'était courir le risque d'être pris, car la nuit s'avançait et, avec le jour, les Prussiens pouvaient venir.

Partir, se lancer à travers la forêt, c'eût encore été possible quand il s'agissait de gagner la Normandie. Mais, depuis que son nouvel ami lui avait parlé de la possibilité de rentrer à Paris, le cœur de Roger s'était enflammé à l'idée de retrouver Renée de Saint-Senier, qu'il savait exposée aux privations et aux dangers du siège.

Il était décidé à tenter l'entreprise et à risquer sa vie pour revoir celle qu'il aimait.

Mais les chances de succès devenaient bien improbables sans le secours de Pierre Bourdier, et l'idée d'entraîner Régine à une mort presque certaine le faisait trembler.

D'ailleurs, il se serait reproché de partir sans s'inquiéter de ce rude compagnon que la Providence lui avait envoyé.

Encore, s'il avait pu échanger ses pensées avec Régine,

mais, il ne se sentait pas le courage d'entamer un entretien par signes.

Ce fut elle qui vint à son secours.

Elle avait repris ce sang-froid qui ne l'abandonnait presque jamais, et on n'aurait pas soupçonné, à la voir si calme, qu'elle venait à peine d'échapper à une odieuse violence.

Roger la vit ouvrir le sac qu'elle avait remis à sa ceinture et en tirer une ardoise sur laquelle elle se mit à écrire avec un morceau de craie.

Il se pencha avidement et il épela ces mots tracés d'une main ferme.

— Il faut partir.

— Partir ! s'écria-t-il douloureusement, mais elle ne sait pas où je veux aller, la pauvre enfant.

Régine leva sur lui ses grands yeux qui brillaient d'intelligence et de résolution, effaça l'inscription et sous ses doigts apparut une autre phrase que Roger lut avec stupéfaction.

— On nous attend à Paris et nous pouvons y être demain.

— A Paris! s'écria l'officier; on dirait qu'elle lit dans ma pensée.

Et il saisit la main de Régine pour la serrer dans les siennes.

Paris ! ce nom magique lui avait tout fait oublier.

L'absence de Pierre Bourdier, les dangers terribles du voyage tout s'effaçait devant cette courageuse résolution de la jeune fille si simplement exprimée.

— Oui, nous irons à Paris, dit Roger enthousiasmé, oui, nous y serons demain, car Dieu qui nous a déjà sauvés ce soir de l'ennemi, des espions, et de l'incendie, Dieu ne permettra pas que cette noble enfant périsse.

Régine était déjà debout et se chargeait de son sac qu'elle venait de refermer avec soin.

Roger prit son ballot sur son dos et se précipita avec elle hors de la cabane.

Roger avait à peine franchi le seuil de la cabane qu'il s'arrêta court.

Il venait de céder à un premier mouvement d'enthousiasme irréfléchi ; mais les terribles réalités de la situation s'imposaient de telle sorte que le calme devenait de nécessité absolue.

Peut-être l'impression du froid très vif qui glaçait l'air extérieur contribua-t-elle à rappeler le lieutenant à lui-même.

Toujours est-il qu'il arrêta Régine et lui montra la lumière qui brillait encore dans la hutte.

Dans sa précipitation il avait négligé d'éteindre la lanterne et cette clarté insolite pouvait attirer des rôdeurs de nuit.

La visite du mendiant n'avait pas eu d'autre cause, et il importait aux fugitifs de ne pas laisser là de traces de leur passage.

D'ailleurs, l'ennemi était peut-être à leurs trousses, et le hasard qui avait amené les Prussiens à la clairière du *Chêne-Capitaine*, pouvait tout aussi bien les conduire dans ce coin de la forêt.

Roger rentra donc pour souffler la bougie, rallumée si mal à propos.

En retrouvant les débris du souper qui jonchaient le sol, il s'applaudit de ne pas avoir omis cette précaution, et avant d'éteindre, il poussa du pied dans un coin tous ces restes accusateurs.

Ce mouvement lui fit rencontrer une autre pièce de conviction beaucoup plus difficile à faire disparaître.

Il heurta un gros paquet, en tout semblable à celui qu'il portait sur son dos.

C'était la balle du faux colporteur que son propriétaire avait déposée là, et, à laquelle il n'avait guère pensé en se lançant à la poursuite du petit vagabond.

Cette trouvaille inattendue réveilla tous les remords du lieutenant.

Il se demanda — et, cette fois très sérieusement —

s'il avait le droit d'abandonner ainsi un généreux compagnon qui venait de se dévouer pour les délivrer d'un espion dangereux.

La valise contenait des étoffes et des draps sur lesquels Pierre Bourdier comptait pour jouer son rôle de marchand ambulant.

C'était comme un dépôt sacré qu'il avait laissé à la garde de son nouvel ami et Roger, en s'éloignant, allait laisser ce gage précieux à la merci du premier venu.

— Non! c'est impossible, murmura-t-il; cet homme a eu confiance en moi, si je partais sans l'attendre, je serais un lâche.

Pendant qu'il réfléchissait, Régine était entrée dans la cabane.

Elle lui prit le bras, l'attira doucement à la porte et lui montra le ciel.

Un petit coin de la voûte céleste apparaissait à travers les branches des grands arbres et les sept étoiles de la grande Ourse brillaient de ce vif éclat qui annonce les grands froids de l'hiver.

L'officier n'avait pas fait une étude particulière de l'astronomie, mais il comprit l'intention de la jeune fille.

La constellation, en déclinant sur l'horizon, indiquait aux voyageurs que la nuit s'avançait et le geste de Régine signifiait :

— Il est temps de partir.

— Ah! elle ignore tout! se dit Roger, elle n'a pas entendu ce que m'a dit ce brave camarade. Qui sait même si elle ne se défie pas encore de lui?

Comment lui faire comprendre que nous lui devons de la reconnaissance et qu'il peut contribuer puissamment à nous sauver?

Toutes ces pensées se pressaient dans la tête du lieutenant, plus perplexe que jamais.

Mais la décision dont il manquait surabondait chez Régine qui n'avait pas les mêmes raisons que lui pour hésiter.

Sans attendre un consentement qui tardait trop a venir, elle rentra dans la hutte, ramassa la lanterne, l'ouvrit, en tira la bougie, l'éteignit et la jeta au loin dans les broussailles.

Il était impossible de dire plus clairement :

— Je devine ce que vous vouliez faire, je le fais et maintenant il faut nous mettre en route.

Roger ne répondit que par un gémissement.

Il se sentait vaincu et il cédait devant cette volonté virile dont il avait déjà plus d'une fois subi l'ascendant.

Le sentiment qui le portait à attendre le retour de Pierre Bourdier faisait place à une sorte de confiance superstitieuse en Régine.

Il semblait qu'elle lui portât bonheur et que la Providence, qui veillait sur lui depuis son évasion, se manifestât par les actes hardis de la mystérieuse jeune fille.

D'ailleurs, elle aussi s'était dévouée, et il lui devait au moins autant de reconnaissance qu'à son camarade de hasard.

Il se retourna pour donner un dernier coup d'œil à cette misérable hutte, et il se représenta le pauvre colporteur arrivant tout épuisé de sa course et ne trouvant plus l'ami sur lequel il comptait.

— Après tout, murmura-t-il, mon départ ne l'empêchera pas de se sauver.

Qui sait même s'il ne passera pas plus facilement sans nous à travers les lignes prussiennes ?

Au moment où cette réflexion lui venait fort à propos pour rassurer sa conscience troublée, il crut percevoir un bruit lointain.

— Serait-ce lui qui revient ? se demanda Roger, en prêtant l'oreille.

Après quelques secondes d'attention, il reconnut que le bruit partait précisément du côté où Pierre Bourdier avait disparu.

On marchait dans la forêt et on marchait dans la direction de la cabane, car le son arrivait de plus en plus dis-

4.

tinct. Régine qui ne pouvait pas attendre, manifestait une vive impatience.

Elle avait pris la main de Roger et cherchait à l'entraîner.

Celui-ci, le cou tendu, cherchait à reconnaître d'où provenait ce roulement sourd qui réveillait l'écho de la futaie.

C'était plus fort et plus régulier que les pas d'un homme seul qui court à travers bois.

Bientôt, l'officier distingua le martelage cadencé des fers de chevaux résonnant sur la terre durcie.

A coup sûr, le colporteur ne pouvait pas être mêlé à cette cavalcade que le lieutenant jugeait assez nombreuse.

Son habitude des choses de la guerre lui permit de reconnaître presque aussitôt l'allure réglementaire des chevaux d'escadron.

Il n'y avait plus à en douter.

C'était une ronde de cavalerie qui arrivait, comme s'il eût été écrit que les fugitifs dussent épuiser toutes les mauvaises chances en rencontrant successivement les différents corps de l'armée allemande.

— Le sort en est jeté, dit Roger entre ses dents.

Et il suivit Régine qui l'entraînait.

Il était véritablement temps de fuir. Les cavaliers venaient de prendre le trot et on pouvait se demander s'ils n'avaient pas déjà vent de la présence des fugitifs.

La jeune fille ne se doutait pas du danger, puisqu'elle n'entendait pas, mais son instinct continuait à la servir à merveille, car elle avait choisi sans hésiter la meilleure direction pour éviter l'ennemi.

Le détachement prussien suivait évidemment la large route que les voyageurs avaient prise en sortant de la clairière où s'étaient embourbés leurs premiers persécuteurs.

Il n'était pas à craindre que la prudence germanique se relâchât au point d'engager une troupe à cheval dans des massifs boisés.

Tout au plus pouvait-on redouter que deux ou trois soldats ne missent pied à terre pour fouiller le taillis et inspecter la baraque, si tant était qu'ils en connussent l'existence.

Le meilleur plan pour leur échapper consistait donc à gagner du terrain en sens inverse, à la condition de ne pas se trahir par le moindre bruit.

Roger savait par expérience que les Allemands ont l'oreille fine et qu'il est presque impossible de marcher rapidement, la nuit, à travers bois, sans briser des rameaux et sans froisser des feuilles.

Mais la jeune fille qui 'ui servait de guide avait su, dès les premiers pas, résoudre le problème.

Après avoir tourné le gros bloc de grès au pied duquel les deux amis avaient conféré ; elle s'était engagée dans un sentier dont l'officier ne soupçonnait pas l'existence.

L'étroitesse de cette voie nouvelle ne permettait pas à deux piétons d'y marcher de front. A plus forte raison, n'était-elle pas praticable pour les chevaux.

Et, elle se présentait absolument dégagée de tous les obstacles qui encombrent d'ordinaire les chemins forestiers.

Pas de branches mortes à écraser, pas de ronces à écarter, pas de cailloux roulant sous les pieds.

La marche y était aussi facile et pas plus bruyante que dans une allée de jardin.

Etait-ce le hasard, était-ce une connaissance parfaite de la forêt qui avait conduit Régine dans cette route de salut?

Roger n'en savait rien, mais l'espoir lui revenait en voyant les difficultés s'aplanir à mesure que se poursuivait cette étonnante odyssée.

C'était à croire que, sous une influence surnaturelle, les périls s'écartaient devant la jeune fille, comme les murs s'entr'ouvrent dans les contes de Perrault devant la baguette d'une fée.

Après un quart d'heure de pas accéléré, les fugitifs purent se croire hors de tout danger.

Ils n'entendirent plus le pas des chevaux, soit qu'ils eussent pris assez d'avance, soit que la patrouille eût changé de direction.

Cependant, la jeune fille paraissait décidée à continuer, car elle marchait sans se retourner et sans hésiter, même dans les nombreux carrefours qui se présentaient.

C'était bien plus fort que pendant la première partie du voyage.

Il n'était plus question de ces tâtonnements qui l'avaient quelquefois retardée avant d'arriver à l'Etoile du Chêne-Capitaine.

Maintenant on devinait qu'elle se sentait sur un terrain parfaitement connu, et qu'elle avançait vers un but arrêté dans son esprit.

En dépit de sa confiance, Roger ne pouvait s'empêcher de faire cette réflexion qu'en allant toujours du même train ils devaient bientôt sortir de la forêt, que le jour ne pouvait pas tarder beaucoup à venir et que son lever allait coïncider avec la fin de cet abri protecteur que l'épaisseur du bois assurait aux fugitifs.

De plus, la direction qu'ils suivaient et que l'officier avait relevée approximativement d'après l'étoile polaire, était celle du nord-est.

Il connaissait assez le pays pour savoir qu'en continuant ainsi on devait aboutir dans les environs de Maisons-Laffite.

— Que ferons-nous, pensait-il, quand nous arriverons dans ce pays découvert, où chaque village est occupé... où la surveillance de l'ennemi est incessante ?

Mais, comme il n'était plus temps de reculer et que d'ailleurs il avait la foi, Roger persista dans son obéissance passive.

Ils marchaient ainsi depuis deux heures au moins, quand Régine s'arrêta subitement.

On approchait de la lisière de la forêt, car les arbres

commençaient à se détacher sur un fond plus clair.

La jeune fille avait sans doute atteint l'étape qu'elle s'était fixée, puisqu'elle déposa son sac au pied d'un vieux hêtre et fit signe à son compagnon de l'imiter.

Le lieutenant, assez surpris de cette brusque décision, regarda autour de lui et tressaillit en entendant un hibou huhuler dans les hautes branches.

Dans les situations violentes, l'esprit le plus ferme devient accessible aux terreurs irréfléchies.

Roger n'était pas superstitieux et pourtant le cri lugubre de l'oiseau de nuit lui avait causé une impression nerveuse dont il aurait rougi en tout autre moment.

Il lui semblait que ce chant était un présage de mort.

Régine, qui restait naturellement étrangère à toutes les sensations extérieures, s'était déjà accommodé avec son sac une sorte de coussin appuyé contre le tronc de l'arbre.

Ses préparatifs terminés, elle serra la main de son compagnon comme pour lui dire un adieu momentané; s'étendit sur la bruyère glacée, posa sa tête sur l'oreiller improvisé et ferma les yeux.

Quelques secondes après, le bruit de sa respiration douce et régulière annonçait qu'elle s'était endormie profondément.

Cette résolution de se reposer avait été prise et exécutée si promptement que l'officier resta frappé de surprise et non exempt d'inquiétudes.

Il n'osait ni bouger, ni à plus forte raison, réveiller la jeune fille, mais il calculait tristement les conséquences possibles de ce temps d'arrêt.

Le jour ne devait pas être très éloigné, et avec lui allaient venir d'autres dangers moins vagues et plus graves que ceux de la nuit.

Par surcroît de malechance, la forêt finissait à quelques pas de là, et son abri allait manquer aux fugitifs pour suppléer à l'ombre protectrice de la nuit.

Il était difficile de choisir moins à propos la place et le

moment, et cette halte intempestive pouvait leur coûter cher.

Mais Roger se serait reproché de l'interrompre et il ne s'étonnait que d'une chose, c'était que Régine n'eût pas cédé plus tôt à la fatigue et à l'envie de dormir.

Six ou sept heures de marche, d'aventures et d'émotions terribles, il y avait là de quoi excéder les forces d'une enfant frêle et délicate, et le sommeil devient parfois un besoin si impérieux qu'il triomphe de toute vigueur et de toute énergie.

Et cependant la jeune fille avait si tranquillement arrangé son lit de bivouac qu'elle semblait exécuter un plan arrêté d'avance.

Lorsque brisé, épuisé par des souffrances physiques et morales, on succombe à l'énervement qui suit les grandes crises, on ne se couche pas par terre, on s'y laisse tomber.

Régine s'y était étendue avec le sang-froid méthodique d'un soldat qui se dit : — j'ai encore une heure à moi avant la bataille, il faut que je dorme — et qui dort.

Cette faculté si rare qui contribue beaucoup à faire les héros, le pouvoir de commander au sommeil, elle l'avait et s'en servait hardiment en face du péril.

Roger gardait une telle foi en l'adresse et en la bravoure de sa libératrice qu'il se fit bientôt un raisonnement rassurant.

— Si elle s'arrête ici, pensa-t-il, c'est que c'était décidé dans son esprit.

A la grâce de Dieu, donc !

Et posant à son tour le ballot qu'il portait, il l'ouvrit pour en tirer une pièce de drap qu'il plaça sur la jeune fille en guise de couverture.

Le froid avait redoublé à l'approche du matin, et un aigre vent de bise venait de se lever.

Le lieutenant se sentait gagner peu à peu par un engourdissement général, et il lui fallut faire appel à tout

son courage pour ne pas se laisser aller à l'immense désir
de repos qui s'emparait de lui.

Veiller sur Régine endormie, c'était un devoir supérieur à tous les besoins du corps, et, de plus, le sommeil
sous cette température glaciale, c'était peut-être la mort.

— Si je me couche, je suis perdu, murmura Roger.

Il se mit à piétiner pour se réchauffer, et, comme la circulation tardait à se rétablir, il commença à courir en
cercle autour du hêtre.

Le bruit sec de ses talons de bottes frappant la terre
gelée n'était sans doute pas du goût de l'oiseau perché sur
les hautes branches ou tapi dans un creux du tronc, car
il jeta encore une fois sa note plaintive.

Soit qu'il y eût de l'écho dans la forêt, soit qu'un autre
hibou fût à cette heure en chasse aux environs, le cri fut
répété dans le lointain.

L'habitude de la guerre d'embuscade avait rendu l'officier défiant et ce chant nocturne éveilla un instant ses
soupçons.

Il lui revint même à l'esprit qu'au temps des guerres
de la première révolution, les paysans Bretons s'appelaient au fond des bois en imitant le piaulement sinistre
du chat-huant.

Mais il n'y avait guère d'apparence que les gardes mobiles de l'Ouest enfermés pour le moment dans Paris
eussent franchi les lignes prussiennes pour venir se livrer
dans la forêt de Saint-Germain à ce concert nocturne.

Quant aux Prussiens, gens peu fantaisistes, Roger
connaissait parfaitement leur invariable coutume de manœuvrer au sifflet et il ne pouvait pas leur attribuer cet
échange d'appels plaintifs.

Du reste, il leva les yeux en l'air pour l'acquit de sa
conscience, et il ne vit absolument rien sur l'arbre d'é-
pouillé de ses feuilles et peu propre, par conséquent, à
dissimuler un guetteur.

En revanche, dans cette rapide inspection des régions
supérieures, il s'aperçut que le tronc du hêtre était cou-

vert à une certaine hauteur de couronnes desséchées, de médaillons en verre et de bouquets fanés que la piété des voyageurs avaient accrochés au-dessous d'une statuette de la Vierge.

Le nombre de ces ex-voto donnait à penser que l'endroit jouissait d'une notoriété particulière et qu'un pèlerinage, fondé sur quelque pieuse tradition, devait y attirer beaucoup de monde.

Régine avait montré cette nuit-là une connaissance si parfaite de la forêt, que le lieutenant se confirma dans la pensée d'un choix intentionnel de la halte.

Si la jeune fille s'était arrêtée pour dormir au pied de cet arbre, remarquable entre tous les autres, c'est qu'elle avait eu ses raisons pour cela.

Roger cherchait à les deviner, tout en continuant sa course circulaire quand il entendit de nouveau le triste chant d'un oiseau de nuit.

Ce n'était pas le hibou, son voisin, qui donnait ainsi de la voix.

La plainte venait du fourré le plus épais, du même côté que la première fois, mais plus près.

Rien ne répondit à cette avance et la cime du hêtre resta silencieuse.

L'officier en conclut que le chat-huant s'était envolé et il ne fut pas fâché d'être délivré de cette harmonie funèbre qui troublait ses réflexions et lui agaçait les nerfs.

Il s'arrêtait de temps en temps pour jeter un coup d'œil sur Régine et pour interroger le ciel du côté de l'orient.

La pauvre enfant s'était endormie si vite et son sommeil était si profond, qu'elle n'avait pas fait un mouvement.

Son corps svelte se dessinait immobile sous le drap qui la couvrait et son souffle égal et faible soulevait les plis de la laine, comme pour montrer que cette immobilité n'était pas celle de la mort.

Quant à l'horizon, il ne blanchissait pas encore, à la grande joie de Roger que l'heure préoccupait beaucoup.

Les Prussiens, en le faisant prisonnier, l'avaient naturellement dépouillé de sa montre que les étoiles remplaçaient très imparfaitement. Partis de Saint-Germain vers minuit, les fugitifs avaient été retardés par de telles péripéties qu'ils avaient perdu beaucoup de temps et que le jour allait certainement les surprendre au débouché de la forêt.

— Encore si j'avais avec moi ce brave messager, disait tout bas le lieutenant, je pourrais lui demander ses idées sur le lieu où nous sommes et sur la route à suivre, et je suis bien sûr qu'il me serait d'un grand secours.

Qui sait ce qu'il est devenu? ajouta-t-il en pensant que l'affreux mendiant avait bien pu l'attirer dans un piège.

Ce monologue fut interrompu par un éclat de voix du hibou voyageur.

L'odieuse bête s'était encore rapprochée, mais l'autre, celle du hêtre, si elle n'était pas partie, persistait à se taire.

— Qui peut l'attirer de ce côté? se demandait Roger, redevenu soupçonneux.

Insignifiant pour un homme des villes, ce fait d'un oiseau de nuit venant à portée, malgré le bruit des bottes, avait une certaine importance pour le lieutenant qui avait passé sa jeunesse dans les bois de Saint-Senier.

Le chant se renouvela à moins d'une minute d'intervalle, et cette fois il crut bien démêler dans cette imitation très réussie des notes qui lui parurent appartenir à la voix humaine.

La chose devenait sérieuse et Roger jugea prudent d'interrompre sa promenade.

Il hésita même un instant à réveiller Régine, mais il pensa qu'en cas d'attaque, elle ne lui serait d'aucun secours et qu'il valait mieux la laisser dormir, si c'était une fausse alerte.

Il s'adossa donc au tronc de l'arbre, de façon à ne pas être surpris par derrière et à faire face au danger, si danger il y avait.

Dans cette position fort bien choisie pour la défensive, il resta immobile et les yeux fixés devant lui.

III

Le hêtre au pied duquel dormait la jeune fille s'élevait isolément, au milieu d'un bouquet de jeunes arbres assez clairsemés.

Du côté où Roger était tourné, le taillis très haut et très serré, arrivait jusqu'à quinze pas tout au plus de cette espèce de rond-point.

Si un ennemi venait par-là, il pouvait donc se dérober jusqu'au dernier moment dans l'épaisseur du bois.

Pendant que l'officier réfléchissait à ce désavantage stratégique, le chant recommença et cette fois, à si courte distance qu'il ne pût s'empêcher de tressaillir.

Au fond cependant, il doutait encore d'avoir affaire à un homme, par cette raison qu'on ne s'annonce pas aussi bruyamment quand on veut surprendre les gens.

Si le signal eût été répété comme la première fois du haut de l'arbre, ces appels réciproques auraient pu s'expliquer, mais le silence continuait au-dessus de la tête de Roger.

— Je me serai trompé, murmura-t-il, c'est quelque chouette effarouchée qui regagne son trou.

D'ailleurs, l'heure s'avance et il est temps d'avertir Régine.

Il se redressait pour s'éloigner du tronc contre lequel il était adossé, quand un frôlement rapide lui fit lever les yeux en l'air.

Au même instant, deux pieds se posèrent sur ses épaules.

Les sensations imprévues sont toujours bien plus vives pendant la nuit.

L'obscurité, c'est l'inconnu, et tel qui aurait fait bonne

contenance devant un danger visible et palpable, frissonne sous l'influence de cette horreur vague qui naît des ténèbres.

Au contact subit de deux pieds d'homme, Roger se sentit glacé d'effroi, et Roger était pourtant un vaillant soldat.

Instinctivement, malgré son émotion, il bondit en avant pour échapper ·au contact de ce singulier visiteur qui lui tombait du ciel et, en même temps, il se retourna pour voir à qu'il avait affaire.

Mais, si vite qu'il eût fait volte-face, il fut encore moins prompt que son adversaire imprévu.

L'homme qui venait de se laisser couler du haut de l'arbre avait pris pied avec une prestesse incroyable et lui sauta à la gorge avant qu'il pût se mettre en défense.

Le choc fut si rapide et si violent que tous deux roulèrent par terre.

Roger par malheur, avait le dessous. Il sentit un genou se poser sur sa poitrine, et deux mains vigoureuses lui serrer le cou.

Vainement chercha-t-il à repousser avec ses poings son sauvage agresseur.

Il s'attendait si peu à être attaqué de cette façon brusque, qu'il ne s'était pas muni de sa pioche.

La seule arme dont il pût disposer lui faisait donc défaut au moment même où il en aurait eu besoin pour se défendre.

Aussi, l'issue de cette lutte inégale n'était-elle. pas douteuse...

L'intention de l'assaillant semblait du reste fort claire.

Il cherchait tout simplement à étrangler l'officier, et il y réussissait très bien.

Saint-Senier sentait que la respiration allait lui manquer.

Déjà ses oreilles bourdonnaient, le sang qui affluait à son cerveau obscurcissait sa vue, et ses idées devenaient confuses.

Il pensa une dernière fois à Régine, que sa mort allait laisser exposée aux violences de ce misérable qui se ruait ainsi sur un homme sans défense.

Puis ses mains s'ouvrirent et ses yeux se fermèrent.

Quelques secondes encore, et l'asphyxie était complète.

Au moment où il allait perdre tout à fait connaissance, il eut la perception vague d'un choc et d'un bruit de voix.

La pression qui lui écrasait la gorge se relâcha subitement et l'air, en pénétrant dans ses poumons, lui rendit la vie prête à s'échapper.

Il eut encore un moment d'angoisse indéfinissable.

C'était comme le suprême effort de l'âme se cramponnant au corps d'où on voulait la chasser. Mais cette sensation fut courte.

Il poussa un grand soupir, comme un nageur submergé qui remonte à la surface, étendit les bras dans le vide et se remit sur son séant, poussé par un instinct machinal de conservation à reprendre une posture de combat.

La précaution se trouva inutile.

En ouvrant les yeux et en regardant autour de lui, Roger vit deux hommes, l'un à genoux et cherchant à se relever, l'autre debout et tirant le premier par le collet de son habit.

Evidemment, le nouveau venu était un allié que la Providence venait de lui envoyer et qui avait empêché l'homme tombé de l'arbre d'achever sa sinistre besogne.

Le lieutenant, miraculeusement délivré, se demandait quel était cet auxiliaire inespéré et ses idées étaient encore trop confuses pour lui suggérer la solution de ce bizarre problème.

L'obscurité ne lui permettait pas de distinguer les traits de son sauveur, mais une voix qu'il crut reconnaître vint frapper son oreille.

— Il paraît qu'il était temps, disait le secourable inconnu, d'un ton presque gai.

— Ma foi ! mon vieux, répondit l'étrangleur, tu as bien

fait d'arriver, si tu tiens à préserver l'existence de ce gaillard-là. Une seconde de plus et je crois qu'il tournait de l'œil.

— Voyons, cher camarade, reprit l'autre en s'adressant à Roger, comment vous trouvez-vous?

— Le colporteur! s'écria l'officier qui avait reconnu son ami de la cabane à cette appellation familière.

Alors, vous allez m'aider à assommer ce misérable.

— Qui ça? le père Sarrazin? demanda Pierre Bourdier en riant.

— Ce scélérat qui a voulu me tuer, continua Roger en s'avançant les poings fermés contre l'homme de l'arbre.

— Il y a erreur, mon officier, il y a erreur, dit le messager de l'armée de la Loire, le père Sarrazin que je vous présente est un ami et un solide encore.

— Un ami qui vient de me sauter à la gorge, s'écria le lieutenant.

— Il a eu tort de serrer si fort, mais je vous jure que c'était dans une bonne intention.

— Je ne comprends pas, dit sèchement Roger.

— Le fait est que ça doit vous paraître drôle au premier abord, mais je vais vous expliquer la chose.

— En trois temps et deux mouvements, si ça ne te fait rien, interrompit celui qu'on avait appelé le père Sarrazin, car je n'aime pas à flaner par ici.

— N'aie pas peur, ça ne sera pas long, reprit Pierre Bourdier.

Le lieutenant écoutait ce singulier dialogue avec stupéfaction et, par moments, il était tenté de croire qu'il faisait un rêve.

— Mon officier, dit le faux colporteur, vous devez bien penser que je ne voyage pas avec des dépêches sans prendre mes précautions.

J'ai des amis partout, et des étapes marquées tout le long de la route.

Quand vous m'avez rencontré là-bas dans la baraque, je savais que ce brave ami m'attendait ici, et, sans ce maudit galopin qui est venu nous déranger, je vous y aurais conduit tout tranquillement.

— Ainsi, demanda Roger, qui commençait à comprendre, vous aviez un rendez-vous au pied de cet arbre ?

— Justement, et c'est même une fameuse chance que le hasard vous y ait amené aussi, car je croyais bien vous avoir perdu, et, sans me vanter, je crois que vous auriez eu de la peine à vous tirer d'affaire tout seul.

Le lieutenant ne put s'empêcher de rougir en pensant qu'il avait abandonné cet ami inconnu dont le retour venait de le sauver.

— A propos, reprit gaiement Pierre Bourdier, et votre petite amie ?

— Elle est là, elle dort, et j'allais la réveiller pour nous remettre en route, quand j'ai été assailli par ce... par cet homme, dit Roger qui gardait encore rancune à son vainqueur.

— Allons, tout va bien, s'écria le messager, en se frottant les mains. Nous allons réveiller la petite et filer grand train car il fera jour dans une heure.

— Je n'en reviens pas, murmura le lieutenant, et je ne peux pas encore me figurer que je suis en vie.

— Ah ! c'est que mon vieux Sarrazin a la *poigne* un peu dure, dit Bourdier en riant de tout son cœur.

— Mais enfin pourquoi m'a-t-il attaqué, sans savoir si j'étais un ennemi ? demanda l'officier avec un reste de mauvaise humeur.

— Oh ! je ne vous aurais rien fait, si je n'avais pas entendu l'ami Bourdier qui arrivait, dit le père Sarrazin d'une voix rude.

— Comment cela ?

— Mais oui, reprit le faux colporteur. Comprenez donc, mon officier, que ce brave homme-là qui était en faction dans le haut de l'arbre, vous voyait parfaitement au pied du tronc.

Tant qu'il a été tout seul, il n'a pas bougé, mais quand

je lui ai envoyé mon signal pour lui dire que j'arrivais, il a pensé que vous étiez peut-être venu là pour me pincer, et que j'allais me fourrer, comme on dit, dans la gueule du loup.

C'est alors qu'il vous est tombé dessus.

— A tout hasard, dit tranquillement le père Sarrazin.

— Ainsi, demanda Roger ébahi, ce chant du hibou...

— C'était moi, mon officier, dit Pierre Bourdier. Avouez que je ne m'en tire pas mal.

— J'y ai été trompé complètement.

— Vous n'êtes pas le seul, et j'ai mis les Prussiens dedans plus d'une fois. C'est un vieux tour que mon père m'a appris. Il était du Morbihan, et il avait pas mal chouanné dans le temps, ce qui prouve qu'il y a de braves gens partout.

— Mais on a chanté aussi là-haut dans les branches et...

— Mon compère Sarrazin, parbleu! Il voulait m'avertir qu'il était au poste, mais il a arrêté sa chanterelle pour me faire comprendre qu'il fallait me mettre sur mes gardes. Si vous n'aviez pas été là, il aurait crié trois fois au lieu d'une.

Est-ce assez bien organisé, hein? demanda Bourdier qui avait bien le droit, en effet, de se féliciter un peu. —

— C'est merveilleux, dit Roger et, avec vous, je commence à espérer que nous arriverons à Paris.

— Maintenant que nous sommes chez mon vieil ami, vous pouvez être tranquille. Vous ferez connaissance aujourd'hui, et vous verrez que s'il n'est pas tout à fait de ma force pour faire la chouette, il en vaut trois comme moi pour passer au nez et à la barbe des Prussiens.

— On fait ce qu'on peut, dit modestement le père Sarrazin.

— Voyons, reprit Pierre Bourdier, ce n'est pas trop le moment d'échanger des compliments.

Je crois que nous pouvons commander : Au pas accéléré, marche!

— Pas un casque à pointe à une demi-lieue aux environs; cinquante minutes de nuit devant nous, dit le nouveau guide du ton d'un sergent qui fait un rapport à son officier.

— Et le mendiant qui a dû aller prévenir les Prussiens? demanda Roger qui se souvenait de ses inquiétudes à propos de la ronde de cavalerie.

— Il ne nous gênera plus, répondit laconiquement le faux colporteur.

— Quoi! s'écria le lieutenant, vous l'avez...

— Je vous conterai cette histoire-là quand nous serons tirés d'affaire, interrompit Pierre Bourdier.

Pour l'instant, appelez la petite et... en route !

La recommandation était inutile, car Régine se montra tout à coup aux trois amis.

Roger ne se lassait pas d'admirer ces singuliers effets du hasard qui présidait aux actions de Régine.

Elle se levait, s'arrêtait et marchait avec autant d'à propos que si elle eût entendu les conversations qui se tenaient autour d'elle. C'était à croire par moments que son infirmité était simulée. Mais le lieutenant avait de nombreuses raisons pour ne pas pousser le scepticisme jusque-là.

— Tiens! dit Pierre Bourdier, l'enfant est déjà prête. Ça fait que nous n'aurons pas la peine de la réveiller.

Elle regardait les nouveaux venus, sans donner la plus petite marque d'étonnement.

On aurait dit que tous ces épisodes d'une fuite accidentée se succédaient à ses yeux comme les actes d'un drame arrangé d'avance.

Le père Sarrazin ne partageait pas tout à fait cette indifférence. Du haut de son arbre, il avait assisté à l'arrivée des voyageurs et aux préparatifs de leur halte, mais il n'avait pu distinguer que très vaguement leurs personnes et il se trouvait pour la première fois en face de la jeune fille.

Dès qu'il l'avait vue paraître, il s'était mis à l'examiner avec une curiosité dont il n'avait donné jusqu'alors aucune preuve.

Il ne pouvait guère voir que la silhouette de son corps élégant et svelte, car l'obscurité ne lui permettait pas de détailler ses traits fins et réguliers.

Mais il mettait à l'observer une attention persistante que Roger remarqua fort bien.

Peut-être était-il frappé de la distinction de sa tournure et s'étonnait-il qu'une femme vêtue en paysanne eût si grand air.

L'officier s'arrêta un instant à cette explication, mais il pensa que c'était faire beaucoup d'honneur à la perspicacité de ce bonhomme. Le père Sarrazin, autant qu'on en pouvait juger dans le clair-obscur de la forêt, avait assez la mine et le costume du soldat laboureur des vieilles gravures.

Il paraissait donc très douteux qu'il fût en état d'apprécier la distinction de Régine.

Roger n'en fit pas moins une réflexion inquiétante.

— Si ce paysan la remarque, que sera-ce donc, quand nous aurons affaire à un officier prussien?

La voix de Pierre Bourdier vint couper court à ses méditations intimes.

— Mes enfants, dit le messager, parlons peu et parlons bien, car le temps presse.

— Nous en avons déjà perdu pas mal, fit observer Sarrazin.

— Sommes-nous loin de chez toi? lui demanda Bourdier.

— Trois quarts d'heure, en marchant d'un bon pas; le jour nous prendra en route.

— Ton moulin est occupé, hein?

— Cinq soldats, dont deux montent la garde au pont à tour de rôle. Les trois qui ne sont pas de service passent leur nuit à boire et il y a des chances pour qu'ils soient sous la table quand nous arriverons.

— Parfait. Maintenant, vient-on faire des inspections dans le jour?

5.

— Pas souvent, mais ça arrive quelquefois.

— Et regardent-ils de près les papiers?

— Ça dépend. Il y a un gros gendarme qui baragouine un peu le français et qui veut faire croire qu'il le lit très bien. A celui-là, il n'est pas trop difficile de faire voir le tour.

Il a laissé passer sans rien dire un messager qui est venu de Tours la semaine passée, et qui, malgré sa limousine et son fouet avait l'air d'un charretier comme moi d'un évêque.

— C'est le volontaire qu'on a expédié huit jours avant moi, interrompit Pierre Bourdier; est-il arrivé à Paris?

— J'ai entendu dire qu'il avait été fusillé du côté d'Argenteuil, répondit le père Sarrazin, aussi simplement que s'il avait été question d'un accident de voiture.

— Ah! dit le faux colporteur avec le même calme.

— En plus du gros gendarme, reprit le bonhomme, il vient quelquefois un petit maigre, chafouin, avec des lunettes, qui a une capote bleu clair galonnée au collet. Celui-là est malin comme un singe et ce n'est pas commode de le mettre dedans.

— On l'y mettra tout de même, reprit Bourdier. Seulement convenons de nos faits.

Avez-vous un passeport? demanda-t-il en s'adressant au lieutenant.

— Non, répondit tristement Roger.

— Je m'en suis douté tantôt quand vous m'avez demandé des renseignements dans la cabane.

— Tout ce qu'a pu faire cette jeune fille, reprit le lieutenant, ça été de me procurer ces vêtements et ce ballot de colporteur.

— Mauvaise affaire! Un homme qui court les foires ne voyage pas sans papiers.

— Vous voyez bien que nous vous gênerons, monsieur, dit l'officier, et mieux vaut cent fois nous séparer que de vous faire prendre.

— Allons donc! jamais, s'écria Bourdier. Tout ça s'arrangera. Le père Sarrazin vous fera passer pour un nouveau garçon et la petite pour une servante qu'il est allé engager à Poissy.

— Ça peut se faire, dit laconiquement le paysan qui ne quittait pas des yeux Régine.

— Alors, c'est convenu. Seulement, il faudrait expliquer ça à l'enfant et, la nuit, ce n'est pas aisé de causer avec une sourde et muette.

— Comment ! elle est sourde-muette ? interrompit le père Sarrazin, très ému.

— Oh ! que cela ne vous inquiète pas, dit Roger, elle est si intelligente qu'elle devine ce qu'elle ne comprend pas, et je me charge de la mettre au courant de la situation.

— Bon ! marche devant, mon vieux Sarrazin, dit Bourdier, nous emboîterons le pas.

Ce commandement mit fin au dialogue.

Le paysan prit la tête de la petite colonne et s'achemina vers la lisière de la forêt qui se dessinait très nettement, car l'aube blanchissait déjà le ciel, et on se dirigeait vers l'est.

Roger suivait et Régine marchait entre lui et le colporteur.

Où allait-on ? Le lieutenant n'en savait absolument rien, car il ne connaissait pas assez le pays pour s'y orienter après tant de détours et il n'osait plus questionner ses nouveaux amis.

Il se laissait aller au courant de sa destinée et s'en rapportait entièrement à Dieu qui disposait de sa vie.

La jeune fille à laquelle son sort était lié aurait seule pu influer sur ses résolutions et rien n'annonçait qu'elle voulût le détourner de la voie qui s'ouvrait devant eux.

Il cheminait donc silencieusement et se contentait d'observer le pays qu'on traversait.

La futaie s'arrêtait au bord d'un terrain en pente et en débouchant sur ce plan incliné, les voyageurs virent l'horizon s'ouvrir devant eux.

Le jour venait peu à peu et une vapeur glacée montait lentement comme un rideau qui se lève.

A travers ce brouillard mobile, Roger put embrasser un immense panorama.

Devant lui, s'étendaient à perte de vue les plaines immenses qui se succèdent jusqu'à Paris.

A sa gauche, une rangée de collines s'étageait en diminuant de hauteur vers le nord-est.

A sa droite, il reconnut dans le lointain le Mont-Valérien dont le sommet se couronnait de la fumée blanche d'une canonnade matinale.

La Seine coulait au bas de cette terrasse naturelle et séparait deux gros villages bâtis presque en face l'un de l'autre.

— C'est Maisons-Laffite et, au-delà du pont, Sartrouville, dit Pierre Bourdier en lui montrant les constructions qui se détachaient comme deux taches jaunâtres sur le fond sombre de la plaine.

— Et c'est là que nous allons? demanda vivement Roger assez surpris du choix de cet itinéraire.

— Non pas, non pas, nous tomberions en plein dans une division prussienne.

Le lieutenant cherchait des yeux un point qui se rapportait à la direction suivie par le guide, quand le faux colporteur étendit la main pour lui montrer tout à fait à leurs pieds un groupe de petites îles.

— Voilà le château du père Sarrazin, dit-il en riant.

En regardant avec plus d'attention, Roger vit poindre à travers la brume le toit rouge d'une maison bâtie sur pilotis au milieu d'un bras de la Seine.

C'était à n'en pas douter, un moulin, et sa situation isolée le rendait très propre à cacher des voyageurs intéressés à éviter les mauvaises rencontres.

Sartrouville s'élevait de l'autre côté de la rivière, à plusieurs centaines de mètres en amont.

En aval, les rives étaient absolument désertes.

— Nous y serons dans dix minutes, ajouta Pierre Bourdier; une fois là, nous aurons toute la journée pour nous reposer, et, ce soir nous risquerons le grand coup.

Roger remarqua alors un détail qui lui avait échappé dans l'obscurité. Le faux colporteur avait sa balle sur son dos, et il fallait qu'il eût trouvé le temps et le moyen de retourner à la cabane pour se charger de cet accessoire indispensable.

Les remords du lieutenant se trouvèrent apaisés d'autant, puisqu'il n'avait plus à se reprocher d'avoir mis son brave camarade dans l'embarras; mais il ne put s'empêcher d'admirer l'incroyable présence d'esprit de cet homme qui n'oubliait rien, au milieu de dangers de toutes sortes.

Le père Sarrazin, qui ouvrait la marche, s'était mis à descendre grand train un sentier assez escarpé, qui aboutissait directement au moulin. Roger, chemin faisant, put l'examiner tout à son aise.

C'était un grand vieillard approchant de la soixantaine, mais sec et droit comme un peuplier.

Malgré le froid très vif, il tenait à la main son chapeau à larges bords et ses cheveux gris taillés en brosse laissaient à découvert un cou de taureau.

Il se retournait rarement, et le lieutenant ne pouvait qu'entrevoir sa figure hâlée, mais il admirait la carrure de ses épaules et ne s'étonnait plus de la vigueur dont il avait fait preuve au pied du hêtre.

Pas un être humain ne se montrait, ni sur la pente qu'on suivait, ni sur le bord de la rivière.

Sans doute, les Prussiens, se fiant à la surveillance exercée par leurs patrouilles dans la forêt, s'abstenaient de garder de ce côté-là le cours de la Seine.

Il était du reste à peu près impossible de la traverser ailleurs que sur le pont de Maisons, puisque toutes les barques avaient été enlevées.

— Je vois mon garçon sur la porte du moulin, dit le père Sarrazin. C'est signe que l'inspecteur prussien est là.

— Pourvu que ce ne soit pas le petit chafouin à lunettes, murmura Pierre Bourdier.

Régine, pendant tout le trajet, ne s'était pas départie un seul instant de son attitude purement passive.

Elle marchait courbée sous le poids de son sac, suivant son chemin sans regarder autour d'elle.

A peine leva-t-elle les yeux quand on arriva en vue du moulin. On aurait dit qu'elle avait prévu tous les épisodes de ce voyage accidenté, et Roger, qui savait à quoi s'en tenir à cet égard, ne comprenait plus rien à son indifférence. Il y avait des moments où il était tenté de croire à un affaiblissement de cette intelligence dont elle venait de donner tant de preuves.

Pierre Bourdier et le père Sarrazin avaient pour le moment bien d'autres préoccupations en tête.

On touchait au dénouement d'une situation compliquée, et il était temps de se recueillir avant d'aborder les terribles difficultés de la fin.

— C'est convenu, n'est-ce pas, vieux, dit le messager à son compère ; tu viens de chercher un nouveau garçon et une servante de l'autre côté de la forêt, et tu m'as rencontré en route.

— Ça aura de la peine à prendre, cette histoire-là, dit brièvement le meunier.

— Pourquoi ?

— A cause de la petite qui est muette.

— Tu diras que c'est une parente de ta défunte et que tu la prends par charité.

— Au fait, nous n'avons pas le temps de chercher autre chose ; et d'ailleurs, si c'est le gros gendarme, il n'est pas trop regardant.

— Vous avez entendu, camarade? reprit Bourdier en s'adressant à Roger.

— Oui, et je ferai de mon mieux.

— Parlez le moins possible et laissez-moi mener la conversation.

Cet échange rapide d'avertissements avait conduit les voyageurs au bord de la Seine.

Le moulin était devant eux.

Bâti dans une île boisée, il était séparé de la rive par un bras très étroit sur lequel était jetée une passerelle, grossièrement établie avec des planches.

La roue était arrêtée et on n'entendait pas le clair tic tac qui accompagne si joyeusement le travail des meules.

La rivière charriait de gros glaçons, mais elle n'était pas encore prise, et ses eaux jaunâtres roulaient bruyamment entre les pilotis.

Au milieu du pont, un grand garçon joufflu, en veste grise et en bonnet de laine, fumait tranquillement sa pipe.

Il avait les bras croisés et le nez au vent, comme un philosophe qui s'inquiète peu des événements de ce monde, et quoiqu'il eût certainement aperçu le patron et sa suite, il ne bougeait pas plus qu'un terme.

— Hé! Jacquot! lui cria le père Sarrazin, y a-t-il du nouveau au moulin ?

— Rien, not'maître, répondit le gars avec un accent normand des plus prononcés.

— Et les casques ? demanda le meunier en baissant la voix et en s'avançant sur le pont.

— Ils sont sous la table depuis hier soir, mais le vieux vient d'arriver.

— Pas de chance, murmura le père Sarrazin.

— Alors, dit Pierre Bourdier, c'est le chafouin à lunettes!

— Juste.

— Ouvrons l'œil et tenons notre langue, reprit le faux colporteur, en manière de recommandation collective.

— Où est-il pour le moment, demanda le meunier, en poussant Jacquot devant lui.

— Il a demandé où vous étiez. J'y ai dit que vous étiez parti hier soir du côté d'Achères et que vous rentreriez ce matin.

Là-dessus, il a grogné et il s'en est allé rôder dans l'île en vous attendant.

— C'est bon. Entrons vite, dit le meunier qui tenait toujours la tête de la petite caravane ; s'il ne revient pas trop tôt, ça ira tout seul.

La porte du moulin s'ouvrait à quelques pas de la passerelle.

Le père Sarrazin la poussa doucement et introduisit ses hôtes en leur faisant signe de marcher avec précaution.

Quand Jacquot qui fermait la marche eût repoussé le battant mobile de cette clôture primitive, les voyageurs se trouvèrent dans le demi-jour d'une salle basse, mal éclairée par une fenêtre unique.

Au milieu de cette pièce dont le plancher était fait de terre battue, une chandelle de suif fichée dans une bouteille achevait de brûler sur une longue table chargée de verres et de bouteilles vides.

Des fusils, des sabres et des ceinturons déposés dans un coin attestaient la présence des soldats ennemis, mais on n'apercevait de leurs personnes étendues par terre que le bout de leurs bottes où le fond de leurs bérets.

Jacquot n'avait pas exagéré. Les Allemands dormaient sous la table.

Ils étaient trois, autant qu'on en pouvait juger dans cet enchevêtrement de corps et de jambes, et leurs ronflements sonores prouvaient qu'on n'avait rien à craindre d'eux, pour le moment.

Le père Sarrazin embrassa d'un coup d'œil cet intérieur dont les moindres coins lui étaient familiers, s'assura ainsi qu'on n'était vu par aucun ennemi et dit d'une voix brève :

— Monsieur et madame, à la chambre bleue.

Il appuya cette injonction d'un geste qui montra à Roger un escalier mobile, assez semblable à une échelle, dont les marches supérieures aboutissaient à une ouverture pratiquée dans la muraille à dix pieds du sol.

— Conduis-les, dit-il à Jacquot, et tire la trappe sur eux.

Le lieutenant déconcerté par cette brusque décision fit mine d'hésiter, mais Régine avait déjà mis le pied sur le premier échelon, et Pierre Bourdier ajouta :

— C'est plus sûr, à cause de la petite, Laissez-vous faire et ne bougez pas jusqu'à ce que je vienne vous délivrer.

Roger prit son parti et suivit le garçon meunier qui grimpa l'escalier devant la jeune fille avec une agilité dont on ne l'aurait pas cru capable.

Une fois arrivé en haut, il vit que le carré n'était que l'orifice d'un long couloir où il s'engagea résolument sur les pas de son guide.

Régine suivait.

A travers les planches disjointes sur lesquelles il marchait, l'officier aperçut les meules et la trémie.

Il se trouvait donc au-dessus du moulin proprement dit, et il se demandait où ce chemin allait le conduire, quand le garçon meunier s'arrêta et appuya la main sur la cloison.

Un panneau bascula immédiatement et découvrit l'entrée d'une chambre étroite et longue.

— Fourrez-vous là-dedans avec la demoiselle et ne bougez pas, dit le laconique Jacquot.

Il n'y avait qu'à obéir sans raisonner. Roger fit passer Régine la première, et à peine avait-il mis le pied après elle sur le plancher de cet asile, que la trappe se referma derrière lui.

A sa grande surprise, le lieu, quoique dépourvu de fenêtres, n'était pas obscur.

Au milieu du plafond, un vitrage assez épais laissait passer la pâle lumière d'un jour d'hiver.

Cette singulière cachette contenait un lit garni de rideaux de serge bleue, trois ou quatre vieux fauteuils en velours d'Utrecht et une table en bois blanc.

Les lambris étaient faits de planches mal rabotées et à la sonorité du sol sur lequel il marchait, le lieutenant comprit qu'il se trouvait dans un appentis appliqué comme une cage contre le mur extérieur de la maison.

Régine ne montrait ni émotion ni surprise, et son compagnon crût même lire sur sa figure une expression de joie contenue.

Elle déposa son sac, serra la main de Roger qui venait de se débarrasser aussi de son ballot, s'assit dans un des fauteuils et ferma les yeux.

— Elle tombe de fatigue, pensa le lieutenant qui se serait bien gardé de troubler son sommeil.

Il se mit à faire le tour de la chambre sur la pointe du pied, et remarqua, non sans étonnement, qu'elle semblait avoir été habitée récemment.

Des bouts de cigares jetés dans les coins, une pipe posée sur la table et une tasse vide, qui devait avoir contenu du café, témoignaient du passage d'un occupant de ce réduit.

Un sabre de cavalerie et deux fleurets accrochés à la muraille, au-dessus d'une croix de la Légion d'honneur, devaient appartenir au maître de la maison, qui avait bien la mine d'un vieux soldat.

Roger se demandait avec une certaine inquiétude si sa captivité allait se prolonger beaucoup et comment ses nouveaux amis s'y prendraient pour se débarrasser des Prussiens.

Quant à la suite de la périlleuse entreprise où il était engagé, il n'osait même pas y penser.

Sa vie et celle de Régine étaient désormais entre les mains de celui qui s'était chargé de les sauver.

Il était résigné à tout souffrir et prêt à tout braver pour revoir Renée de Saint-Senier.

IV

Pendant que Roger évoquait l'image de sa belle cousine un son de voix bien connu arriva jusqu'à lui.

En se rapprochant de la cloison pour s'assurer d'où venait ce bruit, il reconnut qu'elle était percée de plusieurs trous et que, de cet observatoire, il pouvait à la fois voir et entendre ce qui se passait dans la salle où il avait laissé son guide.

Il regarda et il écouta.

Le meunier et le faux colporteur causaient avec un personnage dont Roger n'eut pas de peine à deviner la profession, quoiqu'il ne l'eût jamais vu.

La description qu'on lui en avait faite, avant d'arriver au moulin, était d'une rare exactitude.

Quoiqu'il portât un uniforme et même un collet galonné, cet individu n'avait pas la tournure martiale et il eût fallu beaucoup de bonne volonté pour croire qu'il appartenait à l'armée prussienne.

Mais le lieutenant avait assez voyagé sur les bords du Rhin pour savoir que l'homme à la capote bleue était tout simplement un de ces fonctionnaires civils qui pullulaient à la suite des troupes du roi Guillaume.

L'invasion de 1870, en effet, avait eu cela de particulier que nos prévoyants ennemis avaient amené avec eux un personnel suffisant pour administrer, réglementer et surtout dépouiller la France.

Ils traînaient dans leurs bagages jusqu'à des financiers qui en auraient remontré à nos percepteurs.

Le service de la police était largement représenté dans ce troupeau de non combattants et les divisions de guerre ne marchaient que précédées et entourées d'espions de toutes catégories.

L'interlocuteur des deux amis de Roger appartenait à l'honorable classe des agents avoués officiellement et, en cette qualité, il était chargé de surveiller les bords de la Seine aux alentours de Maisons.

Comme l'avait annoncé le père Sarrazin, il était petit, maigre, et orné de bésicles posées sur un nez pointu.

Le dialogue venait à peine de s'engager, et il s'animait déjà.

Roger était placé de façon à ce que ses yeux et ses oreilles ne perdissent rien de la scène qu'il dominait d'assez haut pour rester invisible.

— Où avez-vous rencontré ce garçon? demandait le Prussien dans un français assez pur, mais avec un fort accent germanique.

Il prononçait *rengondrer* et *carzon*.

— Là-haut, sur la route, en revenant de Poissy où je suis allé chercher de l'argent qu'on me doit pour des moutures.

— C'est très bien, mais pourquoi l'avez-vous amené ici? Est-ce que vous tenez une auberge maintenant?

— Pour vos soldats, oui, répondit le meunier d'un ton bourru, car ils boivent assez souvent chez moi sans payer.

— Vous serez remboursé sur la contribution de guerre que nous imposerons à la France quand Paris sera pris, dit majestueusement le policier.

— Alors, je peux attendre longtemps.

Cette réponse, dont le père Sarrazin ne sut pas se priver, déplut sans doute à l'espion patenté, car il prit son air le plus rogue pour répéter sa première question.

— Que vient faire cet homme chez vous ?

— Me vendre du drap dont j'ai besoin pour m'habiller moi et mon garçon. Vous ne voyez donc pas qu'il est colporteur ?

— Du drap? Vous pourriez bien en acheter à Maisons, dans le magasin de mon ami Küntz, qui a un assortiment superbe en laines de Silésie.

— Est-ce que vous croyez que j'ai le moyen de payer des marchandises étrangères? Pas si bête !

Il y a cinq ans que Pierre Bourdier que voilà fait son petit commerce par ici, et je suis sûr, au moins, qu'il ne me volera pas, au lieu que vos brocanteurs à tête carrée...

— Vous avez tort; mon ami ne vous aurait pas pris

plus cher, interrompit le Prussien qui devait avoir un intérêt dans les affaires du sieur Küntz.

— Possible, mais j'aime mieux m'arranger avec un de mes pays.

Le messager qui était le sujet de ce dialogue n'y avait encore pris aucune part.

Il s'était mis tranquillement à cheval sur un banc de bois et roulait une cigarette entre ses doigts.

Ce détail frappa Roger qui ne l'avait encore vu fumer que la pipe et qui remarquait les moindres incidents d'une scène où plusieurs vies étaient en jeu.

Il se demandait avec anxiété comment l'interrogatoire allait finir.

Les manières pincées et le langage aigre-doux de cet agent méthodique et froid n'annonçaient rien de bon.

Aussi l'officier regrettait-il vivement que son hôte n'eût pas profité de l'absence du petit chafouin, comme il l'appelait, pour faire cacher aussi le faux colporteur.

L'idée lui vint pourtant que ces deux nouveaux amis, en affrontant les questions, s'étaient dévoués pour détourner les soupçons de cet inquisiteur en bottes fortes.

Mais la conversation, qui n'avait été jusqu'alors qu'une escarmouche prit, bientôt une tournure plus sérieuse.

L'espion, voyant qu'il ne pouvait rien tirer du meunier, s'adressa brusquemest à Pierre Bourdier.

— Eh! bien mon brave, dit-il en affectant une certaine rondeur, avez-vous fait de bonnes affaires hier à Saint-Germain ?

Le piège était un peu trop grossier pour que le messager y tombât.

— Je ne viens pas de ce côté-là, puisque j'arrive de Poissy, dit-il sans hésiter.

— Et où allez-vous comme ça ? reprit le Prussien.

— Ma foi! je ne suis pas encore bien décidé si j'irai coucher ce soir à Maisons où si je descendrai jusqu'au pont d'Herblay.

Vous avez de la troupe par là-bas, vers Pontoise, et peut-être que je ferai des affaires avec vos hommes.

— Venez plutôt causer avec mon ami Küntz, vous verrez qu'il vous prendra de la marchandise.

— Je ne dis pas non, répondit le faux colporteur, pendant que Sarrazin grommelait entre ses dents :

— Il la prendra, c'est sûr ; mais quant à la payer, c'est une autre affaire.

— Je suppose, mon cher, que vous avez un passeport, dit l'espion sans faire semblant d'entendre la réflexion du meunier.

— Quant à ça, je vous prie de croire que, si je n'en avais pas, il y a longtemps que je serais coffré. On me l'a demandé onze fois depuis huit jours que je suis parti d'Evreux.

— Voulez-vous me le montrer ?

— Avec plaisir, répondit le messager en prenant dans la poche de sa veste un portefeuille usé qu'il remit tranquillement au commissaire.

La situation se tendait, et Roger, témoin muet de cette inspection qui menaçait de devenir minutieuse, pensait, non sans frayeur, que le brave Pierre n'avait pas eu le temps de se débarrasser de ses dépêches avant l'entrée de l'espion.

— Si ce misérable le fouille, il est perdu, se disait-il.

Et, en effet, il n'y avait pas même à songer à un coup de vigueur, car les Prussiens qui cuvaient leur vin sous la table commençaient à revenir de leur ivresse et, sans compter ceux qui devaient être en faction dans l'île, c'é-taient là des satellites tout disposés à prêter main-forte à l'homme au nez pointu.

Le lieutenant les voyait déjà s'étirer, et les entendait distinctivement grogner dans leur bauge.

— Bourdier... Pierre... épelait le commissaire sur le passeport... allant à Beauvais... les deux cachets de la *commandature* y sont...

Mon ami, vous êtes en règle, ajouta-t-il en rendant-le portefeuille.

Roger respira.

— Seulement, ajouta le chafouin, je voudrais bien voir ce qu'il y a dans votre ballot.

Pure formalité, vous savez.

— A votre aise, dit le faux colporteur en se mettant en devoir de déboucler sa lourde valise.

— Ce n'est certainement pas là qu'il a caché ses papiers, pensa Roger, assez rassuré par la tournure que prenait la visite.

Elle s'opérait pourtant avec un soin qui faisait honneur aux instincts policiers du Prussien.

Oubliant la dignité que lui conféraient ses galons d'argent, il s'était mis à genoux et il aidait Bourdier à vider son sac.

Les pièces de drap ou de cotonnade, les foulards jaunes ou rouges étaient dépliés, palpés, secoués et retournés dans tous les sens.

Le messager de l'armée de la Loire se prêtait de la meilleure grâce du monde à ce déballage forcé, qu'il égayait en disant de temps en temps :

— Père Sarrazin, voilà du drap de Montauban qui ferait parfaitement votre affaire.

Ou bien :

— Ce mouchoir là irait joliment pour faire un fichu à votre nièce de Cormeil.

Il mettait tant de naturel à ce babillage que Roger ne savait ce qu'il devait admirer le plus de son sang-froid ou de sa présence d'esprit.

La vérification fut poussée jusqu'au bout avec un soin qu'auraient apprécié tous les douaniers d'Europe.

— Maintenant, mon brave, dit le Prussien, quand il eut fini.

Je voudrais bien visiter aussi vos vêtements..., pure formalité... et vos chaussures aussi... de sorte que je vous prierai...

— De me déshabiller, interrompit le faux colporteur sans sourciller. Il ne fait pas chaud, mais je sais que c'est la méthode allemande.

Un frisson passa dans les veines de Roger, quand il le vit ôter sa blouse.

— Ce ne sera pas long, insinua l'espion, d'un ton mielleux.

— Laissez-moi seulement le temps d'allumer une cigarette ; ça me réchauffera un peu, dit Pierre Bourdier en riant.

Il tira de sa poche un paquet de tabac et un petit cahier dont il se mit à détacher une feuille.

— Passez-moi donc ce papier, dit le chafouin dont les petits yeux brillaient sous le verre de ses lunettes.

— C'est du pur papier de fil que j'ai acheté à Rouen, dit Pierre Bourdier, en tendant le cahier au Prussien.

Roger, qui ne perdait pas un seul des détails de cette scène, crut remarquer que la main du faux colporteur tremblait un peu et que ses joues hâlées pâlissaient légèrement.

Au même instant, le meunier se leva de l'escabeau où il était assis et fit un pas en avant.

Il avait mis la main sous sa blouse et ses traits contractés prenaient une étrange expression.

Cependant l'homme aux lunettes ne voyait rien de toute cette pantomime.

Il avait pris le cahier et l'examinait avec une attention minutieuse ; il le feuilletait, le maniait, et finit par le flairer, comme s'il eût espéré y découvrir un parfum accusateur.

Pendant qu'il se livrait à cette opération, le messager de l'armée de la Loire achevait de rouler entre ses doigts la feuille qu'il avait détachée, et quand il eût magistralement confectionné une grosse cigarette bien serrée et tordue aux deux bouts, il la prit entre ses lèvres et fit mine de tirer des allumettes de sa poche.

— Voulez-vous que je vous en fasse une ? dit-il tranquillement à l'espion en lançant au père Sarrazin un coup d'œil expressif.

— Non, merci, je ne fume que la pipe, grommela le fonctionnaire Tudesque, qui semblait tout désappointé de n'avoir pas trouvé ce qu'il cherchait.

— Est-ce que vous croyez qu'il y a de la contrebande dans mon papier? reprit Bourdier d'un air goguenard.

— Non, mais j'aime bien à voir tout quand je visite. Vous autres Français, vous êtes si fins que je me défie toujours, répondit le Prussien.

Il se décida cependant à rendre l'innocent cahier que le faux colporteur mit dans son gousset, en disant :

— Ah! oui! pour les lettres, les dépêches. On m'a conté comme ça qu'il y en avait qui les cousaient dans la doublure de leurs effets.

Mais il n'y a pas de danger que je fasse ce métier-là, je tiens trop à ma peau.

Tout en parlant il avait saisi sa cigarette entre le médium et l'index.

— Vous avez raison, mon ami, dit doucement l'espion, si je trouvais sur vous seulement trois lignes de correspondances, je serais forcé de vous envoyer à Maisons au commandant, qui serait forcé lui, de vous faire fusiller.

— Vous n'aurez pas cette peine-là, je vous en réponds, murmura Pierre Bourdier.

Allons, bon v'la que j'ai perdu mes allumettes, ajouta-t-il en plaçant sa cigarette derrière son oreille, suivant le procédé usité pour leurs plumes par les scribes au repos.

— Tu fumeras plus tard, dit le père Sarrazin, tu vois bien que monsieur attend que tu te déshabilles.

— Tiens! c'est vrai, je n'y pensais plus, reprit le messager de l'air le plus naturel; mais ça ne va pas être long.

En effet, il commença à défaire ses habits avec la lenteur méthodique qui est particulière aux paysans.

— Ça me rappelle le jour où j'ai passé au conseil de

revision, dit-il en riant. Ah! dam! c'était pas hier!

A mesure qu'un vêtement était ôté, le terrible commissaire s'en emparait et le soumettait à une rigoureuse inspection.

Rien qu'à le voir procéder, on aurait deviné que cet
homme était né pour le vilain métier qu'il exerçait.

Sa physionomie pointue s'éclairait d'une joie malicieuse
en palpant les hardes du colporteur et il avait l'air d'un
renard qui fouille un poulailler.

Ce fut fait d'ailleurs avec une adresse et une conscience
qui lui auraient certainement valu des éloges de ses supérieurs, s'ils avaient pu le voir travailler.

Les poches furent vidées, les doublures furent décou-
sues, le collet et les manches retournés et les boutons
tâtés.

Il n'y eut pas jusqu'aux souliers dont le scrupuleux
espion ne sondât les semelles et les talons à l'aide d'un petit
instrument pointu qu'il portait sur lui pour cet usage.

Quant au chapeau de feutre du colporteur, il avait été
l'objet d'une vérification spéciale et la visite avait commencé par là.

Roger suivait des yeux, par les trous percés dans la
cloison de sa cachette, cette singulière opération.

Le calme parfait avec lequel Pierre Bourdier se prêtait
aux recherches le rassurait sur leur résultat, mais il
se demandait par quelle ruse ingénieuse les dépêches
du messager avaient pu être soustraites à ce misérable
Prussien.

— Il aura trouvé le moyen de les remettre au meunier,
pensa-t-il.

Régine dormait toujours et il se félicitait de l'heureuse
occasion qui s'était présentée pour elle de prendre enfin
un peu de repos.

Elle allait bientôt sans doute avoir besoin de toutes ses
forces, car leurs épreuves n'étaient pas finies et le lieutenant n'entrevoyait même pas comment leur guide pour-

rait surmonter les obstacles qui les séparaient encore de Paris.

Il fallait voir d'abord ce qu'il allait advenir de l'inspection du commissaire.

Elle touchait à son terme, et ce soupçonneux personnage venait de faire signe à Pierre Bourdier qu'il pouvait reprendre ses habits.

Évidemment, l'espion avait espéré mieux, car il montrait la mine renfrognée d'un homme qui a manqué son coup.

Quant au brave messager, il s'habillait avec le même sang-froid et il égayait la situation par des plaisanteries qui témoignaient d'une entière liberté d'esprit.

— Dites donc, mon officier, demanda-t-il en riant, est-ce que vous me payerez de la tisane pour guérir le rhume que vous m'avez fait attraper ?

Brr ! qu'il fait froid dans votre cambuse, père Sarrazin.

— Toujours farceurs, ces Français, dit le chafouin en le regardant par-dessus ses lunettes.

— Faut bien s'amuser un peu pour se consoler du commerce qui ne va guère.

— A propos, mon ami, reprit le Prussien d'un ton assez équivoque, j'espère bien que vous allez venir avec moi à Maisons pour faire quelques petites affaires avec mon ami Kûntz.

— Ma foi ! ce n'est pas de refus, dit Pierre Bourdier ; mon compère Sarrazin n'est pas si pressé et nous pourrons finir notre marché ce soir aussi bien que ce matin.

Et dès qu'il eût passé sa blouse, il se mit à genoux pour refaire son ballot.

Roger n'en revenait pas de l'entendre accepter si facilement la proposition du commissaire qui ne tenait évidemment à l'emmener que pour le mieux surveiller.

Il avait bien cru cependant surprendre un coup d'œil échangé entre les deux amis.

Après tout, il se pouvait que le messager eût son plan

et il avait donné assez de preuves de son habileté pour que le lieutenant se fiât à lui du soin d'éconduire l'espion.

— Je suis prêt, dit Pierre Bourdier en chargeant sa balle sur son dos.

— Nous allons partir, mon ami, dit le Prussien d'un air aimable qui ne promettait rien de bon ; le temps de faire quelques petites recommandations à ce brave homme.

Le meunier dressa l'oreille à cette entrée en matières.

— D'abord, mon ami, je vous prie de ne plus donner à boire à ces soldats.

— Avec ça que c'est facile, grommela le père Sarrazin ; quand je leur refuse du vin, ils me menacent d'enfoncer la porte de ma cave.

— Ce sont des ivrognes, de vilains ivrognes, et je ferai mon rapport au commandant pour qu'ils soient punis demain quand on relèvera le poste.

Le majestueux commissaire ajouta quelques mots en allemand à l'adresse des trois soudards qui pendant l'inspection, avaient réussi tant bien que mal à se remettre sur leurs jambes, puis il reprit son discours :

— J'ai remarqué aussi en faisant une promenade dans l'île qu'on n'a pas enlevé la corde du bac.

— Eh ! bien, après ? dit le meunier d'un ton bourru.

— J'enverrai une escouade pour la détacher et la rapporter au commandant. Ça servira là-bas à nos pontonniers et ici ça pourrait vous servir pour passer la rivière.

— Passer la rivière ? Avec quoi ? Vous avez pris le bateau, et, à moins d'être oiseau...

— En attendant, reprit imperturbablement le Prussien, j'ai mis un factionnaire sur la rive, et je lui ai donné l'ordre de tirer sur tous ceux qui s'approcheraient.

Le meunier haussa les épaules.

— Je vous préviens pour éviter un accident, dit l'espion avec un mauvais sourire.

Après avoir lancé cet avertissement qui ressemblait assez à une menace, il parla encore un instant avec les soldats, et montrant la porte à Pierre Bourdier avec une politesse ironique, il le fit passer devant lui, et sortit d'un pas mesuré.

— Il le conduit en prison, pensa Roger.

Cette conjecture semblait infiniment probable, et la perpective d'être abandonné à ses propres ressources, n'avait rien de rassurant pour le prisonnier.

La cachette où on l'avait conduit avec Régine lui paraissait médiocrement sûre, car l'escalier de bois qui aboutissait au couloir était toujours appliqué contre la muraille, et il pouvait prendre fantaisie aux Prussiens d'y grimper.

Il se demandait même comment le commissaire n'avait pas eu l'idée de fureter de ce côté-là.

D'ailleurs, il fallait bien sortir tôt ou tard de ce réduit et Roger ne devinait pas comment.

Une heure se passa pour lui à réfléchir aux suites de cette aventure et à regarder alternativement Régine, qui ne s'était pas encore réveillée, et la salle basse où le père Sarrazin allait et venait au milieu des soldats.

Ceux-ci avaient allumé leurs pipes de porcelaine et fumaient silencieusement.

Le lieutenant se demandait ce qu'était devenu le gros garçon meunier qui l'avait conduit à la chambre bleue, quand il le vit apparaître à la porte du moulin.

Il poussait devant lui un enfant déguenillé que Roger reconnut sur-le-champ.

— Le mendiant de la cabane ! murmura Roger.

C'était bien lui en effet, un peu plus sordide et un peu plus déguenillé que lors de sa première apparition mais toujours porteur de la même physionomie hypocrite et pleurarde.

— Qu'est-ce que tu m'amènes encore là ? demanda brusquement le père Sarrazin qui, depuis le départ de Pierre Bourdier, semblait de fort mauvaise humeur.

— C'est un galopin que j'ai trouvé assis au bout de la

6.

passerelle, répondit le garçon meunier; il dit comme ça qu'il a faim et qu'il ne sait pas où coucher.

— Ça ne me regarde pas, grommela le bonhomme; s'il fallait recevoir tous les vagabonds qui rôdent dans le pays, on n'en finirait pas.

— Oh! mon bon monsieur, dit le gamin en prenant sa voix lamentable, ayez pitié d'un pauvre malheureux qui n'a pas mangé depuis deux jours.

— Tu n'es donc pas d'ici? dit le père Sarrazin, déjà un peu radouci.

— Non, m'sieu, reprit le mendiant en faisant mine de pleurnicher, j'suis de la Normandie.

— Tiens, c'est mon pays, fit observer le complaisant Jacquot.

— Eh! bien, pourquoi n'y restes-tu pas en Normandie?

— Les Prussiens ont brûlé notre maison, répondit l'enfant, non sans jeter un coup d'œil oblique sur les soldats qui fumaient leur pipe sans s'occuper de ce colloque.

— Le misérable compte qu'ils n'entendent pas le français, pensa Roger qui savait à quoi s'en tenir sur les prétendus malheurs de ce jeune espion.

— Et tes parents? demanda le meunier, visiblement ému.

— Mon père est parti soldat et ma mère... ils l'ont menée en prison, dit l'affreux drôle en essuyant ses yeux parfaitement secs.

— Voyons, petit, ne pleure pas et dis-moi d'où tu viens et où tu veux aller.

— Je viens de tout près de Gisors, en demandant la charité, et je m'en vais tout droit devant moi jusqu'à ce que je trouve à gagner ma vie.

— Et qu'est-ce que tu sais faire?

— Chez nous, je gardais les vaches, mais je travaillerais bien dans votre moulin tout de même.

— Allons! dit le père Sarrazin après un instant de

réflexion, les meules ne marchent plus et j'ai bien assez de Jacquot, mais il ne sera pas dit que j'aurai laissé le fils d'un soldat mourir de faim et coucher dehors.

— S'il le garde ici, nous sommes perdus, murmurait Roger qui écoutait ce dialogue en se rongeant les poings.

— Mène-le à la huche et donne-lui un bon morceau de pain et un coup à boire, dit le meunier à son garçon.

— Merci, mon bon monsieur, psalmodia le mendiant, tout en suivant Jacquot qui paraissait partager l'attendrissement de son maître.

Les Prussiens n'avaient pas bronché pendant toute cette scène, mais dès que l'enfant et son guide furent sortis, ils se mirent à échanger entre deux bouffées de tabac quelques phrases dont Roger malheureusement ne comprenait pas le sens.

Quant au père Sarrazin, il avait l'air satisfait d'un homme qui vient de faire une bonne action et s'occupait tranquillement à enlever les bouteilles vidées par ses garnisaires.

Jamais, depuis le moment de son évasion, le lieutenant ne s'était trouvé aussi perplexe.

Les dangers qu'il avait courus n'étaient rien au prix de cette situation ambiguë.

Il voyait le péril et il ne pouvait rien pour y parer.

Le père Sarrazin n'avait jamais vu ce petit scélérat, et par conséquent il était bien loin de soupçonner ses projets perfides.

Roger savait à n'en pas douter que le prétendu mendiant ne venait demander asile au moulin que pour perpétrer quelque trahison.

Un mot au meunier aurait suffi pour le mettre en garde contre les entreprises de son hôte; mais ce mot, comment le dire?

Appeler l le prisonnier ne pouvait pas y songer.

Sa cachette était trop voisine de la salle occupée par les Allemands, et, dans cette maison de bois, le moindre bruit s'entendait à travers les cloisons.

Force lui était donc d'attendre qu'on vînt le délivrer, et qui pouvait lui répondre que l'occasion s'en présenterait bientôt ?

Il se voyait ainsi condamné à l'inertie en présence d'un danger imminent et terrible, et il avait bien de la peine à s'y résigner.

Mortellement inquiet et fatigué d'observer les soldats qui ne bougeaient pas de la salle basse, il quitta son poste de surveillance et revint à la jeune fille.

Elle continuait à dormir profondément et Roger la regarda longtemps avant de se décider à la réveiller.

Sa tête charmante s'était inclinée sur son épaule et sa bouche entr'ouverte laissait voir ses dents blanches.

On l'entendait à peine respirer, et un faible souffle soulevait à intervalles égaux le corsage de sa robe de bure

C'était tout à fait le sommeil d'un enfant.

— Elle ne sait pas que la mort est peut-être proche, pensa le lieutenant.

Puis, il se dit que ce repos était peut-être le dernier et que le troubler serait une cruauté inutile.

— Elle apprendra toujours assez tôt les malheurs qui nous menacent, murmura-t-il en s'éloignant sur la pointe du pied,

Et, comme il se sentait lui-même brisé de fatigue, il s'étendit doucement sur le lit qui occupait le fond de la chambre bleue et se mit à réfléchir à leur étrange position.

La sinistre apparition du mendiant lui semblait inexplicable.

Les réponses écourtées de Pierre Bourdier, quand il lui avait demandé des nouvelles de ce petit misérable, laissaient croire qu'on en était débarrassé à tout jamais.

Comment revenait-il ainsi et quel funeste hasard le conduisait précisément au moulin où les fugitifs avaient trouvé un abri ?

Il y avait dans ce concours de circonstances bizarres

de quoi troubler l'esprit le plus ferme, et le départ forcé
du colporteur n'était pas rassurant.

Roger finit par se dire que la Providence ne les abandonnait pas tout à fait, puisque le traître, s'il était
arrivé une heure plus tôt, se serait rencontré avec le
faux colporteur et n'aurait pas manqué de le dénoncer
sur-le-champ.

Mais l'alternative n'en était pas moins terrible.

En effet, si Pierre Bourdier revenait, il devait forcément se retrouver en face de ce vagabond, et, s'il ne
revenait pas, la suite du voyage allait se compliquer étrangement.

Le lieutenant ne connaissait ni la route ni le moyen de
franchir les obstacles qui le séparaient encore de ce Paris
tant désiré.

Il savait vaguement qu'il fallait passer la Seine, au
moins deux fois, et c'était même la première difficulté à
vaincre, car, de son lit, il entendait le grondement sourd
de l'eau du fleuve.

L'île où s'élevait le moulin était très étroite et, en cherchant à se rendre compte de la situation de sa cachette,
Roger pensa que le grand bras qui le séparait de la rive
droite devait être assez rapproché.

— C'est par là qu'il faudrait fuir, murmura-t-il, mais
comment traverser la rivière grossie par les pluies de
l'hiver et gardée par les sentinelles prussiennes?

Il avait beau chercher une solution à ce terrible problème, il n'en trouvait aucune, et, à force de repasser dans
sa tête affaiblie ces tristes pensées, il finit par tomber
dans une sorte de torpeur intellectuelle.

Les images du passé terrible et du présent, plus redoutable encore, se confondaient dans son cerveau, et en
même temps, il sentait ses forces physiques s'anéantir
sous le poids d'une immense lassitude.

Il essaya de lutter contre cet engourdissement qui l'en-
vahissait peu à peu, mais il s'assoupit en murmurant
les noms de Régine et de Renée.

Quand il se réveilla, la nuit était venue.

Il ouvrit les yeux en sentant le contact d'une main qui se posait doucement sur son épaule.

Comme il s'était endormi sous l'influence de préoccupations sombres, sa première pensée fut qu'il avait affaire à un ennemi, et son premier mouvement fut de se mettre en défense.

Se dresser, sauter à bas du lit et se retrancher dans l'encoignure de la chambre, toutes ces actions préventives ne demandèrent que trois ou quatre secondes au prisonnier qui, en sa qualité de militaire, avait l'habitude des surprises.

Il eut même la présence d'esprit de se rappeler que les Prussiens n'étaient pas loin et de ne pas crier.

Autour de lui, l'obscurité était profonde et le silence complet.

Une idée lui traversa l'esprit.

C'était peut-être Régine qui venait de le toucher pour l'avertir qu'elle ne dormait plus et qu'elle attendait une décision.

Il se demandait déjà comment il allait faire pour entrer en communication avec la pauvre muette.

Faute de lumière, le langage des signes lui faisait défaut, et il ne savait où prendre ce qu'il fallait pour éclairer la chambre.

L'eût-il su d'ailleurs, il n'aurait pas commis cette grave imprudence, puisque la moindre lueur brillant à travers les trous de la cloison pouvait trahir le secret de la cachette.

Une voix, dont il ne reconnut pas le son tout d'abord, vint mettre fin à ses perplexités.

— C'est moi! disait-on tout bas.

— Qui? vous? demanda Roger, peu rassuré par cette indication vague.

— Bourdier! parbleu! reprit la voix sur le même ton.

— Le colporteur! s'écria le lieutenant stupéfait.

— Chut! pas si haut, que diable! Les murs ont des oreilles ici.

— Vous avez raison, mais je suis si content de vous revoir!

— Ah! il s'en est fallu de bien peu que je ne puisse pas vous procurer ce plaisir-là.

— Mais comment avez-vous fait pour échapper à ce misérable espion?

— Ça m'a coûté toutes mes marchandises que j'ai offertes gracieusement à son ami Küntz, le plus juif de tous les juifs allemands; mais ça m'est bien égal, car le temps de jouer au colporteur est passé, Dieu merci!

— Comment! Est-ce que vous renoncez à arriver à Paris?

— Y renoncer? J'espère bien y être demain.

— Avec vos dépêches?

— Ça va sans dire.

— Mais vous avez donc pu les soustraire à la visite? Il m'avait semblé, ce matin...

— Que mein herr le commissaire me visitait des pieds à la tête.

— Oui, j'étais là et j'ai tout vu.

— Ah! dit Pierre Bourdier en riant tout bas, c'est que, moi, je n'ai qu'un tour dans mon sac, mais il est bon.

— Alors, vous aviez eu le temps de remettre la dépêche au meunier?

— Non pas; le gueux d'Allemand est entré dans la salle une minute après que vous étiez grimpé ici.

— Mais où l'aviez-vous cachée quand vous vous êtes déshabillé?

— Eh bien! et ma cigarette?

— Quoi! c'était...

— Mon Dieu! oui, sur la feuille que j'ai roulée tranquillement à son nez et à sa barbe, il y avait de quoi me faire fusiller.

— C'est donc pour cela que je vous ai vu pâlir quand il a pris le cahier.

— Je ne dis pas non, on a beau avoir l'habitude de ces moments-là, on a encore un peu d'émotion quand on se dit que d'une seconde à l'autre, on va être obligé de jouer du couteau.

— Du couteau! répéta Roger abasourdi.

— Mon Dieu! oui, dit tranquillement le messager de l'armée de la Loire; le père Sarrazin, qui était dans la confidence, cherchait déjà sa lardoire sous sa blouse, et si l'Allemand avait fait mine de toucher à la feuille que je venais de rouler, il l'éventrait.

— Et les soldats?

— Oh! j'aurais sauté sur leurs sabres qui étaient dans le coin de la salle, et je crois qu'à nous deux nous en serions tout de même venus à bout; mais les batailles, ça fait toujours du bruit, et j'aime mieux ne pas avoir été obligé d'en venir là.

— C'est Dieu qui a veillé sur nous, murmura Roger, en pensant au terrible danger qu'il avait couru sans le savoir.

— Et il veillera sur nous jusqu'au bout, soyez tranquille, reprit le brave colporteur.

— Je l'espère, mais je me demande comment nous allons sortir d'ici.

— Ça, je m'en charge. Où est la petite?

Cette question rappela au lieutenant ce que la surprise et l'émotion lui avaient fait oublier un instant.

Il avait laissé Régine endormie sur un fauteuil et le moment était venu de la réveiller.

Mais il n'eut pas la peine de la chercher dans l'obscurité, car au moment même où Pierre Bourdier s'enquérait de la jeune fille, un serrement de main apprit à son ami qu'elle était debout.

Il ne pouvait pas la voir, mais il reconnut l'étreinte de ses doigts mignons, et il laissa échapper un soupir de soulagement, car, au milieu de tant d'événements bizarres, l'idée lui était venue un instant qu'elle avait disparu, victime de quelque machination.

— Elle est là, se hâta-t-il de dire pour répondre à la question du messager.

— Bon ! maintenant, pensez-vous qu'elle soit de force à sortir d'ici avec nous par un chemin que je vais vous montrer et qui est un peu moins commode que la grande route ?

— Je réponds de sa volonté et de son courage, dit Roger.

— Du reste, nous n'avons pas le choix des moyens, continua Pierre Bourdier, et je vais vous expliquer le mien.

— J'écoute et je suis prêt, dit simplement Roger.

Régine n'avait fait aucun mouvement, depuis qu'elle avait donné signe de vie, et tenait toujours la main de son ami dans la sienne, comme si elle avait voulu lui dire :

— Nous ne nous quitterons pas dans le danger.

— Mon cher camarade, reprit le faux colporteur, du ton bref d'un homme qui donne ses instructions suprêmes, la première étape de notre voyage est peut-être la plus difficile. Il s'agit de passer la Seine qui coule de l'autre côté de ce moulin, à dix pas d'ici.

— C'est bien ce que je pensais, mais j'ai entendu ce Prussien dire que toutes les barques avaient été enlevées.

— Si nous avions quelques heures devant nous, dit Pierre Bourdier sans s'arrêter à l'objection du lieutenant, la chose irait toute seule.

— Comment ?

— Le thermomètre a baissé ce soir de cinq degrés et il est bien probable que demain matin la rivière sera prise et qu'on pourra la traverser à pied sec, mais pour le moment, elle charie toujours et les glaçons ne sont pas encore arrêtés.

Donc il faut penser à un autre moyen.

— Un autre moyen ! il n'y en a pas ou, du moins...

— Il y a la corde du bac que mon ami Sarrazin a eu

soin d'entretenir en bon état et qui peut parfaitement nous porter de l'autre côté.

— Je ne comprends pas bien.

— C'est très simple ; il ne s'agit que d'avoir les poignets solides et c'est pour ça que je vous demandais si nous pouvions compter sur votre petite amie. Je ne me défie pas de son courage, mais je ne suis pas aussi sûr de sa force.

Le programme que le messager exposait si tranquillement était de nature à faire réfléchir les plus intrépides, et le chemin aérien qu'il voulait suivre n'était pas assurément à l'usage d'une jeune fille.

Roger, troublé par l'effrayante perspective d'exposer Régine à un voyage aussi périlleux, tomba dans une grande perplexité.

Il n'avait pas même la ressource de consulter sa vaillante amie qui ne pouvait ni le voir ni l'entendre et il hésitait à répondre, quand une pression de sa main vint lui rappeler fort à propos qu'elle n'avait jamais reculé devant aucun obstacle.

— Je... je crois qu'elle est capable de tenter l'entreprise, balbutia-t-il ; mais avez-vous bien réfléchi aux autres dangers qui nous menacent?

Ces soldats qui sont là, à quelques pas de nous, ces sentinelles que le commissaire a placées au bord de la Seine... je l'ai entendu... juste à l'endroit où passe la corde...

— Ça, dit Pierre Bourdier avec mépris, c'est l'affaire du père Sarrazin et de son garçon. Le meunier est chargé du département des liquides, et les trois casques à pointes qui ne sont pas de service sont retombés sous la table où ils dormaient ce matin. Quand aux deux factionnaires, le froid les cloue dans leur gourbis et Jacquot les surveille.

— Mais on peut les avertir, dit vivement Roger.

— Qui donc? Il n'y a pas de traîtres ici, que je sache?

— Vous vous trompez. Il y en a un.

— Que voulez-vous dire?

— Je veux dire, reprit l'officier avec animation, que ce misérable mendiant est ici :

— Qui? l'enfant de la cabane?

— Lui-même! Il est arrivé une heure à peine après que vous étiez parti.

— Ah! le gueux! ah! le gredin! s'écria le faux colporteur. Voilà ce que c'est que de n'avoir pas écrasé cette vipère pendant que je la tenais. Si j'avais tordu le cou à ce méchant drôle au lieu de le bâillonner et de l'attacher à un arbre, il ne serait pas ici maintenant à nous espionner.

— C'est la fatalité qui nous poursuit, murmura Roger.

— Et le père Sarrazin n'a pas chassé ce petit scélérat?

— Il voulait d'abord le renvoyer, mais quand il l'a vu pleurer en disant qu'il avait faim, il a dit à son valet de lui donner à manger et à loger.

— De sorte qu'il est encore à rôder dans la maison?

— Ce n'est que trop certain.

Et Sarrazin qui me voit revenir, qui sait que nous allons risquer le voyage, et qui ne me dit rien!..

— Mais il ne sait pas que ce petit malheureux est un espion.

— C'est juste! dit Pierre Bourdier.

Un silence profond succéda à ce rapide colloque.

Le messager cherchait un moyen de parer aux conséquences de cette fâcheuse complication et Roger recommençait à désespérer du succès d'une évasion ainsi compromise.

— J'ai trouvé! s'écria le brave messager.

— Trouvé quoi? demanda Roger.

— La manière de sortir d'ici avant que ce gredin ne nous dénonce.

— Que Dieu vous entende!

— Savez-vous où le père Sarrazin l'a logé?

— Non, j'étais brisé de fatigue; je me suis endormi

aussitôt après que ce drôle a été confié aux soins de Jacquot, et c'est vous qui m'avez réveillé.

— Alors, je me doute de l'endroit où on l'aura casé et il y a des chances pour qu'il ne nous voie pas filer.

Seulement, il est probable qu'il sortira cette nuit pour rôder autour du moulin et il faut le gagner de vitesse.

— Pourvu qu'il ne soit pas déjà trop tard !

— Non, il est à peine sept heures et c'est le moment où on met la table ici. Le gueux doit être occupé à manger sa soupe.

— Mais êtes-vous sûr qu'il ne vous a pas vu tout à l'heure quand vous êtes arrivé ?

— Parfaitement sûr. Vous pensez bien que je ne me suis pas amusé à entrer par la grande porte et à traverser la salle pour me montrer aux Prussiens.

— Et comment avez-vous pu arriver jusqu'ici ?

— Par dehors. Il y a une échelle contre la muraille et le couloir a deux issues, tout comme la chambre où nous sommes.

— Deux issues ! répéta Roger qui n'en connaissait pas d'autre que la trappe par où on l'avait introduit.

— Mais, oui, et vous n'avez qu'a lever la tête pour voir celle qui va nous servir.

— Quoi ce vitrage !

— Tout juste, c'est un chemin qui a l'air de ne pouvoir servir qu'à des chats, mais je ne vous ai pas promis la grande route.

— Je suis prêt à vous suivre partout et cette jeune fille aussi, dit Roger un peu choqué de ce langage bref, mais j'avoue que je ne comprends pas bien votre projet.

— Vous allez comprendre. Ce vitrage s'ouvre sur le toit d'un appentis en planches qu'on a ajouté aux bâtiments du moulin.

— Je le sais ou du moins je l'ai deviné, mais...

— Ce toit, interrompit Pierre Bourdier, sert de point d'appui au câble du bac, c'est comme qui dirait l'embarcadère des voyageurs à la corde.

Commencez-vous à saisir, maintenant ?

Roger saisissait très bien, mais il restait confondu à l'idée de tenter une pareille entreprise, et il doutait surtout que les forces de Régine pussent y suffire.

— Mais, objecta-t-il avec embarras, le trajet doit être énorme, car le moulin n'est pas au bord de l'eau.

— A quinze pas du grand bras tout au plus ; nous sommes ici à la pointe de l'île, et nous n'avons qu'une langue de terre très étroite à traverser.

Quant à la Seine, elle n'est pas large.

Le lieutenant était trop préoccupé pour se presser de répondre.

— Il est vrai qu'elle est profonde, ajouta ironiquement Bourdier, qui interprétait assez mal ce silence.

— Une chute, ce serait la mort, murmura Roger.

— Écoutez, mon officier, dit brusquement le faux colporteur, je ne veux pas vous emmener de force, et, s'il arrivait malheur à vous ou à la petite, je me le reprocherais toute ma vie.

Ainsi, vous êtes libre de me suivre ou de rester.

— Et vous ? demanda timidement Roger.

— Moi, c'est une autre affaire. Il faut que j'arrive à Paris demain matin ou que je meure cette nuit ; mais vous, qui ne portez pas de dépêches, vous n'avez pas les mêmes raisons pour risquer votre vie.

C'est pourquoi, si le cœur ne vous en dit pas, je vous conseille de coucher tranquillement ici. Demain matin, le père Sarrazin viendra visiter la chambre bleue, vous lui conterez votre affaire et il trouvera peut-être moyen de vous faire gagner la Normandie.

La perplexité du lieutenant était affreuse.

Il avait à choisir entre la chance d'une mort presque certaine et celle d'une longue suite de périlleuses aventures. Seul, il n'aurait pas hésité, mais l'idée de compromettre l'existence de Régine glaçait son courage.

— En toute autre circonstance, reprit Bourdier d'un ton plus doux, je renoncerais à mon plan pour vous tenir compagnie et tâcher de vous être encore une fois utile, mais le devoir est là.

Ces paroles si simples émurent profondément Roger.

— Après tout, continua le brave messager, c'est le hasard qui nous avait réunis et nous pouvons nous quitter sans avoir rien à nous reprocher. Si je péris en route, j'aurai toujours la consolation d'avoir rendu service à un officier français.

C'en était trop, et le lieutenant ne tint plus contre le souvenir que Pierre Bourdier venait d'évoquer.

Il pensa aux scènes de la forêt, et il rejeta bien loin l'idée de séparer sa fortune de celle de son sauveur.

Un dernier scrupule le retenait. Il aurait voulu consulter Régine. Son cœur lui disait pourtant que l'héroïque jeune fille était prête à le suivre, mais la décision était si grave qu'il hésitait encore.

Un nouveau serrement de main de la pauvre muette vint le décider.

Il prit pour une manifestation des volontés de la Providence cette étreinte silencieuse et il dit d'un ton ferme :

— Je ne veux pas vous abandonner; nous allons partir ensemble.

— A la bonne heure ! s'écria Bourdier. Je savais bien que vous viendriez.

— Dites-moi ce qu'il faut faire, dit fermement Roger qui, maintenant que son parti était pris, avait retrouvé tout son sang-froid.

— Vous allez voir.

Et le messager de l'armée de la Loire se mit en devoir, sans plus tarder, de préparer l'évasion.

Il fallait d'abord atteindre le vitrage et, pour cela, quoique le plafond de la chambre fût assez bas, un marche-pied était absolument nécessaire.

La table et un fauteuil le lui fournirent.

Avec des précautions infinies, il réussit à placer ces deux meubles l'un sur l'autre, et en dépit de l'obscurité, à construire l'échafaudage sans faire le moindre bruit.

— Voilà l'escalier, dit-il gaiement, et c'est moi qui vais vous montrer le chemin.

Seulement, je suppose que mon ami Sarrazin n'a pas osé se risquer à vous envoyer de quoi dîner et je ne veux pas que vous vous embarquiez, comme on dit, sans biscuits.

Il mit dans la main de Roger une grosse tablette de chocolat et une gourde pleine d'eau-de-vie.

— Vous partagerez avec la petite et vous croquerez ça en route, mais avalez-moi tout de suite un bon coup de vieux cognac.

Le lieutenant ne se fit pas prier. Il sentait que ses forces avaient besoin de ce stimulant.

Régine elle-même ne refusa point la gourde que son ami lui tendait, et but bravement une gorgée, comme pour prouver qu'elle était décidée aux actions viriles.

Roger hasarda encore une objection.

— En avançant l'heure du départ, demanda-t-il, ne craignez vous pas de déranger les plans de ce brave meunier? Il est probable qu'il s'est arrangé pour nous aider un peu plus tard et...

— C'est possible, mais nous nous passerons de lui. L'important c'est de ne pas donner le temps à cet infernal gamin de nous dénoncer.

— Comment ferons-nous pour emporter nos ballots?

— Vous ne les emporterez pas.

— Et si on nous arrête?

— Si on nous arrête, nous serons fusillés, mon lieutenant, dit le messager avec un calme parfait, mais on ne nous arrêtera pas.

Voyez-vous, ajouta-t-il, en dehors des lignes prussiennes on peut jouer au colporteur, mais, en dedans, cette comédie-là ne servirait à rien et nous avons trop de chemin à faire cette nuit pour charger nos épaules.

— Je crois que vous avez raison, dit Roger, comprenant que l'heure était venue de brûler ses vaisseaux.

— Maintenant, reprit Pierre Bourdier en grimpant sur la table, je vais vous montrer la route.

Vous ferez monter la petite après moi et vous viendrez ensuite.

Le lieutenant prit le bras de Régine pour l'avertir, pendant que l'agile messager atteignait le second échelon de son marchepied improvisé.

Dès qu'il se fut haissé sur le fauteuil, il pressa la charnière du vitrage et soutint le châssis pour qu'il s'abattît doucement.

Le ciel se montra clair et brillant d'étoiles.

En quelques secondes, Pierre Bourdier, se hissa sur le toit, s'accroupit au bord de l'ouverture, et dit à voix basse :

— Envoyez-moi l'enfant.

Régine avait deviné sans doute ce qu'il fallait faire, car elle était debout sur la table, avant que son ami eût le temps de lui venir en aide.

Le reste de l'ascension s'accomplit sans bruit et sans encombre.

Quand Roger, qui fermait la marche, arriva sur le toit, il trouva la jeune fille et le messager couchés côte à côte, et il n'eût pas besoin d'avertissement pour les imiter.

L'endroit où les fugitifs se trouvaient réunis était une espèce de plate-forme dont les dimensions correspondaient exactement à celles de la chambre bleue.

— Ne bougez pas, murmura Bourdier, je vais aller en reconnaissance.

Et il commença à se traîner doucement jusqu'au bord du toit.

Roger eut un instant la velléité de le suivre, mais un geste qu'il entrevit le décida à rester immobile.

Le messager lui faisait de la main le signe qui par tous pays veut dire :

— Attention ! il y a du danger.

V

La nuit était assez claire et le froid extrêmement vif.

De la place où il était resté, Roger ne pouvait pas voir ce qui se passait au pied de la maison, mais il distinguait très bien les arbres rangés sur la rive droite de la Seine.

Il entendait aussi le craquement particulier que produit le choc des glaçons heurtés les uns contre les autres par le courant.

La rivière coulait, comme l'avait dit Bourdier, à quelques pas du moulin, le vent soufflait du nord, mais trop faiblement pour couvrir les bruits de la terre et du fleuve, et c'était là une fâcheuse condition pour tenter une évasion à quelques pas des Prussiens.

Un ouragan qui aurait agité les branches et couvert le ciel de nuages eût été bien plus favorable que ce temps calme et sec.

Le hardi messager appréciait sans doute toute la difficulté de l'entreprise, depuis qu'il était monté sur le toit, car, au lieu de se presser, il gardait une immobilité complète.

Couché à plat ventre, sa tête seule dépassant la plate-forme, il avait l'air d'observer attentivement le terrain.

Roger, mis en éveil par le geste qu'il lui avait adressé, n'osait pas bouger, mais il commençait à trouver que la station se prolongeait trop.

La température était glaciale et, quelque habitude que l'officier eût des nuits de bivouac, il sentait ses membres s'engourdir peu à peu.

Il pensait d'ailleurs que Régine devait souffrir encore plus que lui.

Étendue bravement sur le dur plancher de la toiture, elle ne prenait pas plus de souci du rude contact imposé à ses membres délicats que du froid.

7.

Mais il devenait évident que la position ne serait pas tenable longtemps et Roger s'inquiétait de l'inertie volontaire de son guide.

L'appeler, même à voix basse, eût été une grave imprudence. Il se décida à l'aller rejoindre.

En se traînant avec des précautions infinies, il parvint à se placer côte à côte avec le messager et, quand sa tête toucha presque la sienne, il entendit ces mots soufflés à son oreille :

— Avez-vous de bons yeux ?

— Oui, murmura le lieutenant .

— Regardez sur la rive, de ce côté-ci de la rivière, et dites-moi ce que vous voyez.

En sa double qualité de chasseur et de soldat, Roger avait eu assez d'occasions d'exercer sa vue, et en plein jour, il aurait distingué à cinquante pas la couleur d'un perdreau ou le grade d'un Prussien.

Mais la demi-obscurité de la nuit et l'intensité du froid qui lui piquait les paupières le gênaient beaucoup.

Dans sa nouvelle position, il pouvait embrasser d'un seul regard le sol de l'île, le cours de la Seine et la berge opposée.

La langue de terre sur laquelle s'élevait le moulin était plate et nue. Aucune surprise n'était donc à craindre de ce côté.

Tout au plus, un tas de bûches amoncelées au pied de l'appentis aurait-il pu servir à cacher un espion.

A quinze pas de là, le terrain s'abaissait brusquement et sur ce bourrelet qui bordait le fleuve se dressaient trois ou quatre saules maigres et rabougris.

C'était là le point que Pierre Bourdier avait signalé spécialement à l'attention de son compagnon de périls.

Roger concentra donc toutes ses facultés visuelles sur la ligne plantée de la rive gauche.

Il ne vit rien d'abord.

Un brouillard très léger montait de la Seine comme

une poussière glacée et les objets semblaient nager dans une gaze transparente.

A force de fixer les yeux sur le point de repère que lui offrait un des arbres, l'officier crut remarquer au ras du sol un mouvement presque imperceptible.

C'était comme une tache noire qui se détachait sur le fond plus clair des vapeurs grises.

En regardant longuement, il reconnut que cette tache disparaissait par moments.

Quand elle se montrait de nouveau, on pouvait constater qu'elle s'était déplacée.

Il semblait à Roger qu'il était à l'affût dans les bois de Saint-Senier, surveillant un lapin qui jouait au bord d'un terrier.

Ce souvenir lui donna même l'idée que l'objet suspect appartenait au règne animal.

— C'est quelque loutre, dit-il si bas que Bourdier pour mieux entendre, colla sa joue contre la sienne.

— En hiver et par ce froid ! Impossible, soupira le messager.

Le lieutenant se remit à inspecter consciencieusement la berge.

A cinquante pas des arbres, sur la gauche, pointait une masse sombre qui affectait la forme d'une hutte de sauvage.

Il lui suffit de l'examiner avec attention pour reconnaître un de ces abris construits, avec des branchages, dont nos troupiers d'Afrique ont importé l'usage en France.

Les Allemands, gens éminemment pratiques, ne dédaignèrent pas de s'en servir pendant leur campagne, et Roger les y avait surpris plus d'une fois.

Il conclut donc de son expérience personnelle que la sentinelle prussienne chargée par le commissaire de garder le cours du fleuve, devait être blottie dans ce cabanon.

Elle ne montrait du reste ni la pointe de son casque ni

la baïonnette de son fusil, car on aurait vu briller, dans ce clair-obscur, le cuivre et l'acier.

Mais l'embuscade était bien près de l'endroit que l'officier supposait être celui du passage, et il frémit à l'idée de le tenter avec Régine, à si courte distance de l'ennemi.

Cette remarque l'amena à chercher ce câble sur lequel le messager comptait pour fuir, et il s'aperçut que l'appareil prenait son point d'appui précisément au-dessous de lui.

A quelques pouces de son visage et à portée de sa main, la corde se rattachait à un crampon de fer solidement planté dans la muraille.

Il voulut se rendre compte de la force de ce chanvre auquel ils allaient confier leur vie, et il reconnut que le cordage avait à peu près l'épaisseur de quatre doigts.

Ce calibre offrait de suffisantes garanties de solidité, mais une voie aussi aérienne n'en était pas moins effrayante.

L'action seule de s'y embarquer paraissait des plus périlleuses, puisqu'il fallait se laisser glisser du toit en s'accrochant des pieds et des mains à ce fragile support.

— Avez-vous vu ? lui souffla tout à coup Pierre Bourdier.

— Quoi donc ?

— Le point noir qui vient de se montrer à côté du gourbi.

L'apparition avait été si rapide qu'elle avait échappé à Roger occupé à palper le câble.

— Eh bien ! demanda-t-il plein de confiance dans la sagacité de son camarade.

— Eh bien, je suis fixé maintenant, murmura le messager.

— Comment ?

— C'est le mendiant qui a flairé la chair fraîche et qui rôdait tout à l'heure du côté du bac. Il a vu que rien ne venait, et il est allé se réchauffer dans le gourbi avec son ami le Prussien.

— Alors? interrogea le lieutenant avec anxiété.

— Ça prouve d'abord que le petit vagabond ignore que nous sommes dans le moulin. S'il le savait, il aurait déjà été chercher les Allemands, pour visiter la maison du haut en bas.

Il espionne au hasard et pour n'en pas perdre l'habitude, mais il n'est pas sur notre piste.

— Je crois que vous avez raison, mais que faire?

— Partir, dit simplement Pierre Bourdier.

— Partir! s'écria Roger oubliant de modérer le diapason de sa voix; partir quand ce misérable enfant peut nous surprendre au milieu du passage.

— Nous n'avons pas le choix. Écoutez-moi bien. La nuit est longue, mais le chemin d'ici à Paris ne se fera pas comme une promenade au bois de Boulogne. Il ne faut donc pas perdre de temps.

— C'est vrai, mais...

— Maintenant, interrompit Bourdier, nous avons deux chances sur trois pour que le mendiant ne bouge pas d'ici à une heure.

Les vipères, ça aime la chaleur, et le gredin doit se plaire dans le gourbi.

S'il a envie de faire une nouvelle ronde, il attendra qu'il soit minuit.

Donc, c'est le vrai moment de filer et il faut en profiter.

Le lieutenant ne trouva pas d'objection à ce raisonnement; mais plus l'instant du péril suprême approchait, plus il tremblait pour Régine.

Le messager, qui avait deviné ce qui se passait dans son cœur, se hâta de lui donner ses dernières instructions.

— Voici l'ordre et la marche, dit-il rapidement. Je vais passer le premier, vous m'enverrez la petite ensuite, et c'est vous qui ferez l'arrière-garde.

— Soit, murmura l'officier, qui comprenait l'impossibilité de délibérer plus longtemps.

— Je vais vous expliquer pourquoi j'arrange le voyage de cette façon-là, reprit Bourdier.

Si l'autre rive est gardée, c'est le premier passé qui sera pincé. Il vaut donc mieux que ce soit moi !

S'il m'arrivait malheur, vous auriez encore la ressource de rentrer dans la cachette et d'attendre que le père Sarrazin vienne vous délivrer.

—·Merci! dit Roger touché jusqu'aux larmes de ce dévouement si simplement offert.

— Vous me remercierez à Paris.

Maintenant, convenons de nos faits.

Il me faut à peu près dix minutes pour arriver sur la rive droite. Vous ferez donc partir la jeune fille un quart d'heure après moi. Si, par malheur, j'étais pris en débarquant là-bas, je crierai trois fois pour vous prévenir.

Et, sans attendre une réponse, l'intrépide Bourdier se laissa couler la tête en avant sur la corde du bac.

Ce ne fut pas sans un serrement de cœur que Roger vit le brave messager s'aventurer ainsi.

Il avait oublié de lui demander ses instructions sur la meilleure manière d'effectuer ce périlleux voyage et, quelque désir qu'il eût de rejoindre promptement Régine, il crut devoir rester en observation sur le bord du toit pour voir comment opérait Pierre Bourdier.

Celui-ci semblait doué d'aptitudes particulières pour cet exercice, car il avançait avec une rapidité étonnante.

Le corps allongé, les mains accrochées au câble, sur lequel il croisait ses jambes, il rampait comme une couleuvre et il s'y prenait si adroitement que le fragile support remuait à peine.

Le crampon fixé à la toiture avait d'abord craqué sous ce poids inusité, mais, la tension de la corde une fois régularisée, l'appareil n'avait plus bougé.

A mesure que le hardi passeur s'éloignait, le lieutenant se sentait gagné peu à peu par une anxiété qui paralysait tous ses mouvements.

Il éprouvait cette sensation physique qu'on ressent tou-

jours en regardant un homme se promener sur le bord
d'un précipice.

C'est une sorte de contraction nerveuse qui tient du
vertige, et qui peut aller jusqu'à la douleur aiguë.

A cette épreinte involontaire se joignait une inquiétude
plus raisonnée.

L'instant critique du trajet était celui où il fallait franchir la ligne des saules et Pierre Bourdier se rapprochait
de ce point dangereux.

Le câble, accroché par son extrémité à une assez
grande hauteur, allait naturellement en s'abaissant depuis
le bord du toit jusqu'à la rive.

A l'endroit où le bac enlevé par les Prussiens avait dû
être amarré jadis, le cordage rasait la terre à hauteur
d'homme.

Les grandes difficultés commençaient là.

D'abord, la marche n'était plus favorisée par l'incli-
naison qui, au début du trajet, permettait de se laisser
glisser sans grand effort.

Au-dessus de la rivière, le chanvre se trouvant tendu à
peu près horizontalement, le travail du voyageur aérien
devenait beaucoup plus pénible.

De plus, on arrivait à la hauteur du *gourbi*, placé sur la
même ligne à cinquante pas en aval, et on entrait par
conséquent dans le champ visuel que pouvaient embrasser
les surveillants.

Roger, pâle d'angoisse, vit le messager disparaître
derrière le saule au pied duquel la tête du petit espion
s'était montrée, quelques minutes auparavant.

Il ne respirait plus.

Heureusement, cette terrible attente fut courte.

Rien ne remua du côté du poste de la sentinelle prussienne, et, après vingt secondes d'indicible anxiété, il
vit son intrépide compagnon émerger au delà du rideau
des arbres.

Le brouillard avait augmenté et on ne distinguait plus

qu'un point noir. Mais ce point se déplaçait progressivement, et devenait de moins en moins apparent.

Il était clair que la traversée s'opérait sans encombre et que Pierre Bourdier allait bientôt toucher terre.

A ce moment décisif, Roger éleva son âme à Dieu et le pria avec ferveur de ne pas abandonner l'homme courageux qui se dévouait pour la France.

Dieu l'exauça.

Le corps du voyageur se confondit bientôt avec le fond sombre de la rive droite et disparut tout à fait dans l'ombre protectrice de la berge.

La joie inondait le cœur du seul témoin de cette scène émouvante.

Le silence profond qui régnait sur le fleuve était l'indice certain du succès.

— S'il lui était arrivé un accident, pensait Roger, je serais déjà prévenu. S'il avait trouvé l'ennemi sur l'autre rive, il aurait crié; si ses forces l'avaient trahi, s'il était tombé, j'aurais entendu le bruit de sa chute.

Il attendit encore, mais rien ne troubla le calme de la nuit, et le lieutenant poussa un soupir de soulagement.

Les dix minutes étaient passées.

L'heure de risquer à son tour l'effrayant passage était venue pour lui, ou plutôt pour Régine, selon l'ordre prescrit par Bourdier.

Au moment où Roger allait se retourner pour se traîner vers la jeune fille, il sentit le contact d'un corps qui frôlait son épaule.

Elle avait, comme toujours, devancé les intentions de son ami.

Bientôt elle prit sur le bord du toit la place que le messager avait occupée.

Son visage touchait presque celui de l'officier et leurs yeux pouvaient se tenir ce langage dont la pauvre muette usait avec tant d'éloquence.

Roger put lire dans son regard étincelant qu'elle était prête à braver encore une fois la fatigue et le danger.

Mais si Régine n'hésitait pas, c'était lui maintenant qui tremblait pour elle.

L'idée de la laisser s'engager seule sur ce frêle appui lui répugnait comme une action coupable, et la réflexion ne fit que le confirmer dans un projet qui s'était déjà présenté à son esprit.

Les instructions du messager avaient été données si rapidement que le temps avait manqué pour y faire des objections, mais on pouvait les modifier.

— Le câble est évidemment assez solide pour supporter le poids de deux personnes, pensait le lieutenant.

Et il se disait en même temps que rien ne le retiendrait plus sur ce toit quand la jeune fille l'aurait quitté.

Il y avait même avantage à abréger les difficiles opérations du voyage, puisque la rive droite était libre et le *gourbi* silencieux.

Mais, surtout, Roger comprenait que, pendant le trajet, Régine, si ses forces venaient à faiblir, pouvait avoir besoin d'un bras vigoureux pour l'aider.

Ce qui acheva de le décider, c'est qu'il ne se sentit pas le courage de passer encore une fois par la même épreuve, en assistant de loin à la terrible traversée du fleuve.

— J'aime mieux périr avec elle, murmura-t-il, que d'être là, immobile et torturé par l'inquiétude, pendant qu'elle sera suspendue entre la vie et la mort.

Sa décision prise, il ne restait plus qu'à l'exécuter aussi promptement que possible, car chaque minute de retard pouvait tout perdre.

Un seul détail restait à régler.

Devait-il passer le premier ou suivre, au contraire, la jeune fille sur le câble?

Elle se chargea de trancher la question.

Roger la vit se dresser sur ses poignets et lui tendre son front.

Il comprit et approcha ses lèvres pour lui donner un chaste baiser — le premier — le dernier peut-être.

Regine le reçut, les yeux baissés, mais quand elle releva la tête, son regard brillait d'un éclat étrange.

On aurait dit que ce baiser, qui pouvait être un baiser d'adieu, venait d'exalter son courage.

Avec une promptitude et une adresse incroyables, elle se retourna sans se lever, et saisit la corde pour s'y placer à l'inverse de la position choisie par Bourdier, c'est-à-dire les pieds en avant et le visage faisant face à la toiture.

L'officier n'avait ni le temps ni le moyen de lui indiquer un système de locomotion plus commode.

Il eut d'ailleurs comme l'intuition du sentiment qui poussait peut-être la jeune fille à tourner la figure vers lui dans ce danger suprême.

— Si nous devons mourir, pensait-il, nous échangerons du moins notre dernier regard.

Et il s'embarqua à son tour sur la corde, mais sans adopter la nouvelle méthode de Régine.

Elle avait déjà gagné assez d'espace pour qu'il pût s'allonger après elle sur ce mince support, qui plia légèrement en recevant ce nouveau poids.

Le voyage commença sans trop de peine.

La courageuse enfant avançait sur cette pente glissante avec un aplomb, une souplesse et une vigueur incroyables.

Roger la suivait de si près que leurs têtes se heurtaient parfois, dans les cahots inévitables de la descente.

Le trajet du toit à la ligne des saules s'opéra sans incident.

En atteignant cette limite, où l'opération se compliquait d'un surcroît de difficultés et de périls, le lieutenant reconnut que le bras du fleuve qu'il s'agissait de traverser était assez large pour effrayer les plus intrépides.

Il ne se sentait pas encore fatigué, mais il lui semblait que sa compagne avançait un peu moins vite.

Elle arriva pourtant au-dessus du fleuve sans donner la moindre marque de faiblesse ou d'hésitation et Roger reprit courage.

Tout en se traînant lentement après elle, il regardait autour de lui et il eut l'inexprimable joie de constater que personne ne se montrait sur la berge.

La Seine roulait avec un grondement sourd, et les glaçons qui couvraient presque entièrement sa surface passaient rapidement, entraînés par la violence du courant.

C'était comme un tourbillon incessant, accompagné de craquements sinistres, et Roger détourna les yeux de ce spectacle qui aurait pu lui donner le vertige.

Parfois cependant, la masse entière s'arrêtait, soudée par une rencontre de blocs flottants, qui s'amoncelaient alors en formant, des monticules blanchâtres.

Puis, la glace se disloquait, et la masse flottante reprenait sa marche.

Mais il était évident que la rivière allait bientôt se prendre tout à fait et qu'en retardant le départ de quelques heures, on aurait pu la traverser à pied.

Le moment eût été mal choisi pour regretter la décision prise par Bourdier, et Roger luttait contre d'autres pensées.

Chaque minute qui s'écoulait rapprochait du but les fugitifs, mais chacun de leurs efforts ajoutait à leur fatigue.

Le froid était terrible et une bise âpre soufflait du Nord.

Roger sentait son sang se glacer peu à peu et ses membres se raidir.

Il se disait avec effroi que le corps frêle de Régine ne résisterait pas longtemps à tant de souffrances.

Ils étaient arrivés au milieu du courant, mais le trajet qui leur restait à faire était de beaucoup le plus pénible.

A ce moment, Roger jetait un regard en arrière pour se rendre compte de la distance parcourue.

Il crut voir sur le rivage de l'île se mouvoir une forme humaine.

Il n'avait pas le temps de prolonger beaucoup cet examen auquel sa position sur la corde ne se prêtait guère d'ailleurs.

Il détourna ses yeux de la rive qu'il avait laissée derrière lui et se remit à avancer à la force des poignets et des genoux.

Mais, soit que le froid l'eût gagné tout à fait, soit que le mouvement qu'il venait de faire lui eût fatigué les articulations, il se sentait moins souple et moins solide.

Des frémissements nerveux parcouraient ses membres engourdis, et il éprouvait la même sensation que si on lui eût enfoncé dans la chair des milliers d'aiguilles.

Il reconnut alors avec terreur les symptômes ordinaires qui précédent la crampe.

Si la crispation involontaire augmentait jusqu'à le paralyser complètement, il était perdu.

Le lieutenant, excellent nageur, savait par expérience que l'immobilité complète est le seul moyen de prévenir une crise de ce genre.

Il s'arrêta donc pour attendre que la douleur fût passée, et il resta le corps allongé horizontalement et la tête renversée en arrière.

Il fallait que la vue remplaçât merveilleusement chez Régine le sens de l'ouïe, qui lui manquait, et il fallait aussi qu'elle eût conservé un prodigieux sang-froid, car à peine son compagnon s'était-il décidé à ne plus bouger, qu'elle imita sa manœuvre.

Elle ne semblait nullement lasse d'un effort si pénible et si long, et ses yeux ne quittaient pas le visage contracté de Roger.

On aurait dit qu'elle le surveillait pour épier le moment de lui porter secours.

L'officier, malgré toute son énergie, était bien près d'en avoir besoin.

La crampe ne se déclarait pas complètement, mais il luttait contre un autre ennemi tout aussi terrible, — le froid.

Tant qu'il avait remué pour se traîner sur la corde, l'agitation entretenait la circulation de son sang et le maintenait en haleine.

En cessant d'agir, il donna prise à l'action terrible de la température et se trouva livré sans défense aux morsures de ce vent aigre qui soufflait du pôle.

C'était l'effet bien connu qui tua autrefois tant de soldats français en Russie.

Pendant la désastreuse retraite de 1812, tout homme qui s'arrêtait s'endormait, et quiconque s'endormait était mort.

Roger éprouvait tous les symptômes tant de fois décrits de cette torpeur qui commence par l'assoupissement et qui finit par le sommeil éternel.

Comme nos vieux grenadiers dans les funestes plaines de Smolensk, il sentait ses yeux se fermer, sa poitrine se resserrer, ses bras s'engourdir.

Comme eux, il allait s'endormir pour ne plus se réveiller.

Au lieu de la neige qui servit de linceul à la Grande-Armée, le fleuve était là qui allait refermer ses glaçons sur le malheureux lieutenant.

Des bourdonnements étranges emplissaient ses oreilles et son cerveau alourdi ne percevait plus qu'une confusion singulière d'idées vagues et de douleurs physiques.

Il lui semblait à la fois que son corps se rapetissait sous l'étreinte d'un étau glacé et que son âme s'envolait vers le chalet où priait Renée.

A ces sensations bizarres succéda un moment de bien-être.

Roger arrivait à cet état intermédiaire entre la veille et l'anéantissement de la vie intellectuelle qu'on goûte si doucement dans un bon lit après un excès de fatigue.

Le lit qui l'attendait, c'était le lit fangeux de la Seine.

Encore quelques secondes, et l'officier vaincu par le froid allait y coucher.

Ses mains et ses genoux se cramponnaient encore machinalement au câble, mais la bise allait les desserrer et le jeter dans l'abîme.

Cette agonie avait duré moins de temps qu'il n'en faut pour la décrire, mais elle avait un témoin.

Régine suivait les progrès de la souffrance qui décomposait le visage de son ami, et s'était rapprochée jusqu'à le toucher.

Au moment où il se renversait dans une suprême convulsion, Roger sentit des doigts nerveux se poser sur les siens, et un objet dur s'appliquer sur ses dents serrées.

Par un double mouvement instinctif, il étreignit la corde et il ouvrit la bouche.

Presque aussitôt, une vive chaleur lui brûla le palais et gagna la poitrine pour atteindre le cœur qui se remit à battre avec violence.

Le mourant ouvrit les yeux et poussa un cri de soulagement.

Il était sauvé.

La jeune fille venait de lui verser une gorgée de l'eau-de-vie qui restait dans la gourde de Pierre Bourdier.

Son dévouement et son énergie avaient accompli l'incroyable tour de force de se suspendre au cordage d'une seule main, pendant que l'autre portait aux lèvres de son ami le cordial qui pouvait encore le ranimer.

Si Roger avait pu se rendre compte de ce qui venait de se passer, il aurait eu besoin, pour ne pas croire à quelque intervention surnaturelle, de se rappeler l'ancien métier de Régine, car les plus intrépides acrobates auraient seuls pu tenter ce sauvetage inouï.

Mais l'officier ne revivait encore que d'une vie toute physique, et il n'était pas en état de rassembler ses idées.

Cependant, à mesure que l'excitation produite par l'alcool fouettait son sang et déliait ses membres, il renaissait aux sensations de l'intelligence et ses yeux se tournaient tour à tour vers sa libératrice et vers la rive droite du fleuve.

La reconnaissance et l'amour de la vie se confondaient dans ce premier regard d'un ressuscité.

Un bruit violent et soudain acheva de le remettre en pleine possession de lui-même.

La détonation partait de la rive gauche et il était d'autant plus impossible à un soldat de se méprendre sur sa nature qu'elle avait été suivie d'un sifflement aigu et prolongé.

Un coup de fusil venait d'être tiré sur les fugitifs et la balle avait passé tout près d'eux.

Ce fut pour Roger le signal d'un réveil complet.

Sous l'aiguillon du péril, il retrouva à la fois sa lucidité et sa force.

Il avait même gagné à cette secousse inattendue une énergie convulsive et une rapidité de conception extraordinaire.

Il se remit à ramper sur la corde et et lui suffit de se retourner du côté de l'île pour deviner ce qui s'était passé.

A travers le brouillard qui s'était épaissi, il aperçut confusément deux ombres qui s'agitaient autour du *gourbi*, l'une plus visible, l'autre moins distincte.

A n'en pas douter, c'était la sentinelle prussienne qui venait de faire feu, et l'affreux mendiant qui courait devant elle lui avait dénoncé les fugitifs.

— Je ne m'étais pas trompé tout à l'heure, pensa l'officier, et j'avais bien vu ce petit monstre, en passant au-dessus des saules.

Le danger devenait si grand qu'il restait bien peu de chances de salut.

Quelles qu'elles fussent pourtant, Roger les envisagea froidement.

La crampe l'avait surpris quand il était déjà un peu au delà du milieu de la rivière.

Cinquante mètres environ restaient à franchir pour atteindre la rive droite, mais c'était la partie la plus difficile du trajet, parce que la corde remontait en approchant du bord, le bout étant sans doute amarré au tronc de quelque grand arbre.

La berge restait silencieuse et la détonation n'avait éveillé qu'un écho.

L'officier, entièrement revenu de sa défaillance, se sentait de force à atteindre cette terre promise.

Régine, si elle n'avait pas entendu l'explosion, avait vu la lumière du coup, et, rassurée sur le compte de son ami, ranimé par l'eau-de-vie, elle s'était remise avec un redoublement d'ardeur au pénible travail de la locomotion aérienne.

Mais il n'était guère permis aux fugitifs d'espérer que le Prussien ne recommencerait pas à tirer sur eux et qu'il les manquerait toujours comme la première fois.

D'ailleurs ses camarades ne devaient pas être loin, et s'ils accouraient au bruit, comme c'était trop probable, les voyageurs du câble allaient se trouver exposés à un feu de file.

Le ciel, il est vrai, s'était couvert de nuages, et la demi-obscurité de cette froide nuit, en nuisant à la justesse du tir, protégeait un peu les deux cibles vivantes.

Un second coup de fusil partit des saules.

Le soldat s'était rapproché, et cependant la balle s'égara encore.

Elle avait dû frapper sur la rive droite, car Roger crut entendre un bruit sourd après le sifflement du projectile.

— La troisième portera juste, murmura-t-il.

Et il ajouta en pensant à Régine :

— Pourvu que ce soit moi qu'elle frappe.

A ce moment, la voix criarde du mendiant arriva jusqu'à lui.

On ne pouvait pas distinguer les paroles, mais à leur diapason aigu et à leur ton saccadé, on pouvait croire que le petit monstre s'évertuait à exciter le Prussien.

Pendant l'intervalle qui avait séparé les deux détonations, les fugitifs avaient gagné quelques mètres.

Seulement, les rôles semblaient s'intervertir peu à peu.

C'était la jeune fille maintenant qui donnait des signes

non équivoques de fatigue, comme si elle eût épuisé le reste de ses forces en sauvant son compagnon.

Le lieutenant, au contraire, veillait sur elle et déployait une vigueur extraordinaire.

Tout à coup, il tourna vivement la tête.

Une violente secousse venait d'ébranler la corde et peu s'en était fallu que ce choc ne les précipitât tous les deux dans la Seine.

— Cette fois, nous sommes perdus, dit Roger en voyant ce qui se passait sur la berge de l'île.

Il y avait bien de quoi s'effrayer.

Le Prussien et le petit mendiant s'étaient réunis sans doute au pied du saule au-dessus duquel passait la corde du bac, et peut-être même leurs cris avaient-ils attiré les autres soldats, car un groupe assez compact s'agitait sur la berge.

Ils étaient trop loin et la nuit n'était pas assez claire pour que Roger, fort mal placé d'ailleurs pour observer, pût distinguer ce qu'ils faisaient.

Mais la violente secousse imprimée subitement au câble sauveur lui donnait à penser qu'ils préparaient une attaque d'un nouveau genre.

Les coups de fusils avaient cessé, soit que les munitions manquassent au factionnaire, soit que, découragé par le peu de justesse de son tir, il voulût user d'un autre moyen.

L'officier pensa d'abord que les Allemands cherchaient à couper la corde, et il frémit à l'idée que, dans ce cas, la mort était inévitable.

La rive droite était encore trop éloignée pour que les fugitifs eussent la moindre chance de l'atteindre.

Le meilleur nageur, en effet, n'aurait pas pu lutter contre la violence du courant, et, eût-il été assez robuste pour traverser cette eau froide et torrentueuse, il devait être broyé par le choc des glaçons.

La chute seule aurait été mortelle.

Mais après avoir oscillé un instant, le câble avait repris son immobilité.

Quel infernal projet méditaient donc les Prussiens ?

Roger le devina en voyant une masse noire se détacher de la ligne des arbres.

Cette masse paraissait suspendue en l'air et se mouvait lentement.

Tout s'expliquait : la cessation du feu et la secousse imprimée à la corde.

Evidemment, quelqu'un du groupe ennemi s'était décidé à poursuivre les Français sur ce chemin périlleux.

En prenant son élan, cet enragé avait pu saisir le câble qui, sur ce point, passait presque à hauteur d'homme.

Maintenant, imitant la manœuvre des fugitifs, il se traînait accroché des mains et des genoux, et il semblait s'acquitter assez adroitement de cet exercice, car il avançait visiblement.

Après avoir reconnu d'un coup d'œil ce nouveau danger qui compliquait étrangement la situation, le lieutenant redoubla d'efforts pour avancer.

Cela devenait une question de vitesse.

Si on pouvait prendre terre avant ce persécuteur acharné, on avait encore une lueur d'espoir.

Le terrain sur la rive droite paraissait assez boisé pour qu'il fut possible de s'y cacher et de gagner les bois du Vésinet, mais, pour exécuter ce plan, fort hypothétique d'ailleurs, il fallait conserver assez d'avance pour dérouter l'ennemi.

Le salut était à ce prix.

Roger rassembla donc tout ce qui lui restait de vigueur et d'énergie pour franchir rapidement l'espace qui le séparait encore de la berge, et il eut assez vite progressé de quelques mètres.

Mais il s'aperçut alors que Régine ne bougeait pas.

Elle avait déjà donné depuis un instant des signes non équivoques de fatigue et, en s'approchant jusqu'à la toucher, il vit que ses traits se décomposaient et qu'elle avait fermé les yeux.

Ce changement effraya beaucoup l'officier qui s'empressa de lui soutenir la tête d'une main, pendant que de l'autre, il cherchait la gourde qu'elle portait suspendue à son cou.

C'était son tour de venir en aide à celle qui l'avait sauvé tout à l'heure.

Il s'y prenait sans doute moins adroitement que l'éroïque jeune fille, car il eut toutes les peines du monde à lui verser quelques gouttes d'eau-de-vie entre les lèvres.

Il y parvint cependant, et le cordial, cette fois encore, produisit son effet.

Régine se ranima et se remit en mouvement, mais il était aisé de voir que ses forces s'épuisaient, et qu'elle ne résisterait pas bien longtemps à ce terrible travail.

Il fallait donc se hâter pour abréger le reste de l'épreuve et aussi pour rattraper le temps perdu.

L'ennemi inconnu avançait toujours.

Roger s'en apercevait aux vibrations de la corde, qui devenaient plus sensibles à mesure que le poids se rapprochait.

Il tourna encore une fois la tête pour voir si la distance qui les séparait avait diminué, et surtout pour voir à qui il avait affaire.

L'enragé qui les poursuivait avait gagné au moins vingt mètres pendant le demi-évanouissement de la jeune fille.

Il était même assez près pour que la forme de son corps tranchât nettement sur les vapeurs grisâtres qui s'élevaient de la rivière.

Ce corps tenait trop peu de place sur le câble pour être celui d'un Prussien.

Il était d'ailleurs peu probable qu'un lourd soldat allemand se fût risqué sur ce chemin suspendu.

L'affreux gamin de la cabane était seul capable d'un semblable tour de force.

Roger s'étonnait cependant qu'un enfant, si méchant qu'il fût, poussât l'amour de son vil métier d'espion jusqu'à exposer ainsi sa vie.

Il sut bientôt à quoi s'en tenir.

Un rire grêle et saccadé éclata derrière lui et une voix perçante cria :

— Oh ! hé ! attendez-moi un peu.

Quoique le mendiant eût changé complètement les inflexions pleurardes dont il se servait pour demander l'aumône, il n'y avait pas moyen de s'y tromper.

C'était bien lui qui rampait sur le câble.

Il avait la souplesse aussi bien que la perfidie des serpents et il avançait rapidement.

— Le misérable nous gagnera de vitesse, murmura Roger en s'apercevant que les mouvements de Régine devenaient de plus en plus pénibles.

Tout en continuant ses efforts pour se rapprocher de la rive, tout en soutenant parfois sa compagne quand il la voyait faiblir, il se disait que Pierre Bourdier devait être caché là, sur le bord, à quelques pas d'eux et qu'il assistait à cette lutte suprême.

Il eut même un instant l'idée de l'appeler, mais il se retint dans la crainte de révéler la présence de son ami aux Prussiens de l'île.

— Si nous arrivons assez vite pour dépister le mendiant, se disait-il, il vaut mieux leur laisser croire que nous sommes seuls.

Mais la distance qui les séparait du petit scélérat diminuait comme les forces de Régine.

Roger en était à se demander s'il ne valait pas mieux l'attendre.

— Je suis encore assez vigoureux pour lui tordre le cou et le jeter dans la Seine, pensait-il. Les Prussiens ne tirent plus, et d'ailleurs, s'il y a une lutte, ils n'oseront pas faire feu, de crainte de tuer leur espion.

Au moment où il allait se décider à cette résolution extrême, la voix criarde du vagabond perça le silence de la nuit.

— Vous ne voulez pas m'attendre, glapissait l'horrible

drôle, mais je vous attraperai bien tout de même et je vous tuerai.

Cette menace de mort qui arrivait à Roger à travers le grondement sourd du fleuve lui donna froid.

— Je vous tuerai, car j'ai un pistolet, reprit la voix, le pistolet que mon ami le Prussien m'a prêté, et il est chargé.

Roger comprit alors pourquoi les Allemands ne tiraient plus.

Ils voulaient se donner le plaisir féroce de voir de loin l'enfant dont ils payaient la trahison assassiner ses compatriotes.

La voix s'éleva plus aigre et plus rapprochée.

— Je pourrais vous tuer tout de suite si je voulais, disait l'enfant; j'aime mieux vous brûler la cervelle à bout portant; comme ça, je verrai votre dernière grimace et la culbute que vous ferez dans la rivière.

Roger grinçait les dents de rage.

Il n'y avait plus à essayer une lutte impossible, il fallait à tout prix arriver et arriver vite, car l'infernal gamin avançait avec une rapidité effrayante.

Régine se soutenait à peine et, à chaque mouvement, son visage se contractait et sa bouche s'ouvrait convulsivement.

On voyait qu'elle dépensait, pour se retenir au câble, les derniers restes d'une énergie vaincue enfin par l'épuisement.

Malgré tout, elle se soutenait encore et la terre n'était plus qu'à une vingtaine de mètres.

Encore quelques efforts et on pouvait l'atteindre.

— Il y a six coups à mon pistolet, hurla le gamin qui se rapprochait toujours.

— Heureusement, elle ne peut pas l'entendre, pensait Roger.

— Le premier sera pour toi, continua l'odieuse voix, et le second pour ta gothon.

— Infâme drôle ! dit l'officier furieux.

8.

— Je vous vois maintenant, je vous vois et je vous reconnais. Tu as beau rager, va! Vous y passerez tous les deux.

Régine luttait évidemment contre les atteintes d'une douleur nerveuse qui crispait son corps brisé.

Elle ne se traînait plus que par soubresauts, et Roger tremblait que la corde n'échappât à ses mains raidies.

Dans un de ces mouvements convulsifs, leurs têtes se heurtèrent et ses lèvres s'appuyèrent sur le front de la jeune fille.

Elle tressaillit sous ce baiser suprême et sembla reprendre un peu de forces.

On gagna encore dix ou douze brasses.

La rive se dressait devant eux sombre et silencieuse.

— Bourdier! appela Roger, d'une voix étouffée.

Il sentait que la vie de Régine dépendait des minutes qui allaient suivre, et que le messager pouvait peut-être l'aider à la sauver.

— Oui, chante, mon vieux, glapit la voix, c'est mon pistolet qui va t'accompagner.

Roger se retourna et vit distinctement le mendiant lever le bras.

En même temps, il entendit le bruit sec du revolver qu'il armait.

Cette fois, Roger crut bien que tout était fini. Il pria Dieu pour que la première balle fut pour lui.

— Du moins, murmura-t-il, je ne la verrai pas mourir.

Le mendiant l'avait annoncé et il tint parole, car le coup partit et le plomb passa à deux pouces de la tête du lieutenant.

— Il paraît que je suis encore trop loin, glapit l'assassin; mais, sois tranquille, tu ne perdras rien pour attendre.

· Et Roger sentit aux vibrations de la corde que le misérable se rapprochait.

Il eut le courage de se retourner et il vit que la distance qui les séparait avait encore diminué, mais en même

temps, il s'aperç¹ que Régine subitement ranimée, gagnait aussi du terrain sur le câble.

La berge n'était plus qu'à cinq ou six mètres.

Encore un dernier effort et on pouvait l'atteindre.

Mais l'enfant avançait toujours.

Roger l'entendait siffler entre ses dents et faire craquer
la batterie de son revolver.

Il eut un instant la pensée de lâcher la corde.

La rive était si voisine qu'il y avait quelque chance de
s'y accrocher en se laissant aller au courant.

Quel que fût le danger d'une chute dans la rivière rapide et glacée, il valait encore mieux s'y exposer que
d'attendre le moment où la balle du mendiant allait frapper à bout portant.

Mais, pour risquer un coup aussi hasardeux, il aurait
voulu prévenir Régine, afin qu'elle sautât avec lui.

Or, elle était déjà trop loin pour qu'il pût la toucher et
lui faire comprendre son projet par gestes. La voix, elle
ne l'aurait pas entendue.

Se jeter à l'eau tout seul, c'eût été l'abandonner aux
coups de l'assassin.

— Mieux vaut encore rester, pensa Roger ; il ne me
tuera pas du premier coup, et pendant qu'il m'achèvera,
elle aura peut-être le temps de lui échapper.

— Ah ! ah ! cria le petit monstre qui n'était plus qu'à
trois pas, je te tiens enfin, et cette fois je ne te manquerai
pas.

L'officier regarda derrière lui et le vit se coucher avec
précaution sur le câble auquel il se retenait d'une main
pendant que de l'autre il y appuyait le canon de son revolver pour être plus sûr de son coup.

Le désespoir inspira à Roger l'idée de secouer la corde
pour déranger le tir et il l'agita violemment des mains
et des genoux.

Ce balancement déconcerta d'abord l'abominable gamin, qui abaissa un moment son arme pour se tenir des
deux mains et conserver son équilibre, mais bientôt

il se cramponna de plus belle, reprit son aplomb et se remit à ajuster avec soin.

— Tu as beau faire des sauts de carpe, mon vieux, tu vas avaler ta prune, dit-il avec un affreux ricanement.

— A moi ! Bourdier ! à moi, cria encore une fois l'officier, comme si le messager eût été là, sur le bord à portée de la voix.

Il n'avait pas achevé cet appel suprême qu'il sentit le câble manquer sous lui.

Avant quil eût le temps de comprendre ce qui lui arrivait, Roger, précipité dans le fleuve, avait disparu sous l'eau.

Sa première sensation fut de se croire mort, et pendant les quelques secondes qui s'écoulèrent avant qu'il revînt à la surface, il pensa que la balle du mendiant l'avait frappé.

Ce fut court, mais atroce et aucune des impressions qui torturent les noyés ne lui fut épargnée.

Quand sa tête émergea et qu'il put respirer, il entendit à la fois un horrible hurlement et une voix qui l'appelait par son nom.

Le hurlement, c'était le mendiant qui le poussait, entraîné par le courant.

La voix, c'était celle de Pierre Bourdier.

— Ne lâchez pas la corde, disait-elle, et traînez-vous jusqu'ici.

Il s'aperçut alors que dans sa chute, il s'était retenu, machinalement, au câble dont le brave messager tenait le bout.

A genoux sur la berge, l'héroïque sauveur tendait les bras à Régine qui, plus rapprochée du bord, se trouvait à sa portée.

Roger comprit.

Bourdier, qui les suivait des yeux, de l'abri qu'il s'était choisi au milieu des buissons de la rive, s'était décidé à couper la corde quand il avait vu le meurtre prêt à s'accomplir, mais il avait eu en même temps la précaution de n'en pas lâcher l'extrémité.

Entre ses mains robustes, le chanvre devenait une bouée de sauvetage.

Il ne s'agissait plus que d'en profiter.

C'était déjà fait pour Régine.

Elle venait de prendre pied et s'était couchée sur la berge.

Roger, tombé un peu plus au large, avait plus de chemin à faire.

Le froid de l'eau l'avait saisi, et la respiration avait failli lui manquer tout à fait pendant la submersion momentanée.

Mais en voyant la jeune fille hors de tout danger et le messager prêt à le sauver à son tour, il retrouva toute son énergie.

Il commença à se traîner de son mieux vers la terre, le corps plongé verticalement dans la rivière et les deux mains accrochées au câble.

Pierre Bourdier, après avoir reçu Régine, s'était hâté d'enrouler la corde coupée autour d'un tronc d'arbre, de manière à assurer jusqu'au bout un solide point d'appui au naufragé.

Les glaçons qui passaient emportés par un courant furieux gênaient beaucoup Roger, et plus d'un lui déchira les doigs et lui meurtrit le visage.

Mais il tint bon et, après une minute de pénibles efforts et de cruelles souffrances, il eut l'indicible satisfaction de prendre pied.

— Merci, Pierre, cria-t-il en se laissant tomber épuisé à côté de la jeune fille.

— Il n'y a pas de quoi, répondit simplement le messager, mais filons vite. L'endroit est mauvais pour causer.

Un effroyable cri vibra aux oreilles de Roger.

— A moi ! je vais mourir ! hurlait une voix déchirante.

— Le mendiant ? s'écria-t-il en se levant.

C'était bien lui.

Le petit misérable n'avait pas lâché la corde et le fleuve l'avait entraîné en même temps que ceux qu'il voulait assassiner.

Maintenant que le câble était fixé il s'y cramponnait avec l'énergie du désespoir et il s'efforçait de gagner la terre.

— Attends! murmura Pierre Bourdier, attends, scélérat, je vais t'aider.

Et il se baissa pour délier le nœud qu'il avait fait autour du tronc d'arbre.

Roger lui arrêta le bras.

— Grâce pour ce malheureux, dit-il d'une voix émue.

— Pour ce monstre! s'écria Pierre Bourdier, jamais! c'est déjà trop de l'avoir épargné une fois dans la forêt.

— Ayez pitié de moi, mes bons messieurs, hurlait l'enfant, ne me laissez pas mourir.

— Quand ce ne serait que pour l'empêcher d'attirer par ses cris les balles des Prussiens, reprit le messager en mettant la main sur la corde.

— Vous voyez qu'ils ne tirent plus, dit Roger. Ils nous croient tous noyés et nous pouvons bien sauver ce petit malheureux.

— Mais vous êtes fou! s'écria Bourdier.

— Pardon, mes bons messieurs charitables, pardon, disait la voix, je ne ferai plus de mal... j'étais si pauvre... ils m'avaient promis de l'argent.

Le mendiant avançait toujours et déjà il n'était plus qu'à quelques pas du bord.

— Je vous demande sa vie, dit Roger, Dieu nous a sauvés; je voudrais sauver quelqu'un.

— Mais vous ne comprenez donc pas que si nous le tirons de la rivière, il nous suivra pour nous dénoncer encore.

— Nous l'attacherons, murmura le lieutenant.

— Oui, comme là-bas, dans les bois, pour qu'il soit à nos trousses dans une heure.

Ah ça, mon officier, vous croyez donc que nous n'avons plus rien à faire ? Mais vous ne savez pas que ceci n'est rien en comparaison du reste. Deux lieues au milieu des postes prussiens et la Seine à passer encore une fois.

— Grâce ! hurla le mendiant.

— Non ! ses cris me fendent le cœur, dit Roger ; il me semble que si nous le laissions mourir, cette action nous porterait malheur.

— Je vous servirai, cria le malheureux, je vous servirai... comme je servais les Prussiens... je connais tous les chemins et je sais où sont les postes... vous verrez... je vous conduirai partout... à Paris, si vous voulez.

— Entendez-vous ? demanda le lieutenant.

— Oui, j'entends que ce gredin nous prépare un nouveau tour, grommela Bourdier.

— On ne ment pas quand on va mourir, et je vais...

— Où allez-vous ? demanda brusquement le messager en arrêtant Roger par le bras.

— Lui tendre la main, cria le lieutenant en s'élançant vers la rive.

Avant que le messager eût le temps de le retenir il était au bord de la rivière et se penchait pour sauver le misérable qui se débattait au milieu des glaçons.

— A moi ! mon bon monsieur ! à moi ! je n'en peux plus ! la force me manque.

— Donnez-moi la main ! dit Roger en se mettant à genoux.

— Je ne peux pas... je suis trop loin, cria l'enfant.

L'officier se pencha sur l'eau et allongea le bras.

Aussitôt les doigts crispés du mendiant s'accrochèrent à la manche de sa blouse.

— Ah ! je te tiens donc enfin, cria l'horrible gamin, je ne mourrai pas tout seul...

Et il poussa un éclat de rire infernal.

Roger n'aurait pas eu de peine à se débarrasser de l'étreinte du mendiant, s'il s'était trouvé dans une meilleure position.

Mais, au moment où le petit scélérat l'avait traîtreusement saisi, le compatissant officier était à genoux sur le bord, le corps penché en avant, un bras tendu et l'autre à peine appuyé à terre.

La secousse lui fit perdre l'équilibre, et il tomba la face dans l'eau.

L'enfant s'était accroché à son cou de la main droite ; mais il n'avait pas lâché la corde qu'il tenait de la main gauche.

Il avait calculé sans doute qu'il entraînerait Roger du premier coup, et peut-être espérait-il encore se sauver à l'aide du câble, après avoir noyé son ennemi.

Mais il n'avait réussi qu'à moitié, et le lieutenant avait été servi par sa chute, car une fois étendu à plat sur la grève, il offrait beaucoup plus de résistance aux efforts désespérés de l'assassin.

— Ah ! brigand ! s'était écrié Pierre Bourdier, en voyant réussir un guet-apens qu'il avait prévu.

En même temps, il s'était précipité au secours de son imprudent compagnon, mais il n'arriva pas le premier.

Régine, que la fatigue avait couchée sur la berge, et qui avait paru d'abord insensible à tout ce qui se passait autour d'elle, Régine s'était levée subitement, au moment même où Roger était tombé.

Elle avait couru à lui et le retenait déjà par sa blouse quand le messager vint à portée de l'aider aussi.

Le mendiant était horrible à voir ; ses cheveux collés sur ses joues livides, sa bouche entr'ouverte pour lancer des cris rauques et d'affreux ricanements lui donnaient l'air d'un démon s'agitant sur la rive d'un fleuve infernal.

— Elle aussi ! hurlait le misérable ; elle y passera comme toi !

Pierre Bourdier en dépit de sa vigueur et de son adresse, se trouvait fort embarrassé pour entrer en action.

La tête de Roger plongeait à moitié dans la Seine et il

ne s'agissait pas seulement de l'empêcher d'être entraîné.

Si la lutte avait dû se prolonger, il aurait pu être asphyxié avant que les forces du vagabond fussent épuisées.

Le messager le comprenait si bien qu'il ramassa une gaule oubliée là par quelque soldat prussien et la tendit à l'enfant.

— Allons, gredin, lui cria-t-il, lâche la corde et aborde ; on ne te fera pas de mal.

— Non, non, vociféra le petit malheureux, je ne vous crois pas... Vous me tueriez et... je ne veux pas mourir seul...

— Crève donc, vipère, dit Bourdier en posant le bâton et en bondissant en arrière.

Il venait d'avoir une idée.

— Ha ! ha ! hurla le mendiant, je les tiens... ils viennent... ils seront noyés... tous deux... entends-tu... et...

Le monstre n'eut pas le temps d'achever.

Le câble, auquel il se retenait de la main gauche, venait de céder au courant qui l'emportait avec d'autant plus de violence que la tension avait été plus forte.

Surpris par cette débâcle imprévue, il essaya vainement de se cramponner au collet de Roger.

Ses doigts crispés s'ouvrirent ; son corps, roulé par le flot furieux, passa comme une flèche et disparut dans la nuit.

Son dernier cri de rage fut étouffé par un glaçon vengeur qui lui broya la tête.

En se soudant aux blocs qui barraient la Seine un peu plus bas, la masse glacée se referma sur l'assassin comme la pierre d'une tombe.

Roger, délivré de son étreinte, put se relever au moment même où la respiration allait lui manquer.

Il devait encore une fois la vie à la présence d'esprit du brave messager qui avait détaché si à-propos le câble enroulé autour d'un arbre.

Il avait calculé rapidement que toute la force du mendiant venait de son point d'appui et qu'au lieu de prolonger une lutte dangereuse, il valait mieux y couper court en risquant le tout pour le tout.

Régine, sur laquelle il comptait pour résister à la première secousse, n'avait pas trompé son attente.

Elle avait retenu avec une vigueur incroyable le lieutenant à demi asphyxié, au moment où le mendiant s'accrochait à lui dans sa dernière convulsion.

C'était toujours la vaillante jeune fille qui, depuis vingt heures, passait sans peur à travers les périls et les surmontait tous.

Roger s'était remis sur son séant et commençait à reprendre haleine.

— Eh bien ! camarade, dit Bourdier qui avait couru à lui après avoir exécuté son heureuse opération, j'espère que vous voilà guéri des générosités mal placées.

— Oh ! ce cri ! murmura l'officier, je l'entends encore.

— C'est le cri d'une bête féroce, reprit brusquement le messager de l'armée de la Loire, et je ne me repens pas d'en avoir débarrassé le pays.

— Un enfant, qui aurait cru...

— Vous ne connaissez pas encore cette vermine-là. Ce sont les Prussiens qui la sèment partout où ils passent et il en restera toujours assez.

— Mais c'était un Français.

— Oui, un Français comme on en a vu quelques-uns depuis le commencement de nos malheurs, dit Bourdier entre ses dents ; mais ce n'est pas le moment de nous occuper de ça et nous n'avons pas le temps de causer.

Voyons camarade, êtes-vous en état de faire encore une étape ? Je ne sais pas trop où elle nous mènera, mais ce sera la dernière, je vous le promets.

— Je suis brisé, dit tout bas Roger qui se reprochait sa faiblesse.

— Avalez-moi encore une bonne gorgée d'eau-de-vie,

reprit le messager en s'emparant de la gourde suspendue
au cou de Régine.

— Avouez, continua-t-il en riant, que j'ai eu une fameuse idée de vous faire ce cadeau-là avant de partir.

— Merci, camarade, je me sens mieux.

— Oui, oui, comme tout à l'heure quand vous étiez sur
la corde. Je vous voyais d'ici et j'ai bien cru un moment
que vous alliez rester en route.

— C'est elle qui m'a sauvé, dit Roger en regardant la
jeune fille.

— Je le sais bien et vous pouvez vous vanter d'avoir là
une brave petite amie. Je voudrais bien la revoir, quand
nous serons arrivés à Paris... si nous y arrivons.

— Que nous reste-t-il à faire ? je suis prêt à marcher,
s'écria l'officier en se levant.

— Bien des choses que je vais vous expliquer, et d'a-
bord il faut partir d'ici ; la place ne vaut rien pour délibérer.

— Vous avez raison et je m'étonne qu'on ne tire plus
sur nous ; ces Prussiens qui sont dans l'île...

— Oh ! nous avons eu affaire aux plus grands ivrognes
du corps d'armée poméranien, heureusement pour nous.
Je savais à quoi m'en tenir là-dessus, car le père Sarrazin
s'était chargé de les retenir avec son vin d'Argenteuil.

C'est ce petit bandit qui a poussé la sentinelle à vous
envoyer deux balles ; à cette heure, le Prussien est rentré
dans son trou et ses camarades croient que nous sommes
tous au fond de la Seine.

Tout en parlant, Pierre Bourdier grimpait la pente
assez raide de la berge, et ses deux amis le suivaient.

— Je ne crains qu'une chose, reprit-il, quand ils furent
arrivés au haut de l'escarpement, c'est que le bruit des
coups de fusil n'ait mis en l'air tous les postes et toutes
les patrouilles qui grouillent de ce côté de la rivière.

— Où sommes-nous ici ? demanda Roger en regardant
autour de lui.

— Dans la plaine d'Argenteuil, à une lieue et demie tout au plus des avant-postes français.

Les fugitifs étaient arrêtés en ce moment au bord d'un chemin qui longeait la Seine, et le terrain qui s'étendait devant eux était plat et découvert.

Quelques maisons isolées se détachaient sur le fond sombre de la plaine comme des taches blanches.

A gauche, une ligne de collines assez élevées fermait l'horizon.

— Ecoutez-moi bien, dit le messager du ton bref d'un chef qui donne ses instructions pour une expédition dangereuse :

Là, où vous voyez cette lumière à notre droite, c'est Sartrouville, et un peu plus loin, cette masse noire à côté d'un feu qui doit être celui d'un bivouac prussien, c'est le village de Houilles.

Tous ces endroits-là sont bondés d'Allemands et il n'y a pas à s'y frotter.

A gauche, sur les hauteurs, vers Cormeil, Franconville et Sannois, c'est encore pis et d'ailleurs ça nous éloignerait.

Nous n'avons donc qu'à marcher tout droit devant nous.

— Quoi ! au milieu de ces champs où nous ne trouverons pas même un buisson pour nous cacher !

— C'est justement pour ça que nous avons la chance de ne pas y trouver de Prussiens non plus ; ils gardent soigneusement les bois et les villages, mais ils ne se défient pas autant des plaines.

Il y a bien la route de Pontoise, que nous serons obligés de traverser, mais il n'est pas dit que nous tomberons sur une de leurs vedettes.

— Et où arriverons-nous ? demanda Roger inquiet en entendant son ami exposer ce dangereux itinéraire.

— Au pont de Bezons, dit tranquillement Bourdier.

— Mais c'est une folie ! les Prussiens l'occupent en masse ; j'ai été de grand'garde avec mon bataillon dans

la plaine de Gennevilliers, et je sais que ce point est un
des mieux gardés de toutes leurs lignes.

— Parfaitement, mais puisque vous connaissez ce côté-
là, vous avez dû voir que nos tirailleurs garnissent toute
la rive droite. Colombes, Bois-Colombes, Nanterre sont
pleins de troupes et, dans un hameau qui est au bout du
pont et qu'on appelle le Petit Nanterre, je connais un détachement de francs-tireurs qui nous recevra à bras
ouverts.

— Mais enfin, vous n'espérez pas que l'ennemi nous
laissera tranquillement passer le pont?

— Le pont, non, mais la Seine, peut-être.

— Et comment? Il n'y a plus de barques, et nous ne
trouverons même pas, comme ici, la corde d'un bac.

— C'est vrai et, d'ailleurs, on ne voyage pas deux fois
dans la même nuit à cheval sur un câble, à moins d'être
Blondin, l'homme du Niagara, dit Bourdier en riant.

Mais voyez-vous, camarade, j'ai assez vécu dehors
pour connaître le temps. Nous avons six kilomètres d'ici
à Bezons, nous mettrons bien trois heures à les faire, et
je suis à peu près sûr que dans trois heures la Seine sera
prise.

Nous la passerons sans nous mouiller les pieds.

Roger se taisait, confondu de tant d'audace et de confiance.

— Mais si le fleuve n'était pas gelé? demanda-t-il, après
un silence.

— Il le sera, dit le messager, sans savoir qu'il répétait
la réponse héroïque du maréchal Ney égaré au bord du
Dnieper, pendant la retraite de Russie.

Après une affirmation aussi nette et en présence d'une
volonté aussi catégoriquement exprimée, Roger aurait
rougi d'élever encore des objections

Il n'y avait plus qu'à marcher et c'est ce qu'il fit sans
répondre un seul mot.

Ce n'était pas qu'il augurât bien de l'issue de ce voyage
hasardeux, mais le sort en était jeté, et le danger de res-

ter ou de reculer surpassait encore le danger d'avancer.

Quant à Régine, elle avait, selon son invariable habitude, assisté impassible à ce dialogue qu'elle ne pouvait suivre que des yeux.

Mais, en dépit de la fatigue et du froid, son visage pâle respirait toujours la même énergie.

Au bord de cette plaine sombre qu'elle allait traverser au milieu des postes ennemis, la jeune fille était toujours ce qu'elle avait été dans la forêt et sur le fleuve, calme, grave et résolue.

— Nous allons partir, dit brièvement Pierre Bourdier, et nous n'aurons guère le temps de causer en route.

Convenons donc de nos faits une fois pour toutes.

— J'écoute et je suis prêt, répondit Roger.

— D'abord, reprit le messager, il est entendu que je marcherai le premier, et cela pour plusieurs raisons, dont la meilleure est que seul je connais le chemin.

— Oui, mon cher camarade, mais vous voulez aussi être le plus exposé, et je vous reconnais bien là.

— Dam! où serait le mal quand je vous éviterais de recevoir une balle? Ma vie ne vaut certainement pas celle d'un officier français, et j'aimerais mieux mourir trois fois que de voir tomber un cheveu de la tête de cette brave fille qui vous à sauvé.

— Merci pour elle, dit le lieutenant en lui tendant une main qu'il serra cordialement, mais votre dépêche, vous n'y pensez donc pas?

— J'y pense si bien que je vais vous en confier le double, répondit Pierre Bourdier, qui prit dans sa poche le fameux cahier de papier à cigarettes.

Roulez cette feuille-là, ajouta-t-il en lui offrant sa blague à tabac; vous savez la manière de s'en servir, en cas de visite prussienne.

— Je ne l'ai certes pas oubliée, mais...

— Pas de mais, camarade, c'est un service que je vous demande, et vous ne pouvez pas me le refuser.

Il faut de p'us que vous me donniez votre parole d'honneur, de faire ce que je vais vous dire.

— Je vous la donne, et je la tiendrai, quoi qu'il arrive.

— Bon! vous me jurez donc que, si je suis tué ou pris, vous ne vous inquiéterez pas de moi, et vous tâcherez de vous tirer d'affaire avec cette enfant.

Roger aurait eu bonne envie de revenir sur sa promesse, mais il sentait que l'héroïque messager ne lui rendrait pas sa parole, et il baissa la tête sans répondre.

— Quand même vous me verriez tomber blessé à dix pas de vous, quand même j'aurais la faiblesse de vous appeler, vous fuirez et vous ne regarderez pas en arrière pour savoir ce que les Allemands ont fait de moi.

Il y eut un assez long silence.

— C'est l'intérêt de la France qui l'exige, reprit Bourdier, car, s'il m'arrive malheur, ce sera la seule chance qui nous restera de sauver la dépêche.

— Soit! murmura l'officier.

— J'y compte donc, et, maintenant, je n'ai plus qu'une recommandation à vous adresser.

Suivez-moi avec la petite à huit ou dix pas, plus ou moins, suivant que la nuit sera plus ou moins claire, mais de manière à ne jamais me perdre de vue.

Ce que vous me verrez faire, faites-le. Que je m'arrête, que je coure, que je me baisse, que je me couche, répétez sur-le-champ et exactement tous mes mouvements.

— C'est dit.

— Quant à la petite, vous vous en chargez et je n'essaye pas de lui expliquer la chose, car je commence à croire qu'elle entend avec les yeux.

— Elle a compris, j'en suis sûr, affirma Roger.

— Alors, en avant, marche! dit Pierre Bourdier, presque gaiement.

Et, joignant l'action à la parole, il traversa le chemin de halage et s'engagea dans un champ qui le bordait.

C'était une vaste jachère où toute trace de culture avait disparu.

Les Prussiens avaient sans doute passé par là, car on y rencontrait de place en place des tranchées à moitié creusées et des retranchements ébauchés.

Comme les sauterelles quand elles s'abattent sur une campagne, les soldats du Nord avaient rasé les récoltes et détruit les semences.

Les traces de l'invasion se retrouvaient à chaque pas, et à quelques lieues de Paris, dans cette plaine jadis cultivée avec autant de soin qu'un jardin, on se serait cru dans une lande de Bretagne.

Bourdier marchait lentement, sondant de l'œil l'horizon et s'arrêtant parfois pour se baisser et mieux prendre son point de vue.

Roger, qui n'avait pas oublié ses instructions, et Régine, qui semblait les avoir devinées, imitaient scrupuleusement ses moindres mouvements.

On aurait dit une file de fantassins obéissant comme des automates à la même consigne, et le spectacle qu'offraient les trois voyageurs aurait été comique, si leur vie n'eût pas été en jeu.

Le champ, qui s'étendait sur une longueur de plus d'un kilomètre, fut traversé sans encombre.

Au bout, s'élevait une maigre haie précédée d'un fossé peu profond.

Bourdier, après un temps d'arrêt employé à scruter les environs, se glissa dans le fossé et le suivit en se courbant jusqu'au point où la haie finissait.

Arrivé là, il allongea doucement la tête, s'assura que cette barrière végétale ne cachait pas d'ennemis et passa outre. Inutile de dire que ses deux compagnons de route l'avaient imité de point en point.

Au delà des ormeaux rabougris qui marquaient l'extrémité de la plaine, commençait une suite d'enclos formés avec des piquets et destinés sans doute à quelque culture maraîchère.

Deux sentiers pour les piétons traversaient obliquement

ces jardinages et se perdaient dans l'ombre projetée par un groupe de maisons basses.

Les difficultés commençaient.

Ces constructions rustiques semblaient abandonnées, car aucun bruit ne s'en échappait, et on n'y voyait briller aucune lumière.

Mais les Prussiens sont de force à se priver de feu au cœur de l'hiver pour respecter une consigne, et le messager, qui les connaissait à fond, jugea prudent de faire un détour.

Au lieu de s'engager dans un des chemins ouverts devant lui, il remonta sur la gauche, où le terrain paraissait plat et nu à perte de vue.

Après trois quarts d'heure d'une marche que la nécessité de se courber rendait très pénible, les fugitifs virent distinctement une longue élévation qui ressemblait de loin à la courtine d'un ouvrage fortifié.

Roger pensa que ce devait être la route de Pontoise signalée par le messager, et qu'elle traversait la plaine en remblai.

Il savait que ce passage était un des plus scabreux de leur expédition nocturne, et il redoubla d'attention.

Il vit bientôt Pierre Bourdier s'arrêter quelques secondes comme pour se recueillir, puis se baisser et s'avancer à pas de loup et presque plié en deux jusqu'au pied du monticule allongé que formait la chaussée.

Arrivé là, le guide se coucha à plat ventre et se mit à grimper la pente du remblai avec toutes sortes de précautions.

Roger et la jeune fille, qui règlaient leurs mouvements sur les siens, arrivèrent au bas de la butte juste au moment où Bourdier en atteignait le sommet.

Il y stationna un instant et il disparut sans se relever après avoir adressé aux fugitifs un geste de la main qu'ils interprétèrent comme une recommandation de prudence.

L'officier n'hésita pas cependant à se conformer aux

9.

conventions arrêtées avant le départ et à suivre le messager.

Lui et Régine rampèrent donc côte à côte sur le talus, jusqu'à ce qu'ils fussent arrivés jusqu'au niveau de la route.

De ce point culminant, la vue s'étendait au loin, et Roger, continuant à faire comme son brave camarade, inspecta attentivement le terrain.

C'était bien la route, une route naguère impériale, large et macadamisée.

A droite, elle se prolongeait indéfiniment, tranchant comme une ligne blanche sur les champs sombres qui s'étendaient à droite et à gauche.

A gauche, au contraire, à une centaine de pas tout au plus du point où il l'avait abordée en se traînant avec Régine, elle était fermée par un obstacle qui la coupait dans toute sa largeur.

L'officier ne reconnut pas tout d'abord la nature de ce barrage, mais, à force de regarder, il crut bien voir qu'il était formé par un abatis d'arbres.

Bientôt, le bruit cadencé d'un pas lourd et régulier vint frapper son oreille.

Il n'y avait plus le moindre doute.

Un malencontreux hasard avait conduit les voyageurs à quelques mètres d'une barricade prussienne, et le bruit perçu par Roger était produit par les talons de bottes de la sentinelle qui se promenait devant ce retranchement.

De Pierre Bourdier, le lieutenant ne voyait plus aucune trace.

On eût dit qu'il s'était évanoui comme un fantôme.

La situation était grave.

Traverser la route, à cent pas de la sentinelle et à découvert, semblait une entreprise bien hasardeuse à tenter.

La nuit n'était pas assez sombre pour que deux corps se détachant sur le fond clair de cette chaussée macadamisée pussent passer inaperçus.

L'officier savait par expérience que les Prussiens

ont de bons yeux et que leur vigilance ne s'endormait pas toujours sous l'influence du vin d'Argenteuil, comme cela venait d'arriver dans le moulin du père Sarrazin.

Cependant, Pierre Bourdier avait dû passer sans accident puisqu'on ne le voyait plus, et Roger se rappelait sa dernière recommandation.

— J'ai donné ma parole d'imiter exactement tous ses mouvements, pensa-t-il, c'est comme si j'avais reçu une consigne et je ne dois pas m'en écarter.

Il employa quelques instants à chercher le meilleur moyen de franchir ce dangereux passage, et à examiner le terrain.

Il voulait d'abord se rendre compte de la disposition de la barricade.

Le soldat, qu'il entendait distinctement marcher, mais qu'il ne voyait pas, se promenait-il en avant ou en arrière de l'obstacle.

La réflexion lui fit comprendre que le poste chargé de défendre ce retranchement factice ne pouvait être placé que de l'autre côté.

En effet, la barricade s'élevait à la gauche des fugitifs et la route qui s'étendait à leur droite conduisait à Paris.

Les Allemands ne pouvaient pas attendre une attaque venant des villages occupés par eux dans la direction de Pontoise, et il était évident que la fortification qu'ils avaient élevée pour garder ce chemin important en avant et devait faire face aux lignes françaises.

Or, Courbevoie, Nanterre et le Mont-Valérien se trouvaient en avant et à droite.

Il était même fort heureux que le hasard n'eût pas conduit les voyageurs en-deça de cet abatis d'arbres, si bien gardé.

On sait avec quel soin et avec quelle habileté nos ennemis surveillèrent les voies de communication pendant toute cette guerre.

Barrières, sauts-de-loup, chausses-trappes, ils utilisèrent tout, jusqu'aux fils de fer tendus à deux pieds du sol pour faire trébucher nos soldats dans les combats de nuit.

C'était presque un miracle que le guide ne fût pas tombé dans une de ces embûches qui entrent pour une si grande part dans la tactique prussienne.

Roger avait donc quelques chances d'échapper aux regards du factionnaire dont la barricade gênait la vue, mais il lui fallait cependant user de beaucoup de précautions.

De plus, le temps était précieux et ce n'était pas le moment de délibérer.

Le lieutenant toucha donc le bras de Régine pour l'avertir et se mit, sans plus tarder, à essayer la périlleuse traversée.

Il commença donc à s'avancer doucement en se traînant sur les mains et sur les genoux.

Il avait eu soin de se placer à gauche de la jeune fille qui l'imitait bravement, et il se disait qu'en cas de malheur il lui servirait ainsi de bouclier.

La route était large et cette manière de cheminer ne laissait pas d'être très pénible sur un sol gelé et semé de cailloux pointus.

Le bruit des pas de la sentinelle continuait à résonner dans le silence profond de la nuit.

— Tant qu'il ne s'arrêtera pas, pensait Roger, nous n'aurons rien à craindre, car ce sera signe qu'il ne nous a pas vus.

Vers le milieu de la route, il s'aperçut que la barricade était peut-être plus rapprochée qu'il ne l'avait pensé d'abord, car il entendit très bien le soldat siffler une tyrolienne.

Un peu plus loin, il crut même distinguer le son de plusieurs voix. On parlait dans le poste, et c'était une nouvelle preuve que les Prussiens ne se doutaient de rien.

S'ils avaient soupçonné que des Français rampaient ainsi à quelques pas d'eux, ils ne se seraient certes pas amusés à causer tranquillement derrière l'obstacle.

Les fugitifs étaient arrivés ainsi assez près de l'autre bord du chemin pour voir que le remblai s'abaissait là par une pente aussi raide que celle qu'ils venaient de grimper.

La plaine recommençait à une vingtaine de pieds en contre-bas de la chaussée, qui s'élevait comme une digue au milieu de ces champs plats.

Au moment où il ne restait plus que trois ou quatre mètres à franchir pour atteindre le plan incliné qui devait le mettre hors de la vue de l'ennemi, Roger s'aperçut que le bruit des pas venait de cesser.

Le factionnaire avait interrompu sa promenade.

Les fugitifs accélèrent leurs mouvements, afin d'arriver plus vite à la pente protectrice, et l'officier eut besoin de tout son sang-froid pour manœuvrer de façon à ne pas attirer les regards prussiens, tout en se pressant davantage.

— Werda?

Ce cri sonore éclata tout à coup derrière la barricade.

Le qui-vive allemand retentit aux oreilles de Roger comme un glas funèbre.

Évidemment, la sentinelle avait vu remuer quelque chose sur la route et s'apprêtait à faire feu.

Une balle pouvait arriver d'une seconde à l'autre, et il n'était pas prudent de l'attendre.

Roger s'élança — autant qu'on puisse s'élancer quand on se traîne à genoux — et Régine ne resta pas en arrière.

Mais il eut le temps de penser que ce mouvement, si rapide qu'il fût, ne le sauverait peut-être pas.

Les Prussiens sont tenaces; il était plus que probable que la disparition de l'objet signalé par le fonctionnaire ne contenterait pas leur curiosité et qu'ils allaient sortir de leur embuscade pour savoir à qui ils avaient affaire.

Pendant que cette idée peu rassurante traversait l'es-

prit de l'officier, il entendit à quelques pas de lui des
aboiements répétés.

Des rires étouffés répondirent de la barricade à ce signal inattendu et des lambeaux de phrases allemandes
arrivèrent à Roger qui crut distinguer le mot : — hound,
lequel veut dire : chien, dans la langue d'Outre-Rhin.

Il était déjà sur le versant de la chaussée et il n'eut
qu'à se laisser glisser en se félicitant de l'à-propos avec
lequel la race canine intervenait dans cette crise.

A sa profonde stupéfaction, il tomba presque dans les
bras de Pierre Bourdier.

Régine était arrivée en même temps que lui au bas du
talus.

— Quoi ! vous étiez là ? demanda-t-il en étouffant sa
voix.

— Je vous attendais, car je me doutais bien que vous
auriez besoin de moi et je ne me suis pas trompé.

Quel bon tour je viens de leur jouer, hein ?

— Comment ? ce chien...

— C'était moi parbleu ! oh ! je suis d'une jolie force et
ce n'est pas la première fois que je dépiste les Prussiens
avec cette ruse-là.

— Pourvu qu'ils ne se ravisent pas, murmura le lieutenant émerveillé de tant de présence d'esprit.

— Il n'y a pas de danger. Si vous connaissiez les Allemands, vous sauriez que lorsqu'ils sont protégés par un
retranchement, ils ne s'aventurent jamais au dehors, sans
avoir de fortes raisons pour se risquer à découvert.

Ils ne s'amuseront pas à courir après un chien, je vous
en réponds.

Le silence qui régnait au-dessus de leurs têtes semblait
prouver que le messager ne se trompait pas et que le
poste de la barricade ne pensait déjà plus à cet incident.

— Et maintenant, qu'allons-nous faire ? demanda
Roger après une assez longue pause.

— Attendre ici une minute ou deux pour souffler un
peu et nous remettre en route.

— Et vous espérez toujours arriver sans accident?

— Si je l'espère!... mais c'est-à-dire que j'en suis presque sûr. Nous ne devons pas être maintenant à plus de trois kilomètres de Bezons.

— Oui, mais c'est, il me semble, la partie la plus difficile du voyage. Le village doit être occupé et barricadé partout, et, a en juger par ce nous venons de voir, il nous sera malaisé de passer.

— Ne vous tourmentez pas. Je connais l'endroit et je sais un sentier qui nous mènera au bord de l'eau sans qu'un Prussien se doute seulement qu'il y a des Français dans le pays.

S'il n'y avait que ça pour m'inquiéter, ajouta Pierre Bourdier avec un soupir, je serais bien sûr de prendre le café dans deux heures d'ici avec nos francs-tireurs au Petit-Nanterre, mais...

— Mais? répéta Roger anxieux.

— Mais il y a autre chose.

— Quoi donc?

— La Seine, parbleu! qu'il nous faut malheureusement traverser encore une fois.

— Je n'y pensais plus, dit tristement l'officier dont la tête commençait à se fatiguer au milieu de tant de péripéties.

— Est-elle gelée? Ne l'est-elle pas? Toute la question est là, reprit le messager.

L'entretien se passait au pied du remblai et les deux interlocuteurs, adossés au talus, causaient à voix si basse, qu'ils étaient obligés de se parler à l'oreille.

Régine assise à leurs pieds, les regardait.

— Le vent est toujours plein nord, dit Bourdier en regardant le ciel, et le thermomètre a certainement baissé encore depuis que nous sommes en route.

Nous aurions bien du malheur si une rivière qui charrie comme nous l'avons vu là-bas n'était pas encore prise par un temps pareil.

— Dieu le veuille, soupira Roger.

— Dans tous les cas, il faut marcher, reprit le messager en se levant.

Même ordre pour cette étape-ci que pour la première, camarade.

Et il se mit à longer le talus avec précaution, en s'éloignant de la barricade prussienne.

A cinq cents mètres de là, il prit de nouveau à travers champs.

Roger et la jeune fille le suivaient à courte distance et, après une demi heure de marche accélérée, ils le virent s'arrêter et leur faire signe d'avancer.

— La Seine est là devant nous, dit-il tout bas, quand l'officier fût à côté de lui.

Le sort des fugitifs allait se décider.

VI

De la place où Pierre Bourdier s'était arrêté, on voyait à une centaine de mètres, en avant et à gauche, les premières maisons de Bezons.

Les Prussiens, qui occupaient ce point, important à cause du voisinage des avants-postes français, ne prenaient pas la peine de dissimuler leur présence.

Des lumières brillaient aux fenêtres de plusieurs maisons, et le reflet d'un grand feu de bivouac colorait le ciel de teintes rougeâtres.

Il est vrai que nos ennemis se croyaient inattaquables du côté de la plaine, et qu'ils réservaient leurs précautions ordinaires pour la partie du village qui bordait la Seine.

Là, les tirailleurs des deux nations n'étaient séparés que par la largeur du fleuve ; aussi, les habitations voisines du pont restaient sombres, et le silence n'était interrompu sur le quai que par les coups de fusil échangés de temps à autre entre les sentinelles postées sur les deux rives.

Roger n'était pas rassuré, et il avait beau se creuser la tête, il ne devinait pas comment son guide traverserait ce village barricadé et fourmillant de Prussiens.

Un bouquet d'arbres s'élevait à une courte distance de l'endroit que Bourdier avait choisi pour y faire une dernière halte, et, au pied des vieux ormes plantés en demi-cercle on distinguait confusément une maçonnerie blanchâtre.

— C'est là, dit tout bas le messager.

— Quoi?

— Notre chemin.

L'officier ne comprenait pas du tout.

Son ami lui parlait de chemin et il ne voyait qu'un mur. Cependant, il commençait à s'habituer si bien aux décisions péremptoires de Pierre Bourdier et il avait une foi si absolue dans la sûreté de son coup d'œil, qu'il ne fit pas même une observation.

— Vous allez voir si je vous ai trompé en vous disant que nous passerions sous le nez des Prussiens sans qu'ils se doutent de rien, reprit le messager de l'armée de la Loire.

Avançons, mais tout doucement, car les gredins ne sont pas loin.

Et il se remit en marche, suivi de près par ses deux protégés.

La petite troupe se dirigeait en droite ligne vers les arbres.

Pour y arriver, il fallait suivre un terrain en pente, coupé de place en place par des haies, des palissades et des amas de moellons.

Bourdier se baissait dans les endroits découverts et profitait avec beaucoup d'adresse de tous les obstacles qui pouvaient servir d'abri.

Inutile de dire que ses mouvements étaient scrupuleusement imités par le lieutenant et par la jeune fille.

On arrive au bord d'un espèce de bassin plus long que large à l'extrémité duquel s'élevait la muraille que les fugitifs avaient aperçue de loin.

Il n'était pas difficile de reconnaître la destination de ce trou creusé de main d'homme et bordé d'une margelle en pierres plates.

Ce ne pouvait être qu'un abreuvoir ou un lavoir, mais quel que fût l'usage véritable de cette excavation artificielle, elle ne servait évidemment à rien pour le moment, car elle était recouverte d'une couche de glace.

— Voilà qui est de bon augure, murmura l'officier en montrant cette croûte solide à Pierre Bourdier qu'il venait de rejoindre.

Deux ou trois grosses pierres, jetées là sans doute par des Prussiens désœuvrés, ne l'avaient nullement fait fléchir par leur poids, et on pouvait compter sur son épaisseur.

— La Seine ne se prend pas comme une simple mare, répondit laconiquement le messager, qui semblait devenu plus soucieux en approchant du moment décisif.

Au surplus, ajouta-t-il, nous allons savoir bientôt à quoi nous en tenir.

Ce rapide colloque ne rassura pas beaucoup Roger, dont la stupéfaction ne connut plus de bornes en voyant le guide descendre sur la glace et lui faire signe de le suivre.

Il obéit pourtant sans répliquer et il marcha avec Régine derrière Bourdier, qui s'avançait vers le mur du fond en s'appuyant à la margelle pour ne pas glisser.

Ce trajet assez court, mais peu commode, d'un bout à l'autre du lavoir glacé, leur prit quelques minutes.

Quand il furent arrivés, sans chute fâcheuse, au pied de la muraille, le guide, s'arrêta et montrant une ouverture voûtée qui apparaissait dans la maçonnerie

— Comprenez-vous, maintenant ? dit-il avec un rire silencieux.

— Pas beaucoup plus, répondit Roger.

— Eh bien ! je vais vous expliquer la chose. Ce trou que vous voyez là n'est autre chose que la bouche d'un canal souterrain qui sert de déversoir quand les eaux du bassin sont trop hautes.

Ce joli chemin, qu'on dirait avoir été fait exprès pour nous, aboutit droit à la Seine, sous la première arche du pont.

Je pense que vous y êtes à présent.

— Et vous croyez qu'il n'est ni bouché, ni gardé ? dit le lieutenant en secouant la tête comme un homme peu convaincu du succès.

— J'en suis certain.

Le père Sarrazin est venu flâner par ici, il y a deux jours, et il a fait sa petite reconnaissance du couloir voûté.

— Mon cher camarade, dit Roger pénétré d'admiration, je vous devrai dix fois la vie.

— Attendez, pour vous charger de cette dette-là, que nous soyons à Paris.

— Nous y serons demain, je n'en doute plus maintenant, s'écria l'officier qui passait vite du découragement à l'enthousiasme.

— C'est ce que nous saurons au bout du canal, et, je tiens à être fixé le plus tôt possible, répondit Pierre Bourdier en se courbant pour se glisser dans l'ouverture.

Quand je vous promettais tout à l'heure, ajouta-t-il gaiement, que nous passerions sous le nez des Prussiens, c'est sous leurs pieds que j'aurais dû dire.

Et il disparut sous la voûte.

Roger n'eût pas même besoin de faire signe à Régine.

Elle s'engagea hardiment dans cette voie obscure, et le lieutenant passa après elle.

Le canal n'était ni large ni très élevé ; mais il n'offrait cependant pas d'obstacles sérieux, et on pouvait y marcher un à un sans trop de peine.

Il s'agissait seulement de se baisser à mi-corps, et ce n'était pas une difficulté pour des voyageurs qui venaient d'être condamnés à des modes de locomotion bien autrement pénibles.

Le seul inconvénient sérieux était le manque d'air qui devait se faire sentir surtout vers le milieu du trajet.

Mais on n'avait pas le choix, et il fallait se résigner à subir toutes les conséquences ordinaires d'un voyage souterrain.

Celui auquel les fugitifs étaient contraints s'accomplit sans accident et même sans trop de souffrances.

Le couloir suivait jusqu'à la Seine une pente dont la déclivité assez prononcée facilitait la marche.

Il ne se passa pas plus d'un quart d'heure avant que Roger, qui venait le dernier, aperçût une clarté assez faible, mais aussi assez rapprochée.

Dix minutes après, le guide s'arrêtait à l'orifice du souterrain et les deux autres se serraient contre lui.

La voûte allait en s'élargissant, et l'ouverture de ce côté était beaucoup plus grande que celle qui donnait sur l'abreuvoir.

Le petit groupe des voyageurs y tenait tout entier.

— Où sommes-nous ici? demanda tout bas Roger en avançant la tête pour regarder au dehors.

— Sous la première arche du pont, répondit Pierre Bourdier, et je commence à croire que ça finira bien.

Voyez! ajouta-t-il en montrant la rivière.

A trois pieds au-dessous d'eux, la couche de glace commençait.

La vue en ligne droite était bornée par la première pile et on ne pouvait pas juger si la Seine était prise aussi sous la seconde arche.

Mais, en amont et en aval, le fleuve paraissait immobile, et le silence qui régnait sur cette surface plate et grise indiquait suffisamment que le mouvement des glaçons s'était arrêté.

La question était de savoir si la gelée avait acquis assez de consistance pour supporter le poids d'un homme, et pour s'en assurer, il n'y avait pas d'autre moyen que de tenter la traversée.

— Le pont sous lequel nous sommes a cinq arches, dit le messager, et celle du milieu à seule été rompue.

C'est là que commenceront les difficultés, car, tant que nous marcherons sous le tablier, nous n'aurons rien à craindre des Prussiens.

Tout au plus pourraient-ils nous voir au tournant des piles, mais je vous montrerai comment il faut s'y prendre.

— Ainsi, vous êtes d'avis de passer tout de suite? demanda Roger, qui ne pouvait s'empêcher de penser à Régine toutes les fois qu'on se trouvait en face d'un danger nouveau.

— Sans perdre une minute, mon cher camarade, dit Bourdier d'un ton décidé, car le vent m'a l'air de tourner à l'ouest et il ne m'est pas bien prouvé que la gelée tiendra.

— Surtout au milieu du courant, fit observer l'officier.

— C'est bien ce qui m'inquiète et ce serait d'autant plus fâcheux qu'à cet endroit-là justement nous marcherons à découvert et entre deux feux.

— Comment?

— Mais oui, celui des Prussiens et celui de nos francs-tireurs, qui ne se font jamais prier pour envoyer un coup de fusil, surtout la nuit.

— Et vous croyez que nous arriverons, malgré tout?

— Mon lieutenant, je n'en sais rien, dit le messager, mais il est trop tard pour reculer.

Faites comme moi.

Et il sauta avec précaution sur la glace.

VII

Le pont de Bezons, sous la première arche duquel les fugitifs venaient de déboucher fut, pendant le siège de Paris, le théâtre de luttes incessantes.

Ce n'est pas qu'il s'y soit jamais livré une grande bataille ni même un combat sérieux.

Les troupes françaises n'ont jamais pensé à forcer le passage de la Seine sur un point dont l'occupation n'aurait eu aucune importance.

En effet, la presqu'île du Vésinet n'était pas tenable pour nous, et il n'y avait aucun intérêt stratégique à y pénétrer.

De leur côté, les Allemands, résolus à prendre Paris par la famine, n'avaient pas la moindre envie de risquer là ou ailleurs un coup de force inutile qui leur aurait coûté cher.

Ils se bornaient à se garder prudemment et méthodiquement, comme toujours, et ils eurent, cinq mois durant, la patience peu héroïque de surveiller le cours de la rivière sans jamais chercher à la franchir.

Leurs avant-postes constituaient une ligne de douanes plutôt qu'ils n'exécutaient un service militaire.

Il s'ensuivait de cette situation, connue et acceptée des deux partis, que la guerre était réduite sur les bords du fleuve aux proportions d'une escarmouche perpétuelle.

On s'y battait véritablement en amateurs et, pour les assiégés qui pouvaient venir de temps en temps se délasser à Paris, ce divertissement était plein de charmes.

Déjeuner le matin sur le boulevard et s'en aller le soir à l'affût du Prussien sur les berges de la Seine, ce fut un genre de sport très recherché pendant cet hiver où la chasse faisait absolument défaut.

A force de le pratiquer, on en était même venu à observer entre ennemis des conventions tacites, à ce point, que dans certaines grand'gardes, il était d'usage réciproque de ne pas tirer sur les soldats qui venaient relever les sentinelles.

Ce procédé renouvelé de Fontenoy avait bien quelques inconvénients, en présence de gens aussi positifs que les Allemands, et nos éclaireurs furent plus d'une fois dupes de leur répugnance à viser un homme comme un lièvre au gîte.

Mais cependant on se contentait la plupart du temps de s'observer, sans brûler sa poudre inutilement, c'est-à-dire qu'on faisait feu seulement sur ceux qui abusaient de la permission de se montrer à découvert.

A Bezons particulièrement, la situation était curieuse.

Les francs-tireurs parisiens occupaient une longue tranchée creusée au sommet et le long de la berge, juste en face des Prussiens, postés dans les maisons et sur le quai de la rive droite.

On échangeait volontiers un certain nombre de balles pour se tenir en haleine, mais on se tuait rarement.

Ce ne fut que vers la fin du siège que nos ingénieux ennemis imaginèrent d'installer dans le clocher du village des fusils de remparts qui envoyaient jusque dans nos bivouacs d'énormes olives de plomb.

Nos tirailleurs, trouvant que ce n'était pas de jeu, se fâchèrent alors et ripostèrent si dru et si juste que cette farce de mauvais goût cessa promptement.

Il y avait aussi des intermittences dues aux changements de la garnison allemande.

Les Bavarois se montraient assez pacifiques et n'abusaient pas de la fusillade, tandis que les divisions poméraniennes ne laissaient rien passer et dépensaient une balle pour trouer un képi ou briser une baïonnette qui se montrait au-dessus de la tranchée.

On leur rendait, du reste, la pareille avec tant d'ar-

deur qu'ils en étaient venus à faire construire des gué-
rites blindées et montées sur des rails.

A la fin de chaque faction, ils tiraient à eux avec un
treuil ce poste ambulant qui glissait le long des rainures
de fer jusqu'au quai bien barricadé.

Là, on changeait le contenu de la boîte, et, par le
même procédé, on la renvoyait au bout du pont, garnie
d'une nouvelle sentinelle.

Cette précaution, qui faisait plus d'honneur à la prudence de ces guerriers du Nord qu'à leur vaillance, n'empêcha pas, du reste, les éclaireurs de leur supprimer
quelques factionnaires.

Malheur au pauvre diable qui cédait à la tentation de
fumer une de ces pipes de porcelaine qui font les délices
des fils de la blonde Germanie.

Il lui arrivait souvent, par l'étroite ouverture découpée
en forme de lozange au flanc de la guérite, une balle à
laquelle le feu de son allumette avait servi de point de
mire.

Le mécanisme qui fonctionnait pour relever de faction
la sentinelle ne ramenait alors qu'un cadavre.

Tous ces détails étaient parfaitement connus de Pierre
Bourdier qui, depuis le commencement du siège, se reposait de ses missions périlleuses en faisant le coup de
fusil aux tranchées, et qui avait plus d'une fois hanté les
parages de Bezons.

Il s'était même basé sur sa parfaite connaissance des
lieux et des habitudes pour choisir entre tous ce point de
passage.

A son départ de Paris, il y avait laissé les Bavarois en
face d'un corps d'éclaireurs de sa connaissance et peut-
être comptait-il sur la mansuétude des Allemands du Sud
pour lui faciliter l'entreprise.

En tout cas, il était mal tombé ; la garnison avait été
renouvelée et jamais la fusillade n'avait été plus serrée
aux abords du pont que dans les derniers jours de décembre.

Les fugitifs arrivaient au milieu d'une véritable petite guerre, car, depuis quelques jours surtout, les choses avaient tourné à l'aigre entre les deux nations.

Un éclaireur fort aimé de ses camarades avait été frappé d'une balle au front au moment où il soignait tranquillement le pot-au-feu de cheval qui mijotait dans la tranchée.

De leur côté, les Poméraniens s'étant donné le plaisir de se promener dans une barque pour faire de la musique, les nôtres avaient tiré sur eux, ce qui avait dérangé beaucoup l'harmonie de leur concert nocturne.

Après cet échange de mauvais procédés, on avait vécu en hostilité continuelle.

De part et d'autre, on se guettait et on se tiraillait avec acharnement.

Le petit groupe qui venait de descendre sur la glace s'aperçut bientôt que le moment était peu favorable pour passer la Seine incognito.

Déjà, pendant qu'ils cheminaient dans le canal souterrain, ils avaient entendu plus d'une fois des détonations répétées par l'écho de la voûte.

Au moment où ils allaient s'aventurer à traverser la première arche, un coup de fusil partit de la rive gauche, puis un second, auquel trois coups espacés répondirent de l'autre bord.

Il était aisé de comprendre, à la lenteur de la fusillade, qu'on ne tirait pas au hasard et qu'on n'échangeait que des balles soigneusement dirigées.

Les dernières étaient parties évidemment du haut du pont, et la fameuse guérite mobile devait être le principal objectif de cet engagement.

Les fugitifs devaient donc s'attendre à accomplir leur périlleux voyage sous les yeux très ouverts de tirailleurs invisibles.

Ce qui compliquait encore la situation, c'était que le danger pouvait venir aussi bien d'un côté que de l'autre.

Les projectiles ne tiennent aucun compte de la nationalité des gens et il n'était pas facile, au milieu du fleuve, de se faire reconnaître par ceux qui les envoyaient.

Régine et ses deux compagnons avaient donc la chance très déplaisante de recevoir une balle française avant d'avoir pu montrer, comme on dit, patte blanche à nos éclaireurs.

Le messager et le lieutenant avaient la même pensée, qu'ils jugèrent pourtant inutile de se communiquer.

Pierre Bourdier prit son air le plus décidé pour dire tout bas à Roger :

— Nous resterions là deux heures que notre position ne serait pas meilleure.

On va se canarder comme ça toute la nuit et je crains que la glace ne tienne pas longtemps, car le temps mollit beaucoup.

Je crois qu'il faut risquer le coup tout de suite.

— C'est mon avis aussi, murmura l'officier.

— Bon ! nous allons donc marcher de l'avant. Seulement, cette fois, je pense que nous ferons bien de changer notre ordre de bataille.

Au lieu de nous suivre à la file, il vaut mieux manœuvrer séparément.

Chacun se tirera d'affaire comme il l'entendra ; ce sera une charge à volonté.

— Vous avez raison ; un homme isolé attirera moins l'attention qu'un groupe.

— C'est entendu et je compte sur l'intelligence ordinaire de votre petite amie.

— Soyez tranquille ; si nous devons être sauvés, nous le serons par elle.

— Maintenant, voici l'ordre : sous les arches, marcher au milieu pour profiter de l'ombre de la voûte. Tourner doucement chaque pile en se baissant et en se collant aux pierres, pour se confondre autant que possible avec elles.

— Ce sera le moment le plus dangereux et...

— Pas tant que le passage de l'arche du milieu, qui est coupée.

Là, comme nous serons à découvert de tous les côtés, ce que nous aurons de mieux a faire ce sera de courir à toutes jambes jusqu'à la première pile française.

— Sur la glace, c'est bien difficile.

— Je ne le sais que trop ; mais je ne vois pas le moyen de faire autrement.

D'ailleurs si, comme je l'espère, nous arrivons sans accident au bout de la seconde arche, nous pourrons nous arrêter là un instant pour observer le passage et tenir un dernier conseil.

Et sur ce, partons, mon cher camarade, car le dégel n'est pas loin.

— Partons, répéta Roger, et que Dieu nous protège !

La fusillade continuait par intervalles.

C'était chose aisée que de traverser la première arche.

Il faisait sombre, et les tirailleurs des deux rives étaient placés de façon à voir très difficilement ce qui se passait sous cette espèce de toit protecteur.

De plus la Seine, auprès du bord, avait été gelée bien avant de se prendre au milieu.

La glace y était donc solide et parfaitement unie.

Aussi le petit groupe arriva-t-il promptement à la première pile.

Les coups de fusil, assez rares du reste, venaient, principalement de la rive française, et les fugitifs entendaient sans la moindre inquiétude pour leur propre sûreté le sifflement produit par les balles de chassepot.

Pour franchir le premier obstacle, on se divisa.

Pierre Bourdier se mit à tourner la pile par la gauche et Roger de Saint-Senier par la droite.

Régine suivit naturellement son ami.

Le pont était bâti sur de larges assises en pierre de taille qui présentaient à leur base un renflement assez prononcé.

La manœuvre était tout indiquée.

Roger se coucha à plat ventre sur la glace et rampa lentement autour de cet éperon saillant, pour rentrer après l'avoir contourné, sous la voûte de la seconde arche.

Ce fut l'affaire de quelques secondes et l'opération réussit à merveille.

L'officier se releva pour se tapir contre l'autre revers de la pile et il eut la satisfaction de voir apparaître Bourdier qui avait passé avec le même bonheur du côté opposé.

Restait à attendre Régine.

Son ami avait tenu à la précéder pour lui montrer par son exemple comment il fallait s'y prendre.

Il était bien sûr qu'elle allait le suivre avec son courage et son adresse ordinaire, mais le cœur lui battait cependant à la pensée du danger qu'elle courait en se découvrant.

Son émotion redoubla quand son oreille perçut le bruit sec d'un projectile qui brisait la glace tout près de lui et le temps lui sembla bien long jusqu'au moment où il revit la jeune fille.

Elle arrivait saine et sauve et ne donnait pas le moindre signe de frayeur.

Roger n'avait pas la possibilité de l'interroger, mais il se disait avec inquiétude que le coup de fusil auquel Régine venait d'échapper était de mauvais augure pour la suite du voyage.

Les éclaireurs ne tiraient pas si mal qu'on pût croire à un écart aussi énorme d'une balle adressée aux Prussiens du quai.

S'il avaient visé au pied du pont, c'était qu'il y avaient vu remuer quelque chose, et cette clairvoyance n'avait rien de rassurant.

— Que sera-ce donc quand il va falloir courir à découvert ? pensait l'officier.

Le messager s'était rapproché et lui faisait signe de traverser, sans plus tarder, la seconde arche.

Il obéit, et arriva à l'autre pile en même temps que ses

compagnons, non cependant sans avoir glissé plusieurs fois.

Là, on était déjà un peu moins en sûreté, puisque de la rive droite on pouvait à la rigueur apercevoir obliquement le dessous de la voûte.

Mais, en se tenant immobile, on pouvait encore se confondre avec la maçonnerie, et il y avait bien des chances pour que les Prussiens, occupés de leur vis-à-vis de l'autre berge, n'allassent pas s'aviser de regarder sous les arches.

Le moment critique était venu.

Au delà de ce dernier abri, les fugitifs allaient rencontrer le vide laissé par l'écroulement du tablier du pont.

Il est vrai que plus loin commençait la France.

En effet, les deux arches de la rive gauche nous appartenaient sans conteste et, une fois parvenus là, les fugitifs n'avaient plus qu'à se faire reconnaître de leurs compatriotes.

Le tout était d'y arriver.

Pierre Bourdier s'était coulé doucement le long de la pile pour rejoindre ses compagnons de péril et tenir avec Roger un suprême conseil.

— Eh bien! mon officier, dit-il tout bas, il me semble que jusqu'à présent ça ne va pas mal.

— C'est vrai mais je crains pourtant qu'on ne nous ait vus. La dernière balle a frappé tout près de Régine.

— Bah! c'est une maladresse de quelque garde national qui sera venu flâner aux tranchées.

— Je voudrais le croire, dit tristement Roger.

— Dans tous les cas, il faut marcher, et vivement, car je sens déjà que le plancher est moins solide.

Le lieutenant regarda à ses pieds et vit qu'il marchait dans une petite flaque d'eau.

La glace ramollie présentait, de place en place, des fissures inquiétantes.

— Ce sera bien pis au milieu du courant, murmura-t-il.

10.

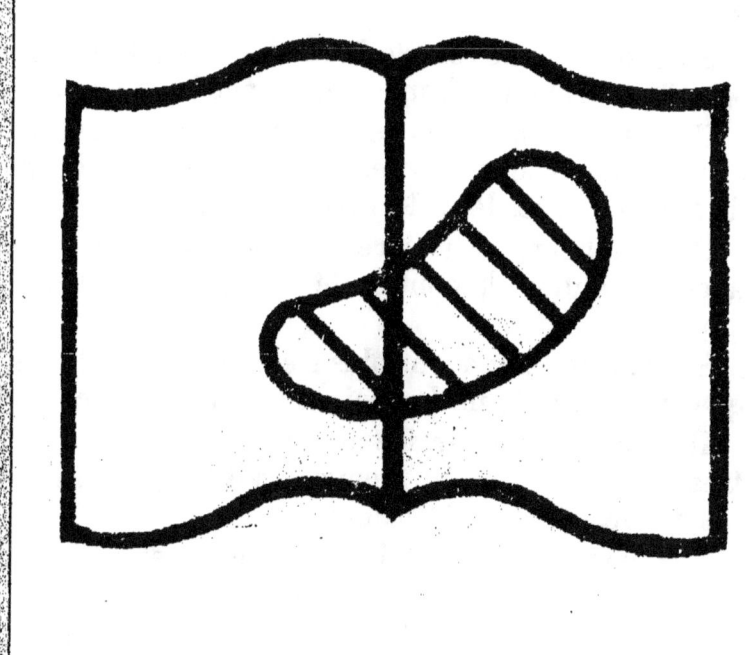

Illisibilité partielle

— C'est ce qu'il faut voir. Venez un peu en reconnaissance avec moi, répondit Bourdier.

Et il se traîna de nouveau jusqu'à l'extrémité de la
pile.

— Mettons-nous à genoux et regardons de l'autre côté,
nous sommes ici en amont et il y a moins de danger que
là-bas.

En effet, le plus fort de la fusillade était en face de la
principale tranchée française, un peu en aval du pont.

Un instant après, les deux camarades, allongés contre
l'éperon avançaient la tête et examinaient l'espace où
ils allaient jouer leur dernière partie.

Par bonheur, la rivière était complètement prise et
aucune solution de continuité ne les séparait de la rive
gauche.

Seulement, les glaçons plus fraîchement soudés au milieu
que sur les bords ne formaient pas une surface plane.

Ils s'étaient au contraire amoncelés les uns sur les autres, et cette partie du fleuve avait l'aspect inégal d'un
glacier de l'Oberland bernoïs.

Ces blocs, qui se hérissaient en cristaux irréguliers,
n'étaient pas favorables à une rapide traversée.

Il fallait absolument courir sur ce sol inégal, et les
pierres d'achoppement n'y manquaient pas, sans compter peut-être les crevasses qu'on ne pouvait pas distinguer de loin.

En revanche, tout paraissait fort calme au delà du mur
de la pile opposée.

La fusillade s'était momentanément interrompue, et
le silence n'était troublé que par un bruit sourd et régulier qui semblait venir d'en haut.

— C'est le Prussien en faction au bout du pont qui bat
la semelle dans sa guérite pour se réchauffer, dit Bourdier à l'oreille de son compagnon.

— Diable! il est bien mal placé là pour nous, soupira
le lieutenant.

— Et pour lui aussi, reprit le messager, en se traînant en arrière pour regagner l'abri de l'arche.

Au moment où ils se levaient tous les deux, un coup de feu partit du côté des Français et Roger crut entendre au-dessus de sa tête comme un cri étouffé suivi du son mat d'une chute.

— Tenez! je ne croyais pas dire si juste, reprit le messager.

— Comment?

— Un de nos hommes aura fait mouche, parbleu! et le Prussien vient de recevoir son affaire par la lucarne de sa boîte.

C'est même fort heureux pour nous; cet animal-là aurait pu nous gêner beaucoup, non pas en tirant sur nous, car il était mal placé pour ça, mais en criant pour avertir les autres casques à pointe.

— En effet, dit Roger qui n'avait pas pensé à cette chance contraire.

— Allons! allons! reprit Bourdier en se frottant les mains, je commence à croire que nous déjeunerons demain matin à Paris.

Il est vrai qu'on nous servira du cheval, mais je ne le crains pas, ajouta-t-il en riant de ce rire muet dont il avait sans doute pris l'habitude en voyageant à travers les lignes prussiennes.

Le lieutenant ne pouvait s'empêcher d'admirer le sang-froid de ce vaillant compagnon qui trouvait la force de plaisanter dans un moment pareil et ce calme lui donnait confiance.

— Voilà la petite qui nous arrive, dit le messager, c'est l'instant de nous lancer.

Régine s'était rapprochée d'eux et semblait se tenir prête à la dernière action.

— Cette fois, continua Bourdier, il faut que nous partions tous ensemble comme une volée d'oiseaux.

Ça divisera l'attention des Allemands et ils ne sauront

auquel viser. D'ailleurs, si nous courons bien, ils n'auront pas le temps.

La consigne est d'arriver au galop à la pile, et chacun pour son compte.

Maintenant, y sommes-nous?

— Oui, dit Roger en serrant la main de Régine pour l'avertir, par une pression significative, que le moment était arrivé de jouer le tout pour le tout.

—Alors en avant !

A ce commandement de Bourdier, qui venait de dépasser l'éperon, l'officier et la jeune fille se lancèrent sur ses traces.

Roger franchit sans accident la moitié du passage.

Parvenu au milieu du courant, il butta contre un bloc de glace et faillit tomber.

Ce fut l'affaire d'une seconde; quand il retrouva son équilibre, il s'aperçut que Régine l'avait devancé, mais qu'elle s'était beaucoup écartée sur la droite.

Evidemment, elle se proposait de tourner la pile en aval.

Sa première idée fut de la suivre, mais une pensée rapide comme l'éclair lui rappela qu'il valait mieux se diviser, et il prit à gauche.

En quelques enjambées, il eût franchi le passage. Bourdier courait plus à gauche encore et un peu en arrière.

Au moment où l'officier allait enfin atteindre l'abri protecteur de la pile, il vit briller dans l'ombre de l'arche l'acier d'un canon de fusil tourné contre lui :

L'impression que ressentit Roger fût plutôt de la surprise que de la peur.

Il s'attendait à tout, excepté à trouver un ennemi caché sous la première arche française vers laquelle il courait avec tant d'ardeur.

La première idée qui lui vint fut de s'arrêter sur place, la seconde fut de reculer.

Mais il n'eût pas le temps d'analyser ses impressions,

car, en se retournant, il glissa et tomba étendu, sur la glace.

Malheureusement, sa chute avait eu lieu en dehors de la pile et, par conséquent, dans le rayon de tir du fusil qui le visait.

Au moment même où il trébuchait si mal à propos, il entendit à quelques pas de lui ces mots peu rassurants.

— Tire donc et tâche de ne pas le manquer.

Roger ferma les yeux et attendit la mort, non sans éprouver un horrible serrement de cœur à la pensée qu'il allait périr de la main d'un compatriote.

Mais presque aussitôt une voix qui lui parut partir de l'autre extrémité de la pile cria précipitamment :

— Ne tirez pas, c'est un Français.

L'homme embusqué sous l'arche s'en rapporta sans doute à cette affirmation, car au lieu de faire feu, il releva le canon de son arme.

Il serait difficile de décrire ce qui se passa dans l'esprit du lieutenant pendant quelques secondes, qui lui parurent plus longues que des siècles.

Il s'était cru perdu, il se retrouvait sauvé ; ou du moins encore vivant, et, chose plus étrange que tout le reste, il lui semblait que la voix qui avait lancé le salutaire avertissement était une voix de femme.

— Si vous êtes des nôtres, faites vous vite reconnaître.

Cette phrase, prononcée en sourdine et à très courte distance, le rappela vite au sentiment de la réalité.

Il se remit sur ses jambes le plus vite qu'il pût et répondit prestement.

— Oui, oui, Français, je suis Français.

Et en même temps, il fit un pas en avant.

— Le mot d'ordre ! sacrebleu ! Le mot d'ordre ! ou je vous brûle, lui cria l'homme au fusil, d'un ton qui ne laissait aucun doute sur son intention de tirer, si la réponse n'était pas satisfaisante.

Roger eût été bien embarrassé de fournir ce qu'on lui

demandait, mais il eut par bonheur la présence d'esprit de dire avec une vivacité bien naturelle.

— Dépêches de l'armée de la Loire.

Cette énonciation rapide n'eût peut-être pas été un talisman suffisant pour écarter définitivement l'arme qui le menaçait de nouveau, mais deux ou trois coups de fusils partirent de la rive droite, et les balles prussiennes firent voler la glace autour de lui.

Cette salve de l'ennemi constituait une véritable attestation d'identité, car les Allemands n'auraient certainement pas tiré sur un des leurs.

Le franc-tireur de l'arche comprit sans doute la chose ainsi.

Au lieu de faire feu, ou même de menacer, il répondit assez tranquillement :

— C'est différent, alors, avancez vite, qu'on vous reconnaisse.

Roger ne se fit pas prier et, en deux sauts, il arriva derrière la pile où l'attendait, du reste, une réception fort inhospitalière.

A peine avait-il tourné l'éperon qu'il se sentit saisi au collet par des mains vigoureuses, pendant que d'autre part on lui serrait les bras par derrière.

Dans la demi-obscurité qui régnait sous la voûte, il lui fut d'abord assez difficile de voir à qui il avait affaire, mais il devinait qu'il était tombé au milieu d'un groupe de francs-tireurs.

Leur commandant se chargea, du reste, de le lui apprendre.

— Tenez-le toujours solidement, dit ce personnage en s'approchant pour voir le prisonnier de plus près.

— Ne craignez rien, il ne bougera pas, répondirent en chœur les trois soldats qui l'avaient arrêté.

— Voyons, qui êtes-vous ? reprit le chef d'un ton bref.

— Lieutenant de la garde mobile, dit Roger qui avait retrouvé son sang-froid, pris le 17 octobre à Billancourt,

évadé avant-hier de Saint-Germain, où les Prussiens m'a-
vaient enfermé à l'hôpital, et porteur d'une lettre à l'a-
dresse du gouverneur de Paris.

Ces renseignements furent débités avec un accent si
net et si ferme qu'ils firent impression sur le commandant.

— Très bien. Nous vérifierons cela tout à l'heure, dans
la tranchée, dit-il rapidement.

Maintenant, vous autres, ajouta-t-il en s'adressant à ses
hommes, le coup est manqué et il faut vous replier.

— Mais je ne suis pas seul, dit Roger qui dans le
trouble de l'action avait oublié un instant ses compagnons
de voyage.

— Une femme ! s'écria en même temps le chef des
francs-tireurs.

En effet Régine venait de se montrer tout à coup.

Après avoir tourné la pile en aval, c'est-à-dire du côté
opposé à celui où Roger avait failli périr, elle avait dû se
glisser doucement le long de la muraille pour apparaître
tout à coup à deux pas du groupe.

— Oui, une femme ; celle qui m'a aidé à me sauver de
Saint-Germain, se hâta de répondre le lieutenant.

— Et qui vient de vous sauver encore tout à l'heure, dit
un des francs-tireurs ; si elle n'avait pas crié, je vous cas-
sais la tête à bout portant.

— Crier ! c'est impossible ! Elle est muette, exclama
Roger.

— Muette ! répéta le commandant, c'est singulier ; mais
attendez donc que je me rappelle...

— Mais l'autre, interrompit le lieutenant, où est-il ?

— Quel autre ?

— Mon camarade, mon ami, un brave... qui a aussi...
une dépêche.

Il ne disait que trop vrai ; Pierre Bourdier manquait au
rendez-vous général.

Tous ces incidents s'étaient succédé avec tant de rapidité que Roger n'avait pas pu voir ce qui était advenu du messager.

Il l'avait perdu de vue sur la glace pendant la traversée de l'arche écroulée et il lui semblait l'avoir, en tombant, aperçu à quelques pas de lui, sur sa gauche.

Qu'était-il advenu depuis ?

Toutes les facultés de Roger se tendirent aussitôt sur cette pensée que l'homme auquel il avait dû deux ou trois fois la vie était en danger de mort.

— Sauvez-le, commandant, ou laissez-moi le sauver, cria-t-il en faisant un effort pour s'arracher aux mains qui le tenaient.

— Mais où est-il ?

— Là... sur la glace... exposé aux balles... blessé peut-être.

— C'est vrai qu'ils étaient deux, mon commandant, dit fort à propos le soldat qui avait ajusté le fugitif.

— Alors il faut voir ce qu'il en est, dit le chef entre ses dents. Quoique la place soit mauvaise pour nous, il ne sera pas dit que j'aurai laissé un Français passer l'arme à gauche à côté de moi, s'il y a moyen de le tirer d'affaire.

— Oh ! merci, monsieur, murmura le lieutenant, qui avait eu le temps d'oublier à Saint-Germain les appellations hiérarchiques de l'armée française.

— Avance un peu la tête en dehors de la pile, toi, Girard, dit le commandant à un de ses hommes sans faire grande attention aux actions de grâce de son prisonnier.

Le soldat obéit, et après s'être agenouillé, pour plus de précautions, il s'allongea doucement le long de l'éperon et se mit à examiner la plaine de glace où Roger avait failli rester.

Après une minute de silence, l'observateur se retourna pour dire.

— Je le vois.

— Où ? que fait-il ? appelez-le, s'écria Roger.

— Silence dans le rang, dit sévèrement le commandant.

— Il est tombé dans un trou où il est pris jusqu'à mi-corps et même plus, reprit le soldat.

— Mort? demanda son chef.

— Non pas; il remue et il se débat comme un diable pour remonter, mais il aura bien de la peine, car la glace casse sous lui à mesure qu'il s'y accroche.

Une décharge assez nourrie partit de la rive prussienne.

— Sans compter qu'il va attraper une balle, continua le franc tireur.

Tenez, en voilà une qui vient de l'éclabousser.

— Vite! ne perdons pas une minute! dit Roger.

— A quelle distance est-il? demanda froidement le commandant.

— Quinze à vingt pas au moins, et bien placé pour servir de cible à ces gueux-là.

— Alors, c'est un homme de moins, prononça le chef des éclaireurs d'un ton qui n'admettait pas de réplique.

Préparez-vous à battre en retraite, mes enfants.

— Quoi ! vous voulez...

A ce cri de Roger, brisé par l'émotion, le commandant répondit par cette phrase qui sonna à ses oreilles comme un arrêt de mort :

— Je ne veux pas exposer la vie de mes soldats pour sauver celle d'un bourgeois.

Roger ne trouva d'abord rien à répondre à ce refus rigoureux, mais malheureusement trop logique, car la fusillade continuait et il était évident qu'on ne sauverait pas sans courir de grands risques le malheureux Bourdier.

Mais il lui vint une inspiration.

— Commandant, dit-il d'une voix émue, je ne vous demande pas d'exposer la vie de vos hommes, mais j'ai bien le droit de disposer de la mienne.

— Que voulez-vous dire?

— Je veux dire que je puis y aller seul.

— Où? sur la glace?

— Oui, et je vous supplie de me laisser faire.

— Diable ! vous y tenez donc bien à votre camarade ?

— Sans lui, je serais mort dix fois depuis que je me suis évadé de Saint-Germain.

— Mais vous allez vous faire tuer inutilement ; cet homme est perdu et vos forces ne suffiraient pas à le ramener ici, quand même vous échapperiez aux balles.

— Peu m'importe ! je veux essayer, dit Roger en faisant un effort pour échapper aux mains des francs-tireurs qui le tenaient.

Mais ils avaient une consigne et ils ne le lâchèrent pas.

Ils attendaient un ordre de leur chef qui ne se pressait pas de le donner.

Il semblait réfléchir, et Roger trépignait d'impatience en pensant que chaque seconde perdue enlevait à son ami une chance de salut.

— Ma foi ! mon commandant, dit l'éclaireur, qui était resté en observation à l'angle de la pile, si on veut tirer d'affaire ce gaillard-là, il faut qu'on se dépêche, car je crois qu'il s'enfonce peu à peu dans le trou.

— Eh ! bien qu'il y reste, répondit le chef avec la brusquerie d'un homme qui vient de prendre une décision pénible, mais irrévocable.

Allons-nous-en et emmenez-moi tout ce monde-là.

— Mais c'est impossible, monsieur, s'écria Roger ; vous ne pouvez pas laisser périr ainsi un Français qui apporte des dépêches et...

— Mais vous en portez aussi, vous, des dépêches, et si je vous laisse aller là bas vous faire tuer, ce n'est pas le moyen de les rendre à Paris.

— Mes dépêches ! mais je vais vous les remettre. Tenez ! les voici, dit le lieutenant en fouillant vivement dans sa poche.

Et il tendit le cahier de papier à cigarettes.

Le commandant le prit avec un étonnement assez naturel, et cette offre ne produisit pas du tout l'effet que Roger en attendait.

— Ecoutez, reprit le chef des francs-tireurs, tout ce que vous me racontez là ne me paraît pas bien clair, et c'est justement la raison qui fait que je ne me soucie pas de vous lâcher.

— Quoi! vous vous défiez de moi?

— Mais parfaitement. Vous me dites que vous venez de nos armées de province, c'est bien possible, mais en somme, rien ne me prouve que vous n'êtes pas un espion prussien.

On a vu des choses plus étranges, et si je vous laissais filer sur la glace, je ne suis pas bien sûr que vous ne profiteriez pas de la permission pour rejoindre vos amis, les ennemis.

Le malheureux officier courba la tête sous cette accusation Il ne se sentait même plus le courage de se justifier, mais il pensait à s'échapper, dût-il tomber sous une balle française.

— Allons, vous autres, en route! dit le commandant, et défiez-vous au passage des piles.

— Le fait est que ce n'est plus guère la peine de rester pour le paroissien qui barbote là-bas, dit l'éclaireur qui regardait.

On ne lui voit plus que la tête.

Tout était dit et on allait partir, quand Régine sortit de l'ombre où elle se tenait et se plaça devant le commandant.

On s'était jusqu'au moment du départ assez peu occupé de sa personne. Une femme ne compte pas dans les aventures de la guerre et personne ne s'attendait à la voir intervenir après l'ordre donné par le chef.

Celui-ci paraissait encore plus surpris que ses soldats.

— D'où sort-elle, celle-là? murmura-t-il.

Régine lui saisis le bras.

— Que diable peut-elle me vouloir? ajouta le commandant qui sentait qu'elle l'entraînait.

Cependant, soit par curiosité, soit qu'il ne voulût pas résister à une femme, il se laissa faire.

Au milieu de l'arche, à la place où ce rapide colloque avait eu lieu, l'obscurité étajt profonde, mais l'ombre diminuait à mesure qu'on s'approchait de l'endroit où finissait la voûte.

Régine amena le commandant, très-supris de cette manœuvre, jusqu'à la limite extrême de l'abri protecteur.

Arrivée là, elle se dressa sur ses pieds et approcha son visage du sien.

— Ah ça ! est-ce qu'il lui prend envie de m'embrasser ? murmura-t-il.

En voilà une qui choisit bien son temps pour faire des gentillesses, ajouta-t-il en riant à moitié.

La pâle lumière du ciel, reflétée par la glace du fleuve, était assez vive pour éclairer les traits de la jeune fille, et ses yeux noirs brillaient dans la nuit.

Après un instant d'examen attentif, le commandant laissa échapper une exclamation d'étonnement.

— La bohémienne de Rueil, s'écria t-il en se penchant encore pour mieux voir cette étrange apparition.

Un signe de tête de Régine lui apprit qu'il ne se trompait pas.

— C'est à n'y rien comprendre, murmura le chef, de plus en plus stupéfait.

Mais il n'était pas au bout de ses surprises, et la pantomime de la jeune fille devint bientôt plus expressive.

D'une main elle montrait le ciel ; elle étendait l'autre vers le malheureux qui se débattait contre la mort au milieu des glaçons.

Il était impossible d'exprimer plus clairement cette pensée que Dieu commandait au soldat de sauver un compatriote.

Mais le commandant lut dans ce geste bien plus qu'une invocation divine, car ses souvenirs se réveillèrent subitement.

— La prédiction ! s'écria-t-il.

Régine lui prit la main et la lui serra avec force pendant que ses yeux ardents plongeaient dans ceux du commandant en proie à une indicible émotion.

— Oui... je me souviens, balbutia-t-il en dégageant sa main pour la porter à son front comme un homme qui sort d'un rêve, elle me l'a prédit... là-bas... dans le cabaret de Mouchabeuf.

La jeune fille lui saisit le bras et se rapprocha encore.

— Je sais... je n'ai pas oublié... je serai tué avant la fin de l'année, si... si je ne sauve pas la vie à...

— Au nom de la France, commandant, ne le laissez pas mourir, cria Roger qui était trop loin pour entendre, mais qui voyait les gestes de Régine et l'hésitation du chef des francs-tireurs.

Il ne pouvait pas deviner ce qui se disait entre eux, puisque la scène de Rueil lui était inconnue, mais son instinct lui révélait que tout espoir n'était pas perdu.

Il vit bientôt qu'il ne se trompait pas.

Le commandant repoussa vivement Régine, et passant devant ses soldats ébahis, il bondit en avant et se précipita sur la glace en criant :

— Allons ! il ne sera pas dit que moi, Podensac, j'aurai laissé périr un Français sous mes yeux.

Il y eut dans le groupe si diversement composé qui était réuni sous l'arche un mouvement de stupeur générale.

On oubliait tout pour regarder la scène émouvante qui se préparait.

Les francs-tireurs qui tenaient Roger ne pensaient plus à le surveiller ; et, tous ensemble, le prisonnier et les soldats, se pressaient contre l'éperon de la pile, comme on se presse pour voir un spectacle.

Régine était venue les rejoindre et suivait avidement des yeux le brave commandant Podensac qui courait sous le feu des Prussiens.

Il était temps qu'il arrivât.

Quoique les dialogues échangés sous l'arche eussent

été courts, la situation de Pierre Bourdier était déjà presque désespérée.

Il avait eu le malheur de mettre le pied dans une crevasse, et le poids de son corps avait disjoint peu à peu les glaçons trop fraîchement soudés pour avoir acquis une grande cohésion.

Vainement, il s'était épuisé pour remonter ; ce sol glissant et mouvant cédait quand il voulait s'y appuyer.

L'éclaireur n'avait pas exagéré en annonçant qu'il était entré dans le trou jusqu'aux épaules.

Et pourtant le vaillant messager n'avait pas jeté un cri, n'avait pas appelé au secours.

En trois ou quatre bonds, Podensac arriva à sa portée et lui tendit la main.

Roger eut un instant d'incertitude et d'angoisse.

Il se demandait s'il restait encore assez de force à Bourdier pour profiter de l'aide que lui offrait son sauveur.

Mais il le vit bientôt émerger de l'abîme où il allait disparaître, poser un genou sur la glace, puis se relever tout à fait.

La main robuste du commandant lui avait fourni le point d'appui qui lui manquait.

Un bonheur, dit-on, n'arrive jamais seul.

Le sauveur et le sauvé eurent celui d'échapper aux balles qui pleuvaient autour d'eux.

Cinq minutes leur suffirent pour regagner la voûte protectrice.

Roger se jeta dans les bras de son ami, et remercia avec effusion Podensac qui donna définitivement l'ordre du départ. Le voyage était fini et le lieutenant de Saint-Senier sentait son cœur battre à la pensée qu'il allait retrouver Renée.

— Mais qui donc a parlé pour empêcher les francs-tireurs de me tuer à bout portant? se disant-il en regardant Régine qui marchait à côté de lui.

VIII

Un voyage de deux jours peut quelque fois être semé de plus d'aventures qu'il n'en faudrait pour défrayer le récit d'un voyage autour du monde.

Il y a des époques violentes où les événements s'accumulent, de même que les idées affluent au cerveau dans les grandes crises morales.

Pendant le siège de Paris, par exemple, les péripéties d'une promenade à travers les lignes prussiennes pouvaient être plus nombreuses et plus étranges que celles d'une traversée de Marseille au Japon.

Ce fut le cas pour le lieutenant Roger de Saint-Senier et pour Régine, et l'histoire de leurs périls de trente-six heures a été forcément très longue à raconter.

Et cependant elle s'était déroulée toute entière pendant que s'accomplissaient à Paris deux ou trois faits beaucoup plus simples.

Pendant la nuit où les fugitifs traversaient la forêt de Saint-Germain, Renée de Saint-Senier et sa tante, madame de Muire, quittaient le chalet de la rue de Laval, pour la funeste maison de santé du docteur Molinchard.

La journée passée par Roger et sa compagne dans le moulin du père Sarrazin avait été consacrée par J.-B. Frapillon à des affaires peu édifiantes qui ont été racontées et qu'il est temps de rappeler.

Par une coïncidence bizarre, au moment même où Régine, épuisée de fatigue, s'endormait le matin dans la cachette de la chambre bleue, Renée, prisonnière dans le pavillon des Buttes-Montmartre, cédait à un sommeil léthargique.

L'homme d'affaires, son odieux persécuteur, sortait de la rédaction du « Serpenteau » à l'heure où Pierre Bourdier, qui venait d'échapper aux mains du commissaire prussien, réveillait ses deux compagnons de route pour leur annoncer qu'il fallait traverser la Seine.

J.-B. Frapillon, en débouchant de la porte cochère du journal sur le trottoir de la rue Montorgueil, ne se doutait guère que d'autres victimes de ses machinations s'acheminaient vers Paris, pendant qu'il se dirigeait du côté des Halles en compagnie de l'ex-hercule Antoine Pilevert.

Il y avait longtemps qu'il ne pensait plus au lieutenant de la garde mobile, pris par les Allemands depuis le mois d'octobre, et il se croyait bien débarrassé aussi à tout jamais de la sourde-muette que l'ingénieux Mouchabeuf avait si adroitement livrée, quelques jours après, au caporal Tichdorf.

Le caissier était avant tout un homme pratique, et quand il croyait avoir supprimé quelqu'un qui lui faisait obstacle, il ne s'en occupait pas plus qu'un joueur d'echecs ne s'occupe des pièces prises qui ont disparu de l'échiquier.

D'ailleurs, il avait bien autre chose en tête que des souvenirs aussi rétrospectifs, et les soucis du présent étaient de nature à lui faire oublier les événements du passé.

Il touchait à ce moment critique où les diplomates de son espèce se voient à regret forcés d'en venir à une action personnelle et violente.

Après avoir ourdi toutes sortes de trames compliquées, il leur faut à un moment donné trancher d'un seul coup tous les fils qu'ils ont noués si habilement et cette besogne décisive ne peut-être faite que par eux-mêmes.

C'était là ce qui préoccupait désagréablement J.-B Frapillon.

Enclin par tempérament à une certaine douceur de procédés, il s'attachait par système à ne pas dépasser les marges du Code, et quand un acte prévu par la loi pénale devenait indispensable, il en confiait toujours l'exécution à des subalternes.

C'est ainsi qu'il avait naguère chargé son agent Mouchabeuf d'enlever Régine.

Pour aucun prix, il n'aurait opéré lui-même un rapt susceptible d'envoyer son auteur à Cayenne.

Pour séquestrer mademoiselle de Saint-Senier et la comtesse de Muire, il n'avait employé que la ruse, et, en administrant à la première le narcotique qui l'avait endormie, il savait fort bien ne pas encourir le châtiment réservé aux empoisonneurs.

Mais l'heure des atermoiements et des demi-mesures était passée.

La réclusion de ses victimes ne pouvait pas se prolonger indéfiniment et, avant de décider de leur sort, il lui fallait d'abord savoir à quoi s'en tenir sur les mystères du chalet.

Là était le mot d'une énigme qu'il voulait absolument deviner, et il tenait à recueillir seul les profits d'une affaire si habilement conduite.

Tout était à point.

Ses complices des deux sexes, Valnoir, Taupier et Rose de Charmière, avaient pour le moment d'autres préoccupations et d'ailleurs ils ignoraient encore l'enlèvement de ces dames.

Il tenait dans sa poche les clefs du pavillon, dérobées à la pauvre Renée, pendant le sommeil factice qu'il lui avait procuré.

Il ne lui restait donc plus qu'à agir de ses propres mains et à enfreindre hardiment les redoutables articles qui punissent l'effraction, le vol et le meurtre.

L'exécution de son plan l'obligeait à commettre au moins un de ces crimes et pouvait les nécessiter tous.

Cela dépendait de ce qu'il allait trouver dans le chalet abandonné.

Or, sa conscience le tourmentait fort peu, mais la sûreté de sa précieuse personne le préoccupait beaucoup.

Cette raison majeure l'avait décidé à se munir, à tout événement, d'un garde du corps assez vigoureux pour le protéger et assez abruti pour ne pas le questionner.

Antoine Pilevert réunissait ces deux conditions, et J.-B. Frapillon n'avait eu garde de négliger le concours de ce robuste et stupide auxiliaire.

En le rencontrant dans l'antichambre de la rédaction du « Serpenteau », il avait béni le hasard qui le mettait si à propos sur son chemin, et il s'était empressé de le séduire par une de ces invitations que l'hercule ne savait pas refuser.

L'appât d'un plantureux dîner, largement arrosé, aurait entraîné partout où on aurait voulu le conduire le trèspeu noble frère de la noble dame de Charmière.

A plus forte raison ne s'était-il pas fait prier quand le généreux caissier lui avait offert de le traiter dans un restaurant bien connu du voisinage.

Il éprouvait d'ailleurs d'autant plus le besoin de quitter le lieu qu'il appelait son bureau, que sa querelle avec les deux visiteurs de Valnoir l'avait fort échauffé.

Sa colère rentrée se trahissait encore par des grognements sourds pendant qu'il descendait l'escalier en compagnie de J.-B. Frapillon, mais l'air de la rue acheva de le calmer.

A la pointe Saint-Eustache, il avait déjà oublié ses fureurs récentes et ses mésaventures de la veille pour ne plus songer qu'au joyeux festin qu'il dégustait d'avance.

— Est-ce que vous tenez beaucoup à aller chez Baratte ? demanda-t-il au caissier.

— Pourquoi cette question ? répondit évasivement le prudent Frapillon.

— C'est que je connais dans la rue de la Huchette un joli caboulot, où on vous sert un petit bleu à quinze qui gratte le gosier et je me suis habitué à ce polisson de vin-là.

— Mon cher collaborateur, dit gravement l'homme d'affaires, je compte vous offrir quelque chose de mieux, et je dois de plus vous faire observer qu'on ne va pas au caboulot quand on a l'honneur d'appartenir à la rédaction du « Serpenteau. »

— De quoi? reprit l'hercule, assez vexé d'entendre mépriser son restaurant de prédilection. Au *Lapin qui saute*, c'est très bien composé.

J'y ai encore dîné hier et...

— Et cela ne vous a pas réussi, si je me souviens bien de votre soirée.

Cette allusion aux événements qui l'avaient conduit à coucher au poste calma l'enthousiasme du Rempart d'Avallon à l'endroit du traiteur de la rue de la Huchette.

— Oh! je n'y tiens pas, après tout, grommela-t-il, et, puisque c'est vous qui payez, vous avez le droit de choisir la cambuse.

— Mon cher Antoine, reprit J.-B. Frapillon d'un ton affectueux et digne, je voudrais causer sérieusement avec vous, et il y a chez Baratte un cabinet où on peut se dire deux mots entre le beaujolais et le bourgogne, sans que personne les entende.

— Suffit, et *motus*, m'sieu l'employé. — Pour l'hercule, tous les bourgeois étaient des employés. — Je suis à votre service jusqu'à demain matin.

— Ma foi! mon brave, ce n'est pas de refus, car j'aurai peut-être besoin de vous cette nuit.

Au moment où le caissier jetait négligemment ces mots, les deux convives étaient arrivés devant la porte du restaurant.

Pilevert était trop absorbé par l'engageant spectacle que lui offrait le rez-de-chaussée de cet aimable établissement pour prêter beaucoup d'attention aux ouvertures de son nouvel ami.

Il aspirait avec délices les parfums culinaires qui se dégageaient des soupiraux pratiqués dans la devanture, et il était complètement fasciné par l'éclat du comptoir d'étain qu'on admirait à travers les carreaux.

Le traiteur, choisi par J.-B. Frapillon, était doublé d'un marchand de vin.

On mangeait assis aux étages supérieurs ; mais en bas, on buvait debout, et l'homme d'affaires eut beaucoup de peine à empêcher son invité de s'arrêter en traversant la salle où se débitaient les liquides.

Il réussit pourtant à l'entraîner vers l'escalier qui conduisait aux régions plus aristocratiques des cabinets particuliers.

Quoiqu'il fût doué d'excellents yeux et d'une remarquable faculté d'observation, le diplomate de la rue Cadet ne s'était pas aperçu qu'un enfant en blouse le suivait depuis la rue Montorgueil.

Il ne remarqua pas davantage ce gamin trop curieux, quand il se glissa derrière lui entre les jambes des buveurs qui encombraient le rez-de-chaussée.

Le cabinet où J.-B. Frapillon et son invité s'attablèrent ne brillait pas par une élégance exagérée.

Le papier à fleurs qui recouvrait les murs n'aurait pas déparé la salle à manger d'une auberge de village : les chaises étaient modestement garnies de paille, le linge manquait de finesse et de blancheur, et les verres avaient plus d'épaisseur que de capacité.

Mais, pour tenir une conférence diplomatique, l'ornementation du local est assez indifférente, et l'homme d'affaires, pour en venir à ses fins, comptait beaucoup plus sur le mérite de la cave du traiteur que sur le luxe de son service.

Il ne s'agissait point d'éblouir les yeux de l'hercule, mais de lui délier la langue et de lui échauffer la tête.

Aussi Frapillon avait-il appelé au secours de ses projets un renfort de bouteilles proportionné à la soif de son insatiable convive.

Le rationnement imposé par le siège ne lui avait pas permis de corser autant la partie solide du dîner.

Cependant il était assez familier de l'établissement pour en obtenir des portions de faveur, et, sur la table privilégiée de ce cabinet réservé aux habitués, un respectable morceau de vrai bœuf avait succédé à un potage sérieux.

Pilevert, privé depuis longtemps de ces douceurs, avait promptement oublié le maigre ragoût de cheval qui composait son ordinaire, et faisait largement honneur à cette chère exceptionnelle.

Ses dents, habituées à soulever des poids de plusieurs kilos, fonctionnaient avec une vigueur et une rapidité merveilleuses, ce qui ne l'empêchait nullement de fêter les crus généraux que son hôte ne lui épargnait pas.

Le vin ne fit jamais défaut, pendant les cinq mois de blocus, et, jusqu'au dernier jour, on put arroser les viandes les plus bizarres avec d'excellent bourgogne.

Il est vrai que les fêtes culinaires de cette époque famélique coûtaient fort cher; mais J.-B. Frapillon ne regardait point à la dépense quand il s'agissait d'assurer le succès d'une affaire.

Il s'était donc départi, ce jour-là, de ses habitudes d'économie, et il marchait à son but sans s'inquiéter du total de l'addition, qui menaçait de devenir formidable.

Ce but était complexe comme les intrigues qu'il menait de front depuis trois mois.

Il voulait avant tout s'assurer la coopération des poings de l'hercule, mais il tenait aussi à le mettre dans ses intérêts pour l'avenir.

Les rapports du caissier avec la rédaction du Serpenteau et les affiliés de la *Lune avec les dents* s'étaient quelque peu tendus dans les derniers temps, et Pilevert, qui vivait au cœur de ces deux respectables sociétés, pouvait être fort utile à Frapillon.

C'est pourquoi Frapillon s'occupait beaucoup moins de déguster la cuisine et les vins du traiteur que d'observer son convive.

Il ne s'était pas pressé d'entamer le chapitre des informations, pour laisser aux liquides le temps d'opérer sur l'épaisse cervelle du Rempart d'Avallon.

Celui-ci, qui n'était pas bavard de son naturel, put donc satisfaire en paix ses appétits jusqu'au moment où le fro-

mage de Hollande, inévitable dessert du siège, vint compléter le festin.

Frapillon, qui ne buvait que pour la forme, l'observait
tout à son aise, et il crut remarquer sur ses traits enlu-
minés une teinte de mélancolie que ne dissipaient point les
plus copieuses rasades.

Il résolut donc de l'attaquer par le côté sensible en s'in-
formant adroitement de la cause de ses chagrins.

— Eh bien! mon cher Antoine, lui dit-il, sur le ton de
l'intérêt le plus affectueux, comment vous trouvez-vous de
votre nouvel emploi?

— Mal; très mal, répondit nettement Pilevert.

— Vraiment? s'écria le caissier avec une naïveté fort
bien jouée. Mais savez-vous que vous m'étonnez beaucoup; je croyais votre situation au journal excellente.

— Oui, parlons-en de ma situation. Pour dix malheureux francs qu'on me donne par jour et une douzaine de
bocks que j'absorbe à l'œil, je suis obligé de rester du
matin au soir dans une espèce de cage à poules où j'é-
touffe et de me disputer avec un tas de pékins qui viennent me conter des histoires auxquelles je ne comprends
rien... Encore, si je pouvais leur casser les reins !

— Le fait est que ce serait une consolation, dit gravement Frapillon, mais du moins vous n'avez pas à vous
plaindre, j'espère, de mon ami Valnoir, ni de ce cher
Taupier?

— Ah! ils sont encore gentils ceux-là!... votre Valnoir,
un gringalet que je tomberais avec deux doigts de ma
main gauche et qui se donne des airs de me blaguer; et
ce tortillard de bossu qui trouve que je bois trop.

Ah! malheur! si ce n'était pas à cause de Catiche...

— Qui ça Catiche?

— Catiche, parbleu! Rose, si vous aimez mieux.

— Voudriez-vous parler de madame de Charmière,
demanda le caissier en feignant une profonde surprise.

— Parbleu! j'en ai bien le droit, peut-être, puisque c'est
ma sœur.

— Je m'en étais toujours douté, mais c'est bon à savoir, pensa Frapillon, enchanté d'entendre l'hercule laisser couler ses secrets comme le vin qu'il se versait.

— Oui, ma sœur... ma sœur de lait, reprit Pilevert en s'apercevant qu'il avait trop parlé, et pour une sœur, elle ne se conduit pas déjà si bien avec moi.

Ah ! si j'avais seulement ma petite Régine ! En voilà une qui m'était dévouée... et bonne, et pas fière !...

A ce souvenir, le Rempart d'Avallon s'attendrit, au point de laisser tomber sa tête dans ses mains et de pousser des soupirs qui ressemblaient à des grognements.

Le malheureux ne se doutait pas qu'il épanchait ses regrets devant un des bourreaux de sa chère muette.

— Non, s'écria-t-il tout à coup, en martelant la table d'un formidable coup de poing, je n'en veux plus de cette vie-là, j'en ai assez de leur rédaction où ils ne font que se débiner toute la journée, et de leur société de la *Lune avec les dents,* où on fait des boniments qui durent trois heures, sans servir seulement un petit verre !

Jusqu'à cet imbécile d'Alcindor qui se fiche de moi, maintenant, parce qu'il barbouille du papier le matin et dégoise des discours le soir.

— Mon cher Antoine, vous allez peut-être un peu loin, dit l'homme d'affaires, pour l'exciter davantage ; il s'agit de nos amis, et...

— Nos amis, interrompit l'hercule exaspéré, pas les miens toujours, ni les vôtres, allez !... Savez-vous ce qu'ils ont dit, votre Taupier, votre Valnoir et ce grand niais de paillasse décati, pas plus tard qu'aujourd'hui ?

— Non.

— Eh bien ! ils ont dit que vous aviez mangé la grenouille de leur machine, étouffé le magot de leur Lune, quoi !... et, ce soir, à leur club de buveurs d'eau, on va proposer de vous mettre en quarantaine d'abord, et de vous faire cracher au bassinet ensuite.

Il paraît qu'ils savent où est votre saint-frusquin et qu'ils mettront la main dessus.

Non! tenez! j'aime mieux ma carriole que leur satanée boutique, et celui qui me rendrait mon berlingot et
ma jument Bradamante, je ferais tout ce qu'il voudrait.

J.-B. Frappillon avait écouté ces doléances incohé-
rentes avec un vif intérêt, car la révélation que le saltimbanque venait de laisser échapper sur les intentions de
ses associés le touchait au cœur.

Le cœur de l'agent d'affaires était avec son argent,
dans sa caisse, et il ne se sentait pas d'humeur à le
laisser entamer.

Il resta quelques instants à réfléchir, en avalant à petites
gorgées un dernier verre de vin, et son plan était fait
avant que son verre fût vide.

Les regrets exprimés par Antoine donnaient sur lui
large prise, et l'astucieux caissier comptait bien
exploiter cette nostalgie des foires pour le plier à ses
volontés.

Le robuste service de l'hercule allait lui être immédiatement et doublement nécessaire, car Frapillon avait
résolu d'en finir le soir même avec les mystères du chalet
et avec les accusations des sociétaires de la Lune avec les
dents.

— Mon cher ami, dit-il affectueusement, je suis
touché de votre chagrin, et il ne sera pas dit qu'un brave
garçon comme vous, qui a du cœur et du talent, moisira
éternellement dans un bureau.

Je ne suis pas riche, quoi qu'ils en disent, mais, s'il
ne vous faut qu'un couple de mille francs pour vous remonter, comptez sur moi.

— Vrai?

— Parole d'honneur.

— Mille millions de trompettes! s'écria Pilevert en
faisant mine de lui sauter au cou, qu'est-ce que vous
voulez que je démolisse pour vous? Faut-il assommer
quelqu'un? Demandez! faites vous servir!

— Merci! mon brave, merci! Ce que je vous offre, ce
n'est pas par intérêt et je ne veux assommer personne.

Seulement, puisque vous tenez à me faire plaisir, je vais vous vous demander de me donner le reste de votre soirée.

— Oh! si ce n'est que ça! pour ce que j'en ferais de ma soirée!... je les passe toutes à l'estaminet du *Cœur volant.*

— Nous irons d'abord au club.

— Oui, c'est ça! et le premier qui montera dans leur salé tribune pour souffler un mot contre vous, je lui coiffe la margoulette d'un coup de poing.

— J'espère que ce ne sera pas nécessaire, et que nous pourrons aller ensuite...

— Où, patron ?

— Ailleurs, dit laconiquement Frapillon.

Il est huit heures, filons; je payerai au comptoir et nous prendrons le café en route.

IX

Le local où se réunissaient les affiliés de la *Lune avec les dents* était, naturellement, situé dans le quartier où la société comptait le plus d'adhérents.

C'était dans la salle d'un bal de barrières, sur le boulevard extérieur, au pied des buttes Montmartre, que se tenaient les séances.

Elles étaient tantôt publiques et tantôt secrètes, suivant que les chefs de l'association voulaient agir par l'éloquence sur les esprits des badauds du communisme, ou discuter en famille les affaires intimes du comité directorial.

Pour les réunions générales étaient exclusivement réservés les discours patriotiques, où on prêchait la défense à outrance et la sortie en masse.

On y entendait des économistes de fantaisie traiter

les questions de rationnement, et des ingénieurs de bonne volonté offrir à la patrie des inventions merveilleuses.

Ce n'étaient là en réalité que des bagatelles de la porte, comme aurait dit Pilevert en son langage de saltimbanque, bonnes à préparer tout doucement les niais qui venaient les écouter et à servir plus tard les dessins subversifs des maîtres de la *Lune*.

Les séances sérieuses, celles où on proposait ouvertement les moyens de renverser l'autorité, de détruire l'infâme capital, de fusionner les vivres et d'universaliser la propriété, ne se tenaient que pour les adeptes et on n'y était admis qu'en donnant le mot de passe.

Pas n'était besoin du reste de changer de local, celui qu'on avait choisi se prêtant parfaitement à sa double destination.

La salle du bal avait deux portes : une grande, donnant sur le boulevard extérieur, et une petite sur une ruelle voisine.

On ouvrait l'une ou l'autre, selon les cas.

Parfois même, après une soirée publique consacrée aux innocents bavardages de la tribune démocratique et sociale, les affiliés sortaient ostensiblement à la fin de la séance, pour rentrer une heure après par la porte dérobée dans le club débarrassé des profanes.

J.-B. Frapillon était assez assidu aux séances publiques, et il ne manquait guère les séances secrètes.

Il figurait avantageusement aux premières en sa qualité de capitaine de la garde nationale, et ne dédaignait pas de prendre part aux discussions stratégiques. Mais, les jours de petit comité, ses fonctions de caissier lui assuraient la prépondérance dans les délibérations, car, en matière de conspiration, l'argent est, plus que partout ailleurs, le nerf de la guerre.

En sortant du restaurant où il avait dîné avec l'hercule, il ne savait pas au juste de quelle nature était la réunion annoncée pour le soir, mais les indiscrétions de Pilevert lui donnaient lieu de croire qu'il s'agissait d'une séance intime. Aussi, en arrivant sur le boulevard extérieur, fut-il assez surpris de voir la foule amassée devant la grande entrée.

L'éclairage de la porte n'était pas brillant.

Un simple lampion en faisait tous les frais, et les amateurs d'éloquence politique passaient comme des ombres dans le long couloir qui conduisait à la salle.

Il pouvait être onze heures et la séance devait tirer à sa fin, car le dîner s'était prolongé outre mesure.

Frapillon, qui en chemin avait eu tout le temps d'achever la conquête de l'hercule, tenait à profiter immédiatement des excellentes dispositions où il le voyait.

Non-seulement le frère de Rose de Charmière se sentait disposé à servir aveuglément l'homme qui lui avait promis de lui rendre sa carriole et sa jument; mais, pour le plus heureux des hasards, il n'était pas ivre.

Il avait assez bu pour être prêt à tout et pas assez pour compromettre le succès d'une expédition.

L'homme d'affaires se décida à entrer.

Il ne voulait pas aller au chalet avant minuit, afin d'être sûr que personne ne viendrait troubler la visite qu'il se proposait d'y faire.

Il avait donc du temps devant lui, et il ne pouvait pas mieux l'employer qu'en assistant à la séance publique.

Il soupçonnait d'ailleurs qu'elle pourrait bien être suivie d'un conciliabule privé, et il n'était pas fâché d'assister une fois incognito aux débats qu'il avait souvent dirigés comme membre du bureau.

— Allons, mon brave Antoine, dit-il à son nouvel ami; prenons la file et dépêchons-nous pour être bien placés.

— C'est étonnant! grommela Pilevert, je croyais bien que, ce soir, ça se passerait en famille.

— Bah! nous verrons bien! entrons toujours.

Ce colloque se tenait sur la contre-allée du boulevard extérieur, occupé alors par les baraques destinées au logement des mobiles de province.

Les passants étaient assez nombreux sur cette voie étroite pour que les deux causeurs n'eussent pas remarqué la présence du gamin qui les avait suivis de la rue Montorgueil aux halles, et des halles à la porte du club.

Cet enfant obstiné se mêla sans être aperçu à la foule, et entra dans la salle à la suite de Frapillon et de son satellite.

L'assistance était nombreuse et offrait un spectacle des plus curieux.

Les uniformes de la garde nationale y étaient en majorité, mais les femmes n'y manquaient pas et quelques-unes même devaient avoir l'habitude d'y passer la soirée, car elles y avaient apporté leur ouvrage, comme les tricoteuses de 1793 au club des Jacobins.

Les deux nouveaux venus se glissèrent, non sans peine, aux derniers rangs de ce qu'on aurait pu appeler le parterre, car le local possédait des galeries supérieures qui lui donnaient assez l'aspect d'une salle de spectacle.

La scène était remplacée par l'estrade où siégeait le bureau, et la table, destinée à subir le coups de poing des orateurs nerveux, occupait à peu près la place du trou du souffleur.

La réunion était présidée par Taupier, dont la grotesque personne disparaissait presque entre les deux énormes miliciens qui lui servaient d'assesseurs.

L'hercule, en apercevant le bossu, se permit des grognements improbateurs que le prudent Frapillon s'empressa de réprimer pour éviter d'attirer l'attention de ses voisins.

Mais sa mauvaise humeur le reprit de plus belle quand il vit s'avancer sur l'estrade un corps dégingandé qui appartenait à son ancien paillasse Alcindor.

— Mille trompettes ! dit-il entre ses dents, je n'ai pas de chance d'arriver pour entendre les bêtises de cet animal-là.

Le public, du reste, ne paraissait pas être de son avis, car un murmure flatteur accueillit l'apparition du nouvel orateur.

— Tu sais, dit une commère à sa voisine, c'est le grand sec qui explique si bien qu'il faut partager l'argent des *aristos*.

— Ah! oui, celui qui parle comme un livre, répondit l'autre mégère ; il a raison, mais il fait trop de phrases et ça m'embête.

— C'est égal, si on faisait ce qu'il dit, paraît que nous aurions chacun six mille livres de rente.

— Sans rien faire ?

— Rien du tout; c'est le riche qui travaillerait.

— Croyez ça et buvez du cassis, la vieille, cria une voix glapissante qui s'éleva tout à coup entre les jambes des spectateurs.

— A la porte le moucheron! hurla le public.

Mais les rangs étaient si serrés que l'irrévérencieux gamin échappait à toute répression.

Du reste, le bossu agita solennellement sa sonnette et réussit à obtenir le silence.

— La parole est au citoyen Alcindor Panaris, prononça gravement Taupier, qui se complaisait visiblement dans l'exercice de ses fonctions.

L'ex-paillasse se balançait d'une jambe sur l'autre et passait sa main sur ses cheveux plats, comme un invité qui se prépare à faire son entrée dans un bal.

En entendant son nom sortir de la bouche du président, il s'avança avec toute la grâce dont il était susceptible, salua légèrement l'assemblée, s'appuya d'une main sur la table et dit, avec une inflexion de voix des plus caressantes :

— Citoyens !

Mais il avait à peine lancé ce mot sacramentel qu'un bruit confus s'éleva dans le fond de la salle.

La foule ondulait sous l'effort d'un individu qui jouait

dés coudes pour fendre ses flots pressés, et des exclamations s'élevaient de toutes parts.

— Faites donc attention !

— Vous me marchez sur les pieds, citoyen.

— Ne poussez donc pas !

— Qu'est-ce qu'il veut, celui-là ?

L'individu qui soulevait tout ce tumulte semblait s'inquiéter fort peu des clameurs qu'il soulevait et des objurgations qu'il recueillait sur son passage.

Il réussit, à force de poussées et même de coups de poing, à sortir des groupes serrés qui obstruaient l'entrée, et à gagner les rangs moins pressés des auditeurs assis.

Frapillon, qui regardait cette entrée imprévue avec une certaine curiosité, vit l'inconnu grimper les marches de l'estrade et se pencher à l'oreille du président qui paraissait l'écouter avec une certaine déférence.

L'assemblée attendait évidemment une explication que le président Taupier lui donna bientôt en ces termes.

— Citoyens, dit-il en se levant, le citoyen garde national demande à vous faire une communication intéressante.

Un frémissement d'impatience courut dans l'assemblée, lorsque le nouveau venu s'avança sur l'estrade.

Il n'y avait guère que le long et grave Alcindor qui, vexé qu'il était, d'être obligé de retenir les flots de son éloquence, ne semblait pas partager la satisfaction générale.

— Citoyens, dit le garde national auquel Taupier venait d'accorder la parole au détriment du paillasse, je vous apporte une grande nouvelle.

Après ce début plein de promesses, l'orateur fit une pause afin de surexciter encore la curiosité bien légitime du public.

Son attente ne fut pas trompée, car une formidable explosion de cris confus, mais approbateurs, fit trembler les vieilles murailles de la salle.

— Parlez ! Parlez !

— Bravo ! le sédentaire !

— Vive l'escargot de rempart !

— Une grande nouvelle ! ça doit être la mort de Bismark.

Le tumulte fut bientôt réprimé par des chut ! prolongés, et le silence se rétablit peu à peu.

— Citoyens, reprit l'homme à la nouvelle, je vous annonce...

Il s'arrêta encore, en acteur consommé qui veut prendre un dernier temps avant de lancer le mot à effet ; mais, cette fois, l'artifice oratoire ne fut pas du goût de l'assistance.

— Ah ! c'est *embêtant*, à la fin !

— Accouche de ta nouvelle, eh ! l'enflé !

— Ahie donc, vieux poussif !

Ces objurgations, dont la dernière avait été lancée par la voix aigre du gamin, décidèrent l'orateur.

— Je vous annonce une grande victoire de l'armée de la Loire, dit-il en forçant sa voix jusqu'à faire ronfler les mots comme les éclats du tonnerre.

Il n'avait pas achevé qn'un enthousiasme indescriptible s'emparait des auditeurs.

Ceux qui étaient assis se levèrent et ceux qui étaient debout s'agitèrent, d'où il résulta un mouvement d'ondulation assez semblable aux vagues de la mer.

Les deux voisines de Frapillon brandirent leurs menaçantes aiguilles à tricoter, de façon à lui donner des inquiétudes pour ses yeux, et, dans leur émotion, les citoyennes des galeries supérieures laissèrent tomber sur le parterre des châles et des bonnets.

— Oui, citoyens, continua le garde national qui ne voulait pas laisser à l'émotion le temps de se calmer, une grande victoire ; les Prussiens ont laissé trente mille hommes sur le champ de bataille, et quinze mille prisonniers. Le reste est en fuite et Frédéric-Charles a été tué.

Au tumulte et aux cris de joie qui suivirent cette annonce mirobolante se mêlèrent pourtant quelques exclamations sceptiques.

— Oh ! quinze mille prisonniers, c'est toujours la même chose !

— Eh ben ! quoi ! c'est un prix fait comme les petits pâtés.

— En v'là un de canard à trois becs, glapit le gamin.

Frapillon, peu crédule de sa nature, s'était contenté de hausser les épaules, et l'hercule, patriote médiocre, disait entre ses dents.

— Qué que ça me fait à moi Frédéric-Charles ? C'est pas leur victoire qui me rendra ma carriole et Bradamante.

Le président Taupier semblait partager la surprise des auditeurs et il se leva pour inviter le nouvelliste à fournir des preuves à l'appui.

— Citoyens, se hâta d'ajouter l'orateur, je manquerais à tous mes devoirs envers le peuple, si je ne vous disais pas comment j'ai appris la victoire de nos frères.

— Oui ! oui ! voyons !

— Écoutez ! silence donc !

— Laissez chanter le canard, cria l'incorrigible gamin.

— Eh bien ! citoyens, reprit le sédentaire, j'étais de garde ce soir à la porte d'Asnières, quand le messager qui apportait la nouvelle s'y est présenté ; on a baissé le pont-levis par ordre du commandant du secteur et on a conduit le brave courrier chez le gouverneur ; mais il a eu le temps de nous donner des détails.

— Tiens ! il est donc venu en ballon votre courrier ?

Cette interruption malvaillante provoqua chez l'orateur un beau mouvement d'éloquence.

— Non ! citoyens s'écria-t-il, le messager n'est pas venu en ballon, il a franchi les lignes prussiennes, à travers mille dangers, et il a été reçu par les enfants perdus de la rue Maubuée dont le commandant m'honore de son amitié.

Cette fois, aucune plaisanterie malséante ne vint troubler le concert admiratif qui s'éleva de toutes parts.

Frapillon lui-même se sentait presque ébranlé et se promettait bien d'aller se renseigner dès le lendemain auprès de ce commandant, qu'il savait n'être autre que l'ami Podensac.

Cependant le nouvelliste, enchanté de son succès, ne se disposait point à quitter l'estrade et semblait avoir d'autres communications à faire.

— Parlez! parlez! criait-on de toutes parts.

— Ce héros, reprit-il, a ramené avec lui un officier de la mobile de province blessé et fait prisonnier, il y a deux mois.

Frapillon, qui avait toujours l'esprit en éveil, prêta une oreille attentive à ces nouveaux renseignements.

— Oui, citoyens, un officier et une femme...

— Eh! oui une cantinière!

— Ou l'épouse de Bismark!

— Une femme, dis-je, qui semble s'entourer de mystère, car elle n'a pas répondu un seul mot aux questions des citoyens du poste.

Frapillon sentit comme une pointe d'inquiétude, mais il se dit bien vite qu'il n'y avait aucun rapport entre ses anciennes victimes et les personnages de cette ridicule histoire.

— Suis-je bête, grommela-t-il en haussant les épaules; le Saint-Senier est mort à l'hôpital de Saint-Germain et la muette est en Prusse.

— Mais, citoyens, continua l'orateur qui commençait religieusement toutes ses phrases par cette appellation sacramentelle, quelle que soit l'importance de la nouvelle que je vous apporte, je n'aurais pas demandé la parole, si je n'avais pas une proposition à vous soumettre.

— Ah! ah! voyons!

— Allez-y de la motion!

— Taisez-donc vos becs, si vous voulez qu'il s'explique, cet homme.

— Voilà, citoyens! Il paraît que les Prussiens qui

bloquent Paris connaissent la défaite de Frédéric-Charles
et qu'ils sont dans le plus grand désarroi.

— Parbleu ! ils doivent déjà faire leurs malles.

— Avec des pendules dedans.

— Il n'en rentrera pas un en Prusse.

— Je viens donc vous proposer, citoyens, de décider,
séance tenante, une sortie en masse !

A peine le sédentaire avait-il lâché ce mot tragique
dont cinq mois de mécomptes n'avaient point encore
diminué l'influence, qu'une agitation incroyable se ré-
pandit dans la foule.

Des clameurs aussi assourdissantes que patriotiques
réveillèrent les échos de la salle qui ne renvoyaient d'ha-
tudes que les doux accords du piston.

— Oui ! oui, en masse ! en masse.

Quelques citoyens se levèrent en réclamant sur le mode
aigu des chassepots pour le sexe faible.

Le gamin se mit à glapir.

— A Berlin ! à Berlin !

Ce cri un peu démodé jeta un certain froid.

L'orateur saisit cette occasion de réchauffer l'enthousiasme.

— Et pourquoi pas, citoyens ! Pourquoi ne les recon-
duirions-nous pas chez eux, ces suppôts du despote ?

Faisons-la demain matin, cette sortie ! qu'elle soit ce
que doit-être la guerre d'un peuple libre... torrentielle,
citoyens.

— Bravo ! bravo ! vive la sortie.

— Et maintenant, reprit le belliqueux milicien, pour que
les militaires ne viennent pas arrêter notre élan, que l'élément civil, qui n'est rien encore et qui devait-être tout,
pour que l'élément civil, dis-je, ait seul la gloire d'avoir
sauvé la patrie, je demande que le club se déclare en
permanence et qu'un registre soit ouvert afin de recevoir
les noms des courageux citoyens ici présents qui voudront s'inscrire.

On sortira en masse, demain matin, à l'ouverture des portes.

Cette dernière phrase fut accueillie par des trépignements frénétiques et, à la vue d'un énorme cahier qui avait déjà servi plus d'une fois à des manifestations de ce genre et que le président fit apporter sur le bureau, l'enthousiasme ne connut plus de bornes.

On allait se précipiter pour signer, quand une citoyenne, coiffée du chapeau ciré des vivandières, se leva dans la galerie et mettant ses poings sur ses hanches s'adressa en ces termes aux patriotes torrentiels :

— Pas de ça, Lisette ! celle-là, nous la connaissons, mes petits agneaux ! vous fileriez tous en douceur après après avoir signé vos noms sur la pancarte.

Je demande que les bons zigues qui veulent tomber sur le casaquin aux Prussiens aillent se mettre là-bas dans le fond derrière le bureau du petit mayeux qui préside.

Comme ça ils ne pourront plus se la briser, et demain matin, c'est moi qui leur verserai la goutte avant de partir du pied gauche.

La motion obtint un succès complet.

Quoiqu'elle ne fût peut-être pas de goût de plusieurs citoyens, elle obtint des citoyennes une si bruyante approbation que la partie masculine de l'assistance n'osa pas reculer.

Taupier rengaîna son registre et le défilé des futurs héros commença.

— Est-ce que vous comptez suivre ces imbéciles-là ? demanda Taupier en poussant le coude de Frapillon.

— Pas si bête, répondit tout bas le caissier, quoique j'aie dans l'idée que ça n'engage pas à grand'chose.

La réflexion du diplomate de la rue Cadet indiquait une profonde connaissance du cœur humain, car au bout d'un quart d'heure, la cantinière s'écria d'un voix tonnante :

— Ah ! les *clampins* ! Il y a une porte de sortie sur l'impasse d'à côté et ils *décanillent* à la sourdine.

Cette révélation fut le signal d'un tumulte épouvantable.

Taupier se couvrit majestueusement et déclara la séance
levée.

Frapillon se replia en bon ordre avec Pilevert vers l'entrée du boulevard.

Le gamin trouva moyen de se faufiler derrière eux.

Quand il eut réussi à se dégager de la foule, J.-B. Frapillon se trouva fort perplexe.

Il tira sa montre et constata qu'il était près de minuit.
C'était bien l'heure où la visite du chalet devenait possible, à condition cependant d'attendre que le tumultueux
public qui sortait du club se fût écoulé complètement.

La rue de Laval, très voisine de la salle des séances,
allait être sillonnée pendant un certain temps par les
groupes des partisans de la sortie torrentielle, lesquels
appliquaient momentanément leur principe, car ils se
ruaient en masses bruyantes par toutes les voies abou-
tissant au boulevard.

L'instant aurait été mal choisi pour tenter l'expédition
nocturne que le caissier méditait.

Encore qu'il fût muni des clés dérobées à Renée de
Saint-Senier endormie, il ne se souciait pas d'ouvrir devant les passants indiscrets la petite porte de la muraille.

Il s'agissait donc de tuer le temps pendant une heure
ou deux, et avec la compagnie de l'hercule, ce n'était pas
très commode, car ce dévoué satellite était affligé d'une
soif inextinguible et parlait déjà de se mettre à la recherche d'un cabaret.

L'idée vint à Frapillon de s'assurer si, par hasard, la
séance publique n'allait pas être suivie d'une réunion
secrète.

Il connaissait à merveille les habitudes du comité, puisqu'il en faisait partie, et il savait le chemin de l'entrée
réservée.

Cette entrée qui, avant le siège, était celle des musi-
ciens du bal, venait de servir au départ précipité des per-
ceurs de lignes prussiennes.

Elle donnait sur une étroite impasse que la foule remplissait encore, et l'agent d'affaires allait essayer de remonter le courant des fuyards, quand il faillit heurter un petit homme qui descendait rapidement vers le boulevard.

Il se rangea assez vite pour que ce passant si pressé ne fît pas attention à lui, mais en se retournant, il reconnut parfaitement la grotesque tournure de Taupier.

Presque aussitôt, un grand corps, perché sur de longues jambes, rasa le mur de la ruelle et suivit les traces du bossu.

C'était Alcindor qui emboîtait ainsi le pas au président, et son apparition fugitive arracha un grognement à maître Antoine Pilevert.

J.-B. Frapillon avertit son acolyte d'un coup de coude et reprit sans affectation le chemin par lequel il était venu.

— Où diable s'en vont-ils de ce train-là? murmurait-il en accélérant sa marche; il faut que je voie ça, avant d'aller rue de Laval.

L'hercule avait pris aussi le pas gymnastique, non sans donner des marques prononcées de mécontentement.

Après dîner, et, surtout après boire, il aimait par-dessus tout à aller se coucher, à moins qu'une occasion ne s'offrît d'ingurgiter quelque nouveau liquide, et la tournure que prenaient les choses ne lui plaisait guère.

— Est-ce que nous allons piétiner longtemps comme ça? demanda-t-il d'un ton bourru; les jambes me rentrent et le gosier me pèle.

— Il faut savoir souffrir pour revoir Bradamante, répondit sèchement Frapillon.

Cette allusion à sa jument regrettée eut le pouvoir de calmer Pilevert.

— Je ne dis pas, murmura-t-il; mais enfin je croyais que vous aviez besoin de moi ce soir.

— Et vous avez raison de le croire, mon cher Antoine.

— Ah! c'est que voyez-vous, à cette heure-ci, j'ai sommeil, et quand j'ai sommeil, je ne suis bon à rien.

— La besogne va commencer, mon brave, et pour vous

réveiller, tenez, nous allons d'abord suivre nos amis qui détalent là-bas.

— Qui ça? Alcindor et le bossu.

— En personne, mais dépêchons-nous, car les voilà qui se jettent dans les petites rues qui montent aux buttes et nous allons les perdre.

— Oh! si ce n'est que ça qui vous inquiète, il n'y a pas de danger. Allez! Je sais où ils vont.

— Bah! et où vont-ils?.

— Dans une espèce de turne, ici, tout près. C'est là qu'ils tiennent leur sabbat de la *Pleine Lune*, comme ils l'appellent, une fois par semaine.

— Pas possible; je le saurais.

— Non, ils se défient de vous et c'est cet imbécile d'Alcindor qui à monté ce coup-là.

— C'est bon à savoir, dit Frapillon entre ses dents, mais est-ce que vous êtes reçu là-dedans, vous?

— Oui et non; je suis chargé de faire le portier et même j'avais reçu l'ordre de venir ce soir, mais ma foi! ça m'*embête* trop de rester en faction jusqu'à des deux ou trois heures du matin et c'est fini, je les lâche.

— Mon cher Pilevert, vous les lâcherez demain, mais aujourd'hui vous allez me conduire à l'endroit en question.

— Je ne demande pas mieux, c'est à deux pas. Seulement, défiez-vous, car ils vous en veulent à mort.

— Je ne les crains pas; marchons!

— Marchons! répéta l'hercule avec un soupir.

Il pensait à son lit qui l'attendait dans un garni du voisinage et à la bonne pipe qu'il aurait fumé en se couchant.

Les préoccupations de J.-B. Frapillon étaient pour le moment d'une nature plus sérieuse.

Il commençait à s'inquiéter beaucoup des agissements de ses co-associés, et ce changement du lieu des séances secrètes ne lui disait rien de bon.

Pour que lui, caissier de la société et membre du Comité directeur, n'eût pas été informé de ces nouvelles réunions, il fallait qu'on eût pris à son encontre des résolutions bien graves.

Mais c'était à ses yeux une raison de plus pour en finir tout de suite avec une situation fausse, et il se croyait assez fort pour intimider les meneurs.

Taupier et le paillasse avaient disparu, l'un après l'autre, dans une ruelle obscure, parallèle à l'impasse où se trouvait la petite entrée du club, mais débouchant un peu plus loin sur le boulevard.

Tout le versant de Montmartre est percé de voies qui descendent perpendiculairement des hauteurs vers l'ancien chemin de ronde et qui ne brillent ni par l'éclairage ni par la propreté.

On ne s'y aventure guère à moins d'y avoir élu domicile, et les plus étroites semblent ouvertes tout exprès pour abriter des conspirateurs.

J.-B. Frapillon, perdu dans ses réflexions, suivait l'hercule, lequel arpentait lourdement les trottoirs glissants de la venelle mystérieuse.

Vers le milieu de ce coupe-gorge où pas un seul bec de gaz ne s'allumait, depuis que le siège avait nécessité le rationnement de l'éclairage, Pilevert s'arrêta devant la porte ouverte d'une allée, en disant :

— C'est là.

— Où? je ne vois rien.

— Vous verrez tout à l'heure, dit l'hercule avec un gros rire ; prenez le bout de ma vareuse et marchez doucement.

Le caissier n'aimait pas l'obscurité ailleurs que dans les affaires où il pêchait en eau trouble, et il eut un instant la velléité de renoncer à son expédition.

Mais il était trop avancé pour reculer ; d'ailleurs il lui avait semblé entendre marcher vers le bas de la ruelle, et il ne se souciait pas de se heurter, en retournant sur ses pas, à des passants inconnus.

Il suivit donc bravement le saltimbanque dans cette

allée basse et puante où il touchait la muraille des deux
côtés.

— Faites attention, nous allons descendre une vingtaine de marches, murmura Pilevert.

— C'est donc dans la cave que nous allons?

— Justement, et une drôle de cave, encore.

En effet, le guide s'engagea avec précaution dans un
escalier tournant encore plus noir que le corridor.

Frapillon, qui ne l'avait pas lâché, compta dix-neuf
degrés avant d'arriver devant une porte sous laquelle on
voyait filtrer un faible rayon de lumière.

L'hercule n'eut qu'à la pousser pour qu'elle tournât
sans bruit sur ses gonds.

Les deux arrivants se trouvèrent en présence d'un
homme qui lisait assis devant une petite table, à la lueur
douteuse d'une lampe de cuivre.

A leur aspect, ce personnage se leva avec une lenteur
majestueuse et se livra à des gestes bizarres.

Il ôtait le chapeau tromblon qui couvrait son crâne
chauve, l'agitait deux fois et le remettait en place pour
recommencer aussitôt le même manège.

— Finissez vos simagrées, vieux pipelet, dit brusquement Pilevert, je viens vous relever de faction.

— Tiens, c'est vous, citoyen! dit gravement ce gardien
vénérable en rabaissant sur son nez ses lunettes d'or, je
croyais que vous ne deviez pas venir ce soir.

— Il paraît que si, puisque me voilà.

— Mais vous n'êtes pas seul à ce que je vois et...

J.-B. Frapillon jugea qu'il était temps de couper court
aux étonnements de l'homme au chapeau qui n'était autre
que le vénérable Bourignard, portier et serviteur de Valnoir, lequel l'avait enlevé momentanément à sa loge de la
rue de Navarin pour lui confier la garde de la *Pleine Lune*.

L'homme d'affaires exhiba subitement un objet dont
la vue parut inspirer un profond respect au concierge
démocrate.

— Un membre du comité directeur ! s'écria-t-il en reconnaissant la médaille distinctive que Frapillon lui avait mise sous le nez.

Excusez-moi, citoyen, j'étais absorbé par la lecture des œuvres du grand Saint-Just, et je...

— C'est bon, en v'là assez, interrompit l'hercule ; introduisez monsieur.

— Par ici, citoyens, par ici, dit avec empressement Bourignard, en soulevant une portière derrière laquelle on entendait un bruit de voix confuses.

Le lieu où Bourignard avait reçu les deux visiteurs était une sorte de caveau circulaire et voûté dont il était difficile de deviner la destination.

Les murs y étaient tendus d'une vieille étoffe noire fort usée, qu'on aurait prise pour une draperie à l'usage des pompes funèbres, car elle était semée de virgules blanches figurant des larmes.

Dans un coin, gisaient entassés des objets bizarres, parmi lesquels on remarquait deux ou trois têtes de mort.

J.-B. Frapillon pensa, non sans raison, que ces accessoires hétéroclites avaient dû servir aux mystères de quelque loge maçonnique, et il commença à s'expliquer que les membres du comité directeur eussent choisi ce local souterrain pour y tenir leurs séances.

De la vieille friperie des Enfants de la veuve aux excentricités de la religion inventée par Alcindor, il n'y avait pas bien loin, et cette cave semblait véritablement prédestinée.

Bourignard avait soulevé la portière en serge moisie qui donnait accès dans le sanctuaire de la *Pleine Lune*, et s'apprêtait à introduire lui-même un adepte aussi gradé que l'était J.-B. Frapillon.

Mais l'hercule le tira brusquement par le bras, en lui disant ces mots peu polis :

— A bas les pattes, et collez-vous à votre place, papa ; c'est moi qui suis de service ici.

— Suffit, citoyen, suffit ! murmura le concierge, froissé

dans sa dignité, je vais reprendre la lecture des œuvres de Saint-Just.

Frapillon avait trop de soucis en tête pour s'arrêter longtemps à régler la question de préséance entre ses subalternes.

Il franchit avec beaucoup de dignité le passage que Bourignard venait de lui livrer et le laissa se débattre avec Pilevert.

La portière cachait un couloir qu'il parcourut en trois pas pour arriver à une porte mobile au-delà de laquelle se tenait le conciliabule.

Quand la tapisserie fut retombée derrière lui, le caissier se trouva dans une obscurité tempérée par des infiltrations de lumière qui se glissaient sous ces clôtures imparfaites.

En même temps, il entendait distinctement le bruit d'une discussion très animée.

Il n'était séparé des interlocuteurs que par un battant en bois mince, et il ne tenait qu'à lui d'écouter.

D'autres, poussés par des préjugés d'éducation, se seraient crus obligés d'entrer sur-le-champ, mais Frapillon n'était pas assez chargé de scrupules pour sacrifier ses intérêts à de vaines considérations de savoir-vivre.

Il pensa qu'il pouvait être avantageux pour lui d'écouter, et il écouta.

Du reste, il ne perdit pas ses peines.

Les voix et même les paroles arrivaient jusqu'à lui aussi nettement que s'il eût été dans la salle, et il n'eut pas besoin d'user longtemps de ses facultés auditives pour constater qu'on parlait de lui.

Au ton animé des orateurs, il pouvait conjecturer que la discussion était engagée depuis longtemps, et il fit cette réflexion que Taupier et Alcindor avaient dû rejoindre tardivement la réunion.

Ils s'étaient sans doute dévoués pour présider et pérorer publiquement au club, pendant que la *Pleine Lune* tenait ailleurs une séance bien autrement importante que les parades à l'usage des badauds.

Ils ne faisaient donc que d'arriver dans la cave, mais ils semblaient vouloir rattraper le temps perdu, car Frapillon distingua tout d'abord l'organe traînard du paillasse, alternant avec la voix enrouée du bossu.

— Il vaut mieux en finir cette nuit, grommelait Taupier.

— Pas avant de l'avoir entendu, répondait Alcindor avec son accent lent et niais.

— Et pourquoi faire l'entendre? reprenait le publiciste contrefait; nous avons voulu l'interroger tantôt dans le cabinet de la rédaction, et tu as vu comme il a filé.

— C'est égal, insistait l'élève de maître Pilevert, moi je suis pour qu'on observe la forme.

— Comme Bridoison, parbleu!

— Je méprise cette allusion tirée d'une littérature frivole, s'écriait Alcindor exaspéré.

Une voix plus posée mit un terme à cette discussion qui menaçait de dégénérer en dispute, et Frapillon n'eut pas de peine à reconnaître le ton sec et railleur de son ami Valnoir.

— Venons au fait, disait le rédacteur en chef du «Serpenteau;» vous voulez forcer le caissier de la société à nous rendre ses comptes.

— Oui! oui! cria le chœur des affiliés.

— Très bien! mais permettez-moi de vous dire que vous n'en serez pas beaucoup plus avancés.

Ce ne sont pas les comptes qu'il faudrait lui faire rendre, c'est l'argent.

— Compte là-dessus, farceur, murmura Frapillon qui ne perdait pas une syllabe.

— Je l'entends bien comme ça, reprit Taupier, et, si je n'avais pas été obligé d'aller présider là-bas le club des imbéciles, je vous aurais évité la peine de parler pour ne rien dire.

J'ai un moyen de rattraper les écus.

L'homme d'affaires poussa un grognement de rage et colla de plus belle son oreille contre la porte.

— Voyons, continua le bossu, à votre idée, combien le vertueux Frapillon a-t-il encaissé à peu près, depuis que la *Lune* est fondée.

— Au moins trois cent mille francs, crièrent à la fois quatre ou cinq sociétaires.

— Bon ! c'est dans ces prix-là ! Eh ! bien, l'homme vertueux en question a acheté la semaine dernière trois titres de rente au porteur de six mille francs chacun qui représentent à peu près votre somme, et je sais où ils sont.

Cette affirmation fut accueillie par un de ces murmures que les comptes rendus des débats législatifs expriment par ces mots : « Rumeurs diverses. »

Evidemment, la respctable société s'étonnait de cette révélation et se demandait le parti qu'on en pouvait tirer.

— Les susdites inscriptions, reprit Taupier, sont contenues dans un portefeuille rouge, soigneusement fermé à clé...

Le cœur du caissier se serra en entendant divulguer ce détail trop précis.

— Et ce portefeuille a été confié au nommé Molinchard, soi-disant docteur et certainement idiot.

— Ah ! canaille ! il aura parlé, murmura Frapillon qui fut obligé de s'appuyer au mur pour ne pas tomber, tant son émotion était vive.

— Voici donc ce que je propose, continua l'imperturable bossu.

A l'heure qu'il est, notre mangeur de grenouille doit être couché dans son appartement de la rue Cadet, comme un citoyen rangé qu'il a la prétention d'être.

Il est bien tranquille, parce qu'il a mis le magot à l'abri, et, le jour où Paris aura capitulé, ce qui, entre nous soit dit, ne tardera pas beaucoup, ce jour-là, il niera le dépôt et je suppose que vous n'irez pas réclamer devant les tribunaux de la réaction.

L'homme d'affaires grinçait des dents en s'entendant dévoiler ainsi.

— Dans ces cas-là, mes très chers frères, dit l'orateur en nasillant avec affectation, je ne connais qu'un moyen d'obtenir justice, c'est de se la faire soi-même.

— Avec ça que c'est facile, murmura la voix de Valnoir.

— C'est simple comme bonjour. Nous avons ici pas mal de reçus de cotisations signés en blanc : « J.-B. Frapillon » avec un paraphe superbe.

Je me charge d'écrire au dessus de la griffe de notre excellent ami quelques mots bien sentis comme par exemple : « remettre le portefeuille rouge au porteur du présent : » je porte illico ce poulet à Molinchard qui perche à deux pas d'ici, et dans une heure, au plus, je vous rapporte l'infâme capital.

— Tu me le payeras, gredin ! dit tout bas Frapillon en serrant les poings.

Contrairement à ce qu'il attendait, l'insidieuse proposition du bossu ne paraissait pas avoir été accueillie avec un vif enthousiasme.

L'assistance gardait un silence prudent qui ne prouvait pas une bien grande confiance dans la probité de Taupier.

Une voix s'éleva cependant pour dire :

— Il faut déléguer trois sociétaires pour aller chercher le portefeuille.

— Qu'à cela ne tienne ! répondit le bossu ; je ne suis pas fier quand il s'agit des intérêts de la société et la précaution ne me blesse pas.

Choisissez mes deux assesseurs et passez-moi un reçu Frapillon, que je rédige la requête à Molinchard.

C'en était trop.

Le caissier soupçonné qui écoutait ce dialogue depuis un quart d'heure ne se possédait plus.

Il poussa brusquement le battant mobile et il se montra

aux regards stupéfaits des membres du Comité directeur.

Son apparition produisit sur les citoyens de la Pleine
Lune l'effet de la tête de Méduse.

Chacun resta cloué dans l'attitude qu'il avait prise avant
le coup de théâtre.

Valnoir renversé dans un fauteuil, Alcindor debout sur
ses longues jambes et Taupier penché sur la table pour
y perpétrer le faux qu'il méditait.

Le reste de l'assistance, composée d'une douzaine d'affiliés, se partageait entre deux poses.

Ceux qui se sentaient terrifiés de cette entrée baissaient
piteusement la tête, et ceux que la nature avait doués
d'un tempérament fougueux s'étaient jetés au-devant de
l'intrus.

Le tableau valait assurément la peine d'être contemplé.

Une longue table chargée de papiers et de cruchons de
bière donnait à la scène une vague ressemblance avec le
festin de Balthazar, interrompu par la main vengeresse
traçant sur la muraille le Mané, Thécel, Pharès.

J. B. Frapillon, qui jouait dans cette circonstance le
rôle de la vengeance céleste, ne se montra cependant pas
trop sévère.

Pendant qu'il écoutait à la porte, il avait eu le temps de
faire son thème et il était bien résolu à procéder par la
douceur.

— Quelle drôle de mine vous faites là tous ! dit il en
riant d'un rire froid qui aurait donné la chair de poule à
un vieux troupier.

Le bossu, qui avait repris un peu de sang-froid, se
chargea de répondre pour ses acolytes pétrifiés.

— Dam ! tu comprends, nous ne t'attendions pas, et,
par le temps qui court !...

— Vous vous défiez des agents de police, c'est très bien ;
mais pourquoi ne pas m'avoir averti que la Pleine Lune
se tenait ici.

Cette question fut faite sur un ton de bonhomie auquel

le cénacle, si défiant qu'il fût, pouvait bien se tromper.

— Mais, dit Valnoir, presque rassuré, tu comprends que nous ne pouvions pas nous réunir dans la salle ordinaire du club, un soir de séance publique.

— Il me semble pourtant que ce ne serait pas la première fois; la petite porte de l'impasse est là pour rentrer après que les serins sont sortis.

— Mauvaise affaire, grommela Taupier. J'ai appris que nous avions été signalés...

— Au reste, peu importe. Le nouveau local me paraît bien choisi, et puisque ce brave Pilevert a pu m'y conduire, tout est pour le mieux.

— Ah! c'est cet animal qui t'a dit...

Valnoir, qui avait laissé échapper cette exclamation, s'arrêta à temps.

Frapillon ne fit pas semblant d'avoir entendu et reprit avec un calme superbe :

— Je suis très heureux d'avoir rencontré ce cher hercule, car vous devez bien penser que j'avais hâte de vous voir.

— Et pourquoi? demanda impudemment le bossu.

— Pourquoi? mais, parbleu! pour compléter les explications que j'avais commencé à vous donner, tantôt, au bureau de la rédaction.

— Les... explications? répéta Valnoir, très surpris.

— Ah! ça, voyons, nous n'allons pas jouer au fin, je pense, reprit tranquillement le caissier en s'emparant d'une chaise sur laquelle il se plaça à califourchon, faisant face à l'aréopage.

Vous m'avez déclaré, pas plus tard qu'aujourd'hui, que la société réclamait des comptes, et vous supposez bien que je me suis un peu préoccupé de les lui rendre.

— Oh! balbutia le rédacteur en chef du Serpenteau, ce n'était pas tellement pressé...

— Mon cher, reprit l'homme d'affaires, je ne suis pas journaliste, moi; je suis comptable et je ne peux pas traiter légèrement les questions d'argent. Je tiens à me justifier, puisque j'ai été dénoncé...

— Dénoncé, n'est pas le mot, murmura le bossu.

— Dénoncé, accusé, comme vous voudrez, je ne tiens pas au terme et je ne vous demande même pas à qui je dois cette mise en demeure, quoique je m'en doute un peu.

En lançant cette phrase, Frapillon regardait fixement Taupier, qui fit assez bonne contenance.

En revanche, Valnoir, ami de la belle dénonciatrice, Rose de Charmière, ne put s'empêcher de baisser les yeux.

— Je vous disais donc, continua le caissier, que je me suis occupé sur-le-champ de mettre mes comptes en règle et je vous les aurais apportés ce soir, y compris les fonds de la société, si je n'avais été fort occupé toute la soirée.

— Ah! ah! ça se trouve mal, ricana le bossu, qui entrevoyait une excuse plus ou moins bien arrangée.

— Mon Dieu! oui; d'abord j'ai dû répondre longuement à deux personnages qui avaient juré d'exterminer notre ami Valnoir.

— Bah! dit celui-ci qui n'avait pas eu connaissance des détails de la scène jouée dans l'antichambre de la rédaction, c'est donc pour cela que ce boule-dogue de Pilevert criait si haut.

— Mais, parfaitement, et je suis arrivé fort à point pour mettre le holà, car ils voulaient entrer à toute force.

— Peuh! souffla le rédacteur en chef, blasé depuis longtemps sur les réclamations de ce genre.

— S'il n'avait été question que de leur rendre raison de ton dernier éreintement de l'armée, je les aurais laissés se débrouiller avec maître Antoine, mais il s'agissait d'autre chose.

— De quoi donc?

— De ton duel de Saint-Germain, avec le Saint-Senier,

dit Frapillon à brûle-pourpoint, ils parlaient de preuves, de plainte en justice; le nom de l'ami Taupier était mêlé à tout ce bavardage...

Oh! je les ai calmés en prenant sur moi de dire que tu étais malade et en leur donnant rendez-vous dans trois jours. Mais ce n'est pas de cela que nous avons à nous occuper ce soir; revenons à mes comptes.

— Pardon, mais ces personnages, comme tu les appelles...

— Un civil et un militaire dont tu n'as pas à t'inquiéter; j'ai le moyen de parer le coup de leur prochaine visite; tu sais bien que je n'abandonne pas mes amis, moi.

Ce « moi » fut souligné de telle sorte que l'hostilité de Valnoir et de Taupier se modéra sensiblement.

Ils sentaient que leur secret était entre les mains du caissier et qu'il serait imprudent de le pousser à bout.

— Je vous disais donc, reprit Frapillon, que ces matamores m'avaient fait perdre beaucoup de temps, et ce n'est pas tout : ce cher Pilevert à voulu m'expliquer les liens qui l'unissent à sa charmante protectrice, madame de Charmière...

— Ah! murmura Valnoir, en baissant la tête pour cacher sa rougeur.

Il y avait entre le saltimbanque et la dame de ses pensées un mystère qu'il soupçonnait sans avoir jamais osé l'éclaircir, et, en apprenant que Frapillon était devenu le confident de cet ivrogne d'Antoine, il se sentait humilié.

C'était encore une raison de plus pour ne pas faire une guerre ouverte à l'homme qui tenait tant de fils redoutables.

— J'arrive à nos petites affaires, dit d'un air dégagé le diplomate de la rue Cadet.

Il s'apercevait très bien de l'effet produit par ses adroites insinuations sur les deux principaux meneurs du comité, et il se sentait maintenant sûr de son terrain, car les autres assistants n'étaient guère que des comparses dociles.

— On me demande des comptes ; je suis tout prêt à les rendre et demain soir je vous les apporterai ; mais en attendant, je puis vous renseigner sur l'emploi des fonds de la société.

Il y eut dans l'assemblée un mouvement marqué d'attention.

— Je les ai convertis provisoirement en trois inscriptions de rente que j'ai cru prudent de déposer à la banque.

Taupier eut peine à dissimuler une grimace de désappointement.

— Ma foi ! oui, reprit Frapillon, en le regardant bien en face, je les avais d'abord confiées à un ami, mais après tout, la banque, en temps de siège, c'est encore plus sûr, et je les y ai portées ce matin même.

— Nous ne te les demandons pas, dit timidement Valnoir en consultant de l'œil ses associés.

— Ah ! pardon ! mon cher ! si vous ne tenez pas à les avoir, moi je tiens à vous les rendre, dit le caissier d'un ton rogue, je n'aime pas à être soupçonné, et je prie le comité de vouloir bien se pourvoir d'un autre trésorier.

Cette proposition, assez inattendue, produisit sur les affiliés un effet que Frapillon avait parfaitement calculé.

Jamais Robert Macaire, parlant à une assemblée d'actionnaires, n'obtint un succès plus complet.

Des murmures approbateurs circulèrent d'abord d'oreille à oreille, puis des exclamations se firent jour et enfin un concert général de refus élogieux éclata sur tous les tons.

Alcindor, qui contre son habitude n'avait point encore pris la parole, se chargea de traduire les sentiments de l'assemblée.

— César, commença-t-il de sa voix solennelle, n'admettait pas que sa femme pût être soupçonnée. C'est ainsi que notre ami le vertueux citoyen Frapillon...

— C'est bon ! c'est bon ! interrompit le caissier qui jouait nonchalamment avec les bons épars sur la table, ceux-là mêmes dont Taupier voulait faire tout à l'heure un usage abusif, je n'ai pas besoin de discours et demain...

La parole lui fut coupée par l'entrée de l'hercule qui se précipitait dans la salle en criant :

— La police ! la police !

Ce cri, sous tous les régimes, a la propriété de mettre en émoi les gens qui se cachent pour perpétrer une œuvre coupable.

Certes, pendant le siège de Paris, la police fut exercée aussi platoniquement que possible par les pauvres diables à capuchon qu'on avait chargés de ce service.

Tout au plus, les gardes nationaux se permettaient-ils de temps à autre d'empoigner les gens, sous prétexte de signaux ou d'espionnage, mais les sociétés, secrètes ou autres, vécurent généralement en paix avec l'autorité.

Et pourtant, en entendant Pilevert jeter brusquement cette annonce alarmante, les affiliés de la *Lune avec les dents* se levèrent comme s'ils eussent été frappés d'une commotion électrique.

Les uns disparurent incontinent sous la table, les autres coururent affolés tout autour de la salle, pendant que les plus braves se jetaient au-devant de l'hercule pour barrer le passage à un ennemi imaginaire.

Ce fut un désarroi complet.

Taupier seul n'avait pas perdu la tête et s'occupait à faire disparaître dans ses vastes poches les pièces de conviction telles que reçus de cotisations, bons de secours etc. Valnoir était fort occupé à se draper dans une pose digne ainsi qu'il convenait à un futur martyr de la démocratie.

Alcindor, les yeux au plafond, semblait suivre dans l'air la dernière période de son dernier discours.

Quant à J.-B. Frapillon, homme pratique avant tout, il questionnait déjà maître Antoine, afin de se rendre

compte de l'événement qui semblait menacer la Pleine
Lune d'une éclipse fâcheuse.

— Voyons! qu'est-ce qu'il y a, imbécile? demanda-t-il,
en dérogeant à ses habitudes d'urbanité.

— La police! répétait le saltimbanque ahuri.

— Tu l'as déjà dit; où est-elle la police?

— Mais je vous jure, bourgeois, que j'ai entendu...

— Quoi?

— Le cri de ralliement des roussins.

— Décidément, la peur te trouble la cervelle.

Enfin, c'est égal, je vais voir ce que c'est, ajouta-t-il en
écartant l'hercule qui lui barrait le passage.

Et il sortit en lançant cette phrase à ses acolytes cons-
ternés :

— Ne bougez pas, vous autres, jusqu'à ce que je re-
vienne.

La recommandation était superflue, puisque le caveau
où siégeait le comité directeur n'avait d'autre issue que
le couloir par lequel Frapillon était entré.

Pilevert se décida à suivre son chef de file et revint
avec lui dans l'antichambre voûtée, où ils retrouvèrent
Bourignard.

— Demandez plutôt au vieux pipelet, dit le saltimbanque.

Le caissier n'eut besoin que de regarder le portier pour
reconnaître qu'il était en proie à une profonde terreur.

Son majestueux couvre-chef tremblait sur son crâne
chauve et les œuvres du grand Saint-Just gisaient à ses
pieds.

Une lecture aussi intéressante n'avait pu être interrompue que par une chose insolite et effrayante.

Cependant Frapillon ne voyait rien et, qui plus est n'entendait rien.

— Je crois, ma parole d'honneur! grommela-t-il, que
vous êtes fou.

Il n'avait pas achevé ces mots désobligeants qu'une
voix s'écria à deux pas de lui.

— Au nom de la loi, je vous arrête.

En dépit de son sang-froid invétéré, l'homme d'affaires ne put s'empêcher de tressaillir.

Il s'était retourné vivement, mais personne ne se montrait, et la voix semblait partir de l'escalier, une voix que son possesseur enflait pour la rendre terrible.

— Vous entendez, gémit l'infortuné Bourignard.

— J'entends... j'entends qu'on se moque de nous, dit Frapillon, qui connaissait assez les us et coutumes de la police pour savoir qu'elle n'annonce pas aussi bruyamment ses visites.

— Rendez-vous ! reprit l'organe mystérieux.

Cette fois la redoutable injonction porta à faux.

La voix grossie par artifice avait tourné brusquement au fausset, et, comme les agents de l'autorité émettent généralement des sons plus mâles, le caissier n'hésita point.

— Ah ! drôle ! ah ! polisson ! cria-t-il, convaincu qu'il venait d'avoir affaire à quelque gamin farceur.

Et il se précipita vers l'ouverture de l'escalier.

— Viens m'aider à l'attraper, dit-il à Pilevert.

Maître Antoine, un peu rassuré, ne fit pas de difficulté pour le suivre, et tous deux s'engagèrent, l'un derrière l'autre, dans la vis en colimaçon.

Un pas rapide et léger montait les degrés devant eux.

Il n'est pas très facile de courir dans un escalier tournant, surtout quand on n'y voit pas, et les vengeurs de la Pleine Lune n'étaient pas assez lestes pour rejoindre le fuyard.

Au moment où ils mirent le pied sur le plancher de l'allée, l'insaisissable plaisant disparaissait dans la rue, non sans leur avoir lancé en guise d'adieux cette menace :

— On vous repincera, mes petits amours.

Frapillon ne fit que deux enjambées jusqu'à la porte ouverte, mais il ne vit qu'une forme indécise qui rasait les maisons de la ruelle obscure, et il ne jugea pas à propos de continuer une chasse inutile.

13.

L'hercule venait de le rejoindre sur le seuil et soufflait de façon à montrer que la course n'était pas au nombre de ses exercices favoris.

— Ce n'était pas la peine de nous déranger pour un méchant gamin, grommela le caissier que cette alerte avait mis de fort mauvaise humeur.

— C'est égal ! il peut se vanter de nous avoir fait une fière peur.

— Peur ! parlez pour vous, maître Pilevert, dit Frapillon.

— Oh ! pour moi et pour les autres qui sont en bas. Si nous allions un peu leur remettre le cœur au ventre ?

La proposition ne plut pas à l'homme d'affaires.

Il avait déjà eu le temps de réfléchir, et il se disait qu'il serait bien sot de ne pas profiter de cette ridicule aventure pour couper court à ses explications avec le comité directorial.

Déjà, dans la journée, il s'était fort bien trouvé d'avoir quitté brusquement le cabinet de Valnoir et ce nouveau départ impromptu sauvait encore une fois la situation.

Il avait dit tout ce qu'il avait à dire pour le moment et, en jetant adroitement à ses acolytes l'indication du dépôt à la banque des trois titres de rente, il s'était mis à l'abri des entreprises nocturnes proposées par Taupier.

Rien ne l'empêchait donc de se donner le malin plaisir de laisser les membres de la Pleine Lune en proie à une profonde terreur.

L'heure était venue d'ailleurs de procéder à une opération plus sérieuse et d'utiliser autrement les services de l'hercule.

— Laissons-les se débrouiller, dit-il en faisant craquer ses doigts par un geste dédaigneux ; nous avons d'autres chiens à fouetter que de rassurer ces *fouinards*.

— Ma foi ! je ne demande pas mieux que de planter là ma faction, murmura Pilevert ; cet animal de portier m'assommait avec son bouquin. Je vous demande un peu cette idée de vouloir me lire les discours d'un saint.

Les graves préoccupations de Frapillon ne l'empê-
chèrent pas de sourire en entendant son satellite prendre
pour un nom du martyrologe celui du plus dogmatique
des révolutionnaires.

Mais il revint bien vite à son grand projet.

— Mon brave, dit-il d'un ton sérieux, voici l'instant de
gagner Bradamante.

— Ca me va ! cria Antoine avec enthousiame.

— Alors filons, vite.

— Où allons-nous ?

— A deux pas d'ici.

Après ce dialogue concis, les deux hommes s'achemi-
nèrent vers le boulevard, sans échanger de paroles inutiles.

Au tumulte de la sortie du club avaient succédé le
silence et la solitude.

On n'entendait d'autre bruit que celui des pas mesurés
d'un garde mobile en faction à l'entrée des baraques, et
on ne voyait que sa silhouette se promenant sous les
maigres arbres de l'allée.

Tout en traversant la place Pigale pour gagner la rue
Frochot, J.-B. Frapillon pensait à son expédition et
en calculait les difficultés.

Jusqu'à ce moment, tout avait marché à souhait et rien
ne pouvait faire prévoir que la visite du chalet dût être
troublée.

Comme un acteur qui repasse son rôle avant d'entrer
en scène, le diplomate de la rue Cadet se remémorait
toutes les trames ourdies en vue du projet qu'il allait
exécuter.

Il en calculait la valeur et cherchait s'il ne restait pas
quelque lacune dans ces combinaisons savantes.

Mais, en vérité, rien y manquait, et il eut beau examiner
scrupuleusement ses chances, il n'en trouva pas une
mauvaise.

Renée et sa tante, enfermées à la villa des Buttes, ne lui
donnaient aucune inquiétude, et, quant aux défenseurs de

la famille de Saint-Senier, il y avait longtemps qu'ils n'é-
taient plus à craindre.

Avant de s'engager dans la rue de Laval, Frapillon se
retourna pour s'assurer qu'il n'était pas suivi.

Il ne vit personne.

En hâtant le pas et en s'appuyant sur le bras de Pilevert, à seule fin de ne pas le lâcher, il arriva devant la
petite porte qui donnait accès dans le pavillon.

Il s'agissait avant tout d'opérer promptement.

La rue de Laval était déserte, mais un passant pouvait
se présenter d'un instant à l'autre et une longue station
eût été une grave imprudence.

Les difficultés commençaient dès le début de l'entreprise, car Frapillon n'était pas absolument sûr de pouvoir franchir ce premier pas.

Il se rappelait parfaitement avoir vu Renée de Saint-
Senier presser un ressort qui faisait jouer la serrure,
quand elle l'avait introduit elle-même dans le chalet le
soir de leur rencontre sur la place Pigale. Mais il ne savait pas au juste où il fallait appuyer et les tâtonnements
pouvaient faire perdre un temps précieux.

Il avait bien dans sa poche le trousseau de clefs qu'il
avait dérobé à la jeune fille pendant son sommeil léthargique, mais d'abord il n'était pas certain que celle de la
petite porte s'y trouvât.

Et puis, il voulait éviter de montrer à l'hercule la véritable nature de l'entreprise à laquelle il l'avait associé
sans le consulter.

Pilevert n'était pas très chargé de scrupules ; cependant il pouvait n'être pas disposé à se mêler d'une violation de domicile à l'aide de fausses clefs ; sans compter
que la circonstance aggravante de la nuit devait le faire
hésiter.

Il importait donc à Frapillon de se donner vis-à-vis de
son satellite l'air d'un homme qui entre par des moyens
licites dans une maison à lui connue.

Aussi ne tenait-il pas à faire en sa présence des essais

qui auraient pu éveiller des soupçons dans son épaisse cervelle.

— Dites donc, mon brave, lui glissa-t-il à l'oreille, regardez un peu à droite et à gauche pour voir si personne ne nous observe.

— C'est donc ici que nous avons affaire ? demanda maître Antoine assez surpris.

— Oui, dans le jardin qui est au delà de ce mur, répondit brièvement le caissier, mais faites ce que je vous dis pendant que je vais ouvrir.

— Tiens ! je ne me serais pas douté qu'on pouvait entrer par là, reprit le saltimbanque en s'éloignant pour gagner le milieu de la chaussée.

Frapillon, en se retournant, le vit occupé à sonder de l'œil les profondeurs de la rue, fort mal éclairée, et se hâta de profiter du moment pour chercher le ressort.

La porte était semée de gros clous, et, comme la nature avait doué le caissier de l'instinct particulier aux voleurs et aux policiers, il se douta tout de suite que le secret devait être dans un de ces boutons de fer.

Il les tâta donc rapidement et sa chance ordinaire ne lui fit pas défaut.

Au quatrième clou qu'il pressa, la porte s'ouvrit.

Au moment même où elle cédait, Pilevert quittait son poste d'observation pour se replier sur son chef.

— Vous n'avez rien vu ? demanda Frapillon.

— Rien, si ce n'est quelque chose de noir qui grouille là-bas sur le trottoir au coin de la rue Frochot.

— Ah ! murmura l'homme d'affaires en se tenant prêt à refermer la porte si besoin était.

— Je crois que ça doit être un chat ou un chien.

— Hum ! en temps de siège, ces animaux-là sont tous à la broche.

— Il fait noir comme dans un four et je ne vois pas très bien, mais, pour sûr, ce n'est pas un homme.

Au reste, si vous voulez, je vais aller voir là-bas de quoi il retourne.

Pour rien au monde Frapillon n'aurait lâché l'hercule.
Il avait bien trop peur qu'il ne lui prît en route un remords
de conscience et qu'il ne revînt pas.

— Non, ce n'est pas la peine, entrons vite, dit-il en
entrebâillant la porte pour le faire passer le premier.

Il venait de réfléchir que le mieux était encore de brusquer le dénouement.

En supposant même qu'il y eût quelqu'un au bout de la
rue, on ne courait pas grand risque d'être vu en disparaissant rapidement derrière la muraille.

Pilevert passa sans se faire prier et Frapillon le suivit,
en se glissant comme une anguille.

Une fois en dedans de la clôture protectrice, il repoussa
prestement le battant, qui se referma sans bruit.

Après quoi il fit une pesée pour s'assurer que le pêne
tenait bien dans la serrure, et, se sentant désormais à
l'abri des regards indiscrets, il laissa échapper un soupir
de satisfaction.

Maintenant que le passage difficile était franchi, il
pensa que le moment était venu de faire un peu de diplo-
matie.

Quel que fût l'abrutissement de l'hercule, Frapillon
n'avait jamais espéré qu'il se prêterait à exécuter tous ses
ordres sans un bout d'explication préalable.

Ce n'était pas ce qui l'embarrassait, du reste, car il trouvait des mensonges comme d'autres trouvent de bonnes
pensées; mais encore fallait-il inventer une histoire
appropriée à l'intelligence de Pilevert.

Celui-ci se tenait debout, appuyé à la muraille et
regardant vaguement l'allée de tilleuls dont le berceau
s'arrondissait devant lui.

— C'est à vous, ce jardin-là? demanda-t-il d'un air assez
étonné.

— Oui, mon brave, mais je n'y viens pas souvent,
répondit Frapillon, et il faut que j'aie une fameuse confiance en vous pour vous y amener.

— Bah! dit l'hercule en ouvrant de grands yeux.

— Ecoutez, mon cher Antoine, reprit le caissier sur un ton cordial et familier, vous me plaisez et je n'ai pas de secrets pour vous.

— Oh ! je suis muet comme la tombe, s'écria le saltimbanque.

Il ne se vantait qu'à moitié, car il ne devenait loquace qu'après boire, et dans la vie ordinaire il était fort silencieux.

— Sachez donc, mon bon ami, que j'ai ici une petite propriété où je dépose mes papiers et même — ceci entre nous — mon argent, parce que, voyez-vous, par le temps qui court, on ne peut pas prendre trop de précautions.

— Ça c'est sûr, à preuve que ces journalistes de malheur parlaient tantôt de vous soulever votre magot.

— Justement, mon cher, et c'est à cause d'eux que je suis obligé de me garder à carreau; aussi je ne viens jamais ici que la nuit et je n'aime pas beaucoup à y venir seul, parce qu'un mauvais coup est bientôt fait.

— Alors, c'est pour vous défendre contre ces clampins-là que vous m'avez amené ?

— Oui, mon vieil ami, reprit Frapillon, qui devenait de plus en plus tendre, et je sais que je puis compter sur vous.

— Contre le bossu et les autres, je suis votre homme.

— Aussi, continua l'insinuant caissier, j'ai une idée et vais vous faire une proposition qui, je l'espère, ne vous sera pas désagréable.

— Si c'est de me rendre Bradamante tout de suite...

— Ça, mon cher, vous savez bien que c'est convenu ; je vous l'ai promis et je ne manque jamais à ma parole.

— Alors vous me donnerez...

— Les deux mille francs ?... mais demain, mais cette nuit, si vous voulez; je viens ici pour les prendre dans ma caisse.

Pilevert ouvrit les bras et se jeta sur le caissier pour l'embrasser dans un élan de reconnaissance.

Mais Frapillon, qui redoutait ses étreintes par trop herculéennes, se recula en disant :

— Ça ne vaut vraiment pas la peine de me remercier et, d'ailleurs, nous n'avons pas de temps à perdre.

Laissez-moi finir ce que je voulais vous dire.

— Allez-y ! s'écria le saltimbanque enthousiasmé.

— La jument et la carriole sont à vous, c'est entendu; mais, elles ne vous serviront pas à grand'chose pendant le siège.

— Le fait est, murmura maître Antoine, que ce n'est pas commode de passer la barrière pour aller courir les foires.

— Eh ! bien ! en attendant que nous soyons débarrassés des Prussiens, j'ai trouvé pour vous un emploi qui ne vous déplaira peut-être pas.

— Ah ! mille trompettes ! il voudra toujours mieux que le métier que je fais.

— Je le crois, car il s'agit tout simplement de garder ce pavillon qui est là-bas au bout de l'allée.

— Garder ce pavillon ?

— Oui; vous aurez au rez-de-chaussée un très joli logement et rien à faire qu'à fumer votre pipe et à vider une barrique de vin que je ferai mettre en cave à votre intention.

— Si ça me va ! je crois bien, grommelait Pilevert en joignant les mains pour exprimer son admiration.

— Alors, demain, je vous installe.

— Et ce soir ?

— Ce soir, mon brave, vous allez me faire le plaisir de m'attendre ici pendant que je monterai là-haut, chez moi.

— Ça y est. Serez-vous longtemps ?

— Une heure tout au plus. Vous comprenez que je me défie de tout et que je serai plus tranquille quand je saurai que vous êtes en faction derrière cette porte.

— Soyez tranquille, personne n'entrera.

— Maintenant, si par hasard, j'avais besoin de vous,

mon cher Antoine, je vous appellerais avec ceci, dit Frapillon en tirant de sa poche un sifflet d'argent.

-- C'est dit, je n'oublierai pas la consigne et vous pouvez compter sur moi.

— Une poignée de main et à bientôt, dit Frapillon en tendant le bout de ses doigts à l'hercule, qui les serra vigoureusement.

Et il s'achemina vers le pavillon.

J.-B. Frapillon savait bien ce qu'il faisait en brusquant la conversation avec l'hercule.

Maître Antoine, comme tous les hommes chez lesquels la force physique prédomine, était fort accessible à l'influence d'une volonté énergiquement exprimée.

Il ne connaissait guère de bras assez vigoureux ni de poignets assez solides pour le coucher par terre, mais il s'inclinait facilement devant une certaine supériorité d'esprit, pouvu qu'elle se traduisît par un ton de commandement.

Si le caissier avait eu la maladresse de prolonger l'entretien, Pilevert aurait peut-être trouvé des objections ; tandis qu'en le bombardant de phrases courtes et impératives, il l'avait cloué sur place.

Après avoir fait quelques pas sous l'allée de tilleuls, il se retourna et il eut la satisfaction de constater que son séide lui obéissait ponctuellement.

Le frère de la belle Rose de Charmière se promenait devant le mur de la rue, et semblait prendre à cœur ses nouvelles fonctions.

Il montait sa garde avec plus de vigilance que les agents de l'autorité d'alors, auxquels il était d'ailleurs bien supérieur sous beaucoup d'autres rapports.

Pour ravoir son cheval et sa voiture, il se sentait capable de tenir tête à une émeute, et c'est en quoi il différait radicalement des gardiens de la paix, aujourd'hui légentaires.

Rassuré sur son compte, Frapillon s'enfonça sous la

voûte formée par les arbres et toucha bientôt le perron
du châlet.

Ce n'était pas sans une assez vive émotion qu'il abor-
dait enfin ce lieu qu'il supposait bourré de mystères plus
ou moins exploitables.

Depuis deux jours, il avait, pour en arriver là, franchi à
pieds joints les marges du code, dont ordinairement il ne
sortait guère, et sur ce chemin on ne s'arrête pas.

Quand on a déjà sur la conscience un rapt, une séquestration arbitraire et un quasi-empoisonnement, on tient à
ne pas s'être compromis pour rien et on va jusqu'au
bout.

Aussi l'homme d'affaires était-il décidé à en finir cette
nuit même avec cette entreprise quelque peu hasardeuse,
et à ne pas laisser inexploré un seul coin du pavillon.

Il monta rapidement les marches qui conduisaient à la
porte du rez-de-chaussée, et comme il n'avait plus pour
se presser les mêmes raisons que dans la rue, il choisit à
loisir dans le trousseau volé à Renée la clef qui s'adaptait
à la serrure, et il la trouva.

La main lui tremblait bien un peu en faisant jouer le
pène, mais il avait surmonté d'autres timidités dans le
cours de son existence accidentée, et il entra sans hésiter.

Après avoir repoussé le battant, qu'il eut soin cependant de ne pas fermer, afin de conserver ses communications avec l'hercule, il tira une boîte d'allumettes de sa
poche et se procura de la lumière.

En prévision de sa visite nocturne, il s'était muni d'un
bougeoir portatif, et à la lueur tremblante de la cire en-
flammée il constata que le vestibule était exactement dans
l'état où il l'avait laissé la veille.

Des vêtements de femme étaient encore pendus aux
porte-manteaux et, sur le dossier d'une chaise, s'étalait
un châle oublié dans la précipitation du départ.

Doué comme il l'était de la mémoire des lieux, il n'eut
pas de peine à retrouver le chemin de la chambre où il

avait donné à madame de Muire une consultation perfide.

Là aussi, tout était en place.

Le livre que lisait la comtesse quand elle s'était évanouie se trouvait tout ouvert sur la table ; une tapisserie, des pelotes de laine et d'autres menus objets à l'usage de la jeune fille avaient été oubliés sur un fauteuil.

Frapillon embrassa d'un coup d'œil rapide cet intérieur si simple et ne s'y arrêta pas longtemps.

Il savait d'avance qu'il ne trouverait là rien de ce qu'il cherchait.

Il revint donc sur ses pas et suivit un long corridor qui faisait le tour du chalet.

Lors de sa première visite, il avait pu se rendre compte approximativement de la disposition très peu compliquée des pièces de cette maisonnette rustique.

Il savait que le rez-de-chaussée devait se composer d'un salon, — celui qu'il venait d'inspecter sommairement — d'une salle à manger et d'une chambre donnant sur le jardin.

Cette distribution, selon toute apparence, se répétait au premier étage, et il résolut de procéder méthodiquement, c'est-à-dire de fouiller chaque appartement l'un après l'autre.

La salle à manger qu'il trouva sur son chemin ne lui livra aucun espèce de mystère.

Elle était froide et nue, garnie pour tout mobilier d'une table en chêne, de quelques vieilles chaises dépareillées et de deux buffets chargés d'une vaisselle commune.

L'homme le moins observateur aurait deviné, rien qu'en voyant cet aménagement plus que simple, la gêne des habitants du chalet, et Frapillon ne pouvait pas s'y tromper.

Mais, comme il y venait chercher autre chose que des trésors, il poursuivit son inspection sans s'étonner de ce dénuement.

Au bout du couloir, il trouva la porte de la troisième pièce, celle qui complétait le rez-de-chaussée.

Elle n'était pas fermée à clef et il n'eut qu'à tourner un bouton de cuivre pour y pénétrer.

Longue, étroite et séparée en deux parties par un rideau de tapisserie, cette chambre lui avait été décrite assez exactement par son agent Mouche-à-bœuf pour qu'il la reconnût sans l'avoir jamais vue.

— C'est là que mes recors ont empoigné la fameuse muette, murmura-t-il en examinant le local, et voilà la fenêtre par où ils sont entrés.

Tiens! c'est singulier; elle est ouverte.

En effet, la croisée béante laissait passer l'air froid du dehors et le vent faisait trembler la lumière de la bougie.

Frapillon, surpris et presque inquiet, s'approcha, et, posant son flambeau à terre, il se pencha pour regarder au dehors. Il ne vit rien que les branches décharnées des arbustes plantés autour du chalet, et un bout de la pelouse, recouverte d'un tapis de neige. Dans le jardin désert, le silence était profond et l'obscurité complète.

Le caissier pensa que la fenêtre avait dû être ouverte par une des dames qui avait oublié de la refermer, et il ne se préocupa plus de cet incident insignifiant.

Poursuivant sa visite, il souleva pour la forme la vieille tapisserie, s'assura que le lit qu'elle cachait n'avait pas été défait, donna un coup d'œil à la cheminée sur laquelle Régine s'appuyait lorsque, la nuit de son enlèvement, elle avait vu un homme se dresser derrière elle, et enfin, ne trouvant rien de suspect, il sortit.

Il avait eu envie de fermer la fenêtre, mais il craignit de faire du bruit et il la laissa comme il l'avait trouvée.

Le moment était venu de monter au premier étage et, à l'impatience qu'il éprouvait d'y arriver, se mêlait une certaine appréhension

Il avait bâti dans sa tête une supposition qui reposait sur certains mots échappés à Renée de Saint-Senier.

On lui avait assuré qu'une lumière se montrait à heure

fixe dans la partie supérieure du chalet ; Valnoir avait dit quelque chose de ce spectacle bizarre d'une femme agenouillée devant une tenture blanche qu'il avait vue un soir du haut de son balcon ; enfin, la jeune fille avait pâli et tressailli en entendant parler d'une visite du pavillon.

De ces renseignements et de ces indices, Frapillon avait conclu à l'existence d'un secret caché sous les combles de l'habitation, mais il n'était pas absolument fixé sur la nature du mystère.

Il croyait bien trouver des papiers de famille, peut-être même des titres de propriété, ou plus probablement des correspondances, et, de tous ces documents, il se promettait d'user et d'abuser.

Mais ce toit, sous lequel personne n'avait pénétré, pouvait abriter aussi quelque personnage intéressé à se cacher et disposé, par conséquent, à mal recevoir les gens qui se permettraient de venir le déranger.

Le prudent homme d'affaires ruminait toutes ces conjectures au pied de l'escalier de bois qui conduisait à l'étage supérieur ; mais il sentait si bien la nécessité de tout terminer dans la nuit, qu'il se décida à franchir les premières marches.

Le souvenir de Régine lui revenait à l'esprit et il se félicitait intérieurement d'être débarrassé de cette muette incommode.

Ses réflexions furent interrompues par un coup de vent qui souffla sa bougie.

— Ah ! ça, dit-il entre ses dents, toutes les fenêtres sont donc ouvertes, ici ?

Il se trouvait de plein-pied avec un corridor semblable à celui du rez-de-chaussée et l'air y était assez vif.

Tout en pestant contre cette mésaventure, il se mit en devoir de chercher ses allumettes ; mais, pendant qu'il fouillait dans sa poche, il crut apercevoir, à quelques pas devant lui, une faible lueur pointer dans l'obscurité.

C'était comme une raie lumineuse qui tranchait sur les ténèbres, au ras du sol.

Frapillon s'était arrêté juste en haut de l'escalier, à l'entrée du corridor.

Il voyait cette lueur à distance, mais il ne pouvait pas s'y tromper. C'était bien le reflet d'une lampe ou d'une bougie qui filtrait sous la porte mal jointe d'une chambre du premier étage.

Pour que cette pièce fût éclairée, il fallait qu'elle fût habitée par quelqu'un, et cette découverte le terrifiait.

Cloué sur place par la stupeur, il s'était tapi contre la muraille du couloir, et il avançait timidement le cou pour chercher à se rendre compte de ce phénomène.

Il ne quittait pas des yeux cette clarté singulière.

On eût dit qu'elle l'avait fasciné.

En même temps, il se creusait la tête pour découvrir une explication plausible à une illumination aussi étrange.

Il était bien sûr d'avoir laissé Renée de Saint-Senier et sa tante sous bonne garde ; les murs et les verrous de la villa des Buttes défiaient toute tentative d'évasion, et le docteur Molinchard craignait trop son bailleur de fonds de fonds pour le trahir.

Ce n'était donc pas aux deux prisonnières qu'il fallait attribuer cette désagréable surprise.

Si la chose eût été possible, le caissier aurait été assez disposé dé croire que ce tour lui était joué par ses aimables associés de la *Lune avec les dents*.

Mais il venait de les laisser sous le coup d'une terreur plus profonde que le caveau où ils tenaient leur séance, et, matériellement, il était à peu près impossible qu'ils l'eussent devancé rue de Laval.

Restait l'hypothèse de voleurs vulgaires, entrés par escalade pour dévaliser le pavillon abandonné.

Frapillon l'admit un instant.

Mais il réfléchit bien vite qu'on ne pille pas une chambre sans faire un bruit quelconque, et rien ne troublait le silence du corridor.

Cela devenait de plus en plus incompréhensible et il éprouva comme une velléité de croire aux revenants.

Les doctrines voltairiennes dont il faisait profession l'avaient cuirassé contre ce qu'il appelait les superstitions vaines, et sa foi se bornait à confesser que deux et deux font quatre.

Et pourtant, il y avait eu, il y avait peut-être encore de par le monde, des êtres disparus depuis deux mois, dont l'image se présentait à sa pensée.

L'officier mort de ses blessures, la muette enlevée et vendue aux Prussiens, lui revenaient à l'esprit comme des spectres vengeurs.

Mais il secoua ses remords comme un harnais inutile et il se reprocha ce souvenir, à l'égal d'une faiblesse.

Il comprenait bien, d'ailleurs, qu'il fallait prendre un parti.

Il n'avait pas échafaudé tant et de si habiles combinaisons ; il n'était pas venu la nuit au chalet pour contempler un effet de lumière à travers une porte.

L'intrigue si laborieusement agencée arrivait à ce degré de complication où le dénouement devient nécessaire, tout comme un drame bien charpenté aboutit fatalement au cinquième acte.

Antoine Pilevert qui, pour le moment, représentait le public, pouvait s'impatienter et faire tomber la pièce.

Frapillon se décida donc à brusquer la péripétie finale.

Rien ne bougeait dans la chambre mystérieuse, et la clarté brillait toujours, égale et faible, par l'interstice inférieur du battant immobile.

Le prudent caissier se félicitait de l'accident qui avait éteint sa bougie, car il se trouvait dans le cas des voleurs, lesquels tiennent beaucoup à voir et nullement à être vus.

C'est pourquoi il se risqua sans trop d'inquiétude à quitter son embuscade pour s'aventurer dans le long couloir qui aboutissait à la porte lumineuse.

En cas de surprise, il espérait pouvoir battre en retraite dans l'obscurité.

Il avançait à pas de loup, marchant sur la pointe du pied et s'appuyant de la main à la paroi du corridor.

En même temps, il retenait son souffle, et, s'il l'avait pu, il aurait comprimé les battements de son cœur.

Mais, quoi qu'il fît pour se donner du courage, le diplomate de la rue Cadet était fort ému, pour ne pas dire plus.

Par un effet naturel de perspective, à mesure qu'il se rapprochait, la lueur devenait de moins en moins visible, par cette raison toute naturelle que la fente se trouvait au niveau du plancher.

Bientôt, Frapillon cessa tout à fait de l'apercevoir ; mais il se garda bien de croire pour cela qu'elle s'était éteinte, et il redoubla de précaution.

Il ne faisait pas une enjambée, sans s'arrêter pour écouter.

Dans ce pavillon entièrement construit en bois, les moindres bruits du dehors arrivaient clairs et distincts et le caissier les épiait avec autant de soin que ceux qui pouvaient s'élever du dedans.

Il avait une oreille pour le jardin et la rue, l'autre pour la chambre éclairée.

De l'intérieur, rien ne venait, mais la finesse de son ouïe trouvait à s'exercer sur les sons externes.

Déjà, il avait perçu très nettement des chocs de talons de bottes sur le trottoir de la rue de Laval auquel la gelée prêtait une sonorité particulière.

Puis le bruit s'était éloigné peu à peu.

Sans doute quelque garde national attardé regagnait lourdement son domicile et il n'y avait pas là de quoi s'inquiéter.

Un instant après, il entendit siffler un air populaire et, comme le siffleur semblait arrêté à peu près à la hauteur de la muraille du jardin, il accorda un peu plus d'attention à ce virtuose du pavé.

L'aigre mélodie s'interrompait par intervalles, puis elle recommençait de plus belle.

A pareille heure et par un froid de douze degrés, le lieu était mal choisi pour imiter avec les lèvres le son du fifre.

Un vague soupçon commençait à poindre dans l'esprit très éveillé de Frapillon.

Il se rappelait la ridicule alerte qu'il avait subie dans l'escalier du caveau maçonnique, et il se demandait si le farceur nocturne qui les avait si bien effrayés ne s'était pas avisé de les suivre pour continuer ses plaisanteries.

— Pourvu que cet imbécile de Pilevert ne s'y laisse pas prendre, pensait-il ; s'il allait confondre le sifflet de ce vilain merle avec mon signal, nous serions dans une jolie position.

Mais il se rassura en constatant que l'hercule ne bougeait pas.

Il l'aurait parfaitement entendu marcher, et il fallait croire qu'il poussait la fidélité à sa consigne jusqu'à garder une immobilité complète, à moins pourtant qu'il ne se fût endormi, ce qui semblait peu probable, car il gelait à pierre fendre, et la bise aurait réveillé une marmotte.

L'homme d'affaires laissa donc ces questions d'acoustique extérieure pour reporter toute son attention sur l'entreprise qu'il s'agissait de parachever.

Il continua à se glisser le long de la cloison, et il eut l'insigne chance de ne faire craquer ni le parquet ni la boiserie.

Il mit plus de cinq minutes à enjamber les quatre mètres qui le séparaient encore de la porte ; mais enfin il y arriva sans encombre.

Là, il commença par se bien caler sur ses pieds, afin de se mettre en garde contre un manque subit d'équilibre, et il appliqua son oreille contre le battant qui le séparait du mystère.

Il était dans sa destinée, cette nuit-là, d'écouter aux portes ; mais cette fois il ne fut pas aussi bien payé de ses

peines et de son espionnage que dans la cave du comité-
directeur.

Il eut beau tendre toutes les fibres de son tympan, il
n'entendit absolument rien, au-delà de cette porte
à laquelle il s'était littéralement collé.

En revanche, on frappa fortement à celle du jardin et
les coups retentirent dans le cœur de Frapillon comme
un glas funèbre.

S'il n'avait pas eu la précaution de s'accoter à la cloison,
il serait tombé de frayeur.

Mais, à sa grande surprise, ce bruit de mauvais
augure ne fut suivi d'aucun autre.

Évidemment, l'hercule avait eu le bon sens de ne pas
répondre à cette batterie précipitée, et, comme elle ne
se renouvelait pas, le caissier se prit à penser que le siffleur
de la rue venait tout simplement de faire une gaminerie,
à la façon des écoliers qui s'amusent à tirer les sonnettes
pour réveiller les portiers endormis.

Dans la chambre, on n'avait pas remué, et Frapillon
s'enhardit jusqu'à appliquer son œil au trou de la serrure.

Il ne vit qu'une lampe en forme de veilleuse posée
sur une table chargée de papiers et de fioles de diverses
grandeurs.

La porte étant pratiquée dans un angle, le reste de la
chambre échappait à son investigation.

Mais le silence persistait, ce qui le confirma de plus
en plus dans l'idée que cet appartement était inhabité.

Il en vint même à croire que la lampe avait bien pu
rester allumée depuis la veille, grâce à quelque mécanisme particulier.

Ce devait être là cette fameuse chambre aux signaux
dont les voisins avaient parlé et que Valnoir avait entrevue un soir.

Il n'y avait donc rien d'impossible à ce que les dames
du chalet y eussent organisé un éclairage permanent.

Le moment était venu enfin de percer ce mystère.

Frapillon se redressa et se recueillit un instant.

Quelques secondes lui suffirent pour se décider à jouer le tout pour le tout, et il allait mettre la main sur le bouton de cuivre, quand il sentit que la porte s'ouvrait.

Frapillon eut le temps d'exécuter une retraite de corps et il se recula avec tant de dextérité que la porte ne rencontra pas de résistance.

Elle s'ouvrait lentement, et en s'ouvrant elle cachait entièrement l'espion blotti dans l'angle du couloir.

A vrai dire, la protection de cette espèce de paravent n'était que momentanée, car il suffisait que le battant se refermât pour laisser à découvert le caissier si malencontreusement surpris.

En dépit de sa détermination et de son sang-froid, il eut là un moment de cruelle angoisse.

L'inconnu est toujours redoutable, et Frapillon ignorait absolument à qui il allait avoir affaire.

Cette porte qui tournait sans bruit sur ses gonds était poussée intérieurement par le mystérieux habitant de la chambre, et, quel qu'il fût, son apparition n'était pas rassurante.

Le diplomate de la rue Cadet n'avait aucun goût pour les luttes corps à corps, et quoiqu'il eût un revolver dans sa poche, il regrettait amèrement l'absence de son fidèle Pilevert.

Il pensa même une seconde à siffler pour l'appeler à son secours, mais le souffle lui manquait, et aussi le temps, car si une lutte devait s'engager, il était bien clair qu'elle serait terminée avant l'arriver du renfort.

Il se tint donc coi, et il n'eût pas à se repentir de sa prudence.

La porte qui le protégeait ne bougea pas. Celui qui l'avait ouverte négligeait de la refermer, et Frapillon continuait à jouir des avantages de la position.

Le hasard avait bien fait les choses.

Cette cachette était à la fois une forteresse et un observatoire.

A l'abri, derrière le battant, l'espion pouvait repousser une attaque soudaine, et de son encoignure, par l'espace resté libre entre la porte et le mur, il voyait ce qui se passait dans le couloir.

L'obscurité n'était pas complète, puisque la lampe qui brûlait dans l'intérieur de la chambre jetait une lueur assez faible, mais elle était placée de façon à éclairer le corridor très obliquement, et son rayonnement ne s'étendait guère au delà du seuil.

Frapillon vit alors celui qui venait de sortir.

C'était un homme de haute taille et d'assez large carrure, autant que son costume permettait d'en juger.

Un long vêtement de laine, blanc et assez semblable à une robe de moine, l'enveloppait de la tête aux pieds.

Le capuchon était rabattu sur les yeux.

Ce personnage étrange tournait le dos à l'observateur et marchait à pas très lents.

Il devait être chaussé de pantoufles en drap, car on ne l'entendait pas poser le pied, et on aurait été tenté de croire qu'il glissait sur le plancher.

C'était absolument l'allure qu'on prête aux fantômes, et l'inconnu portait d'ailleurs la tenue classique des habitants de l'autre monde qui, comme chacun sait, se montrent toujours drapés de blanc.

Mais quand on a été quinze ans agent d'affaires, on ne croit pas aux revenants, et Frapillon n'admettait pas ces histoires d'outre-tombe.

Il était parfaitement convaincu d'avoir affaire à un individu de chair et d'os et même a un gaillard solide avec lequel il ne ferait pas bon d'avoir maille à partir.

Seulement, quel était ce bizarre promeneur qui errait la nuit par le chalet désert ?

Que faisait ce reclus dans une chambre isolée sous les combles et fermée extérieurement comme un sépulcre ?

Pourquoi en sortait-il à ces heures indues et quels liens rattachaient son existence à celle des dames de Saint-Senier ?

Toutes ces questions et bien d'autres encore se pressaient dans le cerveau troublé de Frapillon, qui n'y trouvait aucune réponse satisfaisante.

Il était, du reste, trop absorbé par la contemplation de cet être fantastique dont la blanche silhouette s'éloignait lentement dans l'ombre du corridor.

Tout à coup une idée lui traversa l'esprit.

Le plus sûr moyen d'en finir avec ce personnage inquiétant, c'était de le tuer.

Frapillon prit son revolver et l'arma sans bruit.

Mais au moment où il le levait, l'homme n'était déjà plus visible.

Il venait d'arriver à l'escalier qui aboutissait à l'entrée du couloir et il avait commencé à descendre, de sorte que sa personne disparaissait peu à peu, comme les spectres de théâtre qui s'enfoncent dans une trappe.

Le caissier d'ailleurs regretta médiocrement de n'avoir pas eu le temps de faire feu.

Il se rappela bien vite que les minces cloisons du chalet n'étouffaient pas les sons et que le bruit d'un coup de pistolet pourrait parfaitement réveiller les voisins.

Ce qu'il voulait éviter par-dessus tout, c'était de mêler le public à ses affaires et il savait par expérience combien il fallait alors peu de chose pour ameuter tout un quartier.

Mais la position n'était pas tenable et il devenait urgent de prendre un parti.

Il y en avait trois à choisir.

D'abord, profiter de l'occasion pour s'introduire dans la chambre vide et pour explorer enfin ce sanctuaire mystérieux où les secrets de la famille étaient certainement cachés.

Rien n'était plus facile, puisqu'il ne s'agissait que de sortir de l'encoignure et de franchir le seuil en deux sauts.

14.

Mais, si tentante que fût l'aventure, elle avait bien son danger.

Le promeneur nocturne pouvait revenir sur ses pas à l'improviste et prendre en flagrant délit d'espionnage maître Frapillon qui n'aurait pas eu beau jeu dans ce local fermé comme une souricière.

Aussi renonça-t-il à l'idée de s'y risquer.

Il pensa ensuite à donner le signal à l'hercule qui ne manquerait pas d'accourir.

Mais l'escalier était plus près que le jardin et, si le fantôme se repliait vivement, il aurait le loisir d'étrangler le siffleur avant que Pilevert n'arrivât à la rescousse.

Cette chance n'était pas du goût de l'agent d'affaires.

Il s'arrêta donc à une résolution mixte qui consistait à suivre de loin l'homme au capuchon.

Descendre à petits pas l'escalier et gagner tout doucement l'allée de tilleuls pour y rallier l'hercule, tel fut le plan que Frapillon adopta.

Sa stratégie ne manquait pas d'habileté, car le plus pressé était certainement de sortir de l'impasse où il se trouvait acculé.

Le pis qui pût lui arriver pendant le trajet, c'eût été de se trouver tout à coup nez à nez avec l'errant de nuit qui aurait fait volte-face, mais dans ce cas désespéré, il avait toujours la ressource extrême de recourir au sifflet ou au revolver.

Si, au contraire, il réussissait à sortir sans encombre, le reste allait tout seul.

Il ne s'agissait que de conter un mensonge quelconque à Pilevert pour s'assurer son concours énergique et opérer avec lui un retour offensif.

Dès qu'il fut décidé — et la délibération n'avait pas été longue, — il entra en action.

Il sortit de son coin avec toutes sortes de précautions et commença à s'avancer sur la pointe du pied dans le corridor.

Dire qu'il n'éprouva pas une violente tentation de regarder dans la chambre ouverte derrière lui, ce serait trop.

Mais il sut se contenter d'y jeter en passant un coup d'œil rapide, et, à sa grande surprise, il n'y vit rien d'extraordinaire.

La table qu'il avait aperçue par le trou de la serrure, éclairée par la lampe que l'inconnu y avait laissée, un fauteuil vide, le bout d'une longue tenture qui devait cacher un lit et rien de plus.

— Le secret, c'est l'homme en blanc, pensa judicieusement Frapillon.

Il était habitué à cheminer à la façon des chats qui ne font aucun bruit et qui voient dans les ténèbres.

Aussi arriva-t-il au bas de l'escalier sans que le moindre craquement eût décelé sa présence et sans qu'aucune fâcheuse rencontre se présentât.

Là, il se retrouva dans le vestibule et il constata, non sans plaisir, que tout y était resté dans le même état.

Selon toute probabilité, l'habitant du chalet n'avait fait que le traverser pour se rendre par le corridor du rez-de-chaussée à la chambre de Régine.

Frapillon ne s'amusa pas à chercher ce qu'il allait y faire.

Il entrebâilla la porte qui donnait sur le perron, se glissa par l'ouverture, franchit les marches quatre à quatre et se mit à courir à toutes jambes vers la place où il avait laissé Pilevert.

Une fois dehors, toute précaution était inutile.

Il trouva l'hercule debout, adossé au mur de la rue et soufflant dans ses doigts.

— Mille trompettes ! bourgeois, vous avez bien fait de revenir, j'ai déjà le museau gelé et je ne sens plus mes orteils, dit-il en grelottant.

— Vous allez vous dégourdir, mon brave, car j'ai besoin de vos biceps, répondit gaiement le caissier.

— Présents les biceps ! Cent kilos à bras tendu ! Quoi qu'il faut enlever ?

— Un voleur que je viens de surprendre là-haut.

— Un voleur !

— Mon Dieu ! oui et j'ai eu la chance qu'il ne m'a pas vu, de sorte qu'à nous deux nous allons le pincer proprement.

— Ça va ! J'en suis.

— Et Bradamante est au bout de l'expédition.

— En avant ! marche ! dit l'hercule dont l'enthousiasme ne connaissait plus de bornes.

— Du calme, maître Antoine, du calme ! Est-ce que pendant votre faction, vous n'avez pas entendu des bruits dans la rue.

— Si fait, mais ce n'est rien, des *voyous* qui sont venus cogner, histoire de rire.

— Alors venez, mon brave, reprit Frapillon en se dirigeant vers le chalet, je vais vous expliquer comment il faut vous y prendre pour me donner un coup de main.

Pilevert le suivit docilement ; mais ils n'avaient pas fait dix pas dans l'allée qu'ils se retournèrent.

Ils avaient entendu derrière eux un bruit singulier.

C'était un léger craquement, quelque chose comme le bruit d'une porte fermée avec précaution.

Frapillon convaincu que personne ne pouvait ouvrir celle de la rue crut d'abord s'être trompé.

Mais bientôt il entendit très distinctement marcher sur la neige durcie.

— On vient, dit tout bas l'hercule qui avait entendu aussi.

— C'est impossible, balbutia le caissier étonné et encore plus effrayé.

— Je vous dis que j'en suis sûr, et, tenez ! voilà les pas qui s'arrêtent. On nous aura vus.

Ce que disait Pilevert était vrai, et Frapillon ne pouvait plus se dissimuler que quelqu'un venait d'entrer.

Ce n'était assurément pas le mystérieux personnage qu'il avait laissé dans le chalet.

Mais alors qui donc avait pu s'introduire ainsi dans le jardin et par quel moyen y avait-on pénétré?

Le secret du ressort ne devait être connu que des hôtes, habituels du pavillon.

— Cet imbécile de Molinchard aurait-il laissé échappé les femmes? murmura l'agent d'affaires.

— Allons voir! dit le saltinbanqne.

— Passez devant! reprit Frapillon, et le premier que vous rencontrerez, tordez-lui le cou.

Maître Antoine était cette nuit-là en veine de bravoure.

Les magnifiques promesses de celui qu'il appelait déjà son bourgeois, l'avaient exalté au point qu'il ne connaissait plus d'obstacles.

Il se lança en avant dans l'allée de tilleuls en faisant le moulinet avec ses bras comme un athlète qui se prépare à la lutte.

Le caissier, toujours prudent, formait l'arrière-garde, et pas mesure de sûreté, il tenait la main sur son revolver.

L'allée était très sombre à cause de la voûte formée par les branches, mais à l'endroit où elle commençait, c'est-à-dire à trois ou quatre mètres de la petite porte, il y avait un espace vide où il faisait assez clair.

Quelques arbustes taillés en forme de charmille entouraient ce rond-point.

— Ils ont dû se cacher derrière la haie, car je ne vois personne, dit Pilevert.

Et il continuait d'avancer, précédant de fort peu son patron.

Il arrivait à la hauteur du dernier tilleul, quand un homme se montra.

— J'en tiens un, cria l'hercule en lui sautant au collet.

— Misérable! dit l'inconnu qui avait plié comme un roseau sous la vigoureuse étreinte du saltimbanque.

Celui-ci s'était déjà mis en devoir d'exécuter consciencieusement les instructions de Frapillon et il serrait le cou de sa victime de façon à l'étrangler sans rémission.

L'affreux caissier s'était rapproché et l'encourageait de

la voix et du geste, si bien que l'expédition commencée par une violation de domicile allait se terminer par un meurtre. Mais une apparition fort inattendue vint changer la face de ce combat inégal.

Une femme s'était dressée tout à coup derrière la charmille.

Elle avait bondi vers les lutteurs, et s'accrochant aux habits de Pilevert, elle avait réussi à s'élever à sa hauteur et à s'approcher son visage du sien.

L'hercule poussa un cri et lâcha son adversaire qui reprit son équilibre et recula pour se mettre en défense.

— Régine! répétait Antoine. Régine, c'est toi?

Le furieux champion, si redoutable tout à l'heure, tremblait maintenant comme un enfant.

Il eût été difficile de décider si l'impression qu'il éprouvait était de joie ou de peur, car, tantôt il avançait en ouvrant les bras pour presser la jeune fille sur son cœur, tantôt il reculait comme s'il eût craint d'embrasser un spectre.

Quant à Frapillon, c'était autre chose.

Le nom que son satellite venait de prononcer l'avait mis dans un état de fureur indicible.

Il ne s'expliquait pas le retour de celle qu'il croyait avoir supprimée pour toujours, mais il voulait en finir avant de laisser au saltimbanque le temps de se reconnaître.

— Tue! tue! mon brave, cria-t-il exaspéré, assomme-le, pendant que je vais te débarrasser de cette gueuse.

Et en même temps, il se jeta sur Régine le revolver au poing.

— Ah! mais, pas de ça! patron, je ne veux pas qu'on touche à ma petite muette, dit Pilevert en lui allongeant sur le bras un coup sec qui fit tomber le revolver.

Avant que l'agent d'affaires fût revenu de sa stupeur, l'inconnu avait ramassé l'arme et la dirigeait sur sa poitrine.

L'hercule n'avait pas fait mine de s'opposer à ce rapide mouvement de son récent adversaire.

On aurait dit qu'il était pétrifié.

Rien qu'en se montrant Régine l'avait dompté, mais pour achever sa conquête, elle lui sauta au cou et se mit à l'embrasser.

Antoine l'enleva par la taille et la contempla en poussant un soupir et des exclamations inarticulées.

Il avait à peu près l'air d'un ours jouant avec un oiseau.

— Il n'y a pas à dire, cria-t-il en la posant à terre, c'est elle! c'est ma petite Régine! Il ne manque plus que Bradamante.

— Triple brute! vociféra Frapillon, hors de lui; si tu veux que je te paye ton cheval, aide-moi donc à tuer ces gens-là.

— Régine! Jamais! dit l'hercule avec conviction; l'autre ça m'est égal.

Mais celui qu'il appelait l'autre ne paraissait pas disposé à se laisser faire.

Il s'était avancé d'un pas et tenait le canon du revolver braqué sur le caissier.

— Le premier de vous qui bouge je lui casse la tête, dit-il avec un accent qui ne laissait aucun doute sur sa résolution.

A peine dégagée des bras de son ancien maître, la jeune fille était allée se placer à côté de l'inconnu, comme pour faire comprendre qu'elle était de son parti.

Puis, d'un geste impérieux, elle commanda à l'hercule de venir se joindre à eux, et l'hercule obéit avec une docilité inattendue.

Frapillon grinçait des dents.

— Vous, je vous connais, dit l'homme au pistolet en s'adressant à Pilevert, et vous me connaissez aussi.

— Moi! mille trompettes, je veux que le tonnerre m'écrase si...

— Vous m'avez vu dans la forêt de Saint-Germain, le

jour où des misérables ont assassiné mon cousin dans
un duel.

— Pas possible !... non... attendez donc... mais oui,
c'est bien vous... l'officier de mobiles.

— Lui-même, sauvé par cette jeune fille que vous aimez
et qui vous ordonne de m'aider à la venger et à venger
les miens persécutés par les scélérats, auteurs et complices de ce guet-apens.

— Où sont-ils, que je leur casse les reins ? cria l'hercule.

— Je crois que nous tenons un des coupables, dit lentement Roger de Saint-Senier qui n'avait pas cessé de
viser Frapillon.

— Ce n'est pas vrai !

Cette dénégation imprudente échappa au caissier terri-
fié, pendant que Pilevert grommelait :

— Qui ? le patron ? jamais ! c'est un brave homme qui
veut m'acheter une carriole et...

— Que faites-vous ici ? interrompit Roger.

L'agent d'affaires ne répondit que par un grognement de
rage, mais le naïf Antoine s'empressa d'entamer une jus-
tification qu'il croyait excellente.

— Je m'en vas vous dire, mon officier, car vous êtes
bien l'officier et si je ne vous ai pas reconnu tout de suite
c'est à cause de votre blouse. Je m'en vas donc vous dire...
ce particulier-là est ici chez lui, voyez-vous.

— Chez lui ! il ment ! ce pavillon appartient à ma
famille.

— Ah ! dites donc, vous, patron, vous ne m'aviez pas
parlé de ça, s'écria Pilevert qui désertait de plus en plus la
cause de Frapillon.

— Et ceux qui s'y sont introduits, la nuit, méritent les
galères, reprit froidement Roger.

— Mille trompettes ! je n'ai pas envie d'y aller, moi.

— Pourquoi avez-vous suivi cet homme ? Répondez franchement, si vous ne voulez pas que je vous fasse arrêter.

— Parce qu'il m'a conté un tas de blagues... qu'il avait

de l'argent ici, qu'il craignait les voleurs, même qu'il y en a un dans la maison, à ce qu'il paraît; et puis, il est un des gros, un des chefs dans un journal où on me donne la pâtée et la niche.

— Le « Serpenteau », sans doute, demanda Roger qui commençait à comprendre.

— Juste! c'est bien comme ça qu'ils appellent leur satanée boutique.

— Je sais tout ce que je voulais savoir, dit l'officier.

Et maintenant, vous, écoutez-moi, ajouta-t-il en s'approchant de Frapillon, jusqu'à le toucher presque avec le canon de son revolver.

— J'écoute, mais je ne répondrai pas, dit le misérable.

— Je suis déjà entré ici il y a une heure, continua Roger et je ne m'attendais pas en revenant à y trouver l'auteur du crime qui s'y est commis pendant que cette jeune fille et moi nous étions prisonniers des Prussiens.

— Un crime! répéta l'hercule.

— Ce chalet était habité par deux femmes; elles ont disparu victimes d'un meurtre ou d'un rapt. Où sont-elles?

— Vous ne me les aviez pas données à garder, dit grossièrement Frapillon.

— Demain, reprit l'officier, la justice sera prévenue et je suppose qu'elle saura faire parler l'homme que j'arrête en flagrant délit.

— M'arrêter? allons donc? Vous n'oseriez pas.

— Si vous voulez me dire ce que sont devenues mes parentes, je verrai ce que j'aurai à faire; si vous refusez de parler, je vais donner l'ordre à ce malheureux que vous avez indignement trompé de vous saisir, et, à nous deux, nous saurons bien vous conduire chez le commissaire de police.

La porte du jardin était à trois pas et Frapillon n'avait qu'un bond à faire pour s'élancer, l'ouvrir et disparaître, mais le pistolet le gênait.

—Essayez donc de me prendre, cria-t-il en saisissant
brusquement le canon braqué sur son front.

Roger résista; la secousse fit partir la détente, et le
caissier du *Serpenteau* tomba foudroyé.

Au moment où Pilevert éperdu se précipitait sur son
corps, la forme blanche de l'homme au capuchon apparaissait au fond de l'allée, et, dans la rue, une voix grêle
se mit à chanter :

> Bismark, si tu continues,
> De tous tes Prussiens, il n'en restera plus

X

Quelques jours après le drame qui s'était dénoué dans
le jardin du chalet, trois personnes causaient avec Valnoir dans le fumoir de son petit entresol de la rue de
Navarin.

Rose de Charmière, nonchalamment étendue sur un
divan turc, savourait une cigarette de latakié, sans
doute pour se conformer au goût semi-oriental qui avait
présidé à l'arrangement de ce réduit coquet.

Taupier, enfoncé dans une chaise basse, où sa personne
tortue disparaissait jusqu'aux épaules, tenait un journal
déplié dont il se disposait à commencer la lecture.

Le portier Bourignard, debout contre la porte, gardait
une attitude respectueuse qui n'excluait pas cependant
une certaine majesté.

Quant au maître du logis, il se promenait les mains
derrière le dos et semblait absorbé par la contemplation
des dessins capricieux de son tapis de Smyrne, car il ne
levait pas les yeux.

Un certain air grave assombrissait toutes les figures,
et il était évident que le petit cénacle traitait une question
importante.

— Voyons ta rédaction, dit Valnoir sans interrompre sa promenade.

— Voilà la chose, articula Taupier, sur le ton pédantesque qu'il adoptait volontiers pour donner lecture de ses élucubrations.

« Le tragique événement qui a causé récemment dans le quartier des Martyrs une légitime émotion n'a pas encore été expliqué. On se rappelle que, la semaine dernière, deux gardiens de la paix ont relevé sur le pavé de la rue de Laval le cadavre d'un homme qui portait au front une blessure produite par une arme à feu tirée à bout portant.

Tout d'abord, la mort avait été attribuée à un suicide, et cette supposition se fondait sur ce fait qu'un pistolet déchargé était resté à côté du corps.

Mais tout porte à croire maintenant que le médecin chargé des premières constatations s'était trompé.

Le cadavre a été reconnu. C'était celui d'un citoyen parfaitement honorable, capitaine au 365e bataillon et l'un des vétérans de la démocratie militante.

J.-B. Frapillon, légiste distingué, habitait depuis de longues années la rue Cadet et il était aimé et respecté des nombreux clients qui avaient recours à ses lumières.

Son urbanité et sa bienfaisance laisseront d'impérissables souvenirs à tous ceux qui l'ont connu.

C'était un pur et un juste. »

— Hum ! murmura Valnoir, elle est un peu raide.

— Laisse-moi donc tranquille avec tes scrupules, dit Taupier s'il n'y avait pas des imbéciles pour croire aux oraisons funèbres, on n'en ferait jamais.

Et il reprit sa lecture :

« J.-B. Frapillon nous était attaché par les liens d'une amitié éprouvée dans les mauvais jours et par la communauté des opinions.

Administrateur de notre journal, le *Serpenteau*, il s'est toujours acquitté de ses importantes fonctions avec un zèle et une intégrité au-dessus de tout éloge et les services qu'il a rendus à la cause du peuple, pendant le cours de son existence si bien remplie sont de ceux qu'on ne saurait trop honorer.

La rédaction du *Serpenteau* tout entière tenait à rendre publiquement à sa mémoire cet hommage mérité.

Mais elle a un devoir plus sacré, celui de le venger. »

— Tu vas nous brouiller avec la justice, qui n'aime pas qu'on se mêle de ses affaires, fit observer le rédacteur en chef.

— Ah ! voilà qui m'est égal par exemple, s'écria l'irrévérencieux bossu. L'article va nous faire monter aujourd'hui de dix mille au moins, et tu te plains !

— Ceci est plus sérieux que la justice, dit madame de Charmière, qui saisissait à merveille le côté pratique des choses.

— Troisième couplet, cria Taupier, avec l'accent de Frédérick Lemaître, dans le rôle de don César de Bazan.

« Pourquoi J.-B. Frapillon, probe considéré, dévoué à la plus sainte des causes et jouissant d'une modeste aisance due à un labeur opiniâtre, se serait-il suicidé ?

C'est tout simplement impossible.

Non, ce vertueux citoyen, ce travailleur prolétaire, n'a pas déserté les devoirs qui lui incombaient et les intérêts de la démocratie.

Si on veut chercher sérieusement la véritable cause de sa mort, il faut penser à ce vieil axiome de droit : *Is fecit cui prodest.* »

— Tu leur parles latin, maintenant ; es-tu fou ? demanda Valnoir.

— Tu n'entends rien au journalisme, mon cher. Nos lecteurs ne comprennent pas, mais ça les flatte.

Et sur ce, je continue :

« Notre ami était détesté des réactionnaires ; ce sont les réactionnaires qui l'ont assassiné. »

— Comme c'est bien écrit, soupira le sensible Bourignard qui semblait plongé dans une profonde admiration.

— On sait sa langue, dit le bossu d'un air dégagé.

Écoutez plutôt :

« J.-B. Frapillon a été relevé mort devant le mur d'une habitation qui passe depuis longtemps dans le quartier pour un véritable repaire d'aristocrates et de traîtres.

Le chalet de la rue de Laval a été signalé plusieurs fois depuis le commencement du siège, par de courageux citoyens, comme servant à des correspondances coupables avec l'ennemi.

On y a vu briller, le soir, des feux de diverses couleurs, et, si des perquisitions n'y ont pas été faites plus tôt, il faut s'en prendre à la faiblesse bien connue du gouvernement.

Il est vrai que, depuis le crime, ce nid d'espions a été visité et qu'on n'y a trouvé personne, mais les amis de la réaction et des Prussiens avaient eu le temps de disparaître.

Nous affirmons, nous, que c'est en essayant de pénétrer courageusement dans l'antre des bandits pour dévoiler leurs manœuvres, que J.-B. Frapillon a trouvé la mort.

C'est pour cela que nous demandons qu'une enquête soit faite, mais une enquête sérieuse, confiée à des magistrats qui soient en même temps des démocrates éprouvés.

Si on persiste à user avec les réactionnaires des ménagements qu'on n'accorde guère aux bons citoyens, si on nous refuse cette enquête, eh bien, nous la ferons ! »

Après ce final à sensation, Taupier s'arrêta dans la pose classique de l'acteur qui attend des applaudissements.

Les applaudissements ne vinrent pas.

— Qu'est-ce que vous dites de ça ? Il me semble que c'est assez tapé, dit-il avec une satisfaction peu dissimulée.

— C'est purement et simplement idiot, répondit Valnoir en haussant les épaules.

— Idiot ! fais-en donc autant !

— Ah ! non ! par exemple ! Je ne m'en consolerais de ma vie.

— Messieurs, dit Rose de Charmière, je vous rappelle à la question.

— La question ! parbleu ! C'est de nous garder à carreau contre la sequelle des Saint-Senier, cria Taupier, car vous ne supposez pas que je m'inquiète beaucoup de cette vieille canaille de Frapillon.

— Ni moi non plus, mais il y a autre chose que sa carcasse dans cette affaire-là.

— Les fonds, messieurs, les fonds ! dit Rose, toujours sérieuse.

— Le meilleur moyen de mettre la main dessus, c'est de pousser à l'enquête, affirma le bossu.

— Oui, et on mettra aussi la main sur des histoires qui pourraient bien nous mener loin.

— Quoi? la sourde-muette ? Il y a beau temps qu'elle est en Prusse.

— On en revient.

— Messieurs, interrompit madame de Charmière, nous perdons notre temps en discussions oiseuses, et il s'agit avant tout de savoir où Frapillon peut avoir caché notre argent.

— Parfaitement raisonné ; mais s'il l'a déposé à la Banque, comme il nous l'a dit avant son... accident, nous aurons de la peine à le rattraper.

— La parole a été donnée à l'homme pour cacher sa pensée, dit sentencieusement la belle Rose, et je serais d'avis d'aller voir un peu chez le docteur Molinchard.

— On pourra faire un tour de ce côté-là, mais en attendant, je voudrais retrouver notre hercule.

— Y tenez-vous beaucoup? demanda madame de Charmière qui ne poussait pas très loin l'amitié fraternelle.

— Oh! pas à cause de lui, car c'est bien le plus assommant ivrogne que je connaisse, dit Taupier, qui n'était pas l'homme des ménagements, mais je suis convaincu que par lui, nous saurions tout.

— Le fait est que sa disparition est bien étonnante, murmura Valnoir.

— Voyons, reprit la positive Rose, vous m'avez dit, si je ne me trompe, que Pilevert avait conduit Frapillon au lieu de réunion de la *Lune avec les dents*, et ce brave Bourignard, qui était de garde à la porte et qui a dû causer avec lui, pourrait peut-être nous donner quelques renseignements utiles.

— C'est même pour cela que nous l'avons fait monter, fit observer le rédacteur en chef du *Serpenteau*.

Voyons, maître Bourignard, faites votre déposition.

Le portier, qui avait écouté tout ce colloque avec une discrétion rare, fit trois pas en avant et s'inclina poliment, mais sans rien perdre de sa dignité.

— Citoyens, dit-il, je suis prêt à vous rendre compte...

— Trop de solennité à la clef, cria le bossu; raconte nous tout simplement ce que cette brute de Pilevert t'a dit.

— Rien, répondit laconiquement le portier, blessé dans son amour-propre de narrateur.

— Rien, ce n'est guère, et tu te moques de nous, mon vieux pipelet.

— Citoyen Taupier, je vous affirme...

— N'affffirme pas, et explique-nous cette histoire de la police arrivant dans la cave, et disparaissant avec Frapillon... ça ne m'a jamais paru clair.

— Citoyen, nous avons d'abord entendu une voix...

Le récit fut interrompu dès son début par l'organe aigu du jeune Agricola qui montra tout à coup sa tête de fouine à côté du respectable auteur de ses jours.

— Peut-on entrer? glapissait le gavroche.

— Vertueux Bourignard, vous élevez fort mal votre rejeton, dit Valnoir assez contrarié de cette apparition. Qui lui a permis de venir nous déranger?

Les lunettes d'or du portier frémirent sur son nez magistral, mais il ne trouva rien à répondre, partagé qu'il était entre l'humiliation de mériter ce reproche et la colère causée par la nouvelle escapade d'Agricola.

— Voyons ! entre, mauvais crapaud ! grommela Taupier.

Le gamin ne se le fit pas dire deux fois.

Il se glissa comme une couleuvre par la porte entre-bâillée et s'avança, le nez au vent, jusqu'au milieu du fumoir.

Rien n'était changé ni dans sa tenue ni dans ses allures.

Il portait toujours le même costume de marin que son père lui avait acheté à la Belle Jardinière, dans les premiers temps du siège ; seulement le chapeau ciré n'avait plus de fond, les boutons de la veste avaient été arrachés et le pantalon tombait en loques.

Quand à sa physionomie, autrefois fine et goguenarde, elle était devenue insolente.

Il promenait sur les assistants un regard rassuré qui s'arrêtait de préférence sur les charmes de la belle Rose, mais il n'avait pas même daigné honorer d'un simple coup d'œil son vénérable père.

— Qu'est-ce que tu veux ? demanda Valnoir.

— Vous raconter une histoire, dit le gavroche sans sourciller.

— Ah ça ! te moques-tu de nous ! méchant môme ? cria le bossu furieux.

— Vous, je ne vous parle pas, reprit Agricola.

Taupier se leva brusquement pour réprimer de ses propres mains cette audace impudente, mais le gamin, peu intimidé par la grotesque construction de son adversaire, tomba immédiatement en garde, les pieds écartés, les genoux pliés et les mains ouvertes.

Le jeune Bourignard avait beaucoup étudié le grand art de l'escrime parisienne, plus vulgairement appelée la savate, et à ce jeu-là, il ne craignait personne. La scène allait devenir ridicule et madame de Charmière s'empressa d'y mettre ordre.

— Laissez donc cet enfant s'expliquer, mon cher Tau-

pier, dit-elle d'un ton fort autoritaire qu'elle savait prendre à l'occasion, il nous apporte peut-être un renseignement utile.

— Sur quoi? sur le cours des billes et des toupies?
demanda le bossu en haussant les épaules.

— Savoir! dit le gamin d'un air narquois.

— Voyons, mon petit ami, lui dit doucement la belle
Rose qui, avec sa finesse féminine, pressentait une importante confidence, qu'avez-vous à nous conter?

— Des choses qui vous intéressent plus que moi.

— Dites-les vite alors, car ces messieurs et moi nous
sommes en affaires.

— Je veux bien les dire, mais pas pour rien.

— Hé! vertueux Bourignard, exclama Valnoir, il ira
loin votre héritier présomptif.

— Vraiment? reprit Rose en souriant, c'est donc bien
intéressant?

— Qué que vous donnerez, pour savoir au juste ce qui
s'est passé l'autre nuit, rue de Laval? demanda le polisson avec un aplomb superbe.

Cette question eut pour effet immédiat d'opérer un
changement à vue sur toutes les figures.

Valnoir pâlit, Taupier fit une horrible grimace, et
Bourignard leva les bras au ciel pour exprimer l'admiration dont le pénétraient les talents de son fils.

Madame de Charmière fut la seule qui gardât assez de
liberté d'esprit pour continuer l'interrogatoire.

— Vous y étiez, mon petit? demanda-t-elle avec un air
d'intérêt maternel.

— Je vous répondrai quand je saurai ce que vous abou-
lerez, dit Agricola sans se déferrer.

— Dam! un louis, il y a de quoi acheter des gâteaux,
insinua Rose en tirant un élégant porte-monnaie.

— Les gâteaux! j'y tiens pas; depuis le siège, ils sont
faits au suif de cheval.

— Des dragées alors.

— C'est pas tout ça, je dois sept francs dix sous que

15.

j'ai perdus au bouchon avec Alfred Cramouzot ; dix-neuf balles au mastroquet de la chaussée Clignancourt ; faut qu'il me reste quelques ronds pour faire la noce.

Tenez ! si ça vous va pour deux médailles d'or, je dis tout.

— Les voici, mon petit ami, répondit la dame, qui n'hésitait jamais dans les grandes occasions.

Agricola saisit les louis qui brillaient entre les doigts gantés de Rose, les fourra prestement dans son soulier et, après cet encaissement original, il se redressa et prit une pose oratoire.

—Savez-vous, commença-t-il, *qui qu'a* escofié l'homme aux lunettes, le père Frapillon ?

— On vient de te payer pour nous l'apprendre, répondit brusquement Taupier, qui gardait rancune au gamin.

— C'est juste. Eh ben ! c'est ce gros plein de soupe de Pilevert.

— Antoine ? c'est impossible, s'écria madame de Charmière fort troublée par la perspective d'être appelée comme témoin devant la cour d'assises qui devait juger ce frère malencontreux.

— Moi, je crois que c'est très probable, dit entre ses dents le bossu.

Valnoir s'était laissé tomber dans un fauteuil et semblait partagé entre des émotions très variées.

— Maintenant, v'la l'histoire demandée, reprit le gamin. Faut donc vous dire que samedi dernier il y avait quatre jours que j'étais en bordée et que j'avais pas contemplé la respectable binette de papa.

— Agricola, tu abuses de ma condescendance, interrompit Bourignard, et la liberté n'autorise pas...

— Silence donc, père noble ! cria Taupier.

— Je flânais, sur le coup de six heures, dans la rue Montorgueil, continua le narrateur, quand je vois Pilevert qui s'esbignait du journal et qui s'en allait du côté de la halle, bras dessus bras dessous avec le père Frapillon.

Ça me paraît louche qu'un aristo à lunettes se laisse

accoster par un muffe qu'on refuserait s'il voulait s'engager dans la rousse, et je me mets à les filer... histoire
de savoir ce qu'ils manigançaient ensemble.

— Pas bête ça, crapaud, grommela Taupier.

— J'emboîte donc le pas et je les vois entrer chez Baratte. Bon ! je me dis, le père aux lunettes veut pocharder
Pilevert ; bien sûr, c'est pas pour le plaisir de lui payer
à boire.

— Ingénieux enfant, murmura Bourignard.

— C'est là que j'ai posé ! non vrai, je croyais pas qu'ils
feraient une noce aussi soignée que ça ; quatre heures ça
a duré, leur godaille, et si j'avais pas rencontré Alfred
qui m'a payé cinq tournées sur le comptoir d'en bas, je
me serais rudement embêté.

Enfin les v'là qu'ils sortent. Pilevert était d'un rond,
mais d'un rond...

— Coupe les longueurs, ça traîne, dit Taupier.

— Je vas couper, reprit Agricola vexé.

Il sont allés au club, boulevard de Clichy, et ensuite
dans l'impasse à côté, à votre *Pleine Lune*, d'où ils sont
partis plus vite qu'ils n'auraient voulu...

— Tonnerre ! s'écria le bossu, je parie, méchant
mioche, que c'est toi qui as fait la voix de l'agent de police dans l'escalier.

— Un peu, Mayeux ! répondit impudemment le gavroche ; je réussis les imitations comme Mélingue.

— Agricola, cette facétie passait les bornes, murmura
le portier qui n'avait pas encore digéré sa frayeur.

— Attention ! nous v'là au cinquième acte. En sortant
du caveau, je les vois qui s'en vont tout doucement du
côté de la rue de Laval. J'aurais parié quarante sous
contre une prune à l'eau-de-vie qu'ils en voulaient au
chalet. Ça n'a pas raté. Ils se mettent à raser les murs et
une fois devant la petite porte, paf ! ils entrent comme des
lettres à la poste.

— On leur avait ouvert ? demanda Rose.

— Non, c'est le père Frapillon qui à barbotté la serrure.

Je voyais tout ça du bout de la rue, et quand ils ont été dans la boîte, c'est là que j'ai rigolé.

Pendant une heure, j'ai sifflé, j'ai cogné à la porte, histoire de leur faire des farces, mais ça commençait à me scier de battre la semelle sur le trottoir, quand c'est devenu drôle.

— Va donc! va donc! dit Taupier impatienté.

— Je m'étais rencoigné contre une borne, quand je vois venir un homme et une femme qui s'arrêtent aussi devant la porte et qui l'ouvrent sans douleur. Je me rapproche. J'entends des voix : on se disputait, et puis, pan! un coup de pistolet.

— Et qui t'a dit que c'était Pilevert qui avait tiré, imbécile ! cria le bossu.

— Attendez un peu! vous êtes bien pressé. V'la donc que je me mets à leur chanter un air pour leur donner le trac et puis je me colle à genoux et j'attends.

Au bout de vingt minutes je vois la porte qui s'ouvre tout doucement et mon Pilevert qui sort avec le père Frapillon sur son dos et qui s'en va le coucher au milieu de la rue.

Je ne sais si c'était la pochardise ou l'émotion, mais il avait l'air de ne pas tenir sur ses jambes ; et puis il s'est aperçu qu'il avait oublié le pistolet et il est revenu le poser à côté du refroidi.

— Et... après? balbutia madame de Charmière.

— Après, la porte s'est encore ouverte au bout d'un quart d'heure, plus ou moins, et cette fois, ils sont sortis quatre et ils ont filé du côté de l'avenue Trudaine.

— Deux femmes, sans doute? demanda Valnoir.

— Non une, celle qui venait d'entrer et puis celui qui l'avait amenée, et puis Pilevert, et puis un autre, un grand qui avait une drôle de dégaine avec sa grande capote et son capuchon.

— Et tu ne les as pas suivis, animal! dit Taupier.

— J'aurais bien voulu vous y voir, vous, l'enflé, répondit insolemment Agricola. Plus souvent que j'allais courir après pour qu'ils m'empoignent et qu'ils me couchent sur le pavé comme le père aux lunettes. Sans compter qu'il aurait fallu passer à côté de sa carcasse, et que j'aime pas à voir des morts. Chacun son goût, quoi !

Agricola fit une pirouette en guise de péroraison et se tut, bien persuadé d'avoir gagné son argent.

— Tu ne sais rien de plus ? demanda Taupier, après un silence.

— Rien... *nix... ma kach*, répondit le gamin, qui savait nier en plusieurs langues.

— Pourquoi n'es-tu pas venu nous dire ça plus tôt ?

— Parce qu'en faisant le tour par la rue Bréda pour rentrer chez nous, j'ai été ramassé par la patrouille qui m'a collé au bloc ; et puis, quand ils m'ont lâché, j'ai été faire un tour du côté de Bondy, à la maraude des pommes de terre.

— Tiens, je crois qu'on sonne en bas, je vas voir un peu à ma loge, dit Bourignard, que le récit de son fils semblait avoir fort ému.

Agricola le suivit en criant :

— Je suis payé. Je me la casse.

Valnoir, Taupier et Rose de Charmière, se trouvèrent seuls.

Après que Bourignard et son rejeton eurent effectué leur sortie, il y eut un moment de silence.

Les révélations d'Agricola avaient jeté le trio dans une grande perplexité, et chacun restait plongé dans ses réflexions.

Taupier fut le premier qui secoua cette torpeur.

Le bossu n'aimait pas à rester longtemps sous le coup d'une impression pénible, et il avait de plus la prétention d'être un homme de ressources dans les cas difficiles.

Aussi jugea-t-il à propos d'émettre un avis consolant.

— Bah ! dit-il, ce que je vois de plus clair dans toute cette histoire, c'est que nous avons maintenant barre sur tous ces gens-là.

— Comment cela ? demanda Valnoir, qui paraissait beaucoup moins rassuré que lui.

— Mais il me semble qu'ils ont sur le dos, un bon petit assassinat. S'ils voulaient nous tracasser, je crois que nous ne serions pas embarrassés de leur répondre.

— Oh ! tout cela ne me paraît pas si clair, murmura le rédacteur en chef du *Serpenteau*. Je vois bien que Frapillon a été tué par Pilevert ; mais comment et pourquoi ? C'est ce que je ne comprends guère.

— D'ailleurs, ajouta madame de Charmière, Antoine... je veux dire ce... cet homme n'a jamais été bien féroce, que je sache, et je suis fort étonnée qu'il ait eu l'énergie de tuer quelqu'un.

— Et qui, diable, voulez-vous que ce soit ? Vous avez bien entendu ce que vous a dit ce mauvais drôle.

— Ce mauvais drôle n'a pas vu ce qui s'est passé de l'autre côté du mur, et le coup de pistolet pourrait fort bien avoir été tiré par un de ceux qui accompagnaient Pilevert quand il est sorti.

— Lui ou un autre de la bande, c'est tout un, et nous les tenons toujours par cette histoire.

— Messieurs, dit Rose, nous nous égarons là en discussions inutiles. Ce qu'il nous importe de savoir, c'est ce que Frapillon a fait de l'argent. N'oublions pas ce point...

— Capital, c'est le mot, interrompit Taupier, mais je ne désespère pas encore de retrouver le magot chez Molinchard, car feu notre caissier était bien assez malin pour nous avoir poussé une blague en nous disant qu'il l'avait mis à la Banque.

— Quel homme est ce Molinchard ? demanda Rose, qui était devenue rêveuse.

— Oh ! un petit médecin de quatre sous, dont Frapillon avait fait son âme damnée et qui aurait vendu son père pour faire fortune.

— Est-ce qu'il ne tient pas une espèce de maison de santé ? Il me semble avoir vu une réclame pour lui dans un de nos derniers numéros, dit Valnoir.

— Parfaitement. C'est même le susdit Frapillon qui a fourni les fonds pour la monter et qui encaissait les bénéfices. L'établissement est perché tout en haut de Montmartre, et Molinchard a eu l'aplomb de l'intituler Villa des Buttes.

— Parbleu! j'y pense, s'écria Taupier, j'ai un excellent prétexte pour y entrer.

— Lequel?

— Cet imbécile de Podensac a attrapé l'autre jour une balle dans le bras, et il est allé se faire soigner à l'ambulance Molinchard.

C'est une drôle d'idée qu'il a eu là ; mais j'en profiterai pour traîner mes guêtres là-haut tous les jours.

— Dites-moi, mon ami, demanda Rose en s'adressant à Valnoir, verriez-vous quelque inconvénient à faire avec moi une visite au blessé?

— Aucun, mais je n'en vois pas non plus l'utilité.

— Une femme aperçoit bien des choses qui échappent aux hommes, et je suis sûre qu'après avoir causé une heure avec ses gens-là, je saurai à quoi m'en tenir.

— L'idée n'est pas mauvaise, dit Taupier.

— Seulement, je ne sais pas trop comment Podensac prendra la chose, dit Valnoir ; je le connais assez peu et je suis même en froid avec lui depuis qu'il a servi de témoin à M. de Saint-Senier.

— Oh! si ce n'est que ça, je me charge de vous raccommoder, reprit le bossu, et même je profiterai de l'occasion pour lui demander des détails sur son retour à Paris après le duel.

Je n'ai jamais tiré au clair ce qui s'était passé entre lui, Pilevert, l'officier, la sauteuse et le mort qu'ils ont ramené en carriole.

— A propos de l'officier et de cette jeune fille, demanda le rédacteur en chef, est-ce que ce ne serait à pas eux que Frapillon aurait eu affaire dans le jardin du chalet?

Le gamin nous a parlé d'un homme et d'une femme qui sont entrés là comme chez eux, et il me semble...

— J'ai eu la même idée que toi, interrompit Taupier, d'autant plus qu'au club, un imbécile d'escargot de rempart est venu annoncer l'arrivée d'un messager de l'armée de la Loire qui ramenait un prisonnier français et une femme.

Mais quelle apparence que les Prussiens les aient lâchés?

— Tout arrive, dit Valnoir, pensif.

— Et d'ailleurs, il y avait au chalet, cette nuit-là, un troisième personnage, celui que le mioche a vu sortir en caban et avec un capuchon sur le nez.

Il ne revenait pas de Prusse, celui-là, je suppose.

— Et les deux dames du chalet, ajouta Rose, que sont-elles devenues?

— Oh! elles n'y étaient plus quand l'affaire s'est passée, répondit le bossu. Je connais le secrétaire du commissaire de police qui a fait la première visite du pavillon; c'est un pur qui lit tous les jours le *Serpenteau* et qui me donne tous les renseignements que je veux pour mes faits divers.

Il m'a raconté qu'elles avaient filé la veille, à la suite d'une espèce d'émeute. On avait parlé de signaux dans le quartier, le peuple a voulu entrer. Elles ont pris peur et elles sont parties.

— Et on ne sait pas où elles sont allées?

— Non, mais on le saura.

— Tout cela est bien bizarre. Et ton ami ne t'a pas dit ce qu'on a trouvé quand on a visité le pavillon.

— Mais si, seulement ça ne m'a rien appris.

. Il y avait au rez-de-chaussée, des vêtements de femme, du linge et un tas d'objets de ménage que les donzelles n'avaient pas eu le temps d'emporter, ce qui prouve qu'elles étaient rudement pressées de disparaître.

— Et c'est tout?

— A peu près. Dans une chambre du premier étage, on a trouvé un tas de fioles et de remèdes, comme si on y avait soigné un malade, quelques effets d'hommes et rien de plus.

— Pas un papier? Pas un renseignement écrit?

— Trois ou quatre lettres insignifiantes datées d'avant le siège, le brevet d'officier du Saint-Senier, et un pli officiel du ministère de la guerre qui annonçait que ce lieutenant de malheur était prisonnier à Saint-Germain.

— C'est incroyable! où sont allés tous ces gens-là? On ne disparaît pas ainsi du jour au lendemain, surtout dans une ville assiégée d'où on ne peut pas sortir.

— Ils auront été retrouver les deux femelles, c'est clair.

— Messieurs, dit madame de Charmière, toujours judicieuse et pratique, je crois qu'il est tout à fait superflu de nous occuper de ces détails. Si nos ennemis se cachent, tant mieux! c'est qu'il ont des raisons pour cela, et alors ils ne chercheront pas à nous nuire.

Il sera temps d'agir contre eux quand ils reparaîtront, mais leur association avec Pilevert me paraît inexplicable; c'est lui que je voudrais retrouver, et je le retrouverai ou plutôt il reviendra chez moi de lui-même.

— Ça c'est possible, murmura le bossu.

— Et alors, reprit l'intelligente Rose, je vous promets que je ne le laisserai plus partir avant de savoir tout ce que avons besoin de connaître.

— Vous avez peut-être raison, ma chère, dit Valnoir.

— Sans compter que ça ne nous empêchera pas de travailler Molinchard, ajouta Taupier.

— Voyons, voulez-vous me laisser diriger toute cette affaire? demanda la dame qui semblait avoir beaucoup réfléchi pendant que les hommes parlaient.

— Ma foi! c'est une idée, s'écria le bossu, et je suis tout prêt à m'enrôler sous vos ordres.

— Et moi aussi, dit Valnoir.

— Alors c'est convenu. Dès demain, mon cher Charles, je commencerai les opérations.

— Vous rappelez-vous, belle dame, demanda Taupier, qu'il y a deux mois nous avons eu une séance dans e genre de celle-ci, rue Cadet, dans le cabinet de feu Frapillon, et que ce jour-là nous avions juré aussi d'entamer une campagne contre Saint-Senier ?

— Et je ne vois pas qu'elle ait trop bien réussi, dit Valnoir.

— C'est qu'elle était mal commandée, dit Rose de Charmière avec un sourire.

C'est moi, maintenant, qui suis le général, et vous verrez que cette fois-ci nous vaincrons.

— Ainsi soit-il, dit le bossu en prenant son chapeau. Je m'en vais voir un peu si la vente marche bien dans les kiosques.

— A demain, dit Valnoir en lui tendant la main.

— A demain, répéta Taupier.

Et il sortit après avoir baisé le bout des doigts de la belle Rose, qui se laissa faire sans trop de répugnance.

Elle avait un plan et elle comptait beaucoup sur le bossu pour l'aider à l'exécuter.

XI

Au rez-de-chaussée de sa maison de santé, dans une pièce sombre et humide qu'il avait décorée du nom de *Cabinet du directeur*, le docteur Molinchard était assis devant un bureau à cylindre et feuilletait des registres.

Sa figure blême avait pris une certaine expression de satisfaction vaniteuse qui ne lui était point habituelle au temps où J.-B Frapillon, son opulent commanditaire, régnait et gouvernait à la villa des Buttes.

C'est que la mort imprévue et violente de l'agent d'affaires avait apporté de grands changements dans l'existence du médecin démocrate.

Pour la première fois de sa vie, Molinchard se trouvai libre de ses actions et maître absolu d'un établissement dont jusqu'alors il n'avait été que le très humble gérant.

Nul ne connaissait au juste les conditions de son association avec le défunt, attendu que feu Frapillon aimait à traiter lui-même et sans mettre personne dans ses confidences, les affaires interlopes qu'il brassait continuellement.

Il n'avait pas besoin de notaire pour ses actes, qu'il savait parfaitement rédiger lui-même en sa qualité d'homme de loi, et quand il avait installé son féal docteur à Montmartre, les intérêts réciproques avaient été réglés par un simple sous seing privé.

Dès qu'il avait appris par le bruit public l'événement de la rue de Laval, Molinchard s'était transporté sur le champ au domicile de la rue Cadet.

Quand il s'y présenta, on venait d'apposer les scellés sur l'appartement, et il apprit de la bouche d'un commis affligé que la succession du caissier allait provisoirement rester vacante.

On ne lui connaissait de parents à aucun degré, du moins à Paris.

S'il en avait en province, il fallait attendre la fin du siège pour les prévenir.

Le docteur était donc assuré, pour un temps plus ou moins long, de n'avoir rien à démêler avec les problématiques héritiers de son associé et cette perspective était loin de lui déplaire.

Aussi s'était-il bien gardé de se mettre en évidence après cette mort mystérieuse.

Il s'était tenu coi dans sa thébaïde de Montmartre, s'abstenant de toute démarche et poussant la précaution jusqu'à se priver de suivre le convoi de Frapillon.

Il lui avait fallu pour cela faire violence à ses convictions démocratiques, car l'enterrement civil de l'homme d'affaires avait servi de prétexte à une grande manifestation de ses frères et amis.

Mais le prudent Molinchard savait que la rédaction du « Serpenteau » conduisait le deuil et il ne se souciait pas de provoquer par sa présence des questions indiscrètes.

En dépit de la communauté d'opinions, les intérêts du journal n'étaient pas les siens, et il se repentait même beaucoup d'avoir laissé échapper quelques mots de trop dans une conversation récente avec Taupier.

C'était à cette demi-indiscrétion que le subtil bossu devait d'avoir eu vent d'un dépôt fait par Frapillon, peu de jours avant sa fin tragique.

Seulement, le docteur espérait bien que ses paroles seraient tombées dans une oreille distraite et il avait toujours d'ailleurs la suprême ressource de nier.

Ce secret, du reste, n'était pas le seul que son ancien maître lui eût légué.

Depuis que le hasard l'avait mêlé à l'enlèvement des dames du chalet, Molinchard avait charge d'âmes.

Dans la nuit qui avait suivi l'installation des deux victimes à la villa des Buttes, l'affreux caissier avait eu le temps d'expliquer une partie de son plan à son vil complice.

Il lui avait parlé d'un énorme héritage à recueillir en séquestrant une vieille femme presque mourante et une jeune fille atteinte de folie.

Molinchard, pour le moment, n'en avait pas demandé davantage.

Il ne discutait jamais les ordres que son chef lui donnait et d'ailleurs Frapillon lui avait promis de l'initier davantage par la suite à cette affaire qui promettait d'être fructueuse.

Le servile docteur s'était donc prêté à toutes les manœuvres qui lui avaient été commandées.

Attirée par un prétexte perfide hors de l'appartement où on l'avait installée d'abord, madame de Muire avait été reléguée dans une chambre soigneusement close et située dans les combles à l'autre bout du bâtiment.

Ce détournement opéré pendant le sommeil de mademoiselle de Saint-Senier avait laissé la malheureuse jeune fille exposée sans défense aux entreprises de son persécuteur.

Mais Frapillon s'était contenté de lui dérober les clefs du chalet, et les effets du narcotique n'avaient pas eu de résultat funeste pour la santé de Renée.

Les choses en étaient là quand Molinchard avait appris qu'on venait de relever sur le pavé d'une rue le cadavre de l'organisateur de toutes ces infamies.

Il l'attendait précisément ce jour-là pour lui demander de plus amples instructions, et la nouvelle de sa mort l'avait jeté dans une grande perplexité.

Il faut rendre cette justice au docteur que sa première pensée fut de rendre sur-le-champ la liberté aux deux pauvres femmes.

Mais il était de l'avis de M. de Talleyrand, qui prétendait qu'on doit toujours se défier de son premier mouvement, parce que c'est le bon, et il se mit à réfléchir aux conséquences du parti qu'il allait prendre.

Mal informé des circonstances de cette histoire de rapt, que Frapillon avait eu soin de raconter à sa façon, ignorant les véritables antécédents de ses prisonnières et encore plus leur caractère et leur situation dans le monde, Molinchard s'était dit que le premier usage qu'elles feraient de leur liberté serait de le dénoncer.

Si peu qu'il se fût prêté aux agissements du caissier ravisseur, il pouvait fort bien être considéré comme son complice, et la crainte d'avoir des comptes à rendre à la justice l'arrêta tout net,

Les premiers jours de la captivité des dames de Saint-Senier s'écoulèrent donc pour leur geôlier en hésitations et pour elles en angoisses indicibles.

La comtesse de Muire avait été reprise d'une terrible crise nerveuse et ne quittait pas le lit, où elle se lamentait en appelant sa nièce.

Le docteur l'avait confiée aux soins peu délicats de la

virago qui faisait office d'infirmière à la villa des Buttes et s'était contenté de prescrire des calmants.

Renée de Saint-Senier, accablée de chagrin et dévorée d'inquiétude, avait reçu plusieurs fois sa visite.

Dans ces entrevues, l'astucieux Molinchard avait montré une réserve calculée, parlant peu, répondant moins, et écoutant, avec une attention qu'il savait dissimuler sous un air distrait, les plaintes et les récriminations de la jeune fille.

A toutes ses questions, aux reproches violents qu'elle ne lui épargnait pas, il opposait des phrases évasives où perçait une sorte de pitié affectueuse.

Mademoiselle de Saint-Senier avait pu se convaincre promptement que ce médecin si discret la considérait ou affectait de la considérer comme folle, et cette découverte l'avait jetée dans le plus profond désespoir.

Quant au docteur, il en avait appris assez pour être certain qu'il tenait en son pouvoir des femmes du meilleur monde, victimes d'une machination dont il n'entrevoyait le but qu'à demi.

Une fois fixé sur ce point, il s'était dit qu'il pouvait encore se tirer de là en se rangeant du parti de ses deux pensionnaires.

Il n'avait qu'à feindre d'avoir été trompé sur leur état et à leur ouvrir les portes en mettant la séquestration arbitraire au compte de J.-B. Frapillon, qui n'était plus là pour le démentir.

Il sortait ainsi d'une situation difficile et dangereuse et il s'assurait en même temps des droits à la reconnaissance de personnes fort haut placées, avantage que, tout démocrate qu'il fût, le docteur ne dédaignait point.

Il est même probable qu'il se serait arrêté à cette sage résolution, s'il ne s'était produit dans son cœur fort peu tendre le plus inattendu des phénomènes.

Molinchard était devenu amoureux de Renée !

Il avait eu beau s'en défendre, il avait vainement fait appel à ses convictions d'homme libre et de philosophe, il avait cédé malgré lui au charme tout aristocratique de mademoiselle de Saint-Senier.

Les bonnes fortunes de sa jeunesse n'avaient pas dépassé le cercle des habituées des brasseries du quartier latin ou des filles de service des hôpitaux.

Il n'en était que plus accessible à la passion inspirée par une jeune fille qui lui apparaissait comme descendue des sphères supérieures d'un monde interdit aux médicastres de son espèce.

Aussi, l'infortuné quadragénaire ne pouvait plus se le dissimuler, il aimait et sans oser le dire.

Car Molinchard savait que la nature l'avait affligé d'un physique peu séduisant, et que ses manières de cuistre ne l'aideraient pas à faire accueillir favorablement l'aveu de son amour par une belle et noble demoiselle.

Mais il ne pouvait pas se décider à se séparer de sa prisonnière et il en était venu à compter sur une révolution nouvelle qui lui fournirait le moyen de se faire accepter comme sauveur.

Le souvenir de certains proconsuls de 1793 qui donnaient à choisir entre leur amour et l'échafaud poursuivait Molinchard et lui donnait quelque espoir.

Cependant il y avait bientôt trois semaines que la mort de Frapillon l'avait fait gouverneur de la villa des Buttes, et il n'en était pas plus avancé.

Le siège tirait visiblement à sa fin par suite de l'épuisement des vivres et le docteur n'entrevoyait aucune solution à ses affaires de cœur et d'intérêt.

Aussi était-il devenu fort triste, et ce jour-là, il repassait mélancoliquement ses comptes de la première quinzaine de janvier, quand la grosse cantinière qui servait les malades du sexe féminin entra dans son cabinet avec l'impétuosité d'un ouragan.

— M'sieu, m'sieu, cria la virago tout essoufflée, il y a des bourgeois qui vous demandent.

— C'est bon, mère Ponisse, c'est bon, dit Molinchard; il n'est pas nécessaire de parler si haut.

— Quant à ça, j'y peux rien ; c'est mon organe naturel, reprit la vieille en forçant encore son diapason.

— Qu'est-ce qu'ils veulent encore, ceux-là ? dit le docteur assez contrarié d'être dérangé.

— Ils ont oublié de me le dire ; mais vous pouvez bien vous déranger pour eux, car ça m'a l'air de particuliers joliment cossus.

Il y en a un qui a un paletot avec un collet en poil de lapin, qu'il a quasiment l'air d'un mylord anglais, et ils ont amené une princesse en chapeau et en cachemire.

— Comment ! il y a une femme ? demanda Molinchard qui commençait à être intrigué et même légèrement inquiet.

On s'effarouche de peu quand on n'a pas la conscience nette et Molinchard rêvait déjà l'arrivée de quelque parente inattendue des dames de Saint-Senier.

— Pour sûr qu'il y a une femme et une *chouette* encore, répondit l'ex-cantinière, sans compter qu'ils ne sont pas venus à pied et qu'ils ont un fiacre qui les attend sur la butte, au-dessous de l'abreuvoir.

— Je n'y comprends rien, murmura le médecin, et, à moins qu'on ne m'amène une nouvelle pensionnaire...

— Pas de danger, cria la mère Ponisse, une cassine comme la vôtre, c'est bon pour les *panées* qui sont là-haut... à propos de ça vous savez que la petite ne veut plus rien manger...

— Assez ! dit Molinchard avec autorité ; je verrai cela tantôt. Occupez-vous de faire entrer les personnes qui me demandent.

La vieille se disposait à sortir en grommelant, mais elle n'eut pas la peine de s'acquitter de sa mission, car la porte du cabinet s'ouvrit et les visiteurs parurent.

Le premier qui montra sa grotesque personne n'était autre que Taupier précédant son ami Valnoir lequel donnait le bras à madame de Charmière.

— Mâtin ! dit le bossu dans son langage peu choisi, il paraît que tes affaires vont bien, car on fait antichambre chez toi.

En apercevant le terrible gnôme, Molinchard avait pâli et s'était hâté de fermer son bureau.

Taupier lui avait de tout temps inspiré une certaine frayeur; mais depuis qu'il avait eu l'imprudence de lui lâcher quelques mots du fameux dépôt, c'était bien autre chose. Sa vue lui produisait l'effet de la tête de Méduse.

L'empressement qu'il avait mis à serrer ses papiers n'avait point échappé au clairvoyant bossu.

— Nous avons de l'ordre, à ce que je vois, dit-il d'un ton railleur; des tiroirs et des paperasses, c'est superbe ; on se croirait chez feu Frapillon.

— Mais je t'assure que... j'étais en train de vérifier des factures, et...

— Ne m'assure rien, illustre Esculape, et laisse-moi te présenter à mes amis.

Molinchard, qui s'était levé en trébuchant d'émotion, salua si gauchement, que Rose eut peine à contenir une forte envie de rire.

— Vous voyez sous cette robe de chambre à fleurs, reprit impitoyablement Taupier, un prince de la science retiré sur les hauteurs de Montmartre pour se consacrer au soulagement de l'humanité souffrante. Ses talents sont connus et son nom...

— Monsieur, interrompit Valnoir qui eut pitié de l'embarras du pauvre docteur, vous excuserez les folies de notre ami. Je vais me présenter moi-même.

Je suis le rédacteur en chef du *Serpenteau* et vous avez sans doute entendu parler de moi.

— Par ce pauvre Frapillon, certainement, balbutia Molinchard, et je suis charmé...

— Et madame de Charmière que tu oublies de nommer ! cria le bossu; avoue, mon vieux docteur, que tu n'as jamais vu une aussi jolie femme; c'est l'Egérie de Valnoir, l'ange du *Serpenteau*, et...

La belle Rose arrêta ce déluge d'épithètes gracieuses, en prenant la parole à son tour.

— J'étais curieux d'admirer la vue magnifique qu'on a de votre maison, dit-elle avec le plus aimable de ses sourires et j'espère, monsieur, que vous ne m'en voudrez pas d'avoir accompagné M. de Valnoir.

— Comment donc, madame ! Mais, au contraire, exclama le docteur, qui devenait encore plus niais que de coutume.

— Une femme d'ailleurs, n'est jamais déplacée en venant visiter un blessé, reprit madame de Charmière.

— Un blessé ? répéta Molinchard, en cherchant à comprendre.

— Mais oui, grand praticien, dit le bossu, un blessé qui a eu l'idée, que je qualifierai de bizarre, de venir se faire soigner dans cette ambulance.

— Lequel ? J'en ai plusieurs, murmura le docteur qui se vantait légèrement, car sa clientèle ne se composait guère que de gardes nationaux réfractaires.

— Podensac ! parbleu ! Podensac ! le célèbre chef des Enfants-Perdus de la rue Maubuée.

— Le commandant ! C'est pour lui que vous venez ! s'écria Molinchard, visiblement soulagé.

— Et pour qui veux-tu que ce soit, aimable Purgon ?

— Mais en effet, je n'y songeais pas et c'est bien naturel. Oh ! il va parfaitement ; blessure légère, le projectile a glissé sur le grand trochanter et a à peine entamé le deltoïde...

— Oh ! assez ! cria Taupier, tu ne vas pas nous scier longtemps avec tes mots d'amphithéâtre ; mène-nous plutôt voir Podensac.

— Très volontiers. Est-il dans sa chambre ? demanda Molinchard à l'ex-cantinière qui était restée au port d'armes.

— Non, il fume sa bouffarde dans la grande cour, répondit la vieille.

— Alors, messieurs, je vais vous y conduire, dit le docteur, charmé de l'occasion de quitter le cabinet où il

enfermait ses secrets. Et si madame ne craint pas l'odeur
du tabac...

— Oh ! pas le moins du monde, dit Rose, qui s'amu-
sait fort des sottes phrases du ridicule personnage ; et
d'ailleurs, en plein air...

— Allons, montre-nous le chemin, interrompit Taupier.

Molinchard ne se fit pas répéter l'injonction, et con-
duisit ses hôtes par un long corridor, au bout duquel une
grille défendait l'entrée du lieu que la grosse servante
appelait la grande cour.

— J'aperçois le commandant, assis là-bas au fond, dit
le docteur en ouvrant la clôture.

Les visiteurs entrèrent dans un préau assez vaste,
complètement entouré de murs, sablé avec des cailloux
de rivière et planté de trois ou quatre maigres acacias.

Cela ressemblait au promenoir d'une prison.

Le long d'une des murailles, un groupe de sédentaires
en vareuse se livrait avec ardeur au jeu de bouchon qui
fut, cinq mois durant, le divertissement favori des assiégés.

Dans un coin opposé, assis sur un banc et le bras en
écharpe, Podensac, que son grade condamnait à un isolement plein de dignité, Podensac fumait paisiblement sa
pipe.

Il se leva en apercevant Taupier et vint au-devant de la
brillante compagnie qui lui arrivait à l'improviste.

Il avait eu de bonnes relations avec Valnoir avant le
duel de Saint-Germain et il ne lui tint pas rigueur. Quant
à la belle madame de Charmière, il la connaissait de vue.

Aussi, les présentations se bornèrent-elles à un échange
de poignées de mains cordiales.

Rose s'excusa en fort bons termes de l'indiscrétion de
sa visite, comme elle l'avait déjà fait avec Molinchard et,
cette fois encore, elle recueillit fortes politesses.

Le commandant faisait profession de galanterie raffi-
née avec le beau sexe, et, de plus, il n'était pas fâché de

se montrer à une jolie femme dans l'intéressant appareil d'un guerrier blessé.

— Eh bien ! mon vieux, tu as donc gobé une prune de ces scélérats de Prussiens, dit le bossu.

— Oh ! ça ne compte pas ! Une simple égratignure, et j'espère bien retourner aux avant-postes un de ces jours.

— Et en attendant, tu es venu te refaire chez l'ami Molinchard. Dès que nous avons su que tu étais ici, nous avons fait la partie de venir te voir.

— Je vous suis très reconnaissant, surtout à madame, d'avoir pris la peine de grimper jusqu'ici, car c'est un vrai voyage.

— Il ne m'a pas coûté, monsieur, dit gracieusement Rose ; j'irais beaucoup plus loin pour voir un brave officier et un ami de M. Valnoir.

Podensac, très flatté de ce compliment, éteignit sa pipe et engagea les visiteurs à prendre place sur un banc.

Molinchard crut devoir laisser la société à ses épanchements amicaux et profita de l'occasion pour prendre congé.

Il n'aimait pas à s'éloigner longtemps de l'intérieur de sa maison où il avait bien des choses à surveiller et il ne voyait aucun intérêt pour lui à assister à la conversation de ses hôtes.

— Sais-tu, mon vieux, dit le bossu, dès que le docteur eut tourné les talons, qu'il y a un bout de temps que nous ne nous sommes vus ?

— Ma foi, oui ! Depuis notre rencontre à Rueil dans le cabaret de Mouchabeuf, il y a bientôt trois mois.

Taupier tressaillit légèrement, car ce souvenir ne lui était pas agréable.

— Et à propos de ça, j'ai une drôle d'histoire à te raconter, reprit le commandant.

— Vraiment ! dit le bossu, qui pensa tout de suite à Régine.

— Mais, oui ; figure-toi...

Podensac fut interrompu par la chute d'une pierre qui vint tomber à côté de lui en effleurant madame de Charmière.

— Vous n'avez pas été touchée, madame ? demanda le commandant.

— Tiens ! Il y a un papier attaché au caillou, dit Taupier qui venait de ramasser le projectile.

— Voilà qui est singulier, dit Valnoir.

— Voyons un peu ce que chante ce papier, grommela le bossu.

— Mais, objecta Rose en regardant Podensac avec un sourire, les lettres qui se lancent par-dessus les murailles sont généralement des lettres d'amour, et je vous trouve fort indiscret.

— Oh ! dit le commandant, je n'ai pas de correspondance de ce genre-là...

— Alors, on peut lire ? demanda Taupier.

— Parfaitement, et cela d'autant mieux que je sais ce que c'est.

Le bossu ne se fit pas répéter deux fois l'autorisation et détacha le papier qui était noué autour de la pierre avec une grossière ficelle.

— Quelque farce de gamin, vagabondant sur les buttes, murmura Valnoir.

Taupier déplia le billet, qui était écrit sur une enveloppe grisâtre, destinée primitivement à contenir une emplète faite chez l'épicier.

— Diable ! Ce n'est pas commode à déchiffrer, dit-il entre ses dents. On dirait que ça été écrit avec un clou trempé dans du noir de fumée.

Cependant, il se mit à épeler péniblement.

« Qui que vous soyez... ayez pitié d'une femme... »

— C'est écrit en style de cinquième acte de la Porte-Saint-Martin, dit le rédacteur en chef du *Serpenteau*.

— D'une femme, continua Taupier, qui a été attirée par une ruse infernale dans cette maison... où on la retient de force...

16.

— Oh ! oh ! voilà qui devient sérieux.

« Je supplie celui qui lira ces lignes... de les porter à un magistrat... et de lui dire qu'une odieuse séquestration se commet ici...

— Achevez donc, dit madame de Charmière, fort attentive à cette lecture.

— Mais, c'est tout, répondit le bossu.

— Quoi, pas de signature ?

— Pas l'apparence. Il est vrai que la place manquait sur ce bout de cornet à poivre.

— C'est étrange. Voyons l'écriture.

— Oh ! elle ne vous apprendra rien, dit Taupier en lui tendant le papier. C'est absolument charbonné. Seulement, l'orthographe y est.

— L'orthographe ! s'écria Valnoir en riant, alors, c'est grave ; notre ami le docteur s'amuserait-il à enfermer des princesses ?

— Qui sait ? dit tout bas Rose qui était devenue pensive. Il faudrait le lui demander...

— Je ne veux pas vous laisser chercher trop longtemps, interrompit Podensac ; les princesses sont rares en tout temps sur les buttes Montmartre, et, depuis le siège encore plus. Je vous garantis que Molinchard n'en retient aucune dans ses donjons.

— D'où vient cette lettre, alors ?

— D'une pauvre folle qui se livre à des griffonnages perpétuels. Elle m'a déjà bombardé trois ou quatre fois avec ses papiers attachés à des cailloux qu'elle jette ici, de la cour où elle se promène.

— Et qu'en avez-vous fait ? demanda vivement madame de Charmière.

— Je les ai montrés au docteur qui m'a conté l'histoire de cette malheureuse.

— Et cette histoire ?

— Est celle de presque toutes les folles.

Celle-ci est, je crois, la fille d'un menuisier où d'un serrurier, je ne sais plus trop. Elle allait se marier, quand la guerre est arrivée. Son promis a été appelé avec la réserve et n'a plus donné de ses nouvelles après Sedan. Alors sa tête à déménagé et son père l'a conduite ici.

Vous voyez que c'est un drame d'amour dans toutes les règles.

— Où la passion va-t-elle se nicher ! dit Valnoir, qui, en sa qualité de démocrate, se croyait le droit de traiter de fort haut les petites gens.

— C'est vraiment touchant, reprit madame de Charmière, d'un ton convaincu. Et cette pauvre femme est ici, seule, abandonnée de tous les siens?

— Le père est un ivrogne, d'après ce que m'a dit le docteur, et il est trop heureux d'être débarrassé d'elle.

— Et vous n'avez pas eu la curiosité de la voir?

— Ma foi non! en présence d'un étranger, elle devient furieuse, à ce qu'il paraît.

Sa manie est de se croire persécutée par des gens qui veulent l'enlever à son fiancé, et la vue d'un homme surtout détermine chez elle des crises effrayantes.

— Est-elle jeune? demanda Rose, après un silence.

— Je crois que oui, mais pas jolie du tout, à ce que m'a assuré Molinchard.

— Ça m'explique pourquoi tu n'as pas insisté pour lui faire une visite, ricana Taupier, car nous savons que tu es un grand vainqueur.

— Pas tant que toi, cher ami, dit modestement Podensac, et je pourrais te demander des nouvelles d'une de tes conquêtes que tu as dû revoir ces jours-ci.

— Qu'est-ce que tu me racontes là? demanda le bossu en haussant les épaules.

— Oh! je comprends que tu fasses le discret, car tu es bien sûr que ta belle ne parlera pas...

— Messieurs, interrompit madame de Charmière que les amours de Taupier intéressaient médiocrement, je ne veux pas gêner vos confidences, et je vais prier Charles, de me conduire chez le docteur pour lui demander la permission de visiter cette pauvre recluse. Il ne refusera pas cela à une femme.

Si Rose avait pu comprendre l'allusion cachée dans la réponse du commandant à Taupier, elle n'aurait certes pas songé à quitter la place.

Mais elle avait d'autant moins saisi la pensée de Podensac que sa tête travaillait en ce moment sur la prétendue folle par amour.

Son instinct féminin lui faisait entrevoir un mystère intéressant dans cette vulgaire histoire et, sans apercevoir clairement les liens qui là rattachaient aux affaires du Serpenteau, elle voulait, comme on dit, en avoir le cœur net.

Valnoir poussé comme elle par une curiosité vague ne demandait pas mieux que de remplacer la conversation du chef des Enfants-Perdus par une promenade à travers les arcanes de la villa des Buttes.

Il ne se fit pas prier pour accompagner sa belle amie.

— A bientôt, messieurs, dit Rose avec un gracieux sourire, spécialement adressé au galant Podensac.

— Si vous tardez trop, nous irons vous rejoindre, cria Taupier, pendant que le couple s'acheminait vers la grille.

Le pénétrant bossu n'avait pas compris non plus de quelles amours le commandant voulait lui parler.

Son esprit était ailleurs et, quand il se trouva en tête à tête avec le blessé, il ne pensa qu'à tirer de lui les renseignements dont il avait besoin.

— Sais-tu, mon vieux, qu'il y a un bout de temps que nous ne nous sommes pas vus, dit-il en lui frappant amicalement sur la cuisse.

— C'est vrai, ma foi ; mais tu ne t'en portes pas plus mal pour ça, et il me semble que le siège te réussit assez.

— Mais oui, mais oui, murmura Taupier avec un petit air satisfait. Avec un tirage comme celui de notre journal, nous pouvons nous payer des conserves.

— Ah ! vous avez de la chance, vous autres ! on dirait

que ce duel de Saint-Germain vous à porté bonheur.

— Tiens! au fait, dit le bossu qui prit la balle au bond, parlons-en un peu de ce duel, car je n'ai jamais eu l'occasion de causer avec toi depuis ce fameux jour.

Conte moi un peu ce qui vous est arrivé en revenant avec la carriole de cette brute de saltimbanque.

— Farceur! dit Podensac, tu dois le savoir aussi bien que moi.

— Mais, non, parole d'honneur! l'hercule est si bête que je n'ai rien pu en tirer de clair.

— L'hercule, je ne dis pas, mais... ah! pardieu! c'est possible, après tout, reprit le commandant qui se mit à rire tout à coup. Il y a des raisons pour que l'autre n'ait pas bavardé.

Cette fois encore, Taupier laissa passer l'allusion sans la remarquer.

— Eh! bien, mon cher, continua Podensac, nous avons failli être pincés par les uhlans qui nous ont poursuivis presque jusqu'à Rueil. Là, j'ai faussé compagnie aux autres voyageurs de la carriole pour aller rejoindre mes hommes de la rue Maubuée.

— Et le... le mort? interrogea le bossu avec une certaine hésitation.

En dépit de son cynisme, ce souvenir lui était toujours désagréable.

— Le mort était encore vivant quand je l'ai laissé à la garde de son cousin.

— Ah! dit Taupier en pâlissant.

— Oh! il n'en valait pas mieux pour ça; c'est-à-dire que les cahots de cette satanée guimbarde l'avaient un peu ranimé, mais il râlait et il a dû finir avant de rentrer à Paris.

— Qui sait? murmura le bossu.

— Ça me fait même penser que j'ai oublié l'autre nuit d'en demander des nouvelles à...

— A qui?

— Ah! ça, voyons, jouons-nous aux charades ou aux

propos interrompus ? Est-ce que tu te figures que je suis la dupe de tes airs discrets et que j'ai oublié notre rencontre au cabaret de Mouchabeuf.

— Au cabaret... de... Mouchabeuf? Eh! bien après?

La voix de Taupier tremblait un peu ; il craignait de comprendre.

— Oui, et la petite muette? Scélérat, va! Est-elle assez gentille et as-tu du être content de la revoir !

— La revoir! dit le bossu en bondissant sur le banc.

— Ne fais donc pas le beau ténébreux. Tu sais bien qu'elle a brûlé la politesse aux Prussiens qui te l'avaient prise, et depuis qu'elle est rentrée à Paris, elle a eu le temps d'aller te sauter au cou.

Taupier roulait des yeux égarés.

— Et entre nous, tu me dois un joli déjeûner que tu me payeras après le siège, car j'ai un peu contribué à te rendre ta dulcinée.

Mais tu n'as pas l'air content du tout?

— Parle, mais parle donc, cria le bossu; quand l'as-tu revue? où? comment?

— Ah! tu m'ennuies à la fin. Au pont de Bezons où elle m'est arrivée avec un messager de l'armée de la Loire qui est un officier de ta connaissance.

— Qui?

— Eh! parbleu! le cousin Saint-Senier, le témoin du duel... Mais, au fait, j'y pense... c'est peut-être lui qui t'a supplanté, et je comprends pourquoi tu n'as pas revu la petite.

Et Podensac éclata de rire au nez de Taupier qui se rongeait les poings.

— Qu'as-tu fait d'eux, où sont-ils? cria le malheureux bossu.

— Tu m'en demandes plus long que je n'en sais, mon vieux. Je les ai envoyé tous à la Place et je suis resté à mon poste.

Si tu veux des renseignements, tu feras bien d'aller les demander au gouverneur.

— C'était donc eux! dit avec accablement Taupier, qui se rappelait à la fois le rapport du garde national au club et le récit d'Agricola.

Valnoir et madame de Charmière reparurent à la grille au moment où le bossu laissait échapper une exclamation désolée.

XII

Molinchard, pendant cette matinée critique, avait passé par bien des angoisses.

Après le saisissement que lui avait causé l'apparition inopinée de Taupier conduisant Valnoir et sa belle amie, il avait eu un moment de calme relatif en voyant que cette visite pouvait s'expliquer assez naturellement par le désir de causer avec son pensionnaire Podensac.

Le commencement de la conversation à laquelle il avait assisté dans la cour n'avait rien d'inquiétant pour lui et il s'était cru très habile en se retirant discrètement.

Il croyait ainsi faire montre d'une conscience tranquille. Mais ce n'était pas le principal motif qui le poussait à regagner son cabinet.

Le malheureux docteur était à peu près dans la situation de ce personnage d'une nouvelle d'Edgar Poë qui a caché sous le parquet de sa chambre à coucher le corps de sa femme assassinée et qui n'ose pas s'éloigner de ce cadavre accusateur.

Molinchard ne gardait aucun cadavre, mais ses terreurs n'en étaient pas moins vives.

Les deux prisonnières lui pesaient sur la conscience comme deux remords vivants et son amour insensé pour Renée ajoutait encore à ses tortures.

Il en était venu à ne plus oser mettre le pied hors de la maison, de peur qu'en son absence il ne s'y produisît quelques événements.

Et pourtant ses précautions étaient bien prises.

Madame de Muire, reléguée sous les toits et clouée dans son lit par de cruelles souffrances, était hors d'état de bouger, et personne ne montait l'escalier qui conduisait à sa chambre de malade.

Personne, excepté la grosse infirmière dont l'épaisse cervelle était inaccessible à toutes les propositions et à toutes les demandes que la victime aurait pu lui adresser.

La mère Ponisse était d'ailleurs attachée par les liens de la reconnaissance au docteur qui l'avait tirée par hasard d'un fort mauvais pas, où sa brutalité naturelle l'avait jetée.

Elle tenait, avant d'entrer chez lui, un bouge situé au pied des Buttes-Montmartre et elle s'y était livrée un soir à un pugilat énergique avec un de ses clients qu'elle avait à peu près assommé.

Molinchard avait soigné le blessé pour rien et sauvé la mégère de la police correctionnelle.

A la suite de ce combat, l'ex-cantinière avait fermé son cabaret pour entrer dans la maison de son protecteur qui avait reconnu en elle des qualités solides et tenait à l'attacher à sa personne.

Cette virago était à la fois un gendarme et un agent de police. Ses poings et ses yeux étaient également au service de son maître auquel elle avait voué une fidélité de caniche.

Le docteur comptait donc absolument sur ce cerbère pour repousser toute tentative de délivrance des deux recluses, mais il n'avait pas voulu imposer à Renée l'humiliation de sa surveillance directe.

La Ponisse ne pénétrait dans le corps de logis où mademoiselle de Saint-Senier était enfermée que pour les soins indispensables du ménage et elle avait reçu la consigne de ne point répondre aux questions de la jeune fille qui, du reste, ne lui en adressait guère.

Molinchard s'était réservé le privilège des entretiens

avec Renée, mais ils ne lui réussissaient pas beaucoup mieux.

Après avoir pris momentanément congé de ses visiteurs il était donc revenu s'asseoir mélancoliquement à son bureau, et il avait repris quelque confiance, après les alertes qu'il venait de subir.

La mère Ponisse lui avait dit que tout était tranquille dans le département confié à ses soins et il commençait à espérer qu'il allait être bientôt débarrassé de ces hôtes importuns, quand, à sa grande surprise, Valnoir et madame de Charmière firent leur entrée dans le cabinet.

— Vous ne nous en voudrez pas, monsieur, dit Rose avec le plus gracieux sourire, de venir vous demander une faveur.

— Nullement, madame, nullement, balbutia Molinchard, qui dressait déjà l'oreille.

— M. de Valnoir voulait me persuader que je serais indiscrète, mais j'ai pris sur moi de tenter l'aventure.

— Vous avez très bien fait, madame, et je serai toujours charmé...

— De m'être agréable. J'en étais bien sûre.

— Veuillez me dire, madame...

— D'abord, je vous préviens que si vous me refusez, je vous en voudrai beaucoup.

— Mais je n'ai nullement envie de vous refuser, à moins pourtant que... vous me demandiez une chose impossible.

Plus Molinchard parlait, plus il se troublait et s'embrouillait dans ses phrases.

— Prenez garde, docteur, dit madame de Charmière en prenant un air malicieux qui acheva de déconcerter le patient, vous me faites là une réponse un peu jésuitique.

— Cependant je ne puis m'engager sans savoir...

— Sachez que, pour nous autres femmes, il n'y a rien d'impossible, et que je n'admettrais pas cette excuse-là.

— Veuillez donc me dire, madame...

— Eh bien, je voudrais visiter votre maison, causer avec vos pensionnaires.

Le docteur bondit et pâlit en même temps. A peine s'il trouva la force de murmurer :

— C'est impossible !

— Ah ! je vous y prends, monsieur, dit Rose en le menaçant doucement du doigt, et au premier mot encore.

Un refus tout sec est une mauvaise raison ; j'attendais de vous mieux que cela.

— Mais je vous jure, madame, que cette visite ne vous offrirait rien d'intéressant ; je n'ai ici que de pauvres gens forts communs atteints d'infirmités souvent repoussantes, et ce spectacle...

— Ce spectacle m'est familier, monsieur, reprit madame de Charmière en cherchant à se donner un air digne ; j'ai l'honneur, depuis un mois, de diriger moi-même une ambulance.

— Que voulez-vous, docteur ! dit Valnoir ; un caprice de jolie femme, vous savez que c'est tenace.

Une fois le premier moment d'effroi passé, Molinchard s'était demandé si madame de Charmière, en voulant visiter la maison, y entendait malice ou si elle y était poussée tout simplement par une fantaisie.

Il commençait à se dire qu'il serait peut-être plus habile de céder à cette lubie en conduisant la dame à travers les salles affectées aux malades vulgaires.

— Mon Dieu ! madame, dit-il en reprenant un peu d'aplomb, si vous y tenez absolument et si vous avez le courage de braver le dégoût d'une promenade entre des lits d'hôpital, je suis tout prêt à vous conduire.

— A la bonne heure ! s'écria gaiement Rose, je savais bien que vous étiez un homme charmant.

Voyons, êtes-vous prêt ? ajouta-t-elle en sautillant, comme une petite fille impatiente d'aller jouer.

— Je vous préviens qu'il nous faudra marcher et monter, dit le docteur, tout à fait rassuré.

— Et moi je vous préviens que je veux tout voir. D'abord, pour commencer, vous allez me montrer la folle.

Ce dernier mot tomba comme un coup de massue sur Molinchard qui se recula d'effroi.

— La folle ! répéta-t-il d'un air égaré.

— Mais oui ! cette jeune fille qui a perdu son fiancé. J'adore les histoires d'amour et vous comprenez que je tiens par-dessus tout à voir la victime d'une passion profonde. C'est si rare.

Le malheureux docteur ne savait littéralement plus où il en était, et, dans son trouble, il oubliait jusqu'à l'histoire romanesque débitée par lui à Podensac.

La seule chose qu'il comprît, c'était qu'il s'agissait de Renée.

Sa première idée fut naturellement de nier avec impudence.

— Mais je vous assure, madame, dit-il avec un tremblement dans la voix, que nous ne traitons pas ici les maladies mentales et que cette... cette personne m'est tout à fait inconnue.

— Oh ! c'est trop fort, s'écria Rose en frappant l'une contre l'autre ses mains gantées, et à votre discrétion, docteur, on serait tenté de croire que vous êtes amoureux de votre pensionnaire, et que vous aspirez à remplacer son promis.

Sans s'en douter, madame de Charmière avait frappé juste et cette fois Molinchard faillit tomber à la renverse.

— Ce n'est pas vrai ! murmura-t-il en passant la main sur son front, il n'y a pas de jeune fille ici.

— Voulez-vous voir de son écriture ? reprit tranquillement Rose en lui tendant le papier chiffonné par Renée.

Elle l'avait soigneusement serré entre sa main et son gant, lorsque Taupier le lui avait montré dans la cour, et elle venait de le tirer de cette cachette à l'usage des femmes.

L'infortuné docteur prit le chiffon accusateur, y jeta un coup d'œil, et laissait tomber ses bras le long de son corps, par un geste désespéré.

— Voyons, docteur, mon cher docteur, mon petit docteur, dit madame de Charmière en minaudant, maintenant
que vous n'avez plus besoin de faire le discret, menez-moi
chez cette pauvre enfant. Je suis sûre qu'elle est charmante.

L'imminence du danger rendit un peu de sang-froid à
Molinchard.

— Eh ! bien, madame, dit-il en tâchant de prendre un
air de gravité blessée, puisque vous y mettez tant d'insistance je suis obligé de vous répondre que cette jeune
fille m'a été confiée par son père et que j'ai des raisons médicales pour ne la laisser voir à qui que ce
soit.

La présence d'une personne étrangère suffit pour déter-
miner chez elle des crises nerveuses terribles, et je manquerais à tous mes devoirs professionnels si je cédais à un
désir qui n'a d'autre motif que la curiosité.

Cette phrase, laborieusement échafaudée, ne produisit
aucun effet sur madame de Charmière.

Elle regarda fixement Molinchard et dit avec un mauvais sourire :

— La curiosité a du bon, monsieur le docteur.

Molinchard cherchait une réponse quand la Ponisse,
qui semblait avoir pour spécialité d'apparaître dans les
moments critiques entre-bâilla la porte et se mit à dire de
sa voix enrouée.

— Vite, vite, venez ! il y a le numéro 8 qui va tourner
de l'œil.

— Excusez-moi, cria le docteur en se précipitant hors
de son cabinet.

Cette brusque sortie avait coupé court à la conversation et aux projets de madame de Charmière.

Elle délibéra un instant pour savoir si elle attendrait le
retour du docteur ou si elle se contenterait provisoirement de ce qu'elle venait d'apprendre.

Valnoir, lui, opina pour partir.

Toutes ces histoires d'hôpital lui répugnaient.

Molinchard l'ennuyait fort, et comme il ne soupçonnait pas d'autre mystère dans la maison que celui des valeurs déposées par le caissier défunt, il aimait mieux charger Taupier de les rattraper sans lui.

Rose n'était pas fâchée non plus de se concerter avec le bossu dont elle connaissait les aptitudes policières.

Le couple se décida donc à rejoindre ses amis dans la cour.

Il y arriva sans rencontrer personne.

La mère Ponisse avait sans doute accompagné le docteur auprès du malade qui réclamait ses soins, car elle ne montra point sa vilaine face dans le corridor où elle se tenait d'habitude.

Au moment où Valnoir et son ami ouvraient la grille, Taupier venait d'apprendre le retour de Régine et de Roger de Saint-Senier.

Cette terrible nouvelle avait jeté le désarroi dans ses idées et tous ses plans se trouvaient bouleversés du même coup.

Aussi ne songeait-il plus à autre chose qu'à rentrer chez lui le plus tôt possible pour combiner les moyens de parer aux événements qui menaçaient l'association.

La rentrée du couple Valnoir lui fournit un excellent prétexte pour prendre congé du commandant, dont la conversation l'intéressait fort peu, depuis qu'il en avait tiré tout ce qu'il voulait savoir.

Dès que Rose fut à portée, il s'approcha d'elle pour lui dire à l'oreille :

— Je viens d'en apprendre une belle !

— Et moi je suis sur une piste qui nous conduira loin, répondit tout bas la dame.

Ce n'était pas le lieu d'échanger le résultat de leurs investigations et tous deux s'entendirent d'un coup d'œil pour abréger la séance.

Podensac déploya en vain toutes ses grâces pour retenir sa jolie visiteuse; il dut se contenter de la permission, gracieusement accordée du reste, de venir, quand il serait guéri, la remercier en personne dans son apparte-. ment de la place de la Madeleine.

Il reconduisit jusqu'à la grille ses obligeants amis, et on se sépara après force compliments.

Un détail frappa madame de Charmière au départ.

La grande porte d'entrée de la villa était ouverte et personne ne la gardait, ce qui semblait indiquer un certain désordre dans le service.

Il fallait, en effet, qu'un accident imprévu eût dérangé la surveillance habituelle, car cette maison de santé était ordinairement gardée comme une prison et on n'en sortait pas plus qu'on y entrait, sans se soumettre à l'inspection préalable de l'ex-cantinière.

Mais la vigilante mère Ponisse avait pour le moment d'autres soucis que de monter sa faction derrière le portail.

La nouvelle qu'elle était venue apprendre à son maître au beau milieu de son entretien avec madame de Charmière, avait une gravité qui expliquait assez son absence.

Le numéro 8, qui allait *tourner de l'œil*, comme elle le disait dans son langage plus expressif qu'élégant, le numéro 8 n'était autre que la malheureuse comtesse de Muire.

Molinchard avait compris sur-le-champ de quelle malade il s'agissait, et, moitié par empressement à la secourir, moitié pour se débarrasser de l'insistance de Rose, il s'était précipité hors de son cabinet, sans s'inquiéter davantage des visiteurs.

— Mon secrétaire est fermé à clef, et Valnoir n'est pas homme à forcer les tiroirs, pensait-il en montant l'escalier.

La virago le suivait en soufflant comme un phoque.

— Qu'est-ce qu'elle a ? lui demanda brièvement le docteur.

— Une attaque ! Elle étouffe et elle se raidit, et puis ses yeux tournent et elle appelle... l'autre... la petite.

En faisant d'énormes enjambées, Molinchard ne mit

pas plus d'une minute à arriver à l'étage supérieur de la maison.

Il ouvrit précipitamment une porte sur laquelle était inscrit le numéro 8, qui servait à désigner la pauvre femme à laquelle cette chambre servait de prison.

Dans un lit de fer, garni de rideaux de calicot, comme les lits d'hôpital, était étendue madame de Muire.

Sa figure avait la blancheur de la cire et son corps amaigri se dessinait en relief sous l'étroite couverture.

Molinchard ne fit qu'un bond de la porte à la couchette et saisit le poignet de la malade pour lui tâter le pouls.

En même temps, il scrutait de l'œil ce visage où l'agonie avait marqué son empreinte.

Il perçut encore quelques pulsations lentes, puis il sentit que la circulation s'arrêtait complètement.

Alors le regard devint vitreux, la bouche s'ouvrit convulsivement pour prononcer un nom, le nom de Renée.

Mais la voix s'éteignit dans la gorge de la mourante.

Molinchard lâcha le bras qui retomba inerte sur le lit.

— Elle est morte, murmura-t-il au moment où la mère Ponisse entrait.

Son obésité l'avait fort retardée dans l'escalier et elle eut quelque peine à articuler d'une voix essoufflée cette question cynique :

— Eh bien, où en est-elle, la vieille ?

— C'est fini. Taisez-vous, dit le docteur.

— Ma foi, c'est pas dommage, grommela l'horrible mégère ; elle me donnait plus de mal à elle toute seule que toutes les autres.

Molinchard ne répondit pas à cette abominable oraison funèbre.

Il était occupé à passer un petit miroir devant les lèvres de la morte, et il constata qu'aucun souffle n'était venu ternir la glace.

Après cette opération, il se laissa tomber sur une chaise d'un air consterné.

L'ex-cantinière n'était pas accoutumée à le voir montrer tant d'émotion en présence de la mort et crut bien faire de lui rappeler les nécessités de la situation.

— Je vas aller prévenir le médecin des morts, pas vrai ? demanda-t-elle, du ton dont elle aurait proposé de servir le dîner.

Le docteur tressaillit comme un homme qu'on réveille en sursaut.

— Je vous le défends, dit-il d'un ton sec.

— Bah ! quoi donc que vous voulez en faire, de c'te pauvre créature ? C'est vrai que c'était pas une payante, mais tout de même, elle a droit à la dernière classe des pompes funèbres.

C'est pas ici un hospice et vous n'allez pas la disséquer.

— Assez ! cria Molinchard, que cet odieux bavardage semblait exaspérer. J'irai moi-même à la mairie.

— C'est bon ! c'est bon ! J'y tiens pas tant que ça à courir à Montmartre.

— Descendez, et allez dire à ces messieurs et à cette dame que je suis auprès d'un malade, et que je les prie de m'excuser.

— J'y vas, répondit la vieille d'un ton courroucé.

— Et pas un mot de ce qui vient de se passer, ajouta vivement le docteur.

— C'est pas la peine de me recommander ça, grommela la mère Ponisse, je connais la consigne.

Elle sortit en fermant la porte sans aucune des précautions usitées dans les chambres mortuaires.

Molinchard, resté seul, retomba dans ses réflexions qui n'étaient pas gaies.

Ce n'était pas que sa sensibilité fût très développée.

L'exercice de sa profession l'avait blasé depuis longtemps sur la mort et ses lugubres accessoires.

Ce n'était pas non plus qu'il portât un bien vif intérêt à la pauvre victime des infâmes machinations de son ami Frapillon.

Mais cette mort était un événement qu'il n'avait pas

prévu et qui pouvait avoir les plus graves conséquences.

D'abord, elle le mettait dans la nécessité de laisser constater officiellement la présence de madame de Muire dans sa maison.

On peut séquestrer une vivante ; on ne cache pas une morte.

La déclaration du décès devait amener forcément la visite du médecin du quartier, et Molinchard avait toutes sortes de raisons pour se défier de ses confrères qui, pour la plupart, ne le tenaient pas en haute estime.

Mais il était encore moins préoccupé de ces conséquences administratives que de l'effet qu'allait produire la terrible nouvelle sur son autre prisonnière.

Il pouvait bien cacher pour un temps à la malheureuse Renée que sa tante était morte ; mais un jour viendrait où la dissimulation ne serait plus.

Avec le projet ridicule que Molinchard nourrissait de plaire à la jeune fille, cet événement devenait un embarras de plus.

Comment espérer que ses rêves se réaliseraient, quand le souvenir de la malheureuse comtesse pouvait se dresser entre lui et Renée ?

Et, d'un autre côté, comment apprendre à mademoiselle de Saint-Senier qu'elle venait de perdre sa seconde mère, et qu'il ne lui serait pas même permis de lui donner un dernier baiser.

Le misérable docteur se livrait à ces tristes réflexions à côté du cadavre immobile et glacé de madame de Muire.

Il était assis au pied du lit, et ses yeux rencontrèrent les yeux de la morte.

Quoique peu impressionnable de sa nature, Molinchard se figura que sa victime le regardait, et il éprouva un vague besoin de se soustraire à ce regard froid qui semblait lui reprocher ses infamies.

Il se leva et se mit à se promener dans la chambre.

Mais le mouvement ne chassa pas les impressions qui le tourmentaient.

— Après tout, murmura-t-il en pensant à la pauvre captive, la voilà maintenant seule au monde. Qui sait si elle ne m'accepterait pas pour la protéger?

Décidément je vais tout lui dire.

Et sur cette résolution, il sortit en ayant soin de fermer la porte à double tour et d'emporter la clef.

XIII

Depuis qu'une fatale imprudence l'avait jetée dans les griffes de l'odieux Frapillon, Renée de Saint-Senier avait subi bien des tortures.

A cette première journée de captivité, où sa tante lui avait été violemment arrachée, avaient succédé de longues heures de désespoir.

Quand elle s'était réveillée du sommeil léthargique où l'avait plongée le narcotique versé par son persécuteur, sa première pensée avait été pour les affections qu'elle laissait derrière elle.

Qu'étaient devenus les êtres chers pour lesquels, depuis tant de mois, elle luttait contre toutes les privations et tous les dangers.

Roger était enfermé dans les prisons prussiennes.

Et sa seconde mère, celle dont le courage et l'appui l'avaient aidée à supporter tant de douleurs, venait de disparaître, victime à son tour de cette fatalité qui semblait poursuivre tous ceux qui portaient le nom de Saint-Senier.

Vainement elle avait parcouru tous les recoins de l'appartement où on l'avait reléguée, ouvert tous les meubles, examiné tous les tiroirs; elle n'avait pas découvert le moindre vestige indicateur.

Madame de Muire était devenue invisible tout à coup, sans laisser aucune trace de sa présence ni de son passage.

Fatiguée de chercher, Renée àvait voulu se rendre compte du genre d'existence auquel ses bourreaux la condamnaient.

Frapillon, à son grand étonnement, n'avait pas reparu.

La résolution dont elle s'était cuirassée contre les odieuses tentatives qu'elle prévoyait n'avait pas été mise à à l'épreuve.

Et, pendant les premiers temps, ce ne fut pas la moindre de ses terreurs que cette solitude silencieuse qui avait suivi sa courte entrevue avec le prétendu médecin.

Son énergie s'usait peu à peu, faute de trouver l'occasion de se dépenser, dans une lutte avec un ennemi insaisissable.

Elle en était venue promptement à souhaiter de se retrouver en face de son perfide adversaire, plutôt que de s'épuiser ainsi dans les tourments de l'incertitude.

A peine avait-elle entrevu deux ou trois fois la repoussante maritorne chargée de vaquer aux soins du ménage et ces rares apparitions ne lui avaient apporté aucun éclaircissement sur sa situation.

Elle avait eu beau surmonter son dégoût pour adresser la parole à cette femme, elle n'en avait tiré que des propos grossiers, et des réponses évasives.

Presque toujours, d'ailleurs, la mère Ponisse trouvait moyen de faire le service de table pendant que Renée dormait, et plusieurs jours s'écoulaient quelquefois sans que la pauvre captive vît paraître cette geôlière subalterne.

Elle avait fini par ne plus s'occuper de la présence ou de l'absence de cette servante ignoble, et par la considérer comme une sorte d'automate insensible et inflexible.

Sa vie se passait donc à peu près comme si elle eût été enfermée dans la château de la Belle-au-Bois-Dormant.

Ses journées s'écoulaient, longues et monotones; et se doublaient de nuits sans sommeil.

Elle restait des heures entières affaissée dans un fauteuil, la tête renversée en arrière, les yeux fermés et les mains jointes.

Son âme, engourdie par la torpeur du désespoir, perdait par moments jusqu'à la faculté de penser.

Quand elle se réveillait de cette somnolence, elle cherchait à secouer l'accablement qui pesait sur elle comme un chape de plomb, et à reprendre un peu de l'énergie qui l'abandonnait.

Sa seule distraction alors consistait à errer dans le triste jardin qui s'étendait devant sa prison.

Elle avait eu le temps de scruter jusqu'aux moindres détails de ce préau désolé.

Elle avait compté les pierres de la muraille, éprouvé la solidité de la porte basse par laquelle Frapillon avait disparu, mesuré de l'œil la hauteur des clôtures qui la séparaient de la liberté.

Toujours elle s'était heurtée à l'impossibilité de fuir, impossibilité complète et absolue.

Pour une faible jeune fille, cette maison de santé d'innocente apparence était une bastille mieux fermée que les plus obscurs cachots.

Elle ne songeait même pas à tenter une évasion impraticable, et elle en était venue à s'intéresser aux maigres plantes qui végétaient entre ces grands murs.

Un rosier qui se mourait, faute de soins et de soleil, était devenu son favori.

Elle le soignait avec cette passion que la captivité fait naître au cœur de tous les prisonniers; elle savait le compte de ses pauvres branches à moitié desséchées et débarrassait sa tige du givre que le froid y suspendait chaque nuit.

Ce furent là les occupations et les tristes joies de ses premiers jours de captivité.

Le temps, qui s'était maintenu constamment sec et clair, avait toujours favorisé sa promenade quotidienne.

Vinrent ensuite des jours de neige et de pluie qui la condamnèrent à la triste réclusion de l'appartement.

Un matin qu'elle rêvait tristement, assise dans le salon devant un maigre feu, un léger bruit lui fit tourner la tête.

Elle se retourna vivement et vit debout derrière son fauteuil le docteur Molinchard.

Il venait s'informer de sa santé sur le ton le plus affectueux et savoir, disait-il, si elle ne manquait de rien.

Cette première entrevue fut très orageuse, et Renée ne se fit pas faute des récriminations les plus amères. Mais elle ne réussit pas à faire sortir cet homme de la réserve doucereuse dont il s'enveloppait avec intention. Reproches, prières, rien n'y fit.

Molinchard affecta constamment de se conduire comme s'il avait affaire à un enfant déraisonnable qu'on veut ramener par des ménagements infinis.

La jeune fille, exaspérée, coupa court à l'entretien en s'enfuyant dans le jardin.

Le perfide docteur lui fit grâce de sa présence pour le reste de la journée, mais il revint le lendemain, il revint le surlendemain, il revint tous les jours.

A la troisième visite, mademoiselle de Saint-Senier comprit. On la tenait pour folle et on la traitait en conséquence.

Ce fut le moment le plus cruel de sa captivité.

A la suite de cette découverte, elle passa plusieurs nuits sans pouvoir fermer l'œil et l'insommie prolongée finit par la jeter dans un état de surexcitation nerveuse extraordinaire.

Elle en vint à se demander si elle ne se trompait pas elle-même sur son état et si, au milieu de tous ces événements funestes, elle n'avait pas perdu la raison.

Il lui semblait par moments qu'elle était le jouet d'un rêve ou d'une hallucination et que la vie réelle avait cessé le soir où elle avait quitté le chalet.

Elle n'osait plus se regarder dans une glace de peur d'y voir ses traits amaigris et ses yeux où brillait le feu de la fièvre.

Heureusement, cette crise suprême fut courte.

Après quelques jours de luttes intérieures et d'angoisses terribles, Renée redevint maîtresse d'elle-même.

Son esprit sain et droit reprit le dessus ; ses nerfs se calmèrent, elle réfléchit froidement, rapprocha les circonstances de son enlèvement des allures singulières du médecin qui lui servait de geôlier, et arriva à cette conclusion qu'elle se trouvait enlacée dans une trame redoutable dont le but final lui échappait encore.

Ses ennemis devaient être les mêmes qui avaient enlevé la pauvre Régine et fait disparaître Landreau.

Quant à madame de Muire, Renée ne doutait pas, malgré les réponses évasives du docteur, qu'elle ne gémît dans quelque cellule de cet horrible lieu.

Sans s'épuiser davantage en conjectures, la courageuse jeune fille concentra toutes ses facultés sur la découverte d'un moyen d'évasion.

Fuir sans aide, et par les procédés ordinaires d'escalade ou d'effraction, était pour elle chose absolument impossible.

Elle ne pouvait compter que sur un secours venant du dehors ou des autres parties de la maison.

C'est alors qu'elle se décida à lancer à tout hasard des messages pareils à celui que Taupier avait ramassé.

Elle avait eu beaucoup de peine à y parvenir.

D'abord, elle ne possédait ni encre, ni papier, ni plume, et elle avait été obligée de suppléer à tous ces objets indispensables avec un peu de charbon et une enveloppe dans laquelle la Ponisse avait enveloppé du beurre.

Ensuite, les murailles qui entouraient son jardin étaient très hautes, et la force lui manqua plus d'une fois pour jeter sa pierre par-dessus cet obstacle.

Elle y avait réussi néanmoins et elle avait tout lieu de croire que ses lettres ne s'étaient pas perdues, car elle entendait assez souvent un bruit de voix au delà du mur, et, puisque la cour voisine était occupée, il y avait de grandes chances pour qu'un projectile de ce genre eût été ramassé.

Cependant, elle n'en avait jamais eu de nouvelles.

Le docteur lui-même, quoique Podensac lui eût remis deux ou trois de ces billets, le docteur n'en avait pas dit un mot à sa prisonnière.

D'où elle concluait bien à tort qu'il n'en savait rien.

Quant à appeler ou à crier, elle avait eu la sagesse de n'y pas songer. Ses paroles n'auraient pas pu être entendues distinctement et ses cris n'auraient servi qu'à provoquer un redoublement de surveillance de son geôlier.

Renée ne se découragea point de l'insuccès de ses premières tentatives.

Le jour de la visite de Valnoir, elle avait recommencé, et, pendant que de l'autre côté de la muraille s'agitaient ceux que l'arrivée de cet étrange message avait diversement émus, elle se promenait en rêvant aux suites de ce nouvel essai. .

Quand elle rentra au salon, elle y trouva Molinchard.

La rencontre du docteur ne lui causa aucune surprise.

Elle était accoutumée à ces apparitions brusques dont elle s'effrayait beaucoup dans les premiers temps.

Tantôt Molinchard se montrait dans le salon au moment où elle se chauffait devant la cheminée, tantôt il arrivait du perron qui conduisait au jardin, pendant qu'elle marchait dans les allées.

La jeune fille savait qu'il ne pouvait s'introduire que par la porte de communication qui s'ouvrait dans la salle à manger, mais elle ne l'avait jamais vu entrer.

Les sorties s'opéraient tout aussi habilement, et il s'entendait très bien à profiter du moment où elle tournait le dos pour disparaître.

Peu importaient du reste, à mademoiselle de Saint-Senier les manœuvres de son geôlier.

Elle n'avait rien à attendre de lui et ne visait qu'à se débarrasser le plus vite possible de son odieuse présence.

Ce jour-là surtout elle avait hâte d'être seule.

Un secret pressentiment lui disait que son message était tombé entre des mains qui ne le négligeraient pas; il lui semblait qu'un changement allait se produire dans sa destinée et qu'elle était à la veille d'être libre.

Aussi se trouvait-elle moins disposée que jamais à écouter les fades discours de Molinchard.

Elle le reçut avec un redoublement de froideur qui ne parut pas le déconcerter du tout.

Il semblait moins gauche et plus animé que de coutume. Renée crut même remarquer que ses gros yeux, ordinairement fort ternes, brillaient d'un éclat singulier.

— Comment vous trouvez-vous aujourd'hui, mademoiselle? demanda-t-il avec un léger tremblement dans la voix.

— Fort bien monsieur, dit mademoiselle de Saint-Senier en souriant amèrement. Je suis entourée ici de tant de soins que j'aurais bien mauvaise grâce à me plaindre.

— Si je pouvais croire qu'en ce moment vous ne vous moquez pas de moi, je serais bien heureux, balbutia le docteur.

Renée ne prit pas la peine de lui répondre.

Elle le foudroya d'un regard dédaigneux et alla s'asseoir près du feu, sans s'occuper davantage de son piteux interlocuteur.

C'était presque toujours le procédé qu'elle employait pour mettre fin à ses entretiens, et Molinchard ne s'entêtait pas à les poursuivre.

Il débitait pour la forme quelques banalités et battait en retraite, après une ou deux minutes.

Cette fois, les choses se passèrent autrement.

Il s'empara d'une chaise qu'il porta au coin de la cheminée et s'assit de manière à faire face à la jeune fille.

Il mit dans cette simple action de prendre un siège un air décidé comme celui d'un joueur qui va tenter son va-tout.

Renée fit pivoter doucement son fauteuil de façon à se placer de trois quarts.

Ce soir-là, la figure du docteur lui faisait horreur.

Mais cette pantomime expressive fut en pure perte, car l'obstiné personnage rapprocha un peu sa chaise et prit la parole.

— Mademoiselle, dit-il avec un peu plus d'assurance, j'ai à vous parler aujourd'hui de choses sérieuses.

Elle haussa légèrement les épaules et murmura sans le regarder :

— A quoi bon ! Ne suis-je pas folle ?

— Je n'ai jamais dit cela, reprit Molinchard avec une vivacité remarquable.

— Alors, pourquoi suis-je ici ? demanda sèchement la jeune fille.

— Mais il me semble que vous y êtes venue de votre plein gré, et que c'est sur votre demande que mon ami vous a fait quitter le chalet.

— Ah ! c'est trop d'impudence ! s'écria Renée. Vous pouvez continuer ainsi, monsieur, je ne répondrai plus un seul mot.

Le docteur, qui était entré avec des intentions éminemment conciliatrices, se voyait rejeté bien loin du premier coup et il maudissait sa maladresse.

— Mon Dieu, mademoiselle, dit-il timidement, vous vous méprenez sur mes intentions et, si vous voulez me permettre de continuer, vous allez vous convaincre que je ne suis pour rien dans tous les ennuis que vous avez éprouvés ici.

Il n'obtint aucune réponse.

Évidemment, pour obliger Renée à parler, il fallait lui donner des gages de franchise. Il reprit donc :

— Je n'ai plus aucune raison pour vous cacher que mon ami, en vous amenant ici, m'avait affirmé que vous souffriez d'une maladie cruelle qui nécessitait de grands soins et une réclusion absolue.

— On ne peut pas me dire plus poliment que j'ai perdu la raison, dit la jeune fille avec ironie.

— J'ai dû étudier scrupuleusement votre état, continua Molinchard, sans relever cette interruption railleuse, et je vous avouerai que, dans les premiers temps de votre séjour ici, je conservais des doutes.

— Vraiment ! rien que des doutes !

— Mais aujourd'hui ma conviction est faite, et je suis heureux de reconnaître que mon ami s'était trompé.

Renée fit un mouvement sur son siège et regarda le docteur en face.

— Ah ! dit-elle, vous voulez bien convenir que je ne suis pas folle.

— Non seulement j'en conviens, mais j'en suis tout prêt à en rendre publiquement témoignage.

— Alors, vous allez m'ouvrir à l'instant les portes de cette maison, s'écria mademoiselle de Saint-Senier en se levant.

— Je le voudrais, hélas ! soupira le docteur d'un air contrit, et je le ferai certainement avant peu, mais je vous supplie d'écouter d'abord ce que j'ai à vous apprendre.

— J'écoute, dit sèchement Renée.

— Il s'est passé, depuis que vous êtes entrée ici, des événements bien graves et bien tristes.

La jeune fille eut un geste d'impatience.

— Vous avez dû être étonnée de ne pas voir reparaître mon ami... celui auquel je dois le plaisir... le bonheur...

— Dites celui qui ma lâchement trompée, ce sera plus court et plus vrai.

S'il n'est pas revenu, c'est qu'il se savait remplacé dignement ici.

— Vous êtes bien cruelle, mademoiselle, mais je comprends et j'excuse votre colère.

Mon malheureux ami n'est pas revenu parce qu'il est mort.

— Ah ! dit Renée avec indifférence.

— Oui, mort assassiné ; on a relevé son cadavre devant la porte du chalet que vous habitiez...

— Et dont il m'avait volé les clefs pour s'y introduire la nuit comme un malfaiteur. Que puis-je faire à cela ? demanda-t-elle avec hauteur.

— Savez-vous qui on accuse de ce meurtre ? reprit Molinchard.

— Non, mais peu m'importe.

— On accuse, proclama le docteur d'un air important, les personnes qui habitaient le chalet et qui ont disparu, la nuit où le crime a été commis.

— C'est infâme ! s'écria Renée, et j'aime à penser que vous serez le premier à attester que c'est faux.

— Sans doute, mais je ne sais si on voudra me croire ; il y a tant de mystère sur cette affaire. On dit aussi qu'un homme était caché dans le pavillon et...

— Et cet homme, que lui est-il arrivé ? demanda la jeune fille qui était devenue très pâle.

— Cet homme a disparu, mais la justice le recherche activement... comme elle vous recherche vous-même, mademoiselle.

Renée paraissait être sous le coup d'une émotion profonde.

Ce fut après un silence assez long qu'elle dit au docteur d'un ton plus calme :

— Monsieur, je ne sais que penser de ce que vous venez de m'apprendre, mais puisque vous voulez bien reconnaître que je jouis de ma raison, j'ai une demande à vous adresser.

— Parlez, mademoiselle, dit le docteur avec empressement.

— Je vous prie de me conduire près de ma tante, madame de Muire, qu'on a séparée de moi par des motifs que je n'ai pas rechercher.

Ces motifs, sans doute, n'existent plus et je vous prie de me rendre la seule parente que je puisse consulter dans la situation où je me trouve.

Si vous faites cela... je vous serais reconnaissante.

Renée ne prononça pas ces derniers mots sans efforts. Mais elle croyait que son geôlier était animé d'intentions bienveillantes et elle se résignait à l'attendrir.

Molinchard, au lieu de lui répondre, affectait un air triste et hypocrite.

— Eh bien, monsieur ? demanda la jeune fille.

— J'ai un grand malheur à vous annoncer, murmura le docteur d'un ton funèbre.

— Un malheur ! Que voulez-vous dire ?

— Madame de Muire... vient de... de succomber à ses longues souffrances, et...

— Morte ! cria Renée, en se laissant tomber dans un fauteuil, morte ! Ah ! mon Dieu !

Elle cacha son visage dans ses mains et se mit à fondre en larmes.

— Que voulez-vous, mademoiselle ! disait Molinchard de ce ton de consolation banale qui exaspère les douleurs vraies, son mal était de ceux contre lesquels la science est impuissante. Je lui ai prodigué tous mes soins et je vous jure que je l'aurais sauvée, si elle avait pu l'être.

— Seule ! je suis seule au monde.

Ces mots éclatèrent à travers les sanglots de Renée. Le perfide docteur avait compté sur cette explosion de douleur, et il crut le moment venu d'offrir à sa victime un adoucissement et une espérance.

— Non, vous n'êtes pas seule au monde, s'écria-t-il avec une chaleur qui ne fit que le rendre plus ridicule encore, non, car il y a quelqu'un qui veillera sur vous, qui vous protégera et qui... et qui vous aime.

Renée leva sur lui des yeux pleins de larmes.

— Oui, je vous aime, mademoiselle, dit Molinchard en cherchant à lui prendre la main.

— Misérable ! dit mademoiselle de Saint-Senier qui se leva pâle de colère.

Renée avait mis dans ce mot une telle expression de colère, que le docteur se recula tout effrayé.

— Qu'osez-vous dire? reprit-elle en le foudroyant du regard.

Molinchard se sentait d'autant plus désarçonné qu'il n'avait aucune habitude des situations de ce genre et que cette déclaration si mal accueillie était peut-être la première qu'il eût risquée dans toute son existence.

— Mais, mademoiselle, balbutiait-il, je n'ai pas eu l'intention de vous offenser.

— Votre présence ici est à elle seule un outrage, et je vous prie de sortir sur-le-champ.

Ces paroles méprisantes firent rentrer l'amoureux en lui-même, mais elles irritèrent le démocrate.

Le naturel envieux et rancunier reprit le dessus chez ce parvenu de l'art médical, et il oublia la passion que la noble jeune fille lui avait inspirée pour se souvenir qu'elle était à sa discrétion.

— Sortir! répéta Molinchard avec un mauvais sourire; je n'en ai pas la moindre envie.

Je suis ici chez moi et j'y reste.

— Voilà donc le secret de vos perfidies! s'écria mademoiselle de Saint-Senier exaspérée.

Je devais m'y attendre; je me reproche amèrement d'avoir consenti à vous répondre.

Maintenant vous pouvez me tuer, comme vous avez tué ma tante; mais, moi vivante, vous ne m'approcherez pas.

Et, avant que le docteur eût le temps de faire un mouvrment, elle bondit jusqu'à la porte vitrée, l'ouvrit et se précipita dans le jardin.

Molinchard avait complètement perdu la tête et courut après elle, sans réfléchir qu'en plein air il allait perdre une partie de ses avantages.

— Au secours! à moi! cria Renée d'une voix dont la terreur doublait la portée.

— C'est inutile, la belle! on n'écoute pas les folles, dit le misérable en grinçant des dents.

La jeune fille savait qu'il disait vrai et se sentait défaillir.

Elle s'était réfugiée dans un angle du préau et s'appuyait, pour ne pas tomber, au mur qui la séparait de la grande cour où Podensac était resté à fumer sa pipe après le départ de ses visiteurs.

Molinchard s'avançait vers la prisonnière du pas d'un tigre qui va sauter sur sa proie.

Il avait les yeux hagards et le visage enflammé. Ses mains crochues tremblaient de rage, et sa bouche contractée murmurait des blasphèmes.

De ridicule il était devenu hideux.

— Voulez-vous rentrer ? dit-il avec un cri rauque et sourd qui ressemblait au grognement d'une bête féroce.

— Au secours! à l'assassin! cria encore une fois mademoiselle de Saint-Senier.

— Ah! je saurai bien te faire taire, hurla Molinchard en se jetant sur elle.

Au moment où il allait la saisir, une voix claire et vibrante s'éleva de l'autre côté de la muraille.

— Résistez! nous venons à vous! criait-on.

— Brute de commandant, grommela le misérable qui croyait avoir reconnu l'organe de Podensac, je te défie d'arriver jusqu'ici, mais tu me le paieras.

Le docteur avait bien des raisons pour se moquer de l'intervention du secourable chef des Enfants-Perdus.

Il comptait sur la mère Ponisse pour l'arrêter en route, et, en supposant que Podensac trouvât le chemin de ce corps de logis séparé, il comptait sur la bonne porte de chêne qui en défendait l'entrée ; il comptait enfin sur ses mensonges habituels pour expliquer plus tard, par la folie de la recluse, cette scène de violence.

Renée, elle, avait repris un peu d'espoir.

On l'avait entendue et on lui répondait. C'était de quoi doubler son courage.

Et puis, le son de la voix qui venait de vibrer avait éveillé dans son cœur un souvenir.

— A moi ! à moi ! sauvez-moi ! sauvez Renée de Saint-Senier.

Deux cris répondirent à ce cri suprême. Mais la jeune fille n'eut pas le temps de les entendre, car les griffes de l'infâme Molinchard s'abattirent sur elle.

Saisie par son bourreau qui, d'une main de fer, contenait ses deux poignets, pendant que de l'autre il cherchait à lui fermer la bouche, la malheureuse Renée n'eut plus d'autre ressource que de se laisser tomber et de se faire traîner sur la terre glacée.

La force d'inertie qu'elle opposait ne pouvait pas résister longtemps aux bras robustes qui l'attiraient vers le salon.

L'affreux docteur avait achevé de perdre le peu de sang-froid que lui avait laissé l'aveugle rage qui le transportait.

Ce n'était plus à sa passion qu'il obéissait en violentant ainsi la jeune fille, c'était à une folie furieuse, que la peur d'être surpris aiguillonnait encore.

Il écumait, il voyait rouge, et ce fut un miracle qu'il n'étranglât pas sa victime sur place.

Peut-être n'osa-t-il point, peut-être sa nature lymphatique et lâche domina-t-elle les transports qui le poussaient à commettre un crime.

Sans doute aussi, le grand jour l'effrayait, et, comme les carnassiers nocturnes, il lui fallait d'abord traîner sa proie dans sa caverne.

Il y parvint après dix minutes d'efforts.

La porte du salon était restée ouverte.

Renée tenta vainement de s'y accrocher, par un dernier effort.

Les mains crispées de Molinchard lui arrachèrent ce point d'appui, et la jetèrent pantelante et brisée sur le tapis.

Le monstre poussa un hurlement de joie et se précipita pour fermer à clef la seule issue par laquelle pouvaient s'échapper les cris de la jeune fille.

Il revenait à elle, enhardi par l'impunité, quand un bruit sourd attira son attention, et vint troubler la joie de son odieux triomphe.

C'était comme un roulement de pas précipités, mêlé au murmure confus de voix irritées.

Molinchard s'arrêta pour écouter.

Sa victime était étendue à ses pieds, et semblait évanouie.

Le bruit s'accentua; il venait de l'intérieur du bâtiment contigu à la prison de Renée.

Molinchard courut vers la salle à manger.

C'était la pièce qui confinait au corridor de communication.

Là, il entendit très distinctement parler de l'autre côté de la solide porte de chêne qui défendait l'accès du corps de logis séparé.

— C'est ici! disait un organe masculin, qu'il crut reconnaître pous appartenir à Podensac.

— Je vous dis qu'il n'y a personne, répondit une voix enrouée.

Celle-là, il n'y avait pas à s'y tromper, c'était celle de la mère Ponisse.

La scène qui se passait dans le couloir s'expliquait déjà clairement, et le docteur comprenait très bien que son cerbère femelle cherchait à modérer le zèle généreux du commandant.

— Bah! elle trouvera bien moyen de me débarrasser de ce soudard de malheur, dit-il entre ses dents.

Des coups de poing frappés contre le bois coupèrent court à ses réflexions consolantes.

— Ouvrez! sacrebleu! ouvrez! je sais que vous êtes là et je veux entrer, criait la basse profonde du chef des Enfants-Perdus.

— Oui, tâche d'ouvrir; la serrure est solide, murmura Molinchard, bien décidé à faire le mort.

— Décidément, vous ne voulez pas? reprit Podensac.

Et, comme personne ne lui répondit, il ajouta en prenant son ton de commandement :

— Allez, mon brave !

— A pas peur ! ça me connaît riposta une grosse voix que le docteur n'avait jamais entendue.

Pendant qu'il cherchait à deviner quel pouvait être cet auxiliaire imprévu, un craquement violent le fit tressaillir de surprise et de peur.

La vieille porte, ébranlée sur ses gonds, s'était courbée sous un puissant effort extérieur, et la secousse avait soulevé un nuage de poussière.

— Que le tonnerre m'écrase ! ils vont l'enfoncer, murmura le misérable.

Il fit un pas en avant pour voir de plus près l'effet de la tentative, et il fut presque rassuré.

Les ais résistaient, et le pêne était encore intact dans sa gâche.

— Hardi ! mon brave ! redoublez-moi ça, cria le commandant.

Une nouvelle poussée fit plier l'énorme battant, et Molinchard bondit en arrière comme s'il avait craint de le voir tomber sur lui.

— Ah ! malheur ! ils vont tout démolir ; j'vas chercher le commissaire.

— Ne bougez pas, la vieille, ou je vous tords le cou.

Ce dialogue, dont il ne perdait pas une syllabe, mit le comble à la terreur du bourreau de mademoiselle de Saint-Senier.

— Renée ! nous sommes là ! nous venons à votre secours ! dit une voix qui ne s'était pas encore élevée.

— Ils la connaissent ! je suis perdu ! murmura le docteur en se retournant pour fuir.

Sa victime était debout derrière lui, pâle, échevelée, mais droite et les yeux étincelants.

Molinchard recula comme s'il avait vu un spectre ; et la lâcheté l'emporta dans cette âme de boue.

— Mademoiselle, balbutia-t-il, je ne sais ce qui se passe... mais je ne suis pas coupable... c'était... pour vous sauver... à cause de... de ce crime du chalet.

Le misérable avait complètement perdu la tête.

— Vous me pardonnez, n'est-ce pas? reprit-il d'une voix lamentable... Vous ne m'accuserez pas... vous direz que... je voulais...

— Je dirai que vous vouliez m'assassiner comme vous avez assassiné ma tante, dit la jeune fille en le foudroyant du regard.

Molinchard poussa une exclamation rauque.

La serrure venait de se soulever sous un choc plus violent. Encore un effort et elle allait céder.

— Eh bien! tu n'auras pas menti, car tu vas mourir, vociféra l'horrible docteur en sautant à la gorge de Renée pour l'étrangler.

—Attention, vous autres! cria la grosse voix de l'assaillant.

V'là le coup de la fin! aux derniers, les bons! »

Un bruit sec suivit cette exclamation de triomphe.

L'énorme gâche dans laquelle s'enfonçait le pêne de la serrure venait de sauter en l'air, violemment arrachée du mur.

En même temps, la porte s'ouvrit toute grande et alla se coller contre la muraille en livrant passage à ceux qui venaient au secours de la jeune fille.

Cette brusque entrée aurait eu quelque chose de grotesque, si la situation eût été moins grave.

Le vigoureux personnage, dont le dernier coup d'épaule avait fait merveille, se trouva soudainement privé de point d'appui et alla, comme un boulet de canon, rouler sur Molinchard, qui, malheureusement pour lui, se trouvait dans l'axe de la porte.

L'affreux docteur, qui venait de se ruer sur Renée pour l'étrangler, eut à peine le temps de lui serrer le cou.

Atteint en plein corps par ce projectile humain, il fut jeté à terre avant d'avoir pu se reconnaître.

En même temps, mademoiselle de Saint-Senier tomba dans les bras qui s'ouvraient pour la recevoir, en murmurant ce nom :

— Roger !

Le lieutenant s'était précipité dans la salle aussitôt que l'entrée fut libre, et il arrivait juste à point pour soutenir la jeune fille prête à défaillir.

— Renée ! s'écria-t-il, Renée ! Vous n'êtes pas blessée?

Mais sa fiancée n'eut pas la force de répondre.

— Portons-la dans ce salon, dit Podensac qui n'avait pas quitté l'officier d'une semelle dans ce siège improvisé de la bastille de Molinchard.

Roger pensa comme lui qu'il fallait, avant tout, laisser à Renée le temps de se remettre de ses terribles émotions, et les deux amis enlevèrent la jeune fille dans leurs bras pour la déposer dans le fauteuil où elle avait subi tout à l'heure l'outrage d'une odieuse déclaration d'amour.

Pendant qu'ils l'emportaient, le docteur se débattait sous la lourde masse de son vainqueur qui était tombé avec lui et sur lui.

Il poussait des gémissements inarticulés et s'agitait faiblement ; mais le poids d'un gros corps pesait sur sa poitrine efflanquée, et une voix rauque lui criait dans l'oreille ces mots peu rassurants :

— Ah ! gueux ! ah ! brigand ! je te tiens et je vais te faire passer le goût du pain.

— Il ne faut pas le tuer, dit avec empressement le commandant, diable ! nous avons besoin de lui.

— Antoine ! lâchez cet homme ! cria Roger.

Il fallait qu'il exerçât sur l'enfonceur de portes une autorité sérieuse, car celui-ci, qui n'était autre que maître Pilevert, obéit sur-le-champ.

Il se releva assez péniblement, gratifia Molinchard, d'un coup de pied dans les os des jambes et lui dit sur le ton qu'on emploie pour parler aux chiens :

— Allons ! houst ! debout !

Mais le docteur ne bougea point.

— Et la vieille? demanda Podensac.

— Ah ! mille trompettes, s'écria l'hercule en se retournant vivement, je crois qu'elle a filé.

Il donna un coup d'œil dans le corridor par l'ouverture de la porte restée béante, et acquit la certitude que l'esclave dévouée du docteur avait disparu.

— Il n'y a pas à dire, grommela-t-il après cette inspection sommaire, la chouette s'est envolée.

— Et je parierais qu'elle est allé chercher le commissaire de police, ajouta le commandant.

— Je vas toujours empêcher celui-ci de faire de même, dit Pilevert, en désignant Molinchard et en se plaçant de manière à barrer l'unique issue de la salle.

Roger s'était agenouillé devant la jeune fille et, pour la faire revenir à elle, il lui frappait dans les mains et l'appelait par son nom.

Renée n'avait pas perdu connaissance, mais les commotions qu'elle venait de subir avaient fort ébranlé ses nerfs, et elle était plongée dans une sorte d'anéantissement moral et physique.

Ses yeux étaient pleins de larmes, mais ils n'avaient plus ni leur éclat, ni leur expression d'autrefois.

On aurait dit que l'intelligence s'était éteinte tout à coup sous ce front pâle.

La joie, succédant à la terreur et à la douleur aiguë, avait assez profondément bouleversé le frêle organisme de mademoiselle de Saint-Senier pour que tout fût à craindre.

— Mon Dieu! mon Dieu! que faire? murmurait le lieutenant en se frappant la tête avec désespoir.

— Ma foi! mon officier, dit Podensac si j'avais un conseil à vous donner, ce serait de partir avec cette belle enfant le plutôt possible.

Il y a là-dessous un tas de machinations que je ne comprends pas, mais je crois qu'ici la place est mauvaise pour vous.

— Partir! répéta Roger mais comment! Vous voyez que ma cousine est hors d'état de se soutenir.

— Vous l'emmènerez en voiture, parbleu! Mais d'abord débarrassons-nous de ce cher docteur. Il n'est pas nécessaire qu'il entende notre conversation, et je réglerai plus tard avec lui mon petit compte personnel.

Molinchard avait peut-être compris qu'il était question de lui, car il était déjà appuyé sur ses coudes et sur ses genoux, et il cherchait à reprendre une position plus normale.

— Hé! mon brave, cria le commandant à Pilevert, empoignez-moi cet homme et portez-le dans le jardin là-bas.

— Ça me va, grogna l'hercule.

Et avant que le docteur eût réussi à se remettre sur ses pieds, il l'empoigna par le milieu du corps, et, le soulevant comme un sac de farine, il entra dans le salon avec son fardeau.

— C'est un guet-apens! je proteste contre cette violence, criait Molinchard en se débattant.

— Oui! oui, chante, mon vieux, ricana Pilevert.

Où faut-il le poser? demanda-t-il à Podensac.

— Là dedans, répondit celui-ci en ouvrant la porte de la chambre où madame de Muire avait passé la première nuit de sa captivité.

Au jardin, il pourrait crier et ameuter ses pensionnaires, tandis que dans ce coin-là il ne bougera pas.

— Ça y est, cria l'hercule en jetant le docteur sur le lit, sans plus de cérémonie qu'un paquet.

Ce fut fait si lestement que la porte se trouva refermée à double tour avant que le docteur eût le temps de s'y opposer.

Il était bel et bien emprisonné, et sa résistance s'évapora en blasphèmes et en injures.

— Voilà ce que j'appelle travailler proprement, dit le chef des Enfants-Perdus; et maintenant, mon brave homme, faites-moi le plaisir de garder le corridor, pendant que nous allons organiser le départ.

Maître Antoine, plein de cette satisfaction que donne le devoir accompli, alla reprendre imperturbablement sa faction.

- Croyez-moi, mon officier, reprit Podensac, ne perdez pas de temps pour déguerpir.

C'est votre bonne étoile qui vous a conduit ici pour voir un camarade blessé ; une demi-heure plus tôt vous y auriez rencontré Valnoir et sa princesse, sans compter le bossu Taupier, et tous ces gens-là m'ont l'air d'être venus rôder autour de la pauvre demoiselle que Molinchard séquestrait.

Je ne crois pas qu'ils vous veuillent beaucoup de bien ni à elle non plus, et, par le temps qui court les journalistes de cette couleur-là ont le bras long.

N'attendez pas qu'ils reviennent.

— Vous avez raison, commandant, et je crains même que, hors d'ici, leur haine ne nous poursuive encore.

— Bah ! vous avez barre sur eux maintenant, et le plus pressé, c'est de partir. D'ailleurs, s'il vous faut plus tard un témoin pour déposer des coquineries de Molinchard, je n'ai pas besoin de vous dire que vous pouvez compter sur moi.

— Merci, dit Roger en serrant cordialement la main de son nouvel ami. Vous m'aiderez, n'est-ce pas, à porter mademoiselle de Saint-Senier jusqu'au fiacre que Pilevert va aller chercher.

— Bien entendu ! dit Podensac.

Allons, mon brave, ajouta-t-il en s'adressant à l'hercule, prenez vos jambes à votre cou, descendez jusqu'à la mairie et ramenez-nous une voiture au galop.

— On y va, dit Antoine en faisant demi-tour.

Mais il n'avait pas fait trois pas dans le corridor qu'il s'arrêta.

— Je crois que ce n'est pas la peine que j'aille à une place de fiacres, murmura-t-il ; en v'là un qui nous arrive.

— Bon ! il ne manquait plus que ça ! s'écria Podensac en prêtant l'oreille.

Pilevert ne s'était pas trompé.

C'était bien le roulement d'une voiture qu'on entendait.

Le véhicule, qui avait grimpé jusqu'aux sommets escarpés de Montmartre, tournait en ce moment l'angle de la villa, et les roues grinçaient bruyamment sur la terre durcie.

— Mais il me semble que c'est un heureux hasard, dit Roger ; en prenant ce. fiacre qui arrive si à propos, nous gagnerons du temps.

— J'ai peur que nous n'en perdions au contraire, murmura le commandant en secouant la tête.

Une voiture sur le haut des buttes, voyez-vous, c'est un événement, et je ne serais pas surpris que celle-là ne nous amène la police que cette vieille taupe de Ponisse aura été chercher.

— La police ? je ne la crains pas, s'écria Roger.

— Il faut toujours la craindre quand il y a du Taupier sous jeu. Au reste, nous allons savoir à quoi nous en tenir, car le fiacre s'arrête.

Il y eut un moment de silence et d'anxiété.

Pilevert s'était replié sur le groupe formé par les deux hommes, debout auprès de Rénée toujours immobile.

Des pas précipités résonnèrent dans le corridor.

Etait-ce vraiment la police amenée par la vieille qui arrivait ainsi au secours du maître de la villa des Buttes?

La chose semblait probable et il était trop tard pour se soustraire à cette intervention, quelque désagréable qu'elle fût pour les assistants.

Roger et Podensac se préparaient donc à faire bonne contenance et ils attendaient, les yeux fixés sur la porte.

Mais au moment où ils croyaient voir paraître l'autorité, sous la forme d'un commissaire ou tout au moins d'un agent, les pas s'arrêtèrent.

Celui qui marchait dans le corridor n'était probablement pas très sûr de son chemin, car on l'entendait piétiner sur place, puis retourner en arrière, puis revenir sur ses pas.

— C'est curieux, murmura le commandant, on dirait

qu'il ne sait pas où il va ; il a donc perdu la mère Ponisse en route ?

— Mieux vaut aller voir ce que c'est que d'avoir l'air de nous cacher, dit Saint-Senier en marchant vers la porte.

Au moment où il la touchait presque, on y frappait du dehors, et une voix mâle demandait :

— Peut-on entrer ?

— Certainement, dit l'officier.

On poussa le battant qui, n'étant plus retenu par la serrure, tourna facilement sur ses gonds.

Un homme parut et deux cris partirent en même temps :

— Mon lieutenant !

— Landreau !

C'était bien le garde-chasse qui arrivait.

Le fidèle serviteur avait toujours sa tenue bizarre, moitié militaire et moitié forestière, mais il avait considérablement vieilli.

Ses cheveux et sa barbe étaient devenus tout blancs et sa figure amaigrie témoignait des angoisses et des privations par lesquelles il venait de passer.

Mais si le visage avait changé, le cœur était resté aussi chaud qu'autrefois, car en reconnaissant son maître, Landreau se livra à une véritable effusion de joie.

Inutile de dire que le lieutenant l'accueillit comme un ami et lui ouvrit ses bras.

— Vous ! c'est bien vous ! Enfin je vous revois, monsieur Roger, et bien portant encore ! disait le vieux garde en pleurant de bonheur. Ah ! la petite muette me l'avait bien fait comprendre que vous étiez guéri de votre maudite blessure.

— Et toi, mon vieil ami, et toi ? te voilà donc enfin ! D'où viens-tu ?

Ces exclamations et ses questions s'étaient croisées avant que Landreau eût jeté un coup d'œil sur ceux qui entouraient son maître.

Podensac et Pilevert regardaient cette scène sans y rien comprendre ; le garde-chasse, qui ne les avait jamais vus, les prenait pour des indifférents et s'occupait fort peu d'eux.

Mais tout en échangeant avec Roger des phrases amicales, il avançait vers le salon et, en y entrant, ses yeux tombèrent sur Renée.

— Mademoiselle ! s'écria-t-il en se jetant aux genoux de sa jeune maîtresse. Elle aussi ! mais le bon Dieu veut donc tout me rendre à la fois !

Il lui prit la main avec plus de tendresse que de respect, mais la jeune fille restait immobile et froide.

Elle le regardait et ne semblait pas le reconnaître.

— Mademoiselle ! c'est moi ! c'est votre vieux Landreau, Oh ! je suis si heureux de vous retrouver ! Il ne manque plus que madame de Muire.

Il n'obtint pas de réponse et se releva tout effaré, en laissant retomber la main glacée qu'il tenait entre les siennes.

— Mais qu'est-ce qui lui est donc arrivé, mon Dieu ! murmura-t-il en regardant l'officier.

— Je n'en sais rien encore, mais je crains un malheur, dit Roger, et je voudrais l'emmener d'ici.

— Le plus tôt sera le mieux, appuya Podensac.

— C'est facile, mon lieutenant, j'ai un fiacre là-bas.

— Aide-moi à la porter, nous n'avons pas de temps à perdre.

— Mon officier, dit le commandant des Enfants-Perdus, je crois que je ne ferai pas mal d'aller d'abord en reconnaissance. La vieille peut revenir d'un moment à l'autre, et le diable sait qui elle va ramener avec elle. Or je pense que vous ne tenez pas à ce qu'elle sache où vous allez.

— Non, certes ; ce que je veux c'est mettre ma cousine en sûreté.

— Eh bien ! laissez-moi prendre un peu le vent sur la butte ; si je ne vois rien de suspect aux environs, je reviens vous prévenir, nous conduisons cette chère demoiselle à la voiture, et fouette cocher.

Une fois que vous serez partis ce n'est pas moi qui dirai à la mère Ponisse ce que vous êtes devenus ; seulement, j'aurai un bout de conversation avec le citoyen Molinchard, et, s'il fait le méchant, je vous promets que je lui tirerai les oreilles.

Et, sans attendre une réponse, Podensac s'élança dans le corridor.

— C'est étrange, dit Roger à voix basse. Cette pâleur, ce silence ! Qui sait si les violences de ce misérable n'ont pas troublé sa raison.

La crainte qu'il exprimait était bien justifiée par l'état d'affaissement et de torpeur où restait la jeune fille.

— Et dire que nous n'avons rien ici pour la faire revenir ! Pas seulement une goutte de cognac, disait Pilevert entre ses dents.

— Mon lieutenant, faut pas trop vous effrayer, ajouta Landreau ; je connais bien mademoiselle, moi qui l'ai vue toute petite. Elle est très nerveuse, voyez-vous, et elle a si bon cœur que, si on lui fait de la peine, elle a une crise. C'est de famille ; c'est dans le sang. Et ce n'est pas la première fois que je la vois dans cet état-là. Le jour où on a rapporté son frère après le duel, vous savez bien que ça été la même chose.

— C'est vrai, murmura le lieutenant.

— Et puis nous serons chez nous dans une heure et vous verrez comme cette petite la soignera.

— Tu as donc vu Régine ? Mais au fait, mon vieil ami, comment es-tu venu ici ?

— C'est elle qui m'y a envoyé. Oh ! j'en aurai long à vous raconter, allez, mon lieutenant.

— Et moi qui t'avais cru mort !

— Je n'en valais guère mieux. Pensez donc !... deux mois à la prison du Cherche-Midi comme déserteur !...

— Déserteur ?

— Oui, c'est toute une histoire. Mais je n'en finirais

pas. Seulement, il faut que je vous dise... Aujourd'hui, on me lâche. Je ne voulais pas aller au chalet tout droit, parce que je me méfiais qu'il y soit arrivé du nouveau, depuis que j'étais au bloc. Je m'en vas donc d'abord à l'hôtel de la rue d'Anjou pour voir si notre ancien concierge, qui est resté chez les nouveaux propriétaires, ne pourrait pas me donner des nouvelles.

Ah! sapristi! j'avais là une fameuse idée.

Qu'est-ce que j'apprends? que vous vous êtes sauvé de de Saint-Germain avec la petite, que les maîtres de l'hôtel ont filé avant le siège, et que vous êtes tous venus y loger. Et pendant que le concierge me contait ça, voilà notre Régine qui descend, qui me saute au cou et qui commence à bavarder avec son ardoise.

Ah! quand elle a eu écrit dessus que je vous trouverais ici où vous étiez venu voir un camarade, j'ai couru chercher un fiacre, et je n'ai pas seulement pris le temps de monter au premier étage de l'hôtel pour voir votre...

— Tu nous sauves et c'est la Providence qui t'a inspiré l'idée de venir ici, interrompit Roger.

— Et vous donc! s'écria Landreau. Faire une visite à un ami blessé et retrouver mademoiselle Renée!... Comment l'avait-on amenée dans cette grande baraque qui ressemble à une prison?

— Je n'en sais rien, mais ce que je sais c'est que sans moi, et sans ce brave homme dit le lieutenant en désignant Pilevert, Renée allait être victime d'un misérable.

— Où est-il, le chenapan? demanda le vieux garde.

— C'est un compte à régler plus tard, et, je te réponds que je le réglerai.

— Et madame la comtesse? l'ont-ils enfermée aussi, les canailles?

— J'ignore ce que ma pauvre tante est devenue, mais je le saurai et je vengerai, je te le promets, tout le mal qu'on a fait à notre famille.

Renée était restée insensible et muette. Le sort de sa

tante, dont on parlait devant elle, elle le connaissait et elle n'avait pas fait un mouvement.

— Le chemin est libre! Personne à l'horizon! cria Podensac en se précipitant dans le salon. Je vous conseille de partir sans perdre une minute.

— Aidez-nous à porter mademoiselle dans un fauteuil, dit Landreau, en s'adressant à Pilevert; ce sera plus vite fait.

L'hercule s'empressa de prêter le concours de ses robustes bras; Renée fut enlevée en un clin d'œil, et on s'achemina par le corridor vers la porte de la villa.

— A propos, mon lieutenant, dit le vieux garde, vous savez la grande nouvelle?

Roger fit un geste d'indifférence.

— L'armistice. Il paraît que la guerre est finie, car nous capitulons.

— Mille tonnerres! cria Podensac, ce n'est pas possible!

— C'est affiché sur tous les murs. Et il paraît qu'on va pouvoir sortir de Paris avec une permission. Ma foi! je ne serai pas fâché de revoir la forêt de Saint-Germain. Et vous, mon lieutenant?

Roger ne répondit pas.

On était arrivé à la porte, et Renée fut placée dans le fiacre. L'hercule grimpa sur le siège à côté du cocher. Landreau et son maître montèrent à côté de la jeune fille, toujours affaissée.

— Adieu mon officier, dit Podensac en fermant la portière; si vous m'en croyez, puisque l'armistice est signé, vous quitterez Paris pas plus tard que demain.

XIV

Il y avait près de deux mois que Roger de Saint-Senier avait arraché Renée aux violences du docteur Molinchard.

On était au milieu du mois de mars, et le printemps s'annonçait déjà par un temps clair et tiède.

Les arbres du parc Monceau commençaient à se couvrir de bourgeons, et les oiseaux saluaient le soleil de leurs chansons joyeuses.

La nature rajeunie semblait vouloir faire oublier aux Parisiens les horreurs du siège.

Cette matinée splendide ne pouvait inspirer que des idées de paix et de bonheur; les passants avaient des figures gaies et les enfants jouaient bruyamment dans les allées.

Sur un banc, près de la grille qui borde le boulevard extérieur, deux hommes étaient assis côte à côte.

Ceux-là ne paraissaient pas influencés par le retour de la saison des fleurs car ils causaient d'un air triste, sans s'occuper de ce qui se passait autour d'eux.

— Ainsi, mon cher camarade, disait le plus âgé, vous persistez à agir aujourd'hui même ?

— Il le faut, mon cher commandant, on m'attend en Bourgogne et je ne puis disposer que de trois ou quatre jours.

— Eh bien! nous tâcherons d'accélérer la besogne, car je comprends que vous soyez pressé d'aller retrouver votre charmante cousine qui va devenir votre femme.

Le lieutenant Roger secoua la tête et dit à Podensac :

— Mon mariage est décidé, mais Dieu sait quand il se fera.

Ce n'était pas le hasard qui avait rapproché les deux nouveaux amis, après six semaines de séparation.

Saint-Senier, arrivé la veille à Paris, n'avait pris que le temps de s'installer sommairement dans un hôtel garni du faubourg Saint-Honoré et d'écrire à Podensac pour le prier de passer chez lui de grand matin.

Le commandant avait été d'une exactitude militaire pour plusieurs raisons.

D'abord, il était absolument désœuvré depuis l'armistice.

Les Enfants-Perdus de la rue Maubuée avaient été licenciés, leur chef se trouvait disponible, et cela à son grand chagrin, car sa situation financière n'était pas brillante.

Ensuite, il avait entretenu depuis deux mois avec Roger une correspondance assez suivie et il tenait beaucoup à conserver des relations qui pouvaient lui être fort utiles par la suite.

L'ex-lieutenant de la mobile, — car Saint-Senier était rentré aussi dans la vie civile — avait cordialement accueilli l'homme auquel il devait de très réels services et lui avait demandé de l'assister immédiatement dans une affaire grave.

— Je vous expliquerai en route ce dont il s'agit, avait dit Roger ; et Podensac l'avait suivi sans en demander davantage.

On s'était acheminé vers le parc Monceau et la conférence avait commencé sur le banc où ils étaient encore assis.

— Voyons, mon cher camarade, dit Podensac, entendons-nous bien avant d'engager l'affaire. Ce n'est pas un duel avec cet animal de Molinchard que vous voulez ?

— Avec lui, non ; il est trop méprisable. Avec un autre peut-être ; mais je veux d'abord éclaircir un mystère qui me préoccupe plus que tout le reste.

— Oui, la disparition de madame de Muire. Je crois bien que vous n'arriverons à rien sans l'intervention du commissaire de police, et encore qui sait s'il voudra s'en mêler.

Ah! je regrette que vous ayez tant tardé.

— Depuis trois jours seulement j'ai acquis une certitude. Vous voyez que je n'ai pas perdu de temps.

— Comment! Mademoiselle de Saint-Senier ne vous avait pas raconté...

— Vous avez vu son état quand nous l'avons enlevée de la prison où la retenait ce misérable. J'ai réussi, comme vous le savez, à quitter Paris avec elle deux jours après l'armistice; mais elle est arrivée au château de Saint-Senier presque mourante.

Renée a lutté cinquante jours contre des crises nerveuses qui menaçaient à chaque instant de l'emporter.

— Et c'est seulement après sa guérison qu'elle a pu vous raconter...

— L'histoire de notre malheureuse tante, attirée comme elle dans un piège et victime peut-être de la scélératesse de cet homme.

— Eh bien! moi je crois que madame de Muire vit encore, Molinchard est un coquin, mais il est lâche, et il n'aurait pas osé mettre un assassinat sur sa conscience.

— Dieu veuille que vous ne vous trompiez pas, mais, s'il a menti en annonçant à Renée que sa tante était morte, il faut qu'il nous dise ce qu'il a fait d'elle.

— Oh! nous trouverons bien un moyen de le faire parler. Mais je ne vous ai pas conté ce qui s'est passé là-haut après votre départ dans le fiacre.

Figurez-vous qu'au bout de vingt minutes à peine, la Ponisse est revenue furieuse. Au bureau de police on l'avait envoyée au diable. Les gardiens de la paix ne se souciaient pas de se déranger.

Quand elle a vu que vous étiez tous partis, elle a voulu me sauter aux yeux; mais je l'ai tenue en respect.

— Et ce misérable Molinchard?

— Je lui ai ouvert la porte de sa cage, et je m'attendais qu'il allait me faire une scène. Pas du tout. Il était devenu doux comme un mouton et il ne m'a pas seulement demandé un mot d'explication.

— Mais il ne vous en a pas donné non plus ?

— Attendez ! C'est toute une histoire. Pendant que je lui reprochais sa conduite, la bonne amie de Valnoir est revenue avec Taupier, vous savez le bossu de Saint-Germain...

— L'assassin, murmura Roger.

— C'est possible, il en est bien capable, dit Podensac qui ne savait pas l'histoire de la balle escamotée ; ce qu'il y a de sûr c'est qu'à eux deux ils ont emmené Molinchard dans un cabinet et qu'il y a eu là des explications orageuses.

Je ne sais pas de quoi il s'agissait, mais je parierais bien que toute cette bande du « Serpenteau » s'est mêlée de l'affaire de ces pauvres dames.

— Et moi, j'en suis sûr, dit le lieutenant. C'est un compte que je réglerai plus tard.

— Je vous y aiderai, si vous voulez, mais pour finir de vous raconter la chose, quand je vis comment les choses tournaient dans cette ambulance de malheur, je fis mon paquet et je filai, sans dire seulement bonsoir à cette canaille de Molinchard.

— Et depuis?

— Depuis j'ai passé mon temps à me guérir dans une maison de santé un peu plus honnête, à Passy et maintenant j'ai retrouvé l'usage de mes deux bras, qui sont bien à votre service.

— Merci, commandant, dit Roger, j'accepte, et vous pouvez compter sur ma reconnaissance et sur mon amitié.

— Ma foi, mon cher camarade, s'écria Podensac, ce que vous me dites là me fait du bien, car j'en ai assez de vivre avec un tas de farceurs qui ne valent pas les vieilles bottes d'un Prussien, et, si je ne me suis pas toujours conduit autrefois comme j'aurais dû le faire, il est encore temps de rentrer dans le bon chemin.

— Je ne sais ce que vous pouvez avoir à vous reprocher, commandant, et je ne veux pas le savoir, mais je n'oublierai jamais ce que vous avez fait au pont de Bezons.

— Bah! ça n'en vaut pas la peine. C'était une dette que je payais à la petite muette qui m'avait dit la bonne aventure à Rueil dans le temps.

A propos qu'est-ce qu'elle est devenue, cette chère enfant? Vous m'avez écrit que vous l'aviez emmenée avec ce brave saltimbanque qui a donné un si bon coup d'épaule dans la porte de Molinchard.

Je suis sûr qu'elle aura joliment soigné mademoiselle de Saint-Senier.

Brave fille! va! Et moi qui croyais dans le temps qu'elle se laissait aimer par ce monstre de Taupier!

— Elle a soigné, en effet, ma cousine avec un dévouement admirable, dit tristement Roger, mais elle vient encore une fois de nous quitter.

— Pas possible!

— Oui, le jour où Renée a été guérie, ce jour-là, Régine a disparu du château.

— Et son ancien patron, l'hercule?

— Lui, il m'avait demandé de partir à la fin de la première semaine. Je crois qu'il avait la nostalgie de son premier métier.

— Que voulez-vous? La petite sera allée le rejoindre, dit philosophiquement Podensac, mais mademoiselle de Saint-Senier n'est pas seule, je suppose.

— Non certes; sans parler de nos vieux domestiques et de notre brave Landreau, elle a pour veiller sur elle son... un de nos parents, dit Roger en se reprenant vivement. Mais il me semble que nous ferions bien de prendre le chemin de Montmartre.

— Neuf heures moins le quart, dit le commandant en regardant sa montre, à neuf heures et demie nous serons en haut des buttes et nous pincerons Molinchard au saut du lit.

Les deux amis levèrent le siége, franchirent la grille
du parc et se mirent en route par le boulevard extérieur.

A cette heure matinale, le quartier était ordinairement
animé par le passage des ouvriers, des employés qui des
cendent des Batignolles. Mais ce jour-là, par exception, la
chaussée était presque déserte.

A peine rencontraient-ils de loin en loin quelques
gardes nationaux en vareuse, marchant d'un pas précipité dans la direction de Montmartre.

En arrivant à la place Clichy, ils trouvèrent un détachement de la ligne, rangé l'arme au pied autour de la statue
du maréchal Moncey.

Ils n'eurent pas la curiosité de s'informer de la cause de
ce déplacement de troupes et ils continuèrent à suivre le
boulevard.

Ils étaient arrivés à la hauteur du club que Taupier présidait naguère, quand ils aperçurent vers la place Pigalle
un rassemblement considérable.

On voyait de loin briller des baïonnettes et on entendait
le bruit confus d'une foule agitée.

— Que diable font-ils là-bas? murmura Podensac; est-
ce que les Prussiens reviennent ou bien...

Il n'avait pas achevé que le fracas d'une décharge assez
nourrie lui coupa la parole.

Ce n'était pas un feu de peloton. Cela ressemblait
plutôt à une affaire de tirailleurs.

Dans tous les cas, il ne s'agissait pas d'une salve innocente, car deux où trois balles avaient passé en sifflant
au-dessus de la tête des deux amis.

Roger n'y avait pas fait grande attention, mais Podensac était littéralement stupéfait.

— Ah! ça, dit-il, ils sont donc fous dans ce satané
quartier!

A moins qu'ils ne se payent encore une révolution.

— Avançons, répondit Saint-Senier, nous verrons bien
ce qu'il en est.

Les deux amis n'avaient pas fait vingt pas sur le bou-

levard qu'ils se heurtèrent à un flot humain composé surtout de femmes et d'enfants.

Les fuyards couraient si vite qu'ils faillirent renverser
Podensac.

Il essaya d'arrêter, pour lui demander des explications,
un bon bourgeois qui se sauvait à toutes jambes, mais
ce vieillard lui glissa entre les mains en poussant des
exclamations inarticulées.

— C'est à n'y rien comprendre, murmurait le commandant, tout en arpentant la contre-allée.

Roger jouait des coudes à côté de lui au milieu de cette
foule en désordre, mais, comme il fallait remonter le
courant, ils n'avançaient pas vite.

Du côté de la place Pigalle, le tumulte et les cris redou-
blaient, mais les coups de fusils avaient cessé.

On entendait des acclamations dont il était impossible
de distinguer le véritable sens,

— On crie vive... quelque chose, dit le lieutenant,
mais quoi ? je n'en sais rien.

Ils venaient de dépasser la rue Lepic quand ils rencontrèrent une bande d'affreux polissons qui couraient en
hurlant :

— Nous sommes trahis ! aux armes ! on égorge nos
frères.

— Oh ! oh ! je crois que je commence à comprendre,
dit Podensac, qui avait assisté à la Révolution de Février,
en 1848.

— Voyez ! murmura Roger, en lui serrant fortement
le bras.

Un peloton de gendarmes s'avançait au pas de course
sur la chaussée.

La foule s'écartait pour les laisser passer, mais elle les
saluait de clameurs hostiles.

Ils avaient gardé leurs rangs et marchaient silencieux
et mornes.

Saint-Senier s'approcha de l'officier qui les conduisait,

pour lui demander ce qui se passait ; mais quand il l'eût regardé, il n'osa plus l'interroger.

C'était un vieux lieutenant à moustaches grisonnantes, et, sur sa figure énergique et contractée, Roger avait vu rouler une grosse larme.

— Allons ! dit entre ses dents l'ex-chef des Enfants Perdus, ta troupe s'en va, je crois que nous voilà encore dans le pétrin. Et je parie que tous nos farceurs du « Serpenteau » sont pour quelque chose dans l'affaire.

— Marchons toujours, répondit Saint-Senier qui pensait beaucoup plus à Molinchard qu'à la révolution.

A force de pousser et d'être poussés, les deux amis finirent par déboucher sur la place.

Au moment où ils y arrivaient, les derniers soldats qui ne s'étaient pas débandés, achevaient de se replier par les rues adjacentes et la populace victorieuse tourbillonnait dans un affreux désordre.

Les vociférations les plus insensées se croisaient autour d'eux. On chantait la *Marseillaise*, on dansait, on courait dans tous les sens.

— Diable ! il paraît que c'est sérieux, dit Podensac, en montrant à son compagnon une large plaque de sang qui rongissait le pavé.

Un peu plus loin, la foule s'attroupait devant la porte d'une baraque où on avait transporté un malheureux blessé.

Le commandant se mêla au groupe et n'eut pas beaucoup de questions à faire pour apprendre d'où soufflait ce vent de révolte.

Les meneurs impies qui n'avaient pas craint de préparer une insurrection quand l'ennemi était encore aux portes de Paris, les conspirateurs qui spéculaient depuis six mois sur les malheurs de la patrie en étaient venus à leurs fins.

La première journée de la Commune venait de commencer.

— Je m'en doutais, dit tout bas Podensac, après s'être

renseigné ; si vous m'en croyez, nous nous replierons en bon ordre sur Paris et nous remettrons à demain notre visite.

— Non, répondit Roger, d'un ton qui ne laissait aucun doute sur sa résolution d'en finir le jour même.

— C'est que, voyez-vous, le voyage des buttes ne me paraît pas sans danger pour ceux qui, comme nous, ne portent ni la blouse ni la vareuse.

— J'irai seul, dit sèchement Saint-Senier.

Le commandant rougit un peu et se hâta d'ajouter :

—Mon cher camarade, je croyais que vous me connaissiez mieux. Si vous tenez à y aller aujourd'hui, j'en suis. Ce que j'en disais c'était plutôt pour vous, car, pour mon compte, j'ai idée que je ne risquerai pas grand'chose.

Roger lui serra silencieusement la main et se mit à fendre la foule.

— Laissez-moi passer devant, reprit Podensac, je connais le chemin le plus court et j'espère que nous nous en tirerons sans mauvaise rencontre.

Et joignant l'action à la parole, l'ex-commandant fraya la route à son ami.

Ils eurent beaucoup de peine à sortir de la place où le nombre des curieux grossissait à chaque instant mais enfin ils y parvinrent et ils s'engagèrent résolûment dans une rue qui conduisait à Montmartre par un pente assez raide.

Là, les groupes étaient moins compacts, mais il fallut cependant se ranger pour laisser passer une troupe armée qui descendait comme une avalanche.

C'était un bataillon de ceux qu'on allait bientôt appeler les fédérés qui promenait en triomphe une douzaine de malheureux soldats de la ligne.

—Jolie conquête qu'ils ont fait là ! grommela Podensac, en examinant la mine ahurie des pauvres conscrits qui marchaient la crosse en l'air et ressemblaient plutôt à des prisonniers qu'à des vainqueurs.

19.

Le flot passa. Les deux amis poursuivirent leur ascension et arrivèrent sans trop de difficultés dans une large rue au bout de laquelle ils aperçurent à leur droite le péristyle de la mairie de Montmartre.

Mais à peine y eurent-ils mis le pied qu'ils se virent entraînés par un véritable torrent populaire.

La foule qui encombrait la place Pigalle aurait semblé paisible à côté de cette effrayante cohue.

C'était comme une mer houleuse de laquelle émergeaient des chevaux attelés à des canons et montés par des hommes en blouse.

Le peuple avait désarçonné les artilleurs et s'évertuait à traîner au sommet des buttes les pièces enlevées à des soldats qui ne s'étaient pas défendus.

Il y avait des femmes grimpées sur les affuts et des enfants qui poussaient aux roues.

Le commandant commençait à regretter d'avoir pris ce chemin. Il essaya de battre en retraite; mais une fois pris dans l'engrenage, il n'y avait plus moyen de reculer et les deux amis durent se laisser porter.

Ils parcoururent, presque sans toucher terre, toute la longueur de la rue et ce fut au bas d'une montée plantée d'acacias qu'ils commencèrent à respirer.

Cette côte escarpée arrêtait la marche des canons et la foule restait stationnaire en attendant du renfort.

Podensac réussit à se faufiler sur les bas côtés.

— Nous voilà tirés d'affaire, dit-il à Roger qui l'avait suivi de près; je connais un sentier qui passe au-dessous du moulin de la Galette et qui nous conduira chez Molinchard, en faisant un détour.

En effet, il manœuvra si bien qu'en moins de dix minutes il atteignit avec Saint-Senier un terrain vague que dominaient les épaulements d'une batterie construite pendant le siège.

Cette esplanade paraissait déserte et ils la traversèrent sans rencontrer personne, mais, au tournant du chemin qui longeait le remblai, ils tombèrent dans un groupe de gardes nationaux armés.

Ces miliciens, porteurs de figures très rébarbatives, semblaient avoir été postés là pour arrêter les passants, car ils commencèrent par mettre la main au collet des deux nouveaux venus.

— Où allez-vous, citoyens? demandèrent-ils en chœur.

— A la maison de santé du docteur Molinchard, répondit sans hésiter Podensac.

— Molinchard? connais pas? répondit la bande avec ensemble.

Et celui qui paraissait être le chef, ajouta d'un ton peu rassurant :

— Suivez-nous, au comité !

— Connais pas non plus, le comité, dit le commandant vexé.

— Ah! tu veux faire le malin, cria l'homme aux galons. Allons, vous autres, empoignez-moi ces deux hommes.

— Ah! ça, vous êtes fou! cria Podensac furieux.

— De quel droit nous arrêtez-vous? demanda Roger assez dédaigneusement.

— Vous saurez ça au comité, dit le chef de la bande.

Pendant ce court et vif colloque, ses acolytes en vareuse avaient entouré les deux amis qui se trouvèrent flanqués chacun de trois gardes nationaux, avant d'avoir pu faire un mouvement.

— Je vous l'avais bien dit, murmura le commandant à l'oreille de Saint-Senier.

— Il est impossible qu'on nous arrête sérieusement, dit tout haut le lieutenant.

— C'est bon! on va vous en donner du sérieux, tas d'aristos, dit un garde national à mine patibulaire.

Roger, qui était de fort mauvaise humeur, chercha machinalement à son côté le sabre qu'il avait eu l'habitude de porter pendant six mois, mais il se rappela qu'il était sans armes.

Au même moment, Podensac lui poussa le coude et il

se contint, moins par crainte des baïonnettes fédérées que par suite de la répugnance naturelle à un homme bien élevé pour la lutte à coups de poing.

— Allons ! en route ! cria le grotesque personnage qui commandait aux autres.

Celui-là ne ressemblait pas du tout à ses soldats.

Tandis que ceux-ci avaient tout l'air de gaillards échappés des carrières d'Amérique, le chef affectait le costume et les manières de Fra Diavolo.

C'était un grand jeune homme d'une maigreur invraisemblable, porteur de moustaches démesurées et d'une barbiche pointue comme une aiguille, vêtu d'un dolman rouge et coiffé d'un feutre à larges bords sur lequel une plume d'autruche se balançait au vent.

Il était difficile de ne pas reconnaître, sous cette tenue de brigand d'opéra-comique, un de ces aventuriers cosmopolites qui colportaient alors à travers l'Europe leur épée révolutionnaire.

Podensac, qui avait eu des relations très étendues dans le personnel hétéroclite des corps francs, regardait en dessous ce capitaine d'aventures pour tâcher de le reconnaître, mais il eut beau fouiller dans sa mémoire, il ne pût se rappeler la figure du matamore.

Les volontaires fantaisistes du siège étaient déjà dépassés de cent coudées.

— Bah ! dit-il tout bas à Roger, laissons-nous faire et voyons un peu ce que c'est que ce fameux comité. Ce serait bien le diable si je n'y retrouvais pas de vieilles connaissances.

La troupe qui venait d'opérer leur arrestation ne semblait pas bien fixée d'abord sur l'itinéraire à suivre.

Elle avait fait mine de continuer à tourner la butte en suivant le chemin désert de l'esplanade.

Mais le bandit en chef dit quelques mots à ses hommes et le cortège revint sur ses pas.

On reprit la route par laquelle Roger et Podensac

étaient venus et on rentra dans la montée qui passait à droite et au-dessous du moulin de la Galette.

Là on tomba en plein courant de la foule.

Par cette voie latérale, grimpaient ceux qui voulaient arriver au haut des buttes avant les canons et descendaient ceux qui s'empressaient de courir aux informations dans les quartiers inférieurs.

Il résultait de ces deux mouvements en sens contraire qu'on avançait très difficilement.

Les fédérés qui tenaient la tête de l'escorte essayaient de se frayer un passage en usant des crosses de leurs fusils. Mais ce procédé peu démocratique leur réussit assez mal.

En un instant, le groupe fut enveloppé et serré de telle sorte qu'il se trouva dans l'impossibilité d'avancer.

Podensac échangea un coup d'œil avec son camarade et se dressa sur la pointe du pied pour tâcher de découvrir dans la foule un visage ami.

— Comment! sacrebleu! disait-il entre ses dents je n'apercevrai donc pas un de mes Enfants-Perdus.

Pendant qu'il se démenait ainsi, l'homme à la plume flottante éprouva le besoin de haranguer le peuple.

— Place! citoyens! cria-t-il avec un fort accent italien; laissez-nous mener nos prisonniers devant le comité.

Parler de prisonniers devant une foule affolée, c'était éveiller les passions du moment.

Les héros de Montmartre se considéraient alors comme chargés de garder l'artillerie dont ils firent depuis un usage si criminel, et tout inconnu qui se montrait dans ces parages leur semblait être un ennemi.

Au nom de l'indépendance, ces intelligents révoltés commençaient par interdire à leur concitoyens l'accès du Mont-Sacré sur lequel ils campaient.

— Des prisonniers! hurla cette masse confuse, c'est des espions! des massacreurs du peuple!

— A mort! à mort! répétèrent en fausset les gamins qui circulaient dans les jambes des assistants.

Les deux amis se regardèrent. Roger était très-pâle, mais il avait gardé une attitude fière et le commandant, plus ému dans le fond, ne fit pas moins bonne contenance.

— Laissez-nous passer, mes amis, dit le chef de la bande ; le comité fera justice.

— Je l'espère bien, dit Podensac entre ses dents.

Le nom de comité avait déjà sur la foule une influence mystérieuse, et, les coups de crosse aidant, l'escorte pût avancer.

Les enragés qui demandaient la mort des prisonniers se rallièrent assez facilement à l'idée de les faire juger et se mirent à suivre le cortège.

On mit bien vingt minutes pour arriver à la place de l'Église, mais on y arriva.

Là, le Fra Diavolo qui commandait la marche, ordonna à ses hommes de tourner à gauche et ensuite à droite.

Saint-Senier n'était jamais venu à Montmartre que le jour de sa visite à la maison de santé de Molinchard et encore avait-il pris, pour y aller, un tout autre chemin.

Il ne savait donc pas où on le menait, et il regardait autour de lui avec étonnement.

On venait d'entrer dans une ruelle étroite, bordée des deux côtés par de hautes murailles et pavée de cailloux inégaux et pointus.

Sans le tumulte et l'encombrement qui troublaient ce quartier solitaire, on aurait pu se croire dans quelque bourgade, à cent lieues de Paris.

Au premier tournant de ce couloir muré, les gardes nationaux se heurtèrent à un factionnaire déguenillé avec lequel ils échangèrent des mots de passe.

Podensac n'en revenait pas de rencontrer sur ces hauteurs une surveillance militairement organisée et il commençait à croire que tout cela était en effet fort sérieux.

Quant à Saint-Senier qui avait beaucoup moins suivi que son compagnon le mouvement des esprits parisiens depuis l'armistice, il ne voyait encore dans son arrestation qu'un contretemps fâcheux.

Après avoir pris langue avec l'escorte, la sentinelle fédérée appela du renfort et une douzaine d'individus sortirent en armes d'une porte basse.

Ces nouveaux venus offraient à peu près tous les échantillons connus des insurgés.

Il y avait des hommes en blouse et en képi sans numéro, trois ou quatre soldats de la ligne et des chasseurs à pied, un franc-tireur en costume de fantaisie et deux garibaldiens.

Tous ces irréguliers procédaient avec un ensemble et une décision qui prouvaient l'existence d'un mot d'ordre général.

En un instant, la ruelle se trouva barrée par un piquet chargé de contenir la foule.

Les prisonniers furent introduits dans une cour étroite et de là, presque aussitôt, dans un jardin où les attendait un singulier spectacle.

Ce lieu était rempli par une troupe de fédérés en uniformes bigarrés qui se promenaient ou stationnaient par groupes.

Leurs fusils étaient en faisceaux le long d'un grand mur.

Ils accueillirent le cortège par des exclamations mêlées de rires, mais sans montrer beaucoup d'étonnement.

On pouvait supposer que d'autres captures avaient déjà été amenées à ce quartier général de la révolte.

Le jardin, fort mal entretenu, où se passait la scène, était dominé par une maison à deux étages d'où on entendait sortir un murmure confus.

— Eh bien ! dit Podensac, en cherchant à paraître plus rassuré qu'il ne l'était réellement, allons-nous voir enfin ce fameux comité ?

— Dans un instant, citoyen, répondit gravement l'homme au dolman rouge. Le comité est en séance et dès qu'il aura fini de juger, vous passerez.

— Ah ! il juge ! s'écria Podensac, et que juge-t-il sans être trop curieux ?

— Les ennemis du peuple, dit l'homme avec une emphase toute méridionale.

— Diable ! Je ne savais pas que le peuple eût tant d'ennemis, et je ne me doutais pas que nous étions là en son palais de justice.

Je me serais plutôt cru dans un bivouac, ajouta-t-il en montrant les miliciens et les fusils.

— Ceux-là, c'est le peloton d'exécution, reprit le chef de la bande en regardant son interlocuteur en face.

— Oh ! oh ! c'est parfaitement organisé, à ce que je vois, dit le commandant qui redevenait toujours brave devant un danger visible et immédiat.

Son sang-froid parut faire quelque impression sur le condottière.

— Le peuple est juste, citoyen, dit-il en adoucissant sa voix, et, si vous n'êtes pas de ses ennemis, vous n'avez rien à craindre.

— Je l'espère bien, murmura Podensac.

— Mais tenez, citoyens, vous pouvez entrer, cria l'homme à la plume en montrant aux deux amis la porte de la maison qui venait de s'ouvrir.

Deux fédérés, le fusil au poing, venaient de se montrer à la porte du rez-de-chaussée.

— A qui le tour ? cria l'un d'eux, grand gaillard dépenaillé qui semblait complètement ivre.

— A nous, dit fièrement Podensac.

— Alors, arrivez un peu ici et dépêchez-vous. Le comité n'aime pas attendre.

— Ni moi non plus, reprit le commandant.

Et il ajouta tout bas, en s'adressant à son compagnon d'infortune.

— Laissez-moi parler quand on nous interrogera. J'ai idée que je m'en tirerai et que je vous en tirerai aussi.

Roger ne répondit que par un geste de consentement, et

les deux amis franchirent, en se donnant le bras, le seuil de la porte.

L'homme à la plume les suivit.

Les deux fédérés qui ouvraient la marche grimpèrent un escalier et, arrivés au palier du premier étage, ils se rangèrent à droite et à gauche dans l'attitude consacrée des soldats en faction.

— Entrez, citoyens ! dirent-ils d'une voix avinée.

— Où entrer ? demanda Podensac qui voyait devant lui deux ou trois portes fermées.

La réponse ne se fit pas attendre ; mais elle ne vint pas des gardes nationaux.

Une des portes s'ouvrit ; un personnage apparut et cria sur un ton solennel qui aurait fait honneur à un huissier de cour d'assises.

— Introduisez les accusés.

— Les accusés, c'est nous, je suppose, dit Podensac ; voyons un peu ce fameux tribunal qui va nous juger comme ça au pied levé.

Et il s'avança, suivi de près par Roger qui paraissait assez indifférent à ce cérémonial ridicule.

La pièce où ils pénétrèrent était une salle en forme de carré long, médiocrement éclairée par une seule fenêtre donnant sur le jardin qu'ils venaient de traverser.

Des gens armés étaient rangés contre les murailles et semblaient représenter la force publique dans l'enceinte de cet étrange palais de justice.

Quant à l'aréopage chargé de prononcer les arrêts du peuple, il siégeait derrière une table adossée à la fenêtre et se composait de cinq ou six individus.

Comme ils étaient placés à contre jour, on distinguait mal leur figure et leur costume.

Roger crut remarquer cependant que tous ou presque tous portaient la vareuse et le képi de garde national.

Un espace vide avait été ménagé entre le bureau et le public bizarre qui remplisssait le fond de la salle.

L'homme à la plume, qui semblait avoir l'habitude de ces procédures expéditives, y poussa les deux amis et s'avança devant le conseil en prenant une attitude respectueuse.

— Fais ton rapport, citoyen, dit le président dont la voix éveilla l'attention de Podensac.

— Citoyens, répondit le chef de la bande armée, j'étais de service avec mes hommes, par ordre du comité, au-dessous de la batterie du moulin de la Galette, quand nous avons surpris ces deux particuliers qui rôdaient sur l'esplanade et qui avaient l'air d'examiner le terrain.

— Ce n'est pas vrai, dit Podensac.

— Silence aux accusés, cria l'organe rauque dont les oreilles du commandant avaient déjà été frappées.

— J'avais la consigne d'arrêter tous les gens suspects, reprit l'homme au dolman rouge, j'ai donc fait empoigner ceux-là sans écouter leurs raisons et je les ai amenés ici.

— Tu as bien fait, citoyen, et tu peux retourner à ton poste.

Cette façon d'entendre et de congédier les témoins pouvait faire mal augurer de la façon dont procédait ce tribunal improvisé et Podensac se prépara à soutenir énergiquement le débat.

Quant à Saint-Senier, il avait si peu l'habitude des émotions populaires qu'il en était encore à croire à quelque farce grossière et qu'il ne se rendait pas compte de la gravité de la situation.

Le chef de la bande, lui, ne s'était pas fait prier pour quitter la place, et il venait de sortir, afin d'aller sans doute reprendre sur les buttes le cours de ses exploits de grand chemin.

Les deux amis se trouvaient donc face à face avec leurs juges et attendaient un interrogatoire.

— Approchez, vous autres, cria grossièrement le président.

Depuis quelques instants, ce singulier magistrat se

démenait sur son siège, sans aucun souci de sa dignité.

Il se penchait en avant et mettait sa main sur ses yeux en guise d'abat-jour.

Evidemment il cherchait à examiner les traits de ceux qu'on venait d'amener devant lui.

Podensac, assez intrigué, obéit volontiers à l'ordre qu'il venait de recevoir et fit trois pas vers le bureau pour voir de plus près celui qui l'appelait sur ce ton impératif.

Mais, dans cette inspection réciproque, l'avantage n'était pas pour le commandant, car il avait le jour dans les yeux tandis que son adversaire tournait le dos à la lumière.

— Comment t'appelle-tu? demanda brusquement le président qui, malgré ses clignements d'yeux, ne semblait pas être parvenu à reconnaître l'accusé.

— Podensac, parbleu! Il n'y a donc personne de la rue Maubuée, ici?

A ce nom et à cette question, il y eut comme un trépignement sous le bureau et le magistrat bondit sur son siège.

Mais il ne manifesta pas sa surprise autrement que par ses mouvements saccadés.

— Et toi, dit-il en s'adressant à Roger, comment t'appelles-tu?

— Je ne vous reconnais pas le droit de m'interroger, répondit l'ex-lieutenant, mais je veux bien vous dire que je m'appelle M. de Saint-Senier et que j'ai été officier dans la garde mobile.

Le président, à cette réponse, s'agita de plus belle sur sa chaise.

Podensac avait poussé le coude de son ami pour l'empêcher de répondre aussi catégoriquement, mais il était arrivé trop tard.

Il se hâta alors de prendre la parole pour empêcher quelque nouvelle imprudence, car c'en était une de parler de garde mobile devant les révolutionnaires de Montmartre. Mais avant de lâcher la bride à son éloquence, il voulut tenir ses juges à portée du regard et il s'approcha jusqu'à toucher le bureau.

— Ah! ça, je pense que cette blague-là va finir, dit-il au président, je suis aussi bon citoyen que vous et j'espère...

Tout à coup, il s'interrompit en éclatant de rire.

— Ah! elle est bonne! ah! elle est drôle, s'écria-t-il. Comment c'est toi, mon vieux Taupier!

Et il tendit la main au président avec la conviction évidente que celui-ci allait la serrer avec empressement.

Mais ce magistrat rigide se recula par un mouvement de dignité bien sentie et appuya son refus de fraterniser par cette phrase sévère :

— Je ne connais personne, quand je préside le comité.

— C'est trop fort, dit Podensac, outré de tant d'impudence.

Avec un peu plus de perspicacité ou de réflexion, il se serait moins étonné d'entendre Taupier renier leur ancienne liaison.

Le bossu, car c'était bien lui que les hasards de l'insurrection avaient porté au pinacle, le bossu nourrissait depuis longtemps à l'encontre du commandant des sentiments dépourvus de bienveillance.

Leur dernière entrevue remontait au jour où Renée de Saint-Senier avait été si miraculeusement tirée des griffes de Molinchard.

Depuis lors, Taupier avait gardé contre le confident involontaire de ses intrigues un vieux levain de rancune et de défiance.

Il n'aurait pas peut-être poussé la haine jusqu'à l'aller chercher pour le supprimer, suivant sa méthode favorite, mais puisque le hasard le lui livrait, il n'hésitait pas à profiter de l'occasion pour lui fermer à tout jamais la bouche.

D'ailleurs, le nom et la présence de Saint-Senier

avaient produit sur le vindicatif bossu un effet prodigieux.

Tous les souvenirs de Saint-Germain et du chalet s'étaient réveillés à la fois.

Il tenait enfin sa vengeance.

Roger, lui, n'avait pas reconnu, dans le clair-obscur de la salle, l'assassin de son cousin, car il ne l'avait vu qu'une seule fois, le jour du duel.

Son esprit était fort loin, en ce moment, des terribles réalités qui se préparaient.

— Citoyens, dit Taupier en élevant la voix pour être mieux entendu de l'auditoire, voilà deux hommes qui ont été pris rôdant sans motif autour des canons que la réaction à voulu nous enlever.

— C'est faux ! cria l'incorrigible commandant.

— Je vais les interroger, reprit le bossu sans tenir compte de cette interruption, et le comité jugera sans desemparer.

— Oui, oui, crièrent les assistants.

Au moment où le tumulte produit par cette agréable annonce était à son comble, la porte s'ouvrit doucement et un homme se glissa dans la salle.

L'individu qui venait d'entrer semblait chercher à se dissimuler au milieu des assistants, mais sa taille s'y opposait absolument.

En effet, il dépassait au moins de toute la tête les gardes nationaux et les garibaldiens qui formaient le public de ce tribunal d'occasion,

Lui-même portait le képi sans numéro dont les insurgés ne se dispensaient guère, et cette coiffure guerrière posée gauchement sur des cheveux longs et plats produisait l'effet le plus étrange.

Le reste du costume était à l'avenant, c'est-à-dire miparti de civil et de militaire : cravate bleu de ciel à bouts flottants, vareuse en drap marron à passepoils rouges et pantalon jaunâtre à bande et à côtes.

Jamais perroquet n'étala un bariolage plus complet.

En tout autre lieu, l'entrée d'un semblable personnage aurait fait sensation, mais les costumes les plus excentriques semblaient s'être donné rendez-vous dans cette salle, et personne ne se retourna pour comtempler le nouveau venu.

Podensac, qui avait le coup d'œil vif et l'esprit libre, en dépit de sa facheuse situation, fut le seul à remarquer son arrivée.

Il lui sembla bientôt que cette figure baroque ne lui était pas inconnue, et il fit à sa mémoire un appel énergique.

— Accusé, cria Taupier, en s'adressant à Saint-Senier, que venais-tu faire sur les Buttes?

Roger hésita un instant avant de répondre.

Il lui répugnait de se justifier devant de pareils drôles; mais il réfléchit que la liberté était à ce prix et qu'il avait à remplir le jour même un devoir sacré.

— J'allais voir quelqu'un qui habite ce quartier, répondit-il d'un ton bref.

— Vraiment! dit ironiquement le bossu. Tu prends bien ton temps pour faire des visites.

Cette plaisanterie obtint un grand succès dans l'auditoire; des rires approbateurs y répondirent et encouragèrent Taupier à jouer au naturel son rôle de président révolutionnaire.

— Je vous défends de me tutoyer, dit avec mépris Saint-Senier que la colère commençait à gagner.

— Vous l'entendez, citoyens! s'écria le grotesque magistrat, ce réactionnaire veut qu'on l'appelle monsieur et qu'on lui parle à la troisième personne.

— Allons, Taupier! interrompit Podensac, ne pose donc pas comme ça avec de vieilles connaissances.

Cette interpellation directe provoqua dans le public quelques murmures, mais elle eut pour résultat de rabattre momentanément le caquet du bossu.

— Et comment s'appelle ce quelqu'un qui habite le quartier? demanda-t-il sur un ton moins arrogant.

Podensac ouvrait la bouche pour répondre et nommer un de ses Enfants-Perdus qu'il savait domicilié à Montmartre, car il comprenait le danger de dire la vérité, mais Saint-Senier, impatienté de toutes ces questions, lui coupa la parole.

— Celui que j'allais voir se nomme Molinchard et tient une maison de santé tout près d'ici, vous devez le connaître, car je crois qu'il est des vôtres, dit sèchement l'imprudent Roger.

Cet aveu devait décider de son sort.

Désormais, le bossu était fixé, et il ne doutait plus du motif qui amenait le cousin de Renée chez le docteur.

Ce ne pouvait être que pour s'y livrer à des recherches fort dangereuses pour lui, Taupier, et l'occasion de se débarrasser de celui qui entrait si mal à propos dans son jeu était trop belle pour n'en pas profiter.

— Le docteur Molinchard est un excellent citoyen, dit-il avec une douceur perfide, et, s'il voulait répondre d'un homme, le comité ferait mettre cet homme en liberté, fût-il gravement soupçonné.

Nous pouvons l'envoyer chercher et nous verrons bien si...

— C'est inutile, interrompit Saint-Senier, il ne m'a jamais vu.

Podensac se rongeait les ongles de colère.

— Vous l'entendez, citoyens, s'écria le bossu d'un air tragique, on voulait tromper la justice du peuple.

— Oui ! oui ! c'est un aristo !

— Un espion déguisé !

— Faut le fusiller !

Ces clameurs partirent à la fois de tous les coins de la salle.

Le commandant jugea qu'il était plus que temps d'intervenir.

— Sacrebleu ! vous autres, cria-t-il, vous allez bien me faire l'amitié de m'écouter un peu.

Je ne suis pas un aristo, moi ! je suis connu, et on n'a

pas commandé les Enfants-Perdus de la rue Maubuée, pendant tout le siège, pour se mettre à faire le métier de mouchard, et contre des Français encore,

Ce petit discours, débité d'un ton ferme, parut impressionner favorablement la foule.

Mais le bossu était trop intéressé à en finir pour ne pas couper court à cette bienveillance naissante.

— Demandez plutôt à l'ami Taupier, qui fait semblant de ne pas me reconnaître, reprit Podensac; demandez-lui si je suis un espion.

— Je ne dis pas ça pour toi, citoyen, dit le président, si vivement pris à partie, mais tu as de bien mauvaises connaissances.

L'astucieux bossu tenait moins à se défaire de Podensac, que de Saint-Senier, et cette insinuation n'avait pas d'autre but que d'inciter l'ancien franc-tireur à séparer sa cause de celle de son ami.

Heureusement, le commandant ne s'y laissa pas prendre :

— Je les garantis, mes connaissances, dit-il, et si tu veux seulement me donner quatre hommes et un caporal pour aller chercher Molinchard, je te promets qu'il viendra aussi réclamer mon ami, quoiqu'il ne l'ait jamais vu.

Le brave Podensac comptait bien décider le docteur à le servir.

Il tenait en réserve certains arguments, qui étaient de nature à faire impression sur la conscience quelque peu troublée du geôlier de Renée.

Mais Taupier devina le coup et s'empressa d'y parer, en lançant une phrase à effet.

— Le peuple n'a pas le temps d'attendre, dit-il avec emphase. Qui nous assure que les sicaires du pouvoir ne sont pas revenus en force pour essayer de nous enlever ces canons qu'ils voudraient livrer aux Prussiens ?

Un frémissement courut dans l'auditoire.

— Et tenez, citoyens, reprit le bossu, en voyant l'effet qu'il produisait, entendez-vous ?

Appuyant son éloquence par son geste et par son attitude, il s'était levé et faisait mine de prêter l'oreille.

Du dehors, montait le roulement lointain du tambour.

— C'est la réaction qui fait battre le rappel, s'écria Taupier.

Ces mots qu'il n'avait pas jetés sans intention furent le signal d'un tumulte épouvantable.

Les moins braves parmi les assistants, se précipitèrent en masse vers la porte ; ceux-là étaient les plus nombreux, et la séance aurait été vite levée, si la voix de la majorité eût été écoutée ; mais la minorité violente l'emporta.

Une vingtaine de fédérés furieux envahirent l'espace vide qui tenait lieu de prétoire, et se mirent à demander à grands cris la mort des prisonniers.

Les plus enragés essayèrent même de mettre la main au collet de Podensac et de Saint-Senier, qui firent assez bonne contenance pour les tenir un instant en respect.

Malheureusement, contre le nombre des assaillants, la résistance ne pouvait être longue, et les deux amis allaient infailliblement être entraînés, quand une intervention fort inattendue changea la face des choses.

L'homme aux cheveux longs s'était jusqu'alors modestement confondu dans la foule.

Mais, à ce moment décisif, il fit une immense enjambée qui le porta au centre du groupe et en face du tribunal.

— En ma qualité de membre du comité, je demande la parole, dit-il d'une voix traînante.

Ce personnage hétéroclite jouissait sans doute parmi les fédérés d'une respectable notoriété, car son entrée en scène détermina un mouvement général d'attention.

— C'est le grand sec qui parle si bien, murmuraient les fidèles habitués du club.

— C'est le paillasse de la forêt de Saint-Germain, s'écria en même temps Podensac ; je savais bien que j'avais déjà vu cette figure-là, quelque part.

Alcindor, car c'était lui, ne répondit que par un coup d'œil dédaigneux à cette qualification qu'il avait perdu l'habitude d'entendre, depuis ses grandeurs démocratiques.

Quant à Taupier, quoique fort contrarié de cet incident, il ne put se dispenser de faire droit à la requête d'un collègue influent.

— Parle, citoyen, dit-il, mais sois bref, car le peuple attend.

— Citoyens, commença l'éloquent Alcindor, que demandez-vous? Que justice soit faite, et que les traîtres soient punis, n'est-ce pas?

— Oui! oui, qu'on les fusille!

— Ainsi que vous, je le veux, reprit l'orateur, ainsi que vous, je déclare que ces hommes sont des agents de la réaction, et comme tels, ils ont mérité la mort.

— Canaille! dit Podensac entre ses dents.

— C'est vrai! à mort! à mort! hurla le public.

— Mais, citoyens, savez-vous ce que c'est que les otages?

Cette question provoqua un murmure confus qui ne prouvait pas que l'assistance eût une idée bien nette de la chose.

— Les otages, citoyens, continua le plus lettré de tous les paillasses, les otages, depuis la plus haute antiquité, servent de garantie contre les cruautés de l'ennemi.

Ce sont des prisonniers qu'on garde en prévenant les réactionnaires qu'on les fusillera, le jour où ils se permettront de toucher un cheveu de la tête d'un membre de notre grande et belle fédération.

— Tiens, c'est une idée ça, dirent quelques voix.

— Crétin! grommela Taupier.

— Je vous disais donc, citoyens, reprit Alcindor, que les otages sont une garantie quand on a affaire à des ennemis perfides.

Or, qui donc a jamais poussé la perfidie plus loin que ces vils réactionnaires qui viennent se glisser comme des voleurs au sommet de ces buttes dont vous avez fait la citadelle de la liberté.

— Parle-t-il bien, le mâtin ! dit un fédéré.

— Je crois que la victoire du peuple est certaine, continua l'orateur, mais elle peut se faire attendre.

— Mais non ! mais non ! cria Taupier, qui maugréait intérieurement contre l'éloquence intempestive du paillasse. .

— Qui nous dit, s'écria de plus belle Alcindor, qui nous dit que l'un de nous ne tombera pas entre les mains des suppôts de la tyrannie ?

— C'est vrai qu'il a raison !

— Qui nous dit qu'en ce moment les monarchistes ne préparent pas un retour offensif, et que ce soir, dans une heure peut-être, ils ne vont pas cerner Montmartre et s'emparer des membres de ce comité que vous avez nommé ?

— Allons donc ! grommela le bossu.

— Ce tambour que vous entendez est peut-être le signal de l'attaque.

Quelques fédérés, frappés de la justesse de cet argument, s'empressèrent de gagner la porte.

— Eh bien ! citoyens, en cas de malheur, nous avons là deux prisonniers dont la vie répondra de la vie de ceux de nos camarades qui auraient le malheur d'être saisis par la gendarmerie.

Un murmure approbateur accompagna cette conclusion.

Il était évident que les assistants goûtaient fort le moyen proposé pour se sauvegarder en cas de malheur.

— Mais, c'est absurde, vociféra Taupier qui tenait à en finir, séance tenante ; est-ce que vous vous figurez que les réactionnaires tiennent beaucoup à ces deux individus-là ? Ce n'est pas ça qui les empêchera de vous fusiller, s'ils vous prennent.

— Pardon, citoyen président, pardon dit l'obstiné paillasse, vous oubliez que l'un de ces hommes est ou a été officier dans cette garde mobile de province qui a toujours été le plus ferme appui du gouvernement que nous venons de renverser.

— Raison de plus pour lui envoyer du plomb dans la tête, dit le bossu en haussant les épaules.

— D'ailleurs, je le connais, c'est un noble, c'est un de ces rejetons de la race féodale qui attachait nos pères à la glèbe ; sa famille est riche, puissante, et pour le racheter, elle ferait au besoin relâcher dix des nôtres.

— Il est fou ! ah ! la triple brute ! murmura Taupier qui commençait à désespérer, d'arrêter ce flux de paroles.

— Quant à l'autre prisonnier, répondit l'imperturbable Alcindor, il n'est pas non plus sans importance et...

— Je le crois, parbleu ! bien, que j'ai une importance, interrompit Podensac ; si mon ami vaut dix de vos gardes nationaux, moi j'en vaux bien trente, car il n'est que lieutenant et je suis commandant.

A preuve, que j'ai mon brevet dans ma poche, ajouta-t-il en mettant la main à son portefeuille.

— Nous n'avons pas besoin de voir tes papiers, cria le bossu exaspéré.

— Parbleu ! tu me connais bien, vieux tortillard, riposta Podensac.

Et se tournant vers l'assistance, il dit d'un ton fort dégagé :

— Vous ne savez pas, citoyens, que ce bon Taupier et moi nous sommes une paire d'amis ; on ne s'en douterait pas, hein ? à l'entendre demander qu'on m'expédie lestement.

Le président vit que l'opinion de son public allait tourner contre lui et cette idée lui fit perdre toute mesure.

— Oui, je te connais, cria-t-il en appuyant son invective de gestes furibonds, je te connais et je sais que pendant le siège, tu servais d'espion aux Prussiens.

A Rueil, je t'ai surpris.

— Chez ton copin Mouchabeuf, pas vrai ? Oui, parlons un peu de ce joli carabetier qui émargeait à la police...

— Citoyens, vous vous écartez de la question, dit Alcindor, toujours judicieux.

Taupier comprit vite qu'il faisait fausse route et changea de note aussitôt.

— Voyons, citoyen Panaris, raisonnons un peu, dit-il plus doucement, tu parles de garder ces deux traîtres comme otages pour les échanger si on nous pince.

— Et ça n'est pas déjà si bête, murmura un fédéré prudent.

— Mais, si les réactionnaires prennent les buttes, ils prendront nos prisonniers en même temps que nous, que diable ! Fais-moi le plaisir de me dire à quoi nous servira de les avoir mis en cage.

— C'est vrai, au fait ! dirent en chœur les assesseurs en vareuse.

— Permets, citoyen président, répondit le paillasse, qui argumentait comme un avocat de profession, je suis d'avis de les garder mais pas de les garder ici?

— Et où alors? Est-ce que nous sommes maîtres des prisons? Est-ce que tu as les clefs de Pélagie ou de la Roquette dans ta poche?

— Nous les aurons demain.

— C'est possible, mais en attendant, si les gendarmes montent en haut des buttes, nous serons coffrés et ces deux oiseaux-là s'envoleront.

— Jamais ! je connais un endroit où personne n'ira les dénicher et je me charge de les y conduire, avec l'aide des citoyens que voilà.

— Oui, oui, nous en sommes, crièrent les fédérés, avec un ensemble remarquable.

Taupier se sentait à bout d'objections et se rongeait les poings de rage de voir sa proie lui échapper.

Podensac triomphait, et Saint-Senier comprenait aussi qu'un sursis, c'était le salut.

Mais les deux amis avaient la même pensée à l'endroit d'Alcindor.

Ils se demandaient si l'ex-paillasse était de bonne foi en exposant ses vues sur les ôtages, ou s'il se servait de ce prétexte pour les sauver.

20.

Le commandant penchait pour cette dernière opinion et il avait grand'peine à se figurer qu'Alcindor fût devenu féroce en devenant homme politique.

Quant à Roger, le peu qu'il savait sur l'ancien camarade de Régine le portait assez à croire à ses bonnes intentions; mais il comptait surtout sur sa propre énergie pour se tirer de ce mauvais pas.

Il se disait qu'une fois hors de ce guêpier, il ne lui serait pas très difficile, Podensac aidant, de se débarrasser d'un piquet de gardes nationaux conduit par ce grand dadais.

Mais le tout était d'en sortir.

— Citoyens, dit le bossu, qui méditait une ruse infernale, je respecte les décisions du peuple, et, puisque votre avis est de garder provisoirement ces deux hommes, je ne m'oppose pas à ce qu'on les emmène.

— Je commence à croire que nous nous en tirerons, pensait Podensac en échangeant un coup d'œil avec son compagnon d'infortune.

— Seulement, reprit le bossu, il est indispensable que le comité sache où les prisonniers vont être conduits et j'invite le citoyen Panaris à me communiquer son plan.

— Volontiers, citoyen président, dit Alcindor, mais je vais te le confier à toi seul, car je ne veux pas que nos otages connaissent l'endroit et je compte les y mener, les yeux bandés.

— Diable! ceci change un jeu la thèse, se dit le commandant.

Alcindor s'approcha du bureau et se pencha, non sans difficulté, vu la différence de taille, à l'oreille du bossu.

Après un court colloque, à l'instar de deux factionnaires qui échangent le mot d'ordre, les deux membres du comité reprirent leurs positions respectives et Taupier prononça solennellement les mots sacramentels:

— Emmenez les condamnés!

— J'espère que vous n'allez pas nous bander les yeux ici, dit Podensac; je n'ai pas envie de me casser le cou dans l'escalier.

— Non, non ! citoyen, dans la rue, ça suffira, répondit Alcindor d'un air plein d'aménité.

— En route alors ! cria le commandant comme s'il eût encore été à la tête de ses Enfants Perdus.

Cinq ou six fédérés de bonne volonté entourèrent les prisonniers et le cortège, précédé par le paillasse orateur, prit le chemin du rez-de-chaussée.

Le comité se remit en permanence, selon l'invariable coutume de tous les comités révolutionnaires, et attendit une nouvelle occasion de rendre des arrêts.

Quand Roger et Podensac débouchèrent dans le jardin, ils y trouvèrent du changement.

La foule s'y était accrue dans une proportion énorme.

Des gens en blouse et à figure sinistre, des mégères en haillons et d'affreux gamins avaient envahi la place.

Ce hideux troupeau s'agitait autour des gardes nationaux.

Les hommes avaient des fusils, les femmes des bâtons, les enfants des pierres.

C'était l'armée du ruisseau.

L'apparition des prisonniers fut saluée par des hurlements horribles, et les deux amis comprirent que le plus grand péril était là.

Cependant, l'escorte essayait de se frayer un passage et Alcindor se préparait à haranguer le peuple, quand la fenêtre du premier étage s'ouvrit.

— Citoyens ! cria la voix rauque de Taupier, laissez passer ces deux espions que le comité réserve pour en faire justice plus tard.

L'abominable bossu avait bien calculé la portée de cette proclamation ambiguë.

Il y eut dans la foule une explosion de rage.

— Non ! non ! à mort ! tout de suite !

Ces cris sanguinaires furent poussés par cent voix, et la populace furieuse se rua sur les deux prisonniers.

XV

Saint-Germain, qui est bien la plus jolie petite ville des environs de Paris, était devenue, pendant les jours néfastes de la Commune, le refuge préféré de ceux qui fuyaient la tyrannie des fédérés.

L'existence qu'on y menait n'était pas précisément gaie, car les péripéties de la terrible lutte engagée devant Paris avaient leur contre-coup dans le cœur des pauvres exilés.

Les uns avaient laissé à la merci des insurgés un fils, un frère, un parent, un ami.

D'autres avaient leurs plus chères affections dans l'armée de Versailles, qui se battait à peu près tous les jours.

Les plus favorisés étaient ceux qui ne tremblaient que pour leur fortune.

Aussi, comme on se pressait autour des affiches qui apportaient les nouvelles des succès de nos soldats !

On s'attroupait devant le mur latéral de l'église, qui avait le privilège de recevoir les communications manuscrites du gouvernement, et on échangeait des commentaires.

La terrasse était naturellement le rendez-vous des réfugiés et, par certaines soirées de printemps où l'air était tiède et la verdure toute fraîche, on se serait cru dans une ville d'eaux à la mode.

Des promeneurs élégants saluaient les dames assises en cercle, absolument comme aux Tuileries, et, par moments, les cavalcades qui passaient n'auraient pas déparé le bois de Boulogne, au temps où la guerre ne l'avait pas encore ravagé.

Un dimanche, vers le milieu de mai, après une journée brûlante, le beau monde se disputait les chaises devant le pavillon Henri IV et sur la pelouse qui borde le parc.

Les lorgnettes étaient braquées sur l'horizon où s'élevait, de temps à autre, la fumée d'un coup de canon, et, dans les groupes, on se racontait les effets du tir de la formidable batterie de Montretout dont le fracas, la nuit précédente, avait fait trembler les murs du vieux château.

La foule ne dépassait guère le rond-point qui fait face à l'entrée de la forêt, et, au delà de cette esplanade gazonnée, on ne rencontrait plus que de petits groupes accoudés mélancoliquement sur la balustrade de pierre.

C'était le coin des affligés, de ceux qui fuyaient le public insoucieux et bruyant rassemblé vers l'entrée de la terrasse.

Sur un banc rustique et sous la voûte verdoyante de la charmille, Renée de Saint-Senier était assise et regardait Paris.

Elle était vêtue de deuil et plus pâle encore que de coutume.

Un livre ouvert sur ses genoux témoignait qu'elle avait essayé de lire et que ses yeux s'étaient détournés du livre.

Son visage, autrefois si doux, avait pris une expression de fermeté froide, et le chagrin avait laissé sur ses traits si purs une profonde empreinte.

Debout, devant sa maîtresse, se tenait le fidèle Landreau.

Lui aussi, était bien changé.

Ses cheveux avaient blanchi, ses rides s'étaient creusées et ses larges épaules se voûtaient.

Il avait rasé sa barbe, et endossé à la place du harnais militaire, une livrée noire.

Le soldat avait repris son rôle de serviteur de la maison Saint-Senier, et on lisait dans ses yeux qu'il était prêt à défendre la jeune fille, comme il avait défendu le lieutenant Roger.

— Mademoiselle, dit-il timidement, les soirées sont fraîches et vous feriez peut-être bien de rentrer.

— Rien, encore, rien ! murmura Renée sans lui répondre.

— Hélas ! non, mademoiselle, soupira Landreau. Je suis retourné tout à l'heure à la poste et je suis bien sûr que nous n'avions pas de lettre, car les employés commencent à me connaître. Dès qu'ils me voient au guichet, ils me font signe que le courrier n'a rien apporté.

— Deux mois ! Il y a deux mois que j'attends, dit la jeune fille avec amertume.

— Mais, mademoiselle, il ne faut pas vous désoler ainsi ; vous finiriez par tomber malade.

Et puis, moi, je trouve que ça n'a rien d'étonnant que nous ne recevions pas de nouvelles ; voilà trois jours que les courriers ne sortent plus de Paris.

Renée secoua tristement la tête et le pauvre Landreau n'osa pas insister.

Il sentait bien que des consolations banales seraient impuissantes à calmer la douleur de sa maîtresse.

— Ah ! si vous vouliez, mademoiselle, reprit-il, j'irais là-bas, moi.

Et il montrait la masse sombre de Montmartre qui se profilait à l'horizon.

— Tu t'es assez exposé déjà, mon vieil ami, répondit la jeune fille qui avait gardé de son enfance l'habitude de tutoyer Landreau.

— Si ce n'était que ça, s'écria le brave garde-chasse, il y a longtemps que je serais parti sans vous le dire. Mais tant que nous serons dans ce maudit pays, tant que je ne vous saurai pas en sûreté au château de Saint-Senier, je n'oserai pas bouger.

Car, enfin, si ces gueux de Parisiens venaient à pousser une pointe jusqu'ici, qui est-ce qui vous défendrait ?

Renée eut un geste d'indifférence qui exprima clairement que la vie lui était à charge.

— Oh ! mademoiselle, ne vous désespérez pas, murmura le vieux serviteur.

Tenez, j'ai là quelque chose qui me dit que M. Roger est vivant et que vous le reverrez bientôt, car....

Une violente détonation lui coupa la parole.

Le Mont-Valérien et Montretout venaient de faire feu de toutes leurs batteries à la fois.

— Entendez-vous, mademoiselle, entendez-vous? s'écria Landreau. Pour sûr, ces bordées-là, c'est le commencement et la fin.

— Dieu le veuille! dit tout bas Renée.

— Ah! par exemple, une fois que la troupe sera entrée dans Paris, vous me permettrez bien d'y aller faire un tour. Alors, je n'aurai plus peur pour vous et je vous réponds que je retrouverai mon lieutenant.

— S'il vivait encore, Roger m'aurait écrit. Le soir même de son arrivée dans cette ville maudite, il n'a pas perdu une heure pour me l'annoncer, et le silence qui a suivi sa première, sa seule lettre, ne peut s'expliquer que par un malheur.

— Mais si ces brigands-là l'ont pris, enfermé, comme ils m'ont fait à moi qu'ils ont gardé plus d'un mois en prison...

— Non! mademoiselle, non, le bon Dieu ne peut pas permettre encore ce malheur-là.

— Ah! Dieu a cruellement frappé notre maison, dit la jeune fille d'une voix altérée : mon frère d'abord, ma seconde mère ensuite, et...

— Et c'est bien assez comme cela, mademoiselle; croyez-moi, nous n'avons plus longtemps à souffrir.

— Il semble qu'une fatalité poursuive tous ceux qui se sont attachés à nous; oui, tous jusqu'à cette pauvre enfant qui s'est dévouée pour sauver Roger, jusqu'à Régine qui a disparu?

— Ah! pour celle-là, mademoiselle, il ne faut pas s'en inquiéter; elle est fine et adroite autant qu'elle est bonne et, si elle a pris la clef des champs, ce n'est pas pour mal faire. J'ai dans l'idée que nous la verrons arriver un de ces jours.

Et qui sait? elle nous apportera peut-être des nouvelles de mon lieutenant!

Elle a bien su aller le chercher cet hiver au milieu des Prussiens !

Renée n'écoutait plus Landreau et semblait perdue dans ses tristes réflexions.

— Il y a un mystère dans la vie de cette jeune fille, murmura-t-elle après un assez long silence.

— Quant à ça, dit le vieux serviteur, je ne dis pas non.

Cette jeunesse-là, bien sûr, n'est pas née dans une baraque de foire, et je crois que, si ce Pilevert voulait parler, il en dirait long sur son compte.

— Lui aussi est parti, murmura Renée.

— Ma foi, mademoiselle, ce n'est pas une perte. J'ai toujours pensé qu'il avait dû voler cette enfant à ses parents, quand elle était toute petite.

— J'ai eu quelquefois la même idée, et j'ai voulu questionner Régine, mais je n'ai pu obtenir qu'elle me confiât le secret de sa naissance... Peut-être l'ignorait-elle.

— Et moi, j'ai voulu faire causer le saltimbanque et je n'en ai rien tiré ! Seulement, si jamais je le rattrape, il faudra bien qu'il s'explique.

Le jour baissait déjà et la flamme des coups de canon qui partaient des remparts commençait à devenir visible.

Renée se leva et traversa lentement la terrasse.

Elle alla s'appuyer sur le parapet qui borde l'escarpement, et se mit à contempler le tableau grandiose et sombre de cet horizon sillonné d'éclairs que la guerre civile avait allumés.

Landreau respectait sa douleur et n'osait plus parler.

Il se tenait en arrière et regardait, lui aussi, ce Paris qui lui avait pris son maître.

Au fond, le vieux serviteur était plus inquiet qu'il ne voulait le laisser paraître, et, quand mademoiselle de Saint-Senier ne le voyait pas, il perdait son assurance.

Les tristes réflexions auxquelles il se livrait furent interrompues par le bruit de roues d'une voiture et des grelots d'un cheval qui arrivait au grand trot.

Renée ne s'occupait guère de ce qui se passait sur la terrasse. Son attention était concentrée tout entière sur l'horizon de Paris.

Landreau fut donc seul à se retourner au bruit du véhicule qui roulait dans une des allées latérales de la forêt, et qui ne tarda pas à déboucher sur l'esplanade.

C'était une carriole de paysan, couverte d'une bâche, montée sur deux roues et attelée d'un assez maigre cheval.

Un individu, assis sur la banquette de devant, fouaillait la pauvre bête qui venait de prendre cette allure accélérée que les rosses fourbues réservent pour le dernier kilomètre avant d'arriver à l'écurie.

Le spectacle d'une voiture mal suspendue n'avait rien de particulièrement intéressant et Landreau n'y aurait pas fait beaucoup d'attention. Mais arrivée à la hauteur de l'endroit où se tenait le garde-chasse, la carriole s'arrêta et le conducteur allongeant la tête en dehors, se mit à l'interpeller en ces termes :

— Hé! là-bas! par où est-ce qu'il faut passer pour aller loger au *Grand-Vainqueur*?

La voix rauque qui parlait ainsi frappa Landreau bien plus que la question elle-même.

Il lui avait semblé vaguement avoir déjà entendu ce ton brusque et ces sons enroués.

Pour éclaircir ses doutes, il s'approcha et se trouva nez à nez avec le conducteur qui se baissait au même instant.

— Comment, c'est vous!

— Tiens! le vieux moblot!

Ces deux exclamations partirent en même temps.

Pilevert et Landreau s'étaient reconnus.

— Et d'où venez-vous comme ça ? demanda le vieux serviteur.

— De Poissy et... de plus loin, dit le saltimbanque; et ça se trouve joliment bien que je vous rencontre ici; je cherchais après vous.

— Après moi? répéta Landreau assez surpris, car il n'avait pas eu le temps de former avec l'hercule des relations bien intimes.

— C'est-à-dire, c'est la demoiselle que je cherche; votre dame, quoi!

— Pas si haut, dit le garde-chasse; elle est là et il ne faut pas lui faire de surprise, avec le chagrin qu'elle a.

— Comment! c'est elle que voilà là-bas? reprit Pilevert en baissant la voix.

— Oui, et je vais la prévenir tout doucement.

— C'est pas la peine; tenez seulement la bride de Cocotte une minute.

Landreau se conforma à ce désir, assez superflu du reste, car le cheval ne paraissait avoir aucune envie de s'emporter, et l'hercule sauta à terre.

Renée, pendant ce dialogue, n'avait pas bougé, et toujours accoudée sur la balustrade, elle restait absorbée dans sa triste rêverie.

Pilevert s'approcha d'un pas compassé et lissa galamment d'un revers de main sa barbe et ses cheveux.

Il avait mis le chapeau à la main et toussait pour se donner une contenance.

Mademoiselle de Saint-Senier se retourna et le regarda avec étonnement.

— Madame ne me remet pas, articula l'hercule; quand je dis madame, c'est mademoiselle...

Renée ne le reconnaissait pas et il y avait à cela deux raisons. D'abord elle ne l'avait vu que fort peu de temps après la scène de la maison de santé, et, de plus, Pilevert avait modifié son costume.

Il avait presque l'air d'un propriétaire campagnard avec son chapeau à larges bords, sa longue redingote marron et son pantalon de nankin.

— Vous savez bien, reprit-il; c'est moi qui suis venu là-haut... à Montmartre... avec votre cousin... le jour où nous vous avons délivrée...

La figure de Renée s'éclaira.

— Je vous reconnais parfaitement, monsieur, dit-elle en lui tendant la main, et je n'ai pas oublié le service que vous m'avez rendu.

— Oh! pour ça, ce n'est pas la peine d'en parler. Et M. Roger, comment va-t-il? demanda l'hercule.

La jeune fille pâlit et s'appuya à la balustrade pour ne pas tomber.

Pilevert venait de raviver, sans le vouloir, une plaie encore saignante.

— Mon cousin est parti pour Paris après que vous nous avez quittés, dit-elle avec effort, et... je ne l'ai plus revu.

— Mille trompettes! s'écria l'hercule, serait-il encore tombé dans les pattes de ces gredins du « Serpenteau? » Alors leur compte sera bon et je me charge de les faire fusiller tous, car les troupes de Versailles viennent d'entrer dans Paris, et...

— Dites-vous vrai? demanda Renée avec émotion.

— Ma foi! c'est un homme que j'ai rencontré en forêt qui m'a conté ça et il avait bien la mine d'un communeux qui se sauve.

Mademoiselle de Saint-Senier semblait être dans un état d'agitation indicible.

— Et ma petite Régine, est-ce que vous l'avez laissée à la maison? demanda timidement le saltimbanque.

— Régine est partie aussi, murmura Renée.

— Partie! s'écria Pilevert! partie sans m'écrire où elle allait. Ah! ma foi, c'est trop fort, et je vas tout vous dire.

Renée le regarda avec étonnement.

Son esprit était absorbé tout entier par la nouvelle que Pilevert venait de lui donner de l'entrée des troupes dans Paris, et elle accordait une médiocre attention à un propos qui, dans tout autre moment, l'aurait vivement intéressée.

Le nom de Régine, prononcé par l'hercule, l'avait beaucoup moins frappée que celui de Roger.

— Que me disiez-vous, demanda-t-elle sans chercher à dissimuler son émotion, que me disiez-vous de ces ennemis de M. de Saint-Senier ?

Les croyez-vous donc capables de...

— Je les crois capables de tout, répondit brusquement Pilevert, même de tuer ma pauvre petite Régine ; et j'ai bien peur qu'elle ne soit allée se fourrer dans les affaires de votre cousin.

Le ton avec lequel cette phrase avait été dite blessa la jeune fille.

— Qui vous fait croire cela, demanda-t-elle d'un air qui rappela immédiatement l'hercule au sentiment des convenances.

— Mon Dieu! mademoiselle, dit-il, ce n'est pas pour vous offenser, mais je suis fâché tout de même que vous ayez laissé partir l'enfant.

— Je déplore son départ autant que vous, mais il n'a pas dépendu de moi de la retenir. Elle a quitté le château, un soir, sans me prévenir ; j'ai fait faire des recherches dans tout le pays, et personne n'a pu me donner de ses nouvelles.

— Pardon, excuse, mademoiselle ; mais c'était-il avant ou après que votre cousin parte pour Paris ?

— L'avant-veille du jour où il a quitté Saint-Senier.

— C'est bien ça, dit Pilevert entre ses dents.

— Expliquez-vous, je vous prie, commanda la jeune fille.

— Eh! mille trompettes! c'est bien simple, elle en tient pour lui, voilà tout.

Renée se sentit frappée au cœur par cette révélation brutale.

Elle avait déjà eu quelquefois la pensée que les actions de Régine étaient inspirées par un sentiment plus tendre que le simple dévouement ; mais elle avait toujours écarté ce soupçon.

Il lui répugnait trop de voir une rivale dans la courageuse compagne qui avait sauvé Roger, et le mot de ce grossier saltimbanque l'offensait comme une injure.

Mais en même temps ses défiances de femme qui aime s'éveillaient malgré elle.

— Je veux savoir l'histoire de cette jeune fille, dit-elle d'une voix émue.

— Et moi je ne demande pas mieux que de vous raconter tout ce que je sais.

Ça serait même déjà fait si vous ne m'aviez pas interrompu tout à l'heure pour me parler de ces gueux du « Serpenteau ».

— Je vous écoute maintenant.

— C'est que ça pourra être bien long, et Cocotte n'a pas encore mangé l'avoine.

— Parlez, vous dis-je ! s'écria Renée avec une fermeté qui coupa court aux objections de Pilevert.

— Après tout, je peux abréger, murmura l'hercule.

Faut donc vous dire, mademoiselle, que dans mon métier j'ai couru un peu partout.

Il y a de ça quinze mois à peu près, je revenais de Californie où j'avais ramassé tout juste de quoi m'acheter une carriole et un cheval, et je faisais les foires dans le Midi avec ce grand imbécile d'Alcindor que j'avais ramassé sur le pavé de Toulouse.

Renée avait bien de la peine à dissimuler son impatience et Pilevert, qui s'en aperçut, quitta les préambules pour arriver à la partie intéressante de sa narration.

— V'là donc qu'un jour ou plutôt qu'un soir, sur la route de Bazas à Bordeaux, en pleine lande, je vois une fille qui était assise sur le bord d'un fossé et qui pleurait.

Je descends, je lui demande ce qu'elle a; pas de réponse, seulement elle me fait signe qu'elle est muette.

Je lui montre ma carriole, comme pour lui dire que je voulais l'emmener.

Elle monte sans se faire prier, et nous roulons.

Là-dessus, elle tire de sa poche une ardoise et elle se met à écrire un tas de belles choses; comme quoi elle était seule au monde, qu'elle savait dire la bonne aventure, et que, si je voulais, elle travaillerait dans la baraque pour le public, à condition que je la nourrirais et que je ne lui ferais jamais de questions sur ses parents.

— C'est étrange, murmura Renée.

— Ça me paraissait un peu drôle, mais j'avais justement besoin d'une femme pour varier les exercices et la petite m'allait très bien.

C'est pour vous dire que je l'engageai et que je ne fis pas une mauvaise affaire. Trois jours après qu'elle avait commencé à faire ses tours de cartes et à lire dans la main des badauds, la recette avait déjà doublé.

Et gentille! et sage! et une éducation! fallait voir!

— Mais sa famille? demanda vivement Renée.

— Pas moyen de lui en faire dire un mot.

Quand je lui écrivais quelque chose comme ça sur son ardoise, elle me prenait le crayon des mains et elle savait bien me menacer de partir et de me planter là.

— Quoi! pendant un an vous avez voyagé avec cette jeune fille et vous n'avez rien pu découvrir sur son passé, s'écria mademoiselle de Saint-Senier. Vous ne savez ni qui elle est, ni d'où elle vient!

— Je crois que je m'en doute depuis hier, répondit Pilevert d'un air mystérieux.

— Expliquez-vous plus clairement, dit Renée d'un ton assez sec.

Pilevert ne se pressa point de répondre; on aurait dit qu'il regrettait d'en avoir tant dit.

— Mon Dieu! mademoiselle, reprit-il avec une certaine hésitation, quand je dis que je me doute de l'histoire de Régine, ça ne veut pas dire que je suis sûr de la savoir.

— Mais enfin, quelles raisons avez-vous de parler ainsi?

— Des raisons écrites, mademoiselle.

— Je ne comprends pas.

— C'est que j'ai trouvé des papiers où il est question d'elle.

— Des papiers!

— Oui, et même que j'aurais mieux aimé trouver autre chose.

L'étonnement de Renée était à son comble.

Elle en arrivait à se demander si le saltimbanque n'avait pas perdu la tête, car ses propos incohérents ne lui apprenaient rien de précis sur un sujet qui l'intéressait beaucoup, depuis que Pilevert avait fait allusion à la passion de Régine pour Roger de Saint-Senier.

De plus, elle éprouvait une certaine répugnance à prolonger une conversation aussi intime dans un lieu banal.

Les regards que lui lançait le fidèle Landreau semblaient exprimer le même sentiment.

Esclave de sa consigne, même en dehors du service, le garde-chasse n'avait pas quitté sa faction auprès de Cocotte; mais il toussait d'une façon significative.

La nuit tombait et les promeneurs désertaient la terrasse.

Deux ou trois gardes, vêtus de la capote longue et coiffés du képi à bande blanche, circulaient en observant du coin de l'œil cette carriole arrêtée au milieu du chemin.

En ces jours critiques, tout ce qui était insolite était suspect, et un homme de la tournure de Pilevert devait forcément attirer l'attention en causant avec mademoiselle de Saint-Senier.

En effet, quelque simple que fût la toilette de Renée, personne ne pouvait se méprendre sur sa véritable condition sociale.

— Monsieur, dit-elle avec un air de dignité qui fit rentrer l'hercule en lui-même, si vous avez des communications à me faire, je les recevrai chez moi, ce soir, rue de Noailles, 97.

Pilevert, interloqué, recula de deux pas, exécuta la glissade qui constitue le salut traditionnel des saltimbanques, et murmura cette phrase embarrassée :

— Ma foi ! je ne demande pas mieux, parce que, voyez-vous, Cocotte... elle ne vaut pas Bradamante, mais c'est une bonne bête tout de même, et quand je l'aurai vue manger son avoine au *Grand-Vainqueur*, je serai plus à mon aise pour vous conter mon histoire.

Le nom de l'auberge arriva aux oreilles de Landreau qui s'empressa de prendre la parole.

— Faites le tour en dehors de la grille du parc, cria-t-il à l'hercule, et puis vous prendrez la rue de Pontoise, jusqu'à la place de l'Église, et, une fois là, tout le monde vous indiquera le chemin.

— Merci, mon vieux *moblot*, dit Pilevert en grimpant dans sa carriole, avant une heure d'ici je serai chez vous.

Il sangla un vigoureux coup de fouet à sa jument qui prit un trot allongé, et l'équipage disparut sous les arbres.

Landreau se rapprocha de sa maîtresse et fût frappé de l'expression de son visage.

L'air de tristesse qui le voilait avait fait place à une animation singulière.

— Rentrons, dit-elle vivement.

Le garde-chasse avait assez de tact pour comprendre que toute réflexion serait intempestive et toute question indiscrète.

Il se contenta de suivre silencieusement Renée qui s'acheminait à travers les quinconces.

La rue de Noailles touchait presque le parc, et ils arrivèrent en quelques minutes devant le pavillon que mademoiselle de Saint-Senier y avait loué.

C'était une de ces coquettes constructions modernes que les architectes bâtissent aux environs de Paris pour les villégiatures d'été.

Deux étages, un jardin anglais en miniature avec une serre dans le fond et des communs qui s'accédaient par une rue déserte, constituaient l'ensemble assez réduit de l'habitation.

Quand Renée avait pris le parti de quitter le château de Saint-Senier pour se rapprocher de Paris, elle n'avait emmené avec elle que son vieux serviteur Landreau et une seule femme de chambre.

A peine rentrée de la promenade, qui avait fini d'une façon si inattendue, la jeune fille s'établit dans la serre où elle avait pris l'habitude de finir ses soirées.

Landreau reçut l'ordre d'introduire Pilevert aussitôt qu'il se présenterait et l'hercule eut le bon goût de ne pas se faire attendre.

L'heure qu'il devait consacrer à sa réfection et à celle de Cocotte n'était pas encore écoulée, qu'il sonnait à la porte de la maison de la rue de Noailles.

Il fit son entrée dans la serre d'un air mystérieux qui s'accordait à merveille avec le carrick à trois collets dont il s'était affublé.

Ce vêtement couleur de muraille semblait cacher un objet que le saltimbanque serrait précieusement sous son bras.

Après force salutations, maître Antoine ouvrit son manteau et déposa sur la table à ouvrage de mademoiselle de Saint-Senier un coffret de forme allongée.

— L'histoire de Régine est là dedans, dit-il sans autre préambule.

Renée regardait avec stupéfaction la singulière pièce de conviction que Pilevert lui apportait.

C'était une boîte en bois des îles, ornée de coins en acier ouvragé.

Elle avait beaucoup perdu de sa solidité, soit par l'injure du temps, soit par l'action prolongée de l'humidité.

Les fermoirs se rouillaient et les ais semblaient à moitié pourris.

Quant à la serrure, elle avait évidemment été forcée, car Pilevert n'eut qu'à soulever le couvercle pour ouvrir le coffret.

— Voyez et lisez, mademoiselle, dit l'hercule d'un air important.

En toute autre circonstance, mademoiselle de Saint-

Senier aurait certainement fait des questions avant de se livrer à l'examen du contenu de la cassette.

L'émotion qui s'était emparée d'elle l'empêcha d'hésiter.

Elle se pencha sur le coffret ouvert, et sa main tremblante en retira d'abord un portrait.

C'était une miniature entourée d'un cadre ovale.

— Elle ! s'écria Renée.

— Tiens ! vous l'avez reconnue tout de suite, s'écria naïvement Pilevert : moi, je ne m'en serais pas douté avant d'avoir lu les papiers.

En effet, le portrait était celui d'une petite fille de huit à dix ans, et il fallait avoir étudié la figure de Régine pour retrouver ses traits dans cette image enfantine. Et cependant, en y regardant avec attention, le doute n'était pas possible.

Les yeux surtout avaient une expression à laquelle on ne pouvait pas se tromper.

Mademoiselle de Saint-Senier était restée immobile et muette. On aurait dit qu'elle craignait d'aller plus avant dans la découverte de ce mystère.

— Lisez ! lisez ! vous allez en voir de drôles ! dit l'hercule, en montrant la couche de parchemins qui garnissait le fond de la cassette.

Renée en prit un et le déplia d'une main tremblante.

C'était une lettre écrite sur un papier grossier et jauni par le temps.

« Régine, ma fille chérie ! » lut la fiancée de Roger, d'une voix émue.

— Hein, quand je vous disais qu'il était question là-dedans de ma petite muette, grommela Pilevert.

« Tu es encore une enfant, continua Renée, mais je suis sûr que tu n'as pas oublié ton père.

Le jour où je t'ai serrée contre mon cœur sur le quai de Bordeaux, avant de monter sur ce grand navire qui allait m'emmener au Mexique, je ne savais pas que je ne devais pas te revoir.

Dieu en a décidé autrement.

Je suis entre les mains des ennemis de la France ; ils m'ont condamné à mort, et, demain matin, je tomberai sous leur balles en te donnant ma dernière pensée.

Ta pauvre mère est morte en te mettant au monde, et tu vas être seule dans la vie. Il faut donc que je te parle comme si tu avais déjà la raison d'une jeune fille.

Les dames auxquelles je t'ai confiée avant mon départ ont reçu le prix de ton éducation pour trois ans. J'espère qu'elles voudront bien se charger de te placer comme institutrice dans une famille honorable, si elles ne peuvent pas te garder dans leur pensionnat.

J'avais rêvé pour toi un autre sort, mais la fatalité qui poursuit notre famille n'était pas encore épuisée.

Ton aïeul est mort victime de la guerre civile qui désolait notre pauvre pays, quelques années avant ta naissance.

J'avais un frère et j'espérais qu'il m'aiderait à relever la fortune de notre maison.

Les passions politiques ont fait de lui mon plus cruel ennemi, et si jamais ce malheureux Charles — il se nomme Charles — osait se prévaloir de ses droits, repousse avec horreur la tutelle de l'homme qui a déshonoré notre nom.

Il me reste encore une espérance pour ton avenir, et cette espérance est contenue tout entière dans le papier que je t'adresse sous la même enveloppe que cette lettre.

C'est le testament d'Edmond du Luot, mon meilleur ami, qui, en s'embarquant pour la Californie, a voulu te laisser sa fortune.

Edmond jouait avec toi quand tu étais encore tout enfant, et tu te souviens peut-être encore de ses grandes moustaches que tu tirais si fort.

Pardon, ma fille bien-aimée, de te parler de ces choses, quand il me reste si peu de temps pour te dire que ton père te chérissait et que sa dernière pensée sera pour toi.

Adieu ! Régine ! adieu ! j'ai le cœur brisé et je n'ai

plus que la force, de te dire : Souviens-toi toujours que tu es la fille de

GEORGES DE NOIRVAL. »

Mademoiselle de Saint-Senier laissa tomber la lettre sans avoir la force de prononcer une parole.

Ses yeux étaient pleins de larmes, et ses lèvres tremblaient.

— Allez! allez! il y a encore des paperasses dans le fond, dit l'hercule.

Renée hésita un instant, mais l'intérêt qui la poussait à pénétrer ce mystère était trop puissant pour qu'elle s'arrêtât.

Elle ouvrit et parcourut successivement un acte de naissance, au nom de Régine-Louise-Gabrielle de Noirval, et le testament parfaitement régulier d'un comte du Luot, qui l'instituait sa légataire universelle.

Mademoiselle de Saint-Senier entrevoyait quelque noire trame ourdie pour dépouiller une orpheline, mais elle ne pouvait rattacher cette triste histoire aux événements qui l'accablaient depuis près d'une année.

Tous les noms qu'elle venait de lire lui étaient inconnus.

— Noirval! répétait Renée toute pensive, je n'ai jamais rencontré personne qui s'appelât ainsi.

— Ni moi non plus, grommela Pilevert; mais je trouve que de Noirval ressemble diablement à Valnoir.

XVI

Le surlendemain de cette soirée du dimanche, que Renée de Saint-Senier avait passée au milieu de tant d'émotions diverses, les buttes Montmartre étaient le théâtre de scènes bien autrement dramatiques.

La montagne où l'insurrection avait pris naissance était devenue sa dernière forteresse.

Il était onze heures du matin, et depuis l'aube, nos soldats, les braves soldats de la bonne cause, marchaient pour cerner le repaire des fédérés, enlevant une à une les formidables barricades qui hérissaient les approches de Montmartre.

La fusillade pétillait sur le boulevard extérieur et le craquement sinistre des mitrailleuses accompagnait comme une basse continue le crépitement grêle des balles sur les façades labourées.

L'engagement était surtout très vif à la place Blanche et à la place Pigalle, mais les défenseurs impies de l'odieuse Commune tenaient encore derrière leurs murailles de pavés.

L'infâme drapeau rouge flottait toujours sur la maison de santé du docteur Molinchard, où les insurgés avaient établi leur quartier général.

La place était merveilleusement choisie pour résister.

Protégée par les escarpements qui de tous les côtés coupent brusquement la colline, entourée d'une nombreuse artillerie qui lançait au hasard ses bombes stupides sur nos monuments et sur nos musées, la villa des Buttes semblait inexpugnable.

Depuis le 18 mars, elle avait du reste complètement changé d'aspect.

Les malades et les blessés l'avaient évacuée; l'infirmerie était devenue une caserne, et la grande cour servait d'arsenal pour les munitions.

Quant au docteur Molinchard, qui avait endossé le harnais de chirurgien fédéré, il consacrait ses jours aux amputations et ses nuits à la surveillance de ses prisonniers.

Car il avait des prisonniers, et il était même plus occupé comme geôlier que comme praticien.

La mère Ponisse avait repris tout naturellement ses

fonctions de cantinière, et les fédérés buvaient si sec qu'elle était en voie de faire fortune.

Ce jour-là, l'horrible mégéré et son ancien patron avaient peine à suffire aux nécessités de leur emploi respectif, tant les ivrognes et les blessés affluaient au haut des Buttes.

Aussi s'occupaient-ils fort peu de ce qui se passait à l'intérieur de la villa, dont ils avaient soigneusement fermé toutes les portes.

Dans le coin le plus reculé de cette geôle improvisée, au milieu du triste jardin où Renée avait tant souffert autrefois, Roger de Saint-Senier et Podensac se tenaient debout et prêtaient l'oreille à la canonnade.

— On dirait que le feu se ralentit, murmurait l'ex-commandant des Enfants-Perdus.

— Mauvais signe! dit Roger en secouant tristement la tête.

— Ça dépend! riposta vivement Podensac; vous savez bien qu'on ne tire plus quand on attaque à la baïonnette.

— Alors, nous entendrions sonner la charge.

— Pas sûr; le vent ne porte pas de notre côté.

— Tenez! un feu de peloton du côté de La Chapelle!

— C'est étrange! Est-ce que la troupe s'éloignerait?

— Je croirais plutôt qu'ils font un mouvement tournant, dit le commandant qui ne manquait pas de prétentions en stratégie; et même, si les lignards étaient malins, ils passeraient par le chemin de ronde pour prendre Montmartre à revers.

— Mais le jour où on nous a amenés ici, il m'a semblé que le versant du Nord était armé de canons comme celui qui regarde Paris.

— Tonnerre! s'écria Podensac, que le souvenir de son arrestation mettait toujours hors de lui, dire que sans l'animal de paillasse qui s'est chargé de nous conduire chez cette canaille de Molinchard, on nous aurait enfermés à la prison du Cherche-Midi, et que nous serions en liberté maintenant.

— Je crois plutôt que sans lui nous aurions été fusillés, murmura Saint-Senier.

— Et qui nous dit que nous ne le serons pas, grommela le commandant ; si jamais je les tiens, lui et son carabin, leur compte sera bon, ajouta-t-il en menaçant du poing Alcindor absent.

— Je suis prêt à mourir, dit tout bas Roger ; mais je voudrais avoir une arme pour tomber en me défendant.

— Et moi donc ! mais rien ! rien ! pas seulement une pierre ou un bâton.

— Ecoutez ! souffla le fiancé de Renée en serrant le bras de son ami.

Cette fois, il n'y avait plus à s'y tromper. La fanfare précipitée des clairons résonnait dans le lointain et la fusillade recommençait avec une violence inouïe.

— C'est l'assaut ! ils enlèvent les Buttes au pas de course !

— Vive la ligne !

Un bruit beaucoup plus rapproché étouffa les élans de leur joie.

Des cris confus et des pas pressés retentissaient dans l'enceinte de la prison.

— On vient nous délivrer ! s'écria Roger.

— Ou nous assassiner, murmura Podensac.

Les deux amis avaient marché ensemble vers la porte du salon, et tous deux, pâles mais résolus, se préparaient à accepter courageusement leur sort.

Que le bruit qu'ils entendaient leur annonçât la mort ou la délivrance, ils étaient décidés à faire bonne contenance.

Ce fut la figure blême de Molinchard qui apparut la première sur le seuil du jardin.

Derrière lui, se pressaient cinq ou six insurgés, les cheveux en désordre, le visage noir de poudre et les vêtements en lambeaux.

Ils avaient leurs fusils à la main et vociféraient sur tous

les tons, sans qu'il fût possible de distinguer autre chose que des jurons épouvantables.

— Que voulez-vous ? demanda Podensac en serrant les poings.

— Venez, citoyens, venez vite ! répondit Molinchard d'une voix étranglée par l'émotion.

— Où prétendez-vous nous mener ? interrogea Saint-Senier dont les yeux étincelants foudroyaient le malheureux docteur.

— Allons ! pas tant de manières et en route ! cria la troupe déguenillée.

— On ne veut pas vous faire de mal, se hâta d'ajouter Molinchard ; mais venez, je vous en supplie, il n'y a pas une minute à perdre.

Les prisonniers se consultèrent du regard, et chacun d'eux lut dans les yeux de l'autre la décision d'aller au-devant du danger.

— Marchons, dit Podensac en écartant d'un revers de main le tremblant chirurgien.

Roger se plaça à côté de lui, et le groupe dont ils tenaient la tête s'engagea dans le long corridor qui faisait communiquer le pavillon avec le bâtiment principal.

Ce couloir débouchait sous la voûte où s'ouvrait la grille de la villa.

L'apparition des deux amis fut saluée au dehors par une immense acclamation.

— Avancez, citoyens, avancez, dit le docteur qui les suivait.

Ils franchirent l'entrée de la maison en se tenant par le bras.

Un étrange spectacle les attendait devant le perron sur lequel ils venaient de mettre le pied.

Une centaine de fédérés en armes remplissaient l'étroite esplanade qui s'étendait autour des hautes murailles de la maison de santé.

Dans un coin gisaient quelques blessés auxquels leurs camarades ne paraissaient faire aucune attention.

Au milieu de la foule, un homme couvert de galons et de panaches se tenait gauchement en selle sur un grand cheval gris.

Au premier rang, deux hommes à mine farouche gesticulaient avec animation.

L'un portait une loque au bout d'une perche, l'autre brandissait un long sabre de cavalerie.

Ces drôles étaient à la fois les meneurs et les orateurs de la bande, car à peine les prisonniers avaient-ils paru que l'homme au drapeau prenait la parole en ces termes :

— Vous, les *artistes*, tâchez de me répondre sans broncher. Les Versaillais montent par la rue Lepic, et nous n'avons pas le temps de blaguer.

Ce discours choisi s'adressait aux deux amis et fut suivi immédiatement de cette question :

— Vous avez servi ?

— J'ai commandé les Enfants-Perdus de la rue Maubuée, répondit Podensac sans hésiter, et mon camarade a été lieutenant dans la mobile, 3° bataillon de...

— Ça m'est égal, interrompit l'orateur, du moment que vous avez été officiers, c'est tout ce qu'il nous faut.

Vous devez savoir commander ?

— Oui, à des soldats français, répondit fièrement Roger qui commençait à comprendre.

— C'est bon ! Aujourd'hui, tu commanderas à des lascars de la Commune.

— Jamais ! s'écrièrent à la fois les prisonniers.

— Nous sommes encore ici dix douzaines de lapins solides, mais nous ne connaissons rien à l'*estratégie*, comme dit cet imbécile qui est là à cheval, et il nous faut des vrais troupiers pour organiser la défense du plateau.

— Cherchez-en, dit Podensac avec calme.

— C'est à prendre ou à laisser, reprit le sacripant. Si vous ne voulez pas marcher avec nous, je vous fais coller au mur et votre affaire ne sera pas longue.

— Acceptez, citoyens, acceptez ! cria du haut de sa

monture l'homme empanaché, la défense est très facile, et au besoin, je vous aiderai de mes conseils.

— Encore cet imbécile d'Alcindor, murmura le commandant qui venait de reconnaître sous son brillant costume l'ancien pître de maître Antoine Pilevert.

Roger fit un pas en avant et regardant en face l'orateur des fédérés :

— Vous pouvez nous tuer, dit-il d'une voix ferme, vous ne ferez pas de nous des traîtres.

Podensac n'ajouta pas un mot à ce refus héroïque, mais il prit la main de son ami et la serra.

— Ah ! c'est comme ça ! hurla l'insurgé en agitant son sabre ; alors, vous allez la danser, et quand les *ruraux* arriveront ici, ils ne trouveront que vos carcasses avec douze balles dedans.

Les deux amis se regardèrent et Roger passa son bras sous celui de Podensac.

— Nous sommes prêts, dit-il en s'avançant sur le perron ; où faut-il se placer pour mourir ?

On était peu habitué dans les bataillons fédérés à rencontrer le stoïcisme politique ou même militaire, et la courageuse réponse de Saint-Senier impressionna quelque peu les assistants.

— C'est un bon zig tout de même, dit tout bas l'homme au grand sabre.

Son camarade, qui tenait le drapeau, paraissait assez décontenancé.

Évidemment, tous deux auraient préféré le concours volontaire ou non des deux officiers à la nécessité de les fusiller.

Alcindor partageait pleinement leur avis et il crut de sa dignité de faire une dernière tentative.

Poussant son cheval à travers la foule, il arriva tout près du perron :

— Citoyens, dit-il de sa voix traînante, je ne veux pas vous influencer, mais je peux bien vous rappeler que dans la mémorable journée du 18 mars, je vous ai sauvé la vie.

Sans mon intervention, il y a deux mois que vous seriez tombés sous les balles du peuple qui, par ma voix, réclame aujourd'hui votre appui.

Ce discours insinuant s'adressait spécialement à Podensac et le commandant l'écouta avec beaucoup d'attention.

Il hésita un instant à répondre ; puis, poussant le coude de Roger en guise d'avertissement, il fit craquer ses doigts comme pour dire aux insurgés :

— Après tout, je m'en moque.

Et s'avançant jusqu'au bord des marches, il s'écria :

— J'en suis !

— A la bonne heure, murmura l'orateur de la troupe.

— Vive le commandant ! crièrent les mêmes individus qui une minute auparavant, voulaient le massacrer.

— J'en suis, à une condition, reprit Podensac.

— Laquelle ? demandèrent en chœur les fédérés.

— C'est que mon camarade sera libre de s'en aller.

Cette seconde proposition fut beaucoup moins bien accueillie que la première.

— Non ! non ! il irait nous vendre aux Versaillais, cria la majorité des assistants.

Quelques voix dissidentes demandèrent bien qu'on acceptât la transaction, mais elles se perdirent dans le bruit.

Roger avait pâli en entendant Podensac offrir de se sacrifier généreusement pour lui.

Il était partagé entre le désir bien naturel d'échapper à une mort certaine et le remords de devoir la vie à un compromis de cette nature.

L'homme au sabre se chargea de trancher la question.

— On ne laissera pas filer l'officier, dit-il d'un ton bref ; mais on ne lui fera pas de mal et il aura le droit de fumer sa pipe tranquillement pendant que nous nous ferons casser les reins.

Une foix, deux fois, ça vous va-t-il ?

— Ça me va, se hâta de répondre le commandant.

Il ne voulait pas laisser à Saint-Senier le temps de la réflexion.

— Allons, vous autres ! cria l'orateur, deux hommes de bonne volonté pour garder l'*aristo*.

Dix insurgés se présentèrent aussitôt pour remplir cette mission peu dangereuse, et celui qui venait de les convoquer n'eut que l'embarras du choix.

Pendant que ce mouvement s'exécutait, Podensac avait trouvé moyen de dire à l'oreille de Saint-Senier :

— Laissez-vous faire, je me charge de nous tirer de là tous les deux.

Roger resta muet et immobile.

— Et maintenant, mes lascars, reprit l'ancien chef des Enfants-Perdus, si vous voulez que je commande, commencez par m'obéir militairement.

— Oui ! oui !

— Les destinées du peuple sont entre vos mains, s'écria du haut de son cheval le solennel Alcindor.

— Connu, dit Podensac ; mais, en attendant que je sauve le peuple, menez mon camarade là-bas au pied de ce petit mur, et prenez la faction à côté de lui.

Vous voyez, tas de braillards, que je joue franc jeu, ajouta-t-il en promenant sur la foule un regard assuré.

Il avait assez longtemps conduit les citoyens de la rue Maubuée pour savoir comment il faut parler aux masses, et son succès fut complet.

Les gardiens de Saint-Senier se mirent immédiatement en devoir de le conduire à la place indiquée, pendant que le commandant s'abouchait gravement avec les deux meneurs de la bande pour leur donner ses instructions stratégiques.

Le théâtre de cette scène était un terrain en pente qui s'étendait devant la porte de la villa des Buttes.

Le sol de ce plateau étroit allait en s'abaissant vers le nord, et, à une centaine de pas du perron, l'esplanade était coupée brusquement par un saut-de-loup, et protégée par une sorte de banquette en pierres.

Roger fut adossé à ce rempart qu'il dépassait de toute la tête.

Les vastes bâtiments de la maison de santé masquaient les approches du côté de Paris.

Un chemin fort mal entretenu longeait la façade et conduisait à droite aux batteries du Moulin de la Galette, à gauche aux retranchements de la tour de Solférino.

— Mes enfants, cria Podensac après une courte conférence avec ses nouveaux lieutenants, c'est par là qu'il faut nous garder.

La fusillade en ce moment semblait se rapprocher.

Il était évident que les troupes de Versailles attaquaient vigoureusement les barricades, sur le versant méridional de Montmartre, et qu'elles faisaient des progrès.

Mais la résistance paraissait acharnée, si on en jugeait par la violence de la fusillade.

On ne voyait arriver, sur le plateau, ni fuyards, ni blessés et l'absence de ces précurseurs de la déroute rassurait les réfugiés de l'esplanade.

Quant à Podensac, il avait son plan.

Il ne doutait pas du succès définitif de l'armée et il n'avait nullement le dessein de se battre contre elle.

Trahir les fédérés au point de les conduire dans un guet-apens n'était pas non plus de son goût.

Il s'était décidé pour un moyen terme qui consistait à indiquer aux réfugiés du plateau des postes choisis de façon à leur assurer une retraite au moment de l'assaut.

De sa personne, il comptait ne pas agir, et il était résigné d'avance aux conséquences de cette inaction.

— Bah! pensait-il en se dirigeant à la tête de ses nouveaux soldats vers les points menacés, j'aurai bien du malheur si j'attrape une balle des Versaillais, et quand la débandade commencera, je m'arrangerai pour filer en emmenant mon ami Saint-Senier.

En conséquence de ce raisonnement, le commandant avait fait placer Roger au bord du plateau.

— Il voulait le trouver sous sa main à l'instant critique où il leur faudrait dégringoler en toute hâte le long de l'escarpement des buttes.

En passant devant le prisonnier qui s'était adossé tranquillement au mur, et se tenait, les bras croisés, entre ses deux gardiens, Podensac lui lança un regard qui voulait dire : « Tenez-vous prêt. »

L'homme au sabre jeta à ses satellites une recommandation d'un autre genre :

— Si l'*aristo* fait mine de bouger, cria-t-il, brûlez-lui la cervelle et que ça ne traîne pas.

Cet ordre féroce n'effraya pas outre mesure le lieutenant.

Il savait bien que les fédérés perdraient la tête quand ils verraient arriver les lignards et qu'ils ne penseraient qu'à se sauver.

Aussi s'abstint-il d'intervenir.

La troupe dont il était devenu le chef malgré lui le suivait avec une docilité exemplaire, car le danger réveille le sentiment de l'obéissance chez les révoltés les plus enragés.

L'homme au sabre et le porte-drapeau s'étaient constitués ses lieutenants volontaires, et n'auraient pas souffert la moindre velléité d'indiscipline.

Ce petit groupe armé disparut au tournant des constructions de la villa.

Podensac avait choisi, comme poste à défendre, les maisons qui dominaient à trois cents pas de l'esplanade le Moulin de la Galette.

L'endroit présentait toutes les conditions voulues pour tenir sans trop s'exposer et pour se replier en temps utile.

Saint-Senier resta donc seul sur ce plateau si tumultueux tout à l'heure, seul avec les deux affreux drôles chargés de le surveiller, et le prudent Alcindor qui n'avait pas cru devoir suivre le mouvement de ses camarades.

— La cavalerie ne doit pas combattre dans les rues, avait-il dit en voyant défiler le belliqueux cortège.

Et il avait continué à se prélasser sur sa selle dorée, qui devait avoir été volée à quelque officier général.

Sa figure béate avait pris une certaine expression de gloriole qui la rendait plus grotesque.

L'ex-paillasse cherchait évidemment la pose qui convenait le mieux à un grand capitaine, et, rien qu'à le voir se rengorger sous ses oripeaux, on devinait qu'il voulait se donner un faux air de Kléber ou de Marceau.

Roger, du reste, s'occupait fort peu de ce saltimbanque à cheval.

Absorbé dans ses réflexions, il ne regardait même pas le tableau grandiose qui s'étendait sous ses yeux.

Du point où il était placé, il pouvait embrasser l'immense horizon qui ferme la plaine Saint-Denis.

Un soleil éclatant dorait le coteaux d'Orgemont et les bois de Montmorency.

Plus loin, il éclairait le drapeau prussien qui flottait sur le fort d'Aubervilliers.

Ce signe de l'invasion étrangère semblait planté là pour rendre la guerre civile plus odieuse encore.

Du reste, de ce côté, la ville paraissait tranquille, et, depuis les bastions de l'enceinte jusqu'au pied des hauteurs de Montmartre, on ne distinguait ni la fumée, ni le bruit d'un engagement.

En revanche, sur l'autre versant, le canon faisait rage et des détonations formidables ébranlaient à chaque instant le sol du plateau.

Par moments, on eût cru que les buttes allaient s'effondrer dans les carrières que leurs flancs recèlent.

Il était évident que le dénouement approchait, et les deux factionnaires commençaient à manifester une certaine inquiétude.

Les yeux invariablement tournés dans la direction du

chemin que Podensac avait pris, ils se tenaient prêts à fuir à la moindre alerte.

Roger, lui, pensait à Renée, et, par un singulier effet d'imagination, il revoyait en ce moment même les bois et les tourelles pointues du vieux château de Saint-Senier.

Il se rappelait le jour où, pour la première fois, il avait cru lire dans les yeux de sa cousine que son amour était partagé.

Ses réflexions furent interrompues par le sifflement d'une balle.

Le projectile avait passé à deux pouces de la tête de Roger, et il avait sans doute frisé de très près le cheval d'Alcindor, car la pacifique bête se mit à caracoler d'une façon tout à fait inusitée.

L'équitation n'avait jamais fait partie des exercices auxquels le paillasse se livrait dans la baraque de Pilevert.

Aussi fut-il obligé de se retenir à la crinière de l'animal, et, si Saint-Senier s'était trouvé dans d'autres dispositions d'esprit, il aurait certainement beaucoup ri des grotesques contorsions du cavalier empanaché.

Les deux gardiens, eux, n'avaient aucune envie de rire.

Ils échangeaient des regards effarés et se demandaient d'où arrivait cette balle inattendue.

Roger lui-même s'étonnait, à part lui, qu'un coup de fusil eût porté si loin.

On ne voyait personne, et il n'était guère supposable pourtant que le plomb eût passé par-dessus le toit de la maison de santé.

— V'là que ça commence, grommela un des fédérés.

— Si nous filions, reprit l'autre en baissant la voix.

— Eh bien? et l'*aristo*?

— Un coup de chassepot dans la tête; ça sera bientôt fait.

— Bah! attendons encore un peu. Il sera toujours temps de nous donner de l'air quand nous verrons revenir les camarades.

Le prisonnier n'avait pas entendu cet édifiant dialogue, mais il devinait sans peine les intentions des misérables qui le surveillaient.

Son parti était pris de mourir et il n'eût pas fait un pas pour se soustraire à sa destinée.

Alcindor, qui avait fini par reprendre son équilibre, poussa son cheval vers Roger et dit, de ce ton de pédanterie qui ne le quittait jamais :

— J'ai vainement cherché à calculer la trajectoire... il faut que ce morceau de plomb nous ait été envoyé de là-bas.

En parlant ainsi, il étendait la main vers les maisons qui s'élevaient au pied de la pente abrupte de la butte.

Saint-Senier ne prit même pas la peine de se retourner pour voir ce qu'il en était.

— Je crois que je ferais bien de quitter ma monture, reprit l'ancien pitre; en restant en selle, je pourrais me faire tuer et je dois me conserver pour la cause du peuple.

— C'est très sagement raisonné, dit Roger avec ironie, et je suis sûr que votre ami le docteur, qui arrive là-bas, ne vous pardonnerait pas de lui donner de la besogne.

Molinchard, en effet, venait de se montrer sur le perron.

Il avait prudemment disparu pendant les pourparlers qui avaient précédé le départ de Podensac.

Peut-être était-il allé mettre en sûreté ses papiers compromettants ou des valeurs acquises au prix de bien des infamies.

En entendant annoncer l'apparition de son cher complice, Alcindor tourna bride pour aller à sa rencontre.

Mais mal lui en prit de ne pas avoir suivi sa première idée.

Au moment où il exécutait ce mouvement de conversion, l'infortuné paillasse chancela et tomba sur le cou de son cheval.

Il essaya un instant de s'accrocher aux rênes, mais il lâcha prise et tomba lourdement à terre, en criant d'une voix lamentable:

— A moi ! je suis mort !

Un flot de sang sortit de sa bouche en même temps que cet appel désespéré.

Les fédérés, oubliant leur consigne, se précipitèrent pour le relever et Roger lui-même courut au blessé.

Molinchard, il faut lui rendre cette justice, arriva juste en même temps qu'eux et s'agenouilla près de son ami qui s'agitait dans les convulsions de l'agonie.

— La balle est entrée par le dos et sortie sous la clavicule, murmura le médecin, après l'avoir palpé.

C'est un homme perdu, ajouta-t-il sans s'inquiéter d'être entendu par le mourant.

Mais Alcindor n'était plus en état de comprendre ses paroles.

Il essaya de parler, mais le sang étouffa sa voix.

La figure, de blême qu'elle était naturellement, devint terreuse ; ses yeux tournèrent dans leur orbite, ses membres se raidirent.

— C'est fini, dit Molinchard en se remettant sur ses pieds et en promenant de tous les côtés un regard inquiet.

Lui aussi se demandait d'où venait le projectile, et il paraissait fort disposé à battre en retraite vers la villa, où du moins on était à l'abri de pareils accidents.

— Mais, mille tonnerres, on tire sur nous comme à la cible ! s'écria un des gardiens de Roger.

— Le diable m'emporte si je reste ici une minute de plus, dit l'autre.

— On ne peut pourtant pas quitter la faction comme ça sans prévenir les camarades qui se cognent là-bas, pour nous.

— Faut leur envoyer le carabin.

— Ça, c'est une idée.

— Allons, citoyen coupe-toujours, cria le premier fédéré à Molinchard, enfourche ce bidet-là et galope jusqu'au moulin de la Galette, pour dire aux amis qu'il y a du grabuge par ici et que nous allons nous esbigner.

— Mais, balbutia le docteur fort perplexe, si je monte à cheval, je risque d'attraper aussi une balle.

— Ah ! ça, est-ce que tu crois que nous allons te prier longtemps, dit l'autre bandit en armant son fusil.

Molinchard s'empressa de mettre le pied à l'étrier.

Roger était resté devant le cadavre d'Alcindor et tournant le dos à ses gardes.

— V'là le moment d'expédier ce bonhomme-là, dit un des deux scélérats en le mettant en joue.

Ce qui se passa dans les quelques secondes qui suivirent est presque indescriptible.

Molinchard, qui venait justement de se mettre en selle, n'eut que le temps de crier : « Les Versaillais ! nous sommes trahis ! et de piquer des deux.

Du haut de son cheval, il avait aperçu des soldats qui escaladaient la banquette de pierre, derrière les fédérés.

Un cri répondit au sien, mais celui-là était poussé par une femme.

— Roger, prenez garde !

Saint-Senier l'entendit et se retourna vivement.

Ce mouvement lui sauva la vie.

Le coup de fusil du fédéré qui le visait partit au moment où le lieutenant bondissait vers celle qu'il venait de reconnaître et la balle ne l'atteignit pas.

Dix baïonnettes percèrent l'assassin, mais l'autre misérable était à quelques pas plus loin et, avant d'être atteint par les assaillants, il eut le temps de décharger son arme sur la femme vêtue en cantinière.

Elle tomba dans les bras de Saint-Senier, qui les précédait.

— Régine ! murmura-t-il en cherchant à la soutenir.

Mais la malheureuse enfant s'affaissa sur la terre ensanglantée.

Les volontaires de la Seine, qui venaient d'envahir si brusquement le plateau, en eurent bientôt fini avec le meurtrier de la jeune fille, et se retournèrent contre

Roger que sa présence en pareil lieu rendait fort suspect.

Quelques-uns de ces braves jeunes gens l'avaient déjà mis en joue, quand un sergent se jeta au-devant des canons de fusils en criant :

— Pas celui-là ; je le connais, c'est un *moblot !*

Et il ajouta d'une voix émue :

— C'est bien assez qu'on nous ait blessé notre petite muette.

Les fusils s'écartèrent.

L'officier qui avait conduit ce hardi coup de main n'était pas d'humeur à laisser ses hommes s'attarder sur ce plateau.

Il s'agissait de recueillir les fruits du mouvement tournant qu'on venait d'exécuter si heureusement et de prendre entre deux feux les fédérés, stupéfaits d'être attaqués par derrière.

La charge fut sonnée, et les volontaires s'élancèrent au pas de course vers le moulin de la Galette.

Roger et le sergent restèrent seuls agenouillés auprès de Régine.

— C'est moi ! Pierre Bourdier ! dit à demi-voix le sous-officier ; je ne m'attendais pas à vous trouver ici.

Saint-Senier ne l'écoutait pas. Il tenait entre ses mains la main de la jeune fille.

Régine était assise le dos appuyé contre la banquette au pied de laquelle elle était tombée.

Une pâleur livide couvrait ses traits charmants et sa respiration précipitée soulevait sa poitrine à intervalles inégaux.

Il était impossible de se faire illusion sur la gravité de sa blessure.

La pauvre enfant était frappée à mort et chaque souffle qui s'exhalait de ses lèvres pouvait être le dernier.

— Et dire que si elle m'avait écouté, murmurait Bourdier, elle serait restée à l'ambulance du chemin de ronde ! mais non ! on croirait qu'elle avait senti que vous étiez ici.

— Je le savais, soupira la mourante d'une voix si faible qu'on l'entendait à peine.

— Elle parle,! s'écria le sergent.

Roger avait tressailli à ce prodige, mais il n'eut pas le courage de questionner celle qui venait de donner sa vie pour lui.

Le passé lui apparut tout à coup et il entrevit, sans oser l'approfondir, quelque sombre mystère dans l'existence de cette jeune fille si étrangement mêlée à la sienne.

— C'est à croire à un miracle, murmurait Bourdier; mais ce n'est pas une raison pour ne pas essayer de sauver l'enfant. Si nous avions seulement là un médecin, il pourrait...

— Oui! oui; un médecin, répéta Roger.

— Celui du bataillon est resté avec nos blessés d'hier, mais les *lignards* doivent faire jonction tout près d'ici avec les camarades, et je trouverai bien un major à vous amener.

Dans dix minutes je serai ici, cria le sergent en se lançant à toutes jambes dans la direction du moulin.

De ce côté, la fusillade éclatait avec fureur et la note aiguë des clairons qui sonnaient la charge dominait le sourd grondement du canon lointain.

Les cadavres des deux fédérés gisaient sur le dos au milieu d'une mare de sang.

A quelques pas de là le grand corps du misérable paillasse était couché, les bras étendus en croix.

Uu beau soleil de mai éclairait cette scène de carnage, et les oiseaux effrayés par le fracas des armes s'appelaient avec des cris plaintifs sur le toit de la villa des Buttes.

Régine fit un effort suprême et prit dans son corsage une lettre qu'elle tendit à Roger.

Il la prit d'une main tremblante, mais il n'eut pas le temps de l'ouvrir.

— Approchez-vous... Roger, murmura la jeune fille.

22.

Il se pencha jusqu'à toucher son visage.

— Plus près... plus près encore.

Leurs lèvres se rapprochèrent.

— Roger ! je t'aimais.

Le dernier souffle de la mourante s'exhala dans un chaste baiser.

XVII

Le dernier jour de cette lutte impie venait de se lever.

Après une nuit troublée par les détonations parties des hauteurs du Père-Lachaise, où s'était refugiée l'insurrection vaincue, les campagnes qui entourent Paris s'éveillaient aux premiers rayons d'un beau soleil de mai.

Entre Maisons-Laffite et Poissy, sur les pentes boisées qui montent de la Seine à la forêt de Saint-Germain, la nature semblait rajeunie par l'aurore de cette magnifique matinée de printemps.

Les grands arbres étendaient sur les sentiers ombreux un dôme de verdure, et les nuances tendres des feuilles nouvelles tamisaient doucement la lumière.

On aurait dit que les bois voulaient se parer pour fêter la délivrance de Paris et que la terre, lasse de tant d'horreurs, voulait montrer aux hommes que leurs discordes passent sans laisser de traces sur son sein fécond.

Au revers d'un fossé, sur une route déserte, non loin de l'endroit où naguère Régine et Roger fugitifs avaient retrouvé Pierre Bourdier, deux voyageurs étaient étendus sur l'herbe.

Le plus jeune semblait accablé de fatigue.

Il s'était couché sur le flanc, la tête appuyée sur ses bras et le corps allongé dans cette attitude qui décèle l'affaissement produit par une marche longue et pénible.

L'autre se tenait ramassé sur lui-même, les genoux ramenés sous le menton, l'œil et l'oreille au guet.

On devinait, rien qu'à le voir, qu'une pensée persistante dominait en lui la lassitude physique. Les regards de mépris qu'il lançait à son compagnon n'annonçaient pas qu'il comptât beaucoup sur son aide.

— Il est temps de partir, dit-il tout à coup d'une voix rauque. Nous devrions être en route depuis une heure.

L'homme étendu ne fit pas un mouvement.

— Allons, sacrebleu! secoue-toi un peu, reprit celui qui avait parlé; je n'ai pas envie de me faire pincer par les Versaillais pour t'attendre.

— Eh bien! pars seul, murmura l'autre sans changer de position.

— Tu serais bien attrapé si je te prenais au mot.

— Non, car je serais délivré de tes discours et de ta présence.

— Vraiment! je te conseille de t'en plaindre; sans moi tu serais fusillé à l'heure qu'il est ou tout au moins en route pour le plateau de Satory.

— Mieux vaudrait la mort que le sort qui m'attend, dit d'une voix sourde le voyageur fatigué.

L'autre partit d'un éclat de rire.

— Ah! ça, dit-il avec un accent railleur, tu me la bailles bonne avec ton désespoir, et je voudrais bien savoir d'où viennent ces lamentations ridicules. Est-ce ta princesse que tu regrettes?

A cette phrase ironique, l'homme couché se redressa.

— Je te défends de parler d'elle, dit-il sèchement.

— Ah! bah!

— Oui, je te le défends, et si tu ajoutes un seul mot, je te quitte à l'instant même.

— C'est bon! c'est bon! ne t'emporte pas! Je respecterai la noble héritière du grand nom de Charmière, mais ce ne sera pas à cause de tes menaces.

Tu sais aussi bien que moi que nous ne pouvons pas nous séparer.

— Je sais ce que tu vas me dire, mais l'argent n'est

plus rien quand la vie est impossible, et l'existence qui me reste ne vaut pas la peine que je la défende.

— Voyons, Valnoir, dit l'autre d'un ton plus calme, veux-tu m'écouter et raisonner un peu sans te fâcher.

L'ex-rédacteur en chef du « Serpenteau » secoua la tête.

— Tu as toujours été nerveux et je ne ne t'en veux pas, car ton tempérament nous a fait tirer à cinquante mille pendant deux mois, reprit avec un sérieux parfait l'impassible Taupier.

Sous la défroque usée qu'il avait revêtue pour fuir, le bossu était encore plus hideux que d'habitude, et tandis que le déguisement de Valnoir ne dissimulait qu'imparfaitement l'élégant amant de la belle Rose, son infernal camarade avait absolument l'air d'un forçat en rupture de ban.

Mais il avait gardé sur le faible journaliste la supériorité que lui assurait une scélératesse consommée.

— Donc, continua-t-il tranquillement, te voilà désespéré parce que nous avons été vaincus. La réaction a triomphé, et tu as l'air de croire que tout est perdu. Eh bien, franchement, je te croyais plus fort.

— Et que veux-tu que nous devenions, maintenant, dit Valnoir d'un air sombre.

— Mais, mon cher, on dirait que tu n'as jamais prévu l'entrée des Versaillais. Est-ce que par hasard tu aurais cru aux bulletins que nous publiions tous les matins pour donner du cœur aux imbéciles.

Valnoir ne répondit qu'en haussant les épaules.

— Très bien! je vois que tu es plus raisonnable que je ne pensais. Maintenant, puisque la débâcle devait arriver forcément, nous n'avions qu'à prendre nos précautions et à garder une poire pour la soif.

Or, la poire, je l'ai dans ma poche.

— Si tu veux parler des quelques billets de mille francs qui nous sont restés des bénéfices du journal, je te préviens que je ne tiens pas du tout à vivoter misérablement avec une somme pareille, dans un taudis de Londres ou de Genève.

— Pour qui me prends-tu ? dit majestueusement Taupier. La poire dont je parle est un peu plus nourrissante.

— Que veux-tu dire? demanda Valnoir étonné.

— Je veux dire que tu as bien peu de mémoire si tu as déjà oublié ce que nous venons faire dans cette forêt.

— Oublié, dis-tu? Non certes! J'ai de bonnes raisons pour me souvenir de l'endroit où tu veux me mener.

— Ah! ce duel? Ma foi! moi je n'y pense plus et je te conseille de faire comme moi; mais la cassette, cher ami, la cassette vaut bien qu'on se donne la peine d'aller la chercher.

— Oui, dit Valnoir avec amertume, c'est encore à toi que je dois d'avoir cette infamie sur la conscience. Une fortune volée, la fille de mon frère dépouillée, et peut-être morte de misère par mon fait.

Et tout cela pour n'en pas profiter, car tu sais aussi bien que moi...

— Je sais, interrompit le bossu, beaucoup de choses que tu ne sais pas; mais avant de te les dire, je tiens à rétablir un peu l'histoire que tu me mets si libéralement sur le dos.

— Tu ne vas pas nier, je suppose, que tu m'as conseillé...

— De réclamer la tutelle de ta nièce? non seulement je ne nie pas, mais je m'en vante.

Récapitulons un peu les faits. Il n'y a pas trois ans, quand tu n'avais pas encore inventé le « Serpenteau », du temps du Valnoir première manière, il me semble que tu tirais fortement le diable par la queue.

— Après? Où veux-tu en venir?

— Le hasard, continua Taupier sans s'émouvoir, le hasard m'apprit alors la mort en Californie d'un certain comte du Luot qui laissait un joli million à une certaine Gabrielle de Noirval, laquelle devait être en possession d'un testament parfaitement en règle.

L'ami qui m'apportait de San Francisco cette agréable nouvelle était chargé de retrouver l'héritière, mais il ne savait pas de quel côté la chercher.

Moi qui connaissais intimement celui qui se faisait appeler Charles de Valnoir et ses liens de parenté avec la jeune personne, je me mis en quête et je finis par découvrir sa nièce dans un pensionnat de Bordeaux.

— Oui, et tu t'y pris si adroitement que la jeune fille effrayée s'enfuit un beau matin et que jamais on n'en a entendu parler depuis.

— Si elle a eu peur de quelqu'un, ce n'est pas de moi, car elle ne m'a jamais vu, puisqu'elle est partie la veille du jour où je devais me présenter au pensionnat.

Il paraît que son oncle, qu'elle ne connaissait pas non plus, lui inspirait une médiocre confiance, et qu'elle a mieux aimé courir les champs que de l'avoir pour tuteur.

— Encore une fois, dit Valnoir impatienté, je te répète que je ne sais que trop toute cette histoire.

Tu t'es fait remettre la cassette qui contenait le testament et d'autres paperasses, et quand le siège est venu, tu m'as suggéré la brillante idée d'aller l'enfouir au pied d'un chêne.

— Et je ne m'en repens pas.

— On voit bien que tu as fait des romans avant de faire de la politique. Ta belle invention pourrait aller dans un feuilleton, mais je ne vois pas du tout à quoi elle nous servira.

— Vraiment? dit Taupier avec ironie.

— D'abord, rien ne prouve que nous retrouverons la boîte à la place où nous l'avons mise ; la forêt a été occupée pendant six mois par les Prussiens...

— Qui sont fort habiles à trouver le vin caché dans les caves, mais qui ne perdent pas leur temps à fouiller la terre dans les bois.

— Soit ! J'admets que le dépôt n'ait pas été enlevé, j'admets que nous ne soyons pas arrêtés avant d'arriver à l'étoile du Chêne-Capitaine, et que nous déterrions la précieuse cassette. Qu'en ferons-nous, je te prie?

— Tu le verras.

— Te figures-tu par hasard que sur le vu du testament on me remettra la fortune de ce du Luot, qui appartient à ma nièce? Tu oublies probablement qu'on n'hérite que des morts, et qu'il y a des chances pour que cette nièce vive plus longtemps que son oncle.

— Les plus jeunes partent quelquefois les premiers, dit sentencieusement Taupier.

— Et d'ailleurs fût-elle morte cent fois, tant que je n'en aurai pas la preuve, je ne serai pas plus avancé.

— C'est juste. Je sais mon Code aussi bien que toi.

— Alors, que me chantes-tu depuis un quart d'heure, avec ta poire pour la soif qui est dans la cassette?

— Je n'ai pas dit dans la cassette, j'ai dit dans ma poche.

— Je ne comprends pas.

— Tu vas comprendre. Comment prouve-t-on la mort d'une personne dont on hérite?

— En produisant son acte de décès, parbleu!

— De sorte que mademoiselle Gabrielle de Noirval, ainsi dénommée dans l'acte de naissance enfermé au fond de la cassette, mademoiselle Gabrielle, dis-je, n'ayant au monde d'autre parent que toi, tu recueillerais forcément la succession, si tu possédais un extrait bien en règle de l'inscription de son décès sur les registres de l'état civil!

— Sans doute, dit Valnoir en laissant percer sa surprise.

Il se demandait avec une certaine inquiétude où tendaient ces interminables circonlocutions.

— Très bien, reprit Taupier; alors je m'empresse de saluer en ta présence un millionnaire.

— Cesse tes sottes plaisanteries.

— Je ne plaisante pas, car l'acte de décès est là, dit le bossu en frappant sur sa poche.

Valnoir se dressa, comme s'il eût entendu les trompettes d'un escadron de Versailles.

— Tu as l'acte de décès de ma nièce? répéta-t-il avec l'accent de la plus profonde stupéfaction.

— Parfaitement! et bien en règle, je t'en réponds.

— Alors, donne-le moi.

— Diable, tu es bien pressé. Il me semble qu'avant de me demander l'acte de décès, tu ferais bien de t'informer un peu de ce que ta nièce était devenue.

— Tu as raison, dit amèrement Valnoir, et tu me rappelles fort à propos que la fille de mon frère a disparu et que si tu l'avais réellement rencontrée, je le saurais depuis longtemps.

— Alors tu crois que j'invente cette histoire?

— Absolument.

— Eh bien! mon cher, tu fais trop d'honneur à mon imagination, car non seulement j'ai retrouvé ta nièce, mais tu la connais aussi bien que moi.

— Finiras-tu de parler par énigmes?

— L'énigme n'est pas difficile et je vais t'en donner le mot.

Tu n'as pas oublié, je suppose, la jolie personne qui voyageait en qualité de sorcière dans la baraque du nommé Pilevert, et que nous avons rencontrée dans ces parages, le matin de ton fameux duel?

— Qui? Régine?

— Elle-même, cher ami. Eh bien! je constate une fois de plus que la voix du sang n'est qu'une *blague*, car, en la voyant sous son costume de sauteuse, tu n'as nullement deviné que tu contemplais l'unique héritière de ton illustre nom.

— Allons donc! tu es fou! ma nièce s'appelait Gabrielle.

— Au pensionnat, oui. Mais sur son acte de naissance, que nous retrouverons dans la cassette, elle est dénommée, comme on dit au palais, Régine-Gabrielle-Louise.

— C'est une simple coïncidence! La fille de mon frère n'était pas muette, tandis que cette diseuse de bonne aventure...

— Jouait son rôle aussi bien que Fenella dans la *Muette de Portici*, mais aurait pu parler si elle avait voulu, et la preuve c'est qu'elle ne s'en est pas privée avant de mourir.

— Elle est donc morte ?

— Puisque je te dis que j'ai son acte de décès dans ma poche.

— Voyons, Taupier, s'écria le malheureux rédacteur en chef, en prenant sa tête dans ses mains, explique-toi plus clairement, je t'en supplie.

— Allons ! dit le bossu j'ai pitié de toi, car je m'aperçois que tu n'es guère en état de raisonner, et je vais te conter toute l'histoire.

— J'attends.

— Apprends donc, cher ami, que mardi dernier, pendant que tu était occupé à boucler les malles de la belle Rose de Charmière, dans son appartement de la place de la Madeleine, je me couvrais de gloire sur les buttes Montmartre.

Valnoir ne put contenir un signe d'impatience et de mépris.

— Tu as le droit de ne pas croire à mes exploits, reprit Taupier sans se troubler ; mais tu admettras bien cependant que je me trouvais chez Molinchard au moment où les Versaillaist ont donné l'assaut ?

— Caché dans la cave, c'est possible.

— Dans la cave ou ailleurs, peu importe. Toujours est-il qu'ils ne m'ont pas pincé et que j'ai même été traité par eux avec beaucoup d'égards, car on m'a pris pour un ambulancier, et j'ai aidé l'ami Molinchard à soigner les blessés de tous les partis.

— Je vous reconnais bien là tous les deux.

— Donc, pendant que je m'escrimais à poser des compresses, on a apporté dans ma salle une cantinière qui n'avait plus besoin de remèdes, car elle avait reçu dans la poitrine un coup de fusil à bout portant, et je n'ai pas eu de peine à reconnaître sous ce nouvel uniforme l'ancienne pensionnaire de notre ami l'hercule.

— C'est incroyable! murmura Valnoir.

— Peut-être, mais c'est vrai, et tu penses que je n'ai pas perdu mon temps à pleurer la défunte. Dès que la bagarre a été finie, je me suis chargé, avec le zèle le plus louable, de constater l'identité de nos morts, et, dans la poche de la prétendue cantinière, j'ai trouvé des papiers qui ne laissaient aucun doute.

— Sur son nom?

— Sur son nom, sur celui de son père; tout y était sous forme d'un double de l'acte de naissance qui est dans la cassette.

— Et alors? demanda Valnoir très ému.

— Et, alors, muni de ces documents authentiques et de deux témoins de bonne volonté, je me suis transporté à la mairie du 18ᵉ arrondissement où j'ai fait inscrire sur les registres de l'état civil le décès de Régine-Louise-Gabrielle de Noirval.

Valnoir était si troublé qu'il se taisait.

— J'ai même eu la précaution, reprit Taupier, de me faire délivrer, séance tenante, un extrait du dit acte.

— Et tu l'as sur toi?

— J'ai déjà eu l'honneur de te l'affirmer.

— Alors, j'hérite!

— Tu veux dire que nous héritons, rectifia le bossu.

— Comment?... nous héritons! répéta Valnoir. Est-ce que tu te crois de ma famille?

— Je sais que je n'ai pas cet honneur, dit Taupier; mon père était un petit épicier de Montrouge; seulement il n'a jamais changé de nom.

— Le mien non plus, dit vivement le rédacteur en chef et, si j'ai pris un pseudonyme pour écrire dans les journaux, je n'en suis pas moins Charles de Noirval, unique héritier de ma nièce.

— Parfaitement, mais comment réclameras-tu ton héritage, sans produire l'acte de décès de la susdite personne?

— Je m'en ferai délivrer un double.

— Que tu iras chercher toi-même à la mairie de Montmartre? C'est un moyen comme un autre de te faire arrêter.

— On peut écrire de Londres ou de Genève.

— Et qui te dit que l'Angleterre ou la Suisse n'accor-
deront par l'extradition? On est très monté contre nous
à l'étranger, et je sais bien que, pour ma part, je ne me
fierai pas à l'hospitalité de nos voisins.

Valnoir baissa la tête sans répondre. L'objection du
bossu lui semblait juste. Il ne pouvait pas prévoir qu'un
jour viendrait où le droit d'asile protègerait les incen-
diaires et les assassins.

— Entre nous, cher ami, je crois que mon plan vaut
mieux que le tien, reprit le bossu.

— Quel plan ?

— Un plan très simple. La fortune de M. du Luot est
déposée en espèces sonnantes au consulat de France, à
San Francisco. Après-demain, nous pourrons nous embarquer au Havre pour Southampton et de là pour New-
York sur un excellent bateau à vapeur anglais.

Une fois que nous aurons mis le pied sur le sol sacré de
la libre Amérique, nous n'aurons plus rien à craindre.
En cette terre promise, l'extradition est un mythe et j'espère même que nous y serons reçus à bras ouverts.

— C'est probable.

— Donc, rien ne t'empêchera de faire valoir tes droits
par l'entremise d'un de ces ingénieux avocats qui pullu-
lent là-bas, et qui savent à merveille protéger les caissiers
infidèles, quand la police française se permet de les tra-
quer.

Dès que tu seras en règle, nous prendrons le chemin
de fer du Pacifique, qui semble avoir été ouvert tout
exprès pour nous. Au bout d'une semaine, nous arriverons à San Francisco et nous nous présenterons au consulat, qui, sur le vu de nos pièces, nous délivrera le million.

Est-ce clair?

Valnoir ne pouvait pas se dissimuler que tout cela était fort clair en effet.

— En supposant que tu aies raison, dit-il, où veux-tu en venir ?

— A te faire observer que, pour réaliser cette rapide expédition en Californie, tu as besoin sur-le-champ de l'acte de décès de Régine, que j'ai cet acte en poche et que, par ce fait seul, je me considère comme cohéritier de la fortune de ta nièce.

— Très bien, je comprends ; tu veux me vendre ce papier timbré, dont le hasard t'a mis en possession.

— C'est absolument cela.

— L'action à laquelle tu te livres en ce moment a un nom qui ne se trouve pas dans le dictionnaire de l'Académie. Cela s'appelle un chantage.

— Je ne dis pas le contraire.

— Puisque tu en conviens, je n'insiste pas sur cette qualification, dit l'amant de Rose, avec ironie. Combien veux-tu ?

— Moi ? rien ; j'ai confiance en toi, et, quand tu auras palpé les piastres, je suis sûr que tu me donneras ma part. Seulement...

— Ah ! il y a un : seulement.

— Seulement, on ne sait, comme on dit, ni qui vit, ni qui meurt ; l'un de nous deux peut être arrêté avant d'arriver au Havre ; le bateau transatlantique peut faire naufrage, le chemin de fer du Pacifique peut dérailler.

— Épargne-moi tes conjectures.

— Bref ! tu peux mourir, et je puis te survivre. Pour ce cas improbable, mais cependant possible, je veux prendre mes précautions.

— Comment cela ?

— Je veux que tu me remettes un petit écrit, signé et daté, par lequel tu m'institueras ton légataire universel.

Grâce à cette simple formalité, le million de ce cher comte du Luot ne fera pas retour à l'État. Régine aura hérité de lui, tu auras hérité de Régine, et moi j'hériterai de toi! Ce sera une cascade de testaments.

— J'admire ta prévoyance, et, à la prochaine auberge, je te promets de t'écrire la paperasse en question.

— La prochaine auberge est peut-être bien loin. J'aime mieux tout de suite.

— Et sur quoi diable veux-tu que je trace ce grimoire? sur une feuille de chêne ou sur une écorce de hêtre?

— Non, ce ne serait pas valable, dit Taupier avec un sang-froid superbe; mais j'ai tout ce qu'il faut sur moi.

Et il tira de sa poche un rouleau, en maroquin, d'où il se mit à extraire une plume, un encrier et du papier.

— Rédige, cher ami, rédige, dit-il en passant ces objets à Valnoir, et, dès que tu auras signé tes dernières volontés, je te remettrai en échange l'acte de décès de ta nièce.

L'ex-rédacteur en chef hésita un instant, mais il se décida cependant, et, après avoir griffonné quelques lignes, il tendit le papier au bossu, qui le parcourut des yeux, et le trouva sans doute régulier, car il exhiba à son tour la feuille délivrée par la mairie.

— Donnant, donnant, dit-il en opérant l'échange. Et, pendant que son ami examinait l'acte, Taupier se leva en fredonnant sur un air connu.

— Le mort saisit le vif! le mort saisit le vif!

XVIII

Pendant que Valnoir et Taupier se disputaient les dépouilles de leur victime, Renée de Saint-Senier se mourait de douleur et d'anxiété.

A la suite de son entrevue avec Pilevert, elle avait assisté au terrible spectacle des incendies s'allumant à l'horizon.

Quatre soirs de suite, elle avait vu brûler Paris, livré aux flammes par d'abominables sectaires, mais si grande que fût l'horreur que lui inspirait ce forfait sans nom, ce n'était pas le sort de nos monuments qui l'intéressait le plus.

Elle se demandait si, au milieu de cette fournaise, vivait encore le seul homme qu'elle eût aimé.

Aussitôt qu'elle avait appris l'entrée des troupes, elle n'avait rien épargné pour avoir des nouvelles.

Lettres, messages, démarches, tout avait été inutile.

La lutte continuait dans les rues, et les privilégiés qui obtenaient l'autorisation d'entrer dans la ville n'en sortaient que très difficilement.

Renée attendait donc, avec impatience, le jour où il lui serait permis de franchir elle-même l'enceinte de la capitale insurgée.

Ce que n'avaient pu faire les agents qu'elle avait mis en campagne depuis la disparition de Roger, elle voulait le faire elle-même et comptait fermement réussir.

Dans la matinée du dimanche, on avait appris à Saint-Germain que l'insurrection venait d'être forcée dans ses derniers repaires et que, dès le lendemain, le voyage serait praticable.

La jeune fille avait achevé à la hâte ses préparatifs de départ, et la journée lui avait paru d'autant plus longue que le terme de ses angoisses était plus rapproché.

Aussi l'avait-elle employée à convenir, avec le fidèle Landreau, du plan qu'elle se proposait de suivre pour retrouver la trace de Roger.

Tous deux avaient arrêté, d'un commun accord, de commencer les recherches par la maison de santé de Molinchard.

C'était-là que le lieutenant de Saint-Senier avait dû se rendre dans cette fatale journée du 18 mars, où il avait cessé d'écrire à sa fiancée.

Plus d'une fois, au milieu des inquiétudes qui torturaient

le cœur de Renée, le souvenir de Régine avait trouvé place.

Le voile à demi soulevé par le récit de Pilevert, et par l'examen du contenu de la cassette, cachait encore tant de points de l'histoire de la pauvre muette, que mademoiselle de Saint-Senier se préoccupait vivement d'arriver à connaître toute la vérité.

Elle avait longuement interrogé l'hercule; mais, en dépit de son zèle, celui-ci n'avait pu lui apprendre que ce qu'il savait sur son ancienne élève, c'est-à-dire assez peu de chose.

Il avait été plus explicite sur le récit du duel ou plutôt de l'assassinat auquel il avait assisté jadis.

Neuf mois avaient passé sur ce lugubre événement et le crime était encore impuni.

Bien des cause avaient empêché Renée de poursuivre sa juste vengeance; mais celles qui tenaient à la situation politique venaient de prendre fin, et celles qui tenaient à sa situation de famille pouvaient disparaître bientôt.

Aussi, mademoiselle de Saint-Senier se préparait-elle à agir, et avant de quitter Saint-Germain, elle avait voulu se donner la triste satisfaction de visiter le lieu où son frère avait été frappé.

Pilevert avait été convoqué pour le guider dans ce pèlerinage funèbre, et, vers le soir de cette journée qui devait être la dernière de son exil, la jeune fille avait pris place dans une voiture légère que Landreau, monté sur le siège, s'était chargé de conduire à l'*Étoile du Chêne-Capitaine*.

Assis sur la banquette de devant, l'hercule semblait à la fois flatté et embarrassé de cette distinction à laquelle ses aventures passées ne l'avaient guère préparé.

Le char à bancs roulait lentement sur une route ombreuse et sablée.

L'air était tiède et le ciel bleu brillait à travers les branches.

C'était une de ces douces soirées qui précèdent les étés

brûlants et que rafraîchit encore le dernier souffle du printemps.

— Joli temps, dit Pilevert, pour dire quelque chose.

Renée n'eut même pas l'air d'entendre cette banalité.

— Sommes-nous encore éloignés de... de l'endroit, demanda-t-elle avec émotion.

— Trois quarts d'heure, tout au plus, s'empressa de répondre l'hercule ; j'ai suivi ce chemin l'autre jour après avoir déterré la boîte et je suis sûr que nous ne sommes pas à plus d'une petite lieue du chêne.

Pendant qu'il donnait ce renseignement, la voiture arrivait à la hauteur d'une allée latérale.

Landreau, qui conduisait, arrêta brusquement les chevaux en poussant un cri de surprise.

Renée se pencha en dehors de la voiture pour voir ce qui avait motivé le cri poussé par Landreau.

Elle ne vit rien d'abord.

Mais le garde-chasse avait sauté à bas de son siège sans souci de ses chevaux, lesquels du reste, s'étaient pacifiquement arrêtés sur place.

A peine eût-il mis pied à terre qu'il se jeta dans l'allée latérale et disparut.

Pilevert, aussi étonné que mademoiselle de Saint-Senier, exprimait sa surprise par des grognements inarticulés.

La jeune fille ne faisait guère attention à son compagnon de route, mais elle prêtait l'oreille aux bruits qui venaient du côté où devait se trouver son fidèle serviteur.

C'était un mélange confus d'exclamations joyeuses et de phrases entrecoupées.

Renée crut reconnaître la voix de l'interlocuteur de Landreau et son émotion fut si vive qu'elle essaya vainement d'ouvrir la portière.

Pendant que sa main tremblante tourmentait le ressort, les branches du taillis s'écartèrent et un homme s'élança vers la voiture.

C'était Roger, pâle de bonheur ; Roger, sain et sauf ; Roger, brillant de jeunesse.

En ce moment suprême, sa fiancée oublia les longs jours d'angoisse et les heures de désespoir.

Elle oublia même la réserve un peu froide qui lui était habituelle et se jeta franchement au cou de son cousin.

Landreau assista, les larmes aux yeux, à ce chaste embrassement et ce fut lui qui le premier trouva la force de parler, car les deux amants n'avaient encore échangé que des interjections.

— Ah ! mon lieutenant ! s'écria l'ancien moblot, je savais bien que ces gueux-là ne seraient pas de force contre vous et que je vous retrouverais au grand complet.

— Merci, merci, mon ami, dit Roger, je leur ai échappé, mais j'ai bien cru que je ne vous reverrais jamais.

— Vous avez couru des dangers, murmura Renée.

— Sans elle, sans le dévouement de cette jeune fille, je serais mort.

— Cette jeune fille ! répéta mademoiselle de Saint-Senier étonnée.

— Régine ! s'écria l'officier, Régine qui s'est jetée au-devant du coup qu'un de ces misérables me destinait.

— Mais elle vit, n'est-ce pas ? demanda Renée.

Et comme Roger se taisait, elle ajouta d'une voix agitée :

— Prisonnière, blessée peut-être ?

— Morte ! dit Saint-Senier, morte en prononçant votre nom !

C'était trop d'émotions à la fois pour le cœur de la pauvre Renée.

Elle se laissa aller dans les bras de son fiancé et s'évanouit.

Les trois hommes, sans excepter Pilevert, s'empressèrent autour d'elle, et la jeune fille reprit ses sens.

On l'avait portée sur l'herbe, au bord du taillis, et,

pendant que Landreau la soutenait, Roger serrait ses mains dans les siennes.

Son étreinte fit plus que les exclamations désespérées du garde-chasse, et, quand Renée rouvrit les yeux, il lut dans son regard une question.

— Voilà ce qu'elle m'a remis avant de mourir, dit-il en lui tendant la lettre que Régine expirante avait tirée de son sein ensanglanté.

Renée la prit en tremblant. ·

— Mon nom! murmura-t-elle, en regardant l'adresse.

— Oui, c'est à vous qu'elle a voulu adresser sa dernière pensée, dit Roger.

Il n'avait pas oublié pourtant le mot qui s'était échappé des lèvres de Régine au moment suprême, mais ce mot, il ne pouvait pas le répéter à celle qu'il aimait.

Mademoiselle de Saint-Senier avait ouvert la lettre, mais elle était trop troublée pour suivre l'écriture fine et serrée de la pauvre morte.

— Lisez-la-moi, dit-elle à Roger.

Le jeune homme commença d'une voix étouffée :

« J'ai le pressentiment que je vais mourir et je veux que ceux qui m'ont recueillie et protégée sachent la triste histoire de ma vie.

Je suis seule au monde, et pour échapper à l'ennemi acharné de mon père, à l'homme qui a déshonoré notre nom, j'ai dû fuir l'asile qui me restait et me cacher sous un déguisement dont j'ai bien souvent rougi.

Que ma bienfaitrice me pardonne d'avoir feint d'être muette pour dérouter mieux les recherches de mes persécuteurs.

Je me suis juré à moi-même de ne parler que le jour où j'aurais démasqué l'infâme dont les machinations m'ont faite orpheline.

Si je succombe dans la lutte que je poursuis, je confie le soin de me venger à la noble jeune fille qui me tendit la main dans le malheur, et je la supplie de ne pas refuser

le souvenir que j'ose lui laisser en écrivant mes dernières volontés. »

Roger s'arrêta, très surpris de ne trouver dans cette
lettre que l'expression un peu vague d'une très vive reconnaissance.

Il eut bientôt l'explication de ce laconisme.

L'enveloppe contenait plusieurs feuilles et, sur la seconde, était écrit le testament de Gabrielle de Noirval qui
instituait pour sa légataire universelle mademoiselle
Renée de Saint-Senier.

Les autres contenaient des notes très précises sur ses
aventures et même l'indication du lieu où était enfouie
la cassette volée par Taupier, cette cassette que Régine
avait vu enterrer le jour du duel et que les Prussiens
l'avaient empêchée de reprendre.

— Au pied du Chêne-Capitaine, dit Roger tout pensif
en achevant sa lecture.

XIX

La nuit tombait et l'ombre descendait des grands arbres
sur la clairière où Louis de Saint-Senier était tombé
sous la balle criminelle de son adversaire.

Valnoir et Taupier avaient passé presque toute la
journée cachés dans un fourré très épais et ne s'étaient
mis en marche que fort tard.

Le bossu, qui avait beaucoup fréquenté jadis les parages
de Saint-Germain, se dirigeait dans la forêt avec un
aplomb merveilleux.

Avant de quitter Paris il s'était d'ailleurs muni, en
stratégiste consommé, de la carte de l'état-major et ne
s'était pas fait faute de la consulter en route.

Grâce à toutes ces précautions, il avait réussi à traverser sans s'égarer les massifs assez peu fréquentés qui
confinent au territoire de Maisons.

Valnoir le suivait machinalement et n'avait pas prononcé dix paroles depuis le départ.

Accablé par le remords et par l'inquiétude bien plus que par la fatigue, il paraissait avoir vieilli de dix ans en huit jours.

Taupier, tout au contraire, sifflait de temps en temps des airs populaciers, et sa laide face n'avait rien perdu de son expression narquoise.

A quelques centaines de mètres de l'*Étoile du Chêne-Capitaine*, il avait avisé, au bord d'une allée déserte, une de ces loges en terre où les cantonniers serrent leurs outils.

La planche qui fermait ce réduit n'avait pas opposé beaucoup de résistance à ses efforts et les deux complices avaient choisi deux pioches dans l'arsenal d'ustensiles dont ils avaient enfoncé la porte sans le moindre scrupule.

Valnoir était décidé à tout et le bossu n'y avait jamais regardé de bien près en matière d'effractions.

Ils débouchèrent dans la clairière au crépuscule, l'oreille au guet et le fer à l'épaule.

— Allons, tout va bien, dit tout bas Taupier; l'endroit n'a pas changé d'aspect et je parierais qu'on ne s'est pas beaucoup promené par ici, depuis le jour de notre duel.

Ce souvenir cyniquement invoqué assombrit encore le visage de son compagnon, mais le misérable assassin s'inquiétait fort peu de lui déplaire.

— C'est le moment d'avancer, reprit-il en se dirigeant vers le gros chêne; nous aurons tout juste assez de jour pour reconnaître la place.

Ils traversèrent la bruyère d'un pas rapide et dès qu'ils furent arrivés au pied de l'arbre, le bossu s'écria en désignant une légère inégalité du sol.

— C'est ici !

Sans perdre un instant, il ôta sa veste, cracha dans ses mains, comme s'il avait fait tout sa vie le métier de terrassier, et saisit sa pioche en disant :

— Allons-y ! et de l'ensemble ! Il faut que dans une demi-heure nous ayons le magot.

Valnoir ne semblait pas l'entendre. Appuyé sur son outil, il regardait vaguement la lisière du bois en murmurant :

— Là-bas ! c'est là-bas qu'il est tombé !

Taupier lui répondit par un ricanement.

— Je le vois encore couché sur l'herbe avec sa figure pâle et sa main toute rouge du sang qui coulait de sa poitrine.

— Ah ça ! est-ce que tu es venu ici pour me réciter un drame de Dennery, dit l'affreux bossu en lui secouant le bras.

— Ne me touche pas ! tu me fais horreur !

— Je crois que tu deviens fou, ma parole d'honneur.

— Non ! dit Valnoir si bas qu'on l'entendait à peine, je ne suis pas fou... j'ai peur !

— Peur ? Et de quoi ? Des revenants ?

— Je ne sais pas, mais j'ai peur.

— Ah ! décidément, tu es trop lâche, dit Taupier avec mépris; pour se conduire de cette façon-là, ce n'est vraiment pas la peine d'être né gentilhomme et de s'appeler le comte de Noirval.

— Je te défends de prononcer un nom qui a été celui de mon père, dit l'amant de Rose d'une voix sourde.

Et il continua en se parlant à lui-même :

— Mon père !... lui aussi, est mort assassiné !

— Tiens ! reprit le bossu en changeant de ton tout à coup, j'ai pitié de toi, et, pendant que tu achèveras de réciter ton élégie, je vais commencer la besogne.

Tu me remplaceras quand je serai fatigué.

Et, sans attendre une réponse, il se mit à attaquer vigoureusement la terre avec sa pioche.

Le gazon vola sous les premiers coups, et le sol se laissa entamer avec une facilité qui lui parut sans doute suspecte, car il se mit bientôt à grommeler entre ses dents :

— Tonnerre ! on dirait que le terrain a été remué.

Cependant il n'interrompit point son travail et il continua à piocher avec une vigueur peu commune.

Valnoir s'était adossé à l'arbre et le regardait faire sans paraître avoir conscience de ce qui se passait.

Le robuste bossu déployait une telle ardeur dans son opération qu'en moins de dix minutes il eut creusé un trou d'une certaine profondeur.

A mesure qu'il avançait, le sol offrait une plus grande résistance et ce changement le rassurait sur l'issue de l'entreprise.

Sous l'influence de cette idée, sans doute, il s'arrêta, s'essuya le front, et sortit de la fosse en disant :

— A ton tour, cher ami. Tes lubies doivent être passées et nous n'avons pas de temps à perdre.

Valnoir semblait hésiter encore.

— Sois tranquille, je te relèverai bientôt de faction. Je ne veux pas que tu attrapes des ampoules à tes blanches mains, Rose m'en voudrait trop.

Cette sotte plaisanterie décida-t-elle l'ex-rédacteur en chef du « Serpenteau » à prendre la place de son acolyte? Toujours est-il qu'il sauta dans le trou et se mit à creuser en se courbant sur son outil, comme un homme peu habitué aux travaux manuels.

Taupier était derrière lui.

Par un mouvement plus prompt que la pensée, il leva sa pioche en la tenant à deux mains pour donner plus de force au coup.

Valnoir était courbé et ne pouvait pas voir ce qui se passait derrière lui.

Le fer s'abattit sur sa tête avec la rapidité de la foudre et le malheureux amant de Rose de Charmière roula, le crâne brisé, dans la fosse.

L'affreux bossu resta un instant immobile sur le bord du trou, contempla d'un œil sec le corps de cet homme qui avait été son ami. Puis, sa bouche hideuse se contracta pour laisser échapper un éclat de rire satanique.

— Le mort saisit le vif! répéta-t-il d'une voix saccadée.

Et il ajouta en brandissant sa pioche :

— La race des Noirval ne me gênera plus; j'ai commencé à l'extirper en juin 1848 sur la barricade du faubourg du Temple. Après vingt-trois ans, j'ai bien le droit de recueillir enfin l'héritage.

Poussant du pied le cadavre, Taupier se remit à fouiller la terre avec une ardeur fébrile.

Le tuf volait sous les coups pressés de son outil et l'excavation s'agrandissait à vue d'œil.

— C'est étonnant, grommela le scélérat, après quelques minutes d'un travail acharné, il me semblait que la boîte n'avait pas été enfouie si profondément.

En effet, la fosse était déjà assez creuse pour que l'assassin y enfonçât plus haut que le genou et l'opération qui avait précédé le duel n'avait pas été poussée si loin.

Taupier, cependant, continua sa besogne, mais il n'obtint pas plus de succès, et, au bout d'un quart d'heure de nouveaux efforts, il fut obligé de reconnaître que le dépôt avait disparu.

Certains indices ne pouvaient laisser aucun doute.

La terre n'avait plus cette consistance qu'elle aurait dû reprendre pendant les gelées de l'hiver. Elle s'émiettait sous le fer et les racines portaient la trace de coups de bêche.

Le bossu poussa un grognement de rage, jeta loin de lui sa pioche et remonta, désespéré, sur le bord du trou.

Peut-être en ce moment un remords, le premier mordit ce cœur bronzé par l'habitude de toutes les infamies.

Ces trames si laborieusement ourdies se déchiraient tout à coup, ce plan échafaudé sur le crime s'écroulait comme un château de cartes, et Taupier se retrouvait seul en face de ses forfaits improductifs.

L'exil et la misère honteuse, toute cette perspective effrayante se dressa tout à coup devant lui.

Il revit par la pensée les bouges de Londres, où il avait

déjà traîné autrefois son existence de folliculaire conspué
par les honnêtes gens.

Adossé au tronc du Chêne-Capitaine, les bras croisés et
l'œil hagard, il rêvait à l'avenir terrible qui l'attendait,
quand il sentit une main se poser sur son épaule.

Il se retourna vivement.

En face de lui, se dressait un homme de haute taille, enveloppé dans un long manteau.

Le premier mouvement de Taupier fut un mouvement
de colère.

Il se précipita sur l'inconnu et chercha à le saisir à la
gorge, mais quand il se trouva face à face avec lui, il
poussa un cri de terreur et recula en ouvrant les bras.

— Lui ! murmura-t-il, lui !

— Le mort saisit le vif, dit l'homme d'une voix sourde.

A ces mots foudroyants, le misérable bossu chancela
comme un homme ivre et passa la main sur son front
pour rappeler sa raison qui lui échappait.

— Je m'appelle la justice, cria l'inconnu, et je viens te
dire qu'il faut que tu meures à cette place où tu as été deux
fois assassin.

Taupier venait de reconnaître sa première victime,
Louis de Saint-Senier, qui lui apparaissait comme un
spectre sorti du tombeau.

Le frère de Renée, pâle et menaçant, tenait un pistolet
de chaque main et semblait vouloir offrir à son assassin
de recommencer le combat où il avait été traîtreusement
frappé jadis.

Aveuglé par la rage et par l'effroi, Taupier saisit une
de ces armes et chercha à l'arracher à son adversaire ressuscité.

Mais dans ce brusque mouvement, il appuya le doigt sur
la détente et fit partir le coup.

La balle l'atteignit au cœur et l'infâme bossu tomba sur
le corps de Valnoir.

Régine était vengée.

. . . .

Les étranges aventures qui avaient abouti à ce lugubre dénouement sont de celles qui se produisent seulement dans les grandes crises sociales.

La guerre et l'insurrection qui ont ensanglanté la France pouvaient seules développer des caractères semblables à ceux qui ont figuré dans ce récit.

Il fallait cette époque de violence et de folie pour servir de cadre à des événements qui sembleraient impossibles en des temps plus calmes.

Sans le siège de Paris, sans les malheurs qui en avaient été la conséquence pour ceux de sa race, Louis de Saint-Senier, miraculeusement guéri de sa blessure, n'aurait pas été forcé de se cacher si longtemps au chalet de la rue de Laval.

Il y avait passé de longs mois entre la vie et la mort, et la nuit où il était sorti de sa chambre pour la première fois fut celle où le misérable Frapillon reçut son châtiment de la main de Roger.

Or, à la suite de cette catastrophe, le blessé était parti secrètement pour son château de Saint-Senier avec ceux qui portaient son nom.

Ses forces ne lui avaient pas permis de suivre sa sœur à Saint-Germain, mais, dès qu'ils s'était trouvé en état de supporter le voyage, il était parti pour la rejoindre.

En traversant la forêt, il avait voulu revoir la place où il était tombé.

Dieu, qui châtie tôt ou tard les meurtriers, Dieu avait fait le reste.

. . . .

Le mariage de Renée a été célébré dans la chapelle de Saint-Senier au commencement de l'automne et les nouveaux époux sont partis le lendemain pour l'Italie.

Podensac a renoncé au commerce et à la guerre pour devenir régisseur de la terre de Saint-Senier qu'il administre à merveille.

Le brave Pierre Bourdier s'est embarqué au Havre. Il

va liquider à San Francisco la succession du comte du Luot dont Renée est devenue l'héritière.

Louis de Saint-Senier a repris du service dans la marine et va partir bientôt pour un voyage autour du monde.

Pilevert vient d'endosser la livrée de Landreau, qui a ses invalides.

Quant à sa noble sœur, Rose de Charmière, elle est allée se fixer à Berlin, à la suite d'un officier de cuirassiers blancs dont elle a fait la connaissance à Saint-Denis, pendant la Commune.

Molinchard est à Londres. Il y fait la cuisine pour ses amis de la *Lune avec les dents*.

FIN

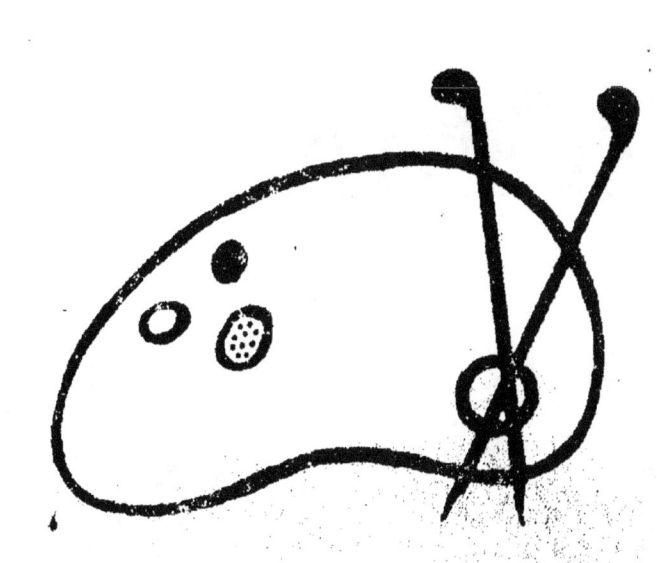

1

10

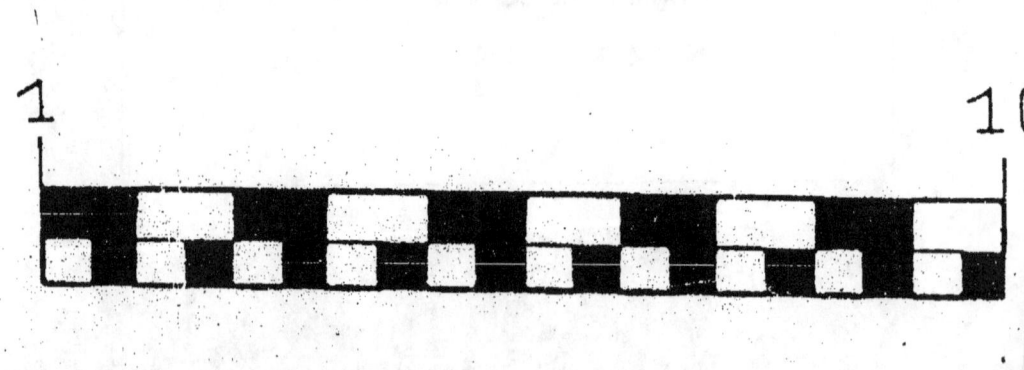

BIBLIOTHÈQUE
NATIONALE

CHÂTEAU
de
SABLÉ

1984

www.ingramcontent.com/pod-product-compliance
Lightning Source LLC
Chambersburg PA
CBHW050740030726
47505CB00002B/342